CJ Hauser

Die Kranichfrau

In der Hoffnung auf ein Happy End unterwirft sich CJ Hauser dem eigenen Partner mehr und mehr. Doch auch die Unzufriedenheit über dieses Verhalten wächst, und mit ihr beginnen sich Fragen aufzudrängen: Welche Rolle nehme ich in Beziehungen ein und warum? Wieso akzeptiere ich es, mehrmals betrogen worden zu sein? Wie breche ich Geschlechterzuschreibungen, die mir vorgelebt wurden, radikal auf? CJ zieht die Reißleine, cancelt die kurz bevorstehende Hochzeit und entdeckt, dass es den Aufwand lohnt, endlich mal die persönlichen Bedürfnisse von denen anderer zu trennen. Mit einem aufrichtigen, ungeschönten Blick ins eigene Leben beginnt CJ, sich selbst neu auszuloten und darüber zu schreiben. Selten hat jemand so treffsicher und unterhaltsam von der eigenen Orientierungslosigkeit erzählt.

CJ Hauser lehrt kreatives Schreiben und Literatur an der Colgate University, New York, und schreibt außerdem regelmäßig Texte für *The Guardian*, *The New York Times* und *The Paris Review*.

Hanna Hesse, geboren 1984, aufgewachsen in Oxford und Berlin, studierte Germanistik und Geschichte in Freiburg sowie Literarisches Übersetzen in München. Sie lebt als Projektmanagerin und freie Übersetzerin aus dem Englischen in München.

CJ Hauser

Die Kranichfrau

Warum ich meine Hochzeit absagte und andere Liebeserklärungen

Aus dem Englischen von Hanna Hesse

C.H.Beck

Titel der amerikanischen Ausgabe:
The Crane Wife. A Memoir in Essays

Erschienen bei Doubleday, New York 2022.
This edition published by arrangement with DeFiore and Company
Literary Management, Inc.

Für die deutsche Ausgabe:

www.chbeck.de
Umschlaggestaltung: geviert.com, Michaela Kneißl
Umschlagabbildung: © Mira Lou
Satz: Fotosatz Amann, Memmingen
Druck und Bindung: CPI – Ebner & Spiegel, Ulm
Gedruckt auf säurefreiem, alterungsbeständigem Papier
(hergestellt aus chlorfrei gebleichtem Zellstoff)
Printed in Germany
ISBN 978 3 406 79831 3

myclimate

klimaneutral produziert
www.chbeck.de/nachhaltig

in Dankbarkeit für

die Familie, die wir haben,
die Familien, die wir wählen,
& die Vorstellungen von einem Zuhause,
das Platz für beide bietet

Stolpere wieder
stumm
nach Hause
in mein eigenes
Infragestellen hinein.

Forrest Gander, *Sag ihnen Nein*

Inhalt

I

…
manchmal gehören uns nicht einmal unsere Münder. Hör zu, in
den frühen 1920ern wurden Frauen dafür bezahlt,
Zifferblätter mit Radium zu bestreichen, damit Männer

im Dunkeln die Uhrzeit erkannten. Es sei ungefährlich,
spitzt die Pinsel mit der Zunge, sagte man. Diese
Frauen bemalten sich die Nägel, die Gesichter, und wetteten,

welche von ihnen am hellsten scheine. Sie bestrichen ihre
Zähne, sodass ihre Männer die Bisse sahen,
wenn das Licht aus war. Das Wunder ist nicht,

dass diese Frauen Licht verschluckten. Sondern, dass,
als ihre Haut sich löste und die Kiefer abfielen,
die Radiumfirma behauptete, sie wären an

Syphilis gestorben. Dass du mir von den
trivialen Splittern toter Heiliger erzählst, während diese
Frauen unter unseren Füßen leuchten.

Paige Lewis, Als ich sah, wie ein Pelikan verschlang

Blut

27 Liebesgeschichten

I. Zieh deine Stiefel an, 1918

Cap Joyce war ein Cowboy, der in Arizona eine Show-Ranch namens Spur Cross besaß, denn für Touristen den Cowboy zu spielen, war sehr viel lukrativer, als richtiges Vieh zu halten. Er hatte ein Zirkuspferd, das Patches hieß und sich verbeugen, auf dem Boden herumrollen und Matheaufgaben durch Nicken lösen konnte. Manchmal stand Cap auf Patches' Rücken und spielte Gitarre. Dann kam der Erste Weltkrieg. Cap verkaufte Patches, übertrug seiner Frau die Verantwortung für die Ranch und ging weg, um in Frankreich zu kämpfen, wo er einen Senfgasanschlag überlebte und daraufhin mit Medaillen überhäuft wurde. Er war mein Urgroßvater.

Cap war seit einer Woche wieder zu Hause, als ihn die Rancharbeiter zur Seite nahmen und ihm sagten, dass seine Frau etwas mit dem Vorarbeiter habe. Sie hätten das eigentlich gar nicht erwähnen wollen, sagten die Rancharbeiter, aber die beiden machten keine Anstalten, damit aufzuhören.

Cap fragte: «Wo ist er?»

Cap ging zu den Schlafräumen. Der Vorarbeiter zog sich gerade an.

«Du fickst meine Frau?», fragte Cap.

Der Mann erstarrte. «Ja», sagte er.

Cap sagte: «Zieh deine Stiefel an.»

Der Vorarbeiter zog seine Stiefel an.

Cap erschoss ihn. Er soll nicht stark geblutet haben, heißt es.

II. Gewerkschaftsmädchen, 1984

Meinen ersten Kuss gab mir ein Kommunist. Er hieß Jack. Er gehörte zu einer Krabbelgruppe in New York. Alle Mütter waren Mitglieder der International Ladies' Garment Workers' Union, nur meine nicht. Was sie dort machte, weiß niemand.

Die Babys in dieser Krabbelgruppe robbten über den Teppich, und die Mütter tranken becherweise Kaffee, und die Babys waren zum größten Teil nackt, und waren sie nicht nackt, trugen sie Latzhosen. Ordentliche kommunistische Babys tragen Latzhosen.

Hier eine Auswahl dessen, was ich trug: winzige Lederhosen (Deutschland), einen echten Seidenkimono mit einem gestickten roten Vogel auf der Brust (Japan), eine Jacke aus Kaninchenfell mit Holzknöpfen (Russland). Meine Großeltern waren viel unterwegs gewesen, und mir, ihrem ersten Enkelkind, brachten sie immer etwas mit.

Es gibt ein Foto von diesem ersten Kuss. Jack – in Latzhosen – ist im Vierfüßlerstand, er hat lange schwarze Ringellocken. Ich, quasi glatzköpfig, beuge mich zu ihm hinüber, die Hände auf den Teppich gepresst. Ich trage ein pinkes Samtjäckchen (Paris).

Eine Woche später sagten die Gewerkschaftsdamen: «Du kannst nicht mehr kommen, wenn du sie weiter so anziehst.» In der folgenden Woche zog mir meine Mutter die Kaninchenfelljacke an, sie dachte nicht, dass die Gewerkschaftsdamen Ernst machen würden. Aber sie machten Ernst.

III. Grundbuchamt, 1921

Nachdem Cap aus dem Gefängnis entlassen worden war, ging er zum Grundbuchamt, er wollte eine neue Ranch in Wyoming aufbauen. Am Empfang saß eine Frau, eine Sekretärin. Ihr Name war Robbie Baker.

«Kann ich Ihnen helfen?», fragte sie.

«Ich werde Sie heiraten», sagte Cap. «Und ich brauche Land.»

Das war meine Urgroßmutter.

IV. Bienenstich, 1989

Brian Katrumbus war der schnellste Junge im Kindergarten, und er hatte Haare wie Maisbart. Es war Valentinstag. Eine Woche zuvor, als mich eine Biene gestochen hatte, während ich am Fenster vor mich hin träumte, und ich dann leise geweint und nicht gewusst hatte, was ich tun sollte, war es Brian Katrumbus, der dem Lehrer gesagt hatte, dass etwas mit mir nicht stimmte. Er stupste die Lehrerin an und sagte: «Etwas stimmt nicht mit ihr.»

Ich hatte eine ganz besondere Valentinskarte für Brian Katrumbus ausgesucht. Ich trug ein Pflaster auf meiner kleinen Wunde, als ich ihm dabei zusah, wie er seine Briefumschläge öffnete, ich war gespannt darauf, wie ihm meine Karte gefallen würde. Aber Brian Katrumbus hatte eine Taktik. Er riss jeden Umschlag auf, dann schüttelte er ihn kräftig, sodass alle Süßigkeiten, die sich darin befanden, vor ihm auf dem Teppich landeten.

Dann schmiss er den Rest beiseite. Wie das Enthülsen von Erbsen.

V. Handel, 1932

Cap und Robbie heirateten. Während der Depression lebten sie mit ihren beiden Söhnen in ihrem Auto. Einer dieser Söhne war mein Großvater Eddie. Cap fuhr durch das Land und machte Geschäfte mit der indigenen Bevölkerung. Er bot ihnen Werbeplatz für ihre «Handelsniederlassungen» in seiner Zeitschrift über den «Wilden Westen» an und erhielt von ihnen im Gegenzug Kunsthandwerk für Touristen – Kopfschmuck, Bögen und Perlen. Später verkaufte Cap dieses Kunsthandwerk oder tauschte es gegen Nahrungsmittel. Falsches «Indianer»-Handwerk. Falsche «Cowboy»-Zeitschriften.

«Wie fand Robbie das alles?», frage ich. «Wo ist denn die Frau in dieser Geschichte?»

«Robbie hielt die ganze Zeit zu ihm», sagt meine Familie.

Cap bekam einen Job, in New York.

Cap hasste die Stadt, den Job. Er trank.

(Das ist eine Familientradition, die sich durch die Generationen zieht. Wir hassen etwas, also trinken wir. Wir lieben etwas, also trinken wir. Wir haben Pech, also trinken wir. Wir fürchten das Glück, also trinken wir. Das hat mit einer bestimmten Art von Traurigkeit zu tun, die uns im Blut liegt. Meine Mutter hat einen Zettel an ihren Kalender geheftet, auf dem ein Zitat von Yeats steht: «Als Ire hatte er einen beständigen Sinn für das Tragische, der ihm in gelegentlichen Phasen der Freude stets eine Stütze war», und als ich diesen Satz zum ersten Mal las, schlug er in meinem Kopf wie eine Wünschelrute aus.)

Cap ergatterte beinahe eine Rolle in einem Western, aber dann machte Tom Mix das Rennen.

Cap war enttäuscht. Er trank.

«Aber zurück zu Robbie», sage ich. «Wollte sie denn, dass Cap Schauspieler wird?»

«Robbie hielt immer noch zu ihm», sagt meine Familie.

Ich möchte aus den Fehlern der Vergangenheit lernen, aber manchmal wirkt es so, als sei das wirklich Wissenswerte ausgeblendet worden. Als sei Unwissenheit das Einzige, was jeder nachfolgenden Generation erlaube, in eine Liebe hineinzustolpern, wie flüchtig sie auch immer sein möge, und die nächste Generation hervorzubringen.

VI. Alle Kakteen sind Sukkulenten, aber nicht alle Sukkulenten Kakteen, 1994

Meine Eltern machen Urlaub in Arizona. Als sie zurückkommen, bringen sie meiner Schwester Leslie und mir Kakteen mit. Kleine, in Kies eingetopfte pelzige Stümpfe.

Innerhalb eines Monats sind beide Kakteen tot.

Der Kaktus meiner Schwester ist vertrocknet und geschrumpft. Verdurstet.

Meiner hängt vornüber, verfault. Ich habe ihn zu oft gegossen und die Wurzeln ertränkt.

Unsere Eltern tauschen Blicke aus. Als wüssten sie bereits, dass es mit der Liebe nicht einfach für uns wird. Dass wir beide verkorkst sind, auf unterschiedliche Weise, aber in gleichem Maße.

VII. So wahr diese Steine, 1948

Meine Großeltern lernten sich im Theater kennen.

Cap schaffte es nicht, Schauspieler zu werden, aber Jahre später spielte sein Teenagersohn, mein Großvater Eddie, die Rolle des «verkrüppelten, durch ein Wunder geheilten Jungen» in einem Stück an der Blackfriars Guild. Maureen Jarry war für die Requisiten verantwortlich. Sie war älter als er. Wir wissen immer noch nicht, um wie viele Jahre. Sie weigert sich, es uns zu sagen. Eddie log natürlich über sein Alter. Er sagte ihr, er wäre zwanzig. Maureen gab ihm einen Korb. Sie war damals mit dem Hauptdarsteller zusammen, der nicht nur älter, sondern auch ziemlich erfolgreich war.

Mein Großvater war schon immer ein renitenter Scheißkerl.

Wochenlang bearbeitete er meine Großmutter.

Nichts.

Dann passierte Folgendes:

Eine der Requisiten im Stück war eine Handvoll Kies, die Maureen jeden Abend auf der Freifläche hinter dem Theater sammelte. In der Schlussszene hielt der Hauptdarsteller den Kies in den Händen und sagte, «So wahr diese Steine den Boden berühren, heile ich dich», und dann drehte er seine Hand um, und die Steine fielen zu Boden, und durch dieses Wunder konnte die Figur meines Großvaters wieder laufen. Doch eines Winterabends sammelte meine Großmutter hinter dem Theater etwas, das sie zwar für Kies hielt, das aber tatsächlich, wie mein Großvater stets begeistert beschreibt, «gefrorene Hundekackwürste» waren.

Und so fiel Stunden später, als der ältere Schauspieler seinen Text sprach und die Hand umdrehte, kein Kies auf den Boden, stattdessen blickte er auf eine Handvoll frisch aufgetauter Hundescheiße.

«Ich bin geheilt!», rief mein Großvater dennoch. Er tanzte ohne Krücken über die Bühne. «Oh, ich bin geheilt!»

VIII. Maissirup, 1997

In der Mittelstufe führten wir *Macbeth* auf. Danny spiele den zweiten Mörder.

Der zweite Mörder gab mir meinen ersten richtigen Kuss.

Ich war Regieassistentin und schlich am liebsten ganz in Schwarz gekleidet und mit einem Clipboard unter dem Arm hinter der Bühne herum. Wir hatten Premiere. Danny rannte von der Bühne, nachdem er Banquo ermordet hatte. Er entdeckte mich in der Dunkelheit, und wir flüsterten. Es war gut gelaufen. Er war aufgekratzt. Er war voller rotem Maissirup-Blut.

«Ich will dich umarmen, aber …», sagte er.

«Umarm mich», sagte ich.

Dann war ich voller Kunstblut. So ist die Liebe.

Mein bester Freund kam mit seinem besten Freund zusammen, und wir telefonierten abends alle miteinander. Es war aufwendig, uns alle vier gleichzeitig an den Hörer zu bekommen, und hatten wir es geschafft, wussten wir oft nicht, wer wer war.

«Du bist so lustig», sagte ich zu demjenigen, den ich für Danny hielt.

«Das war ich nicht», sagte er dann.

Direkt nach diesen Gesprächen riefen mein bester Freund und ich uns an. Wer von den beiden war Nirvana-Fan? Wer wollte Koch werden? Wessen Mutter konnte uns ins Kino fahren? Wir waren uns nie sicher.

IX. Blut, 1967

Meine Mutter hat mir hundertmal von dem Jungen erzählt, der sein Blut verkaufte, um ihr Blumen zu schenken. «Er hatte ein Motorrad», sagt sie. «Er hatte kein Geld, aber er wollte mich ausführen, also ging er los und verkaufte mehrere Liter seines Bluts.»

Mehrere Liter.

«Er war benebelt beim Abendessen», sagt sie. «Er bekam nichts runter. Er sah so aus, als würde er gleich in Ohnmacht fallen. Aber er hatte mir Blumen geschenkt. Lilien. Ist das nicht romantisch?»

Diese Geschichte stört mich. Sie tritt meinem Vater auf den Schlips , das ist ein Grund, aber es geht vor allem darum, dass mir meine Mutter die Blumen als ein falsches Liebesbarometer vor die Nase hält.

Als stünde ihrer Generation echtes Blut zu und meiner nur Maissirup hinter der Bühne.

Seit ich vierzehn bin, fragt mich meine Mutter jeden Valentinstag, «Hat er dir Blumen gekauft?»

«Ich habe ihm gesagt, dass er das nicht soll», sage ich.

«Warum das denn?», fragt sie. «Was setzt du denn für Maßstäbe?»

«Ich will so eine Beziehung nicht», sage ich. «Ich will keine Blumen.»

Was ich eigentlich sagen will: Hör auf, so zu tun, als wären die Lilien das Entscheidende, nicht das Blut.

X. Scrabble-Weltmeister, 2000

Als ich zum ersten Mal mit dem Jungen schlief, dachte ich, ich würde bluten, weil das Jungfrauen nun mal so tun, aber das Laken blieb sauber. Keine rote Flagge, die er aus dem Fenster hängen konnte, oder welche große Geste auch immer einem das Gefühl geben sollte, dass dieser Moment ein ganz besonderer war. Ich war als Kind viel geritten. Der Moment hatte also schon vor Jahren stattgefunden, ohne dass ich es gemerkt hatte.

Wir hatten gedacht, dass seine Mutter den ganzen Nachmittag weg wäre, aber sie kam früher nach Hause und klopfte mittendrin an seiner Tür.

«Was macht ihr da drinnen?», fragte sie durch die Tür, nicht weil sie sich Sorgen machte, sondern weil sie die Art von Frau war, die gerne Gesellschaft hatte.

«Wir spielen Scrabble», sagte der Junge.

«Und wer gewinnt?», fragte sie.

«Beide», sagte er.

XI. Daraus wird nie etwas, 1969

Meine Mutter, Brenda, kurz Boo, hatte ein Blind Date mit einem Mann namens Doug Bush, es war eine ganze Gruppe, die ausgehen wollte. Aber Doug Bush wurde krank, und die Freundin meiner Mutter wollte nur mitkommen, wenn auch Boo jemanden hatte. Also entschied der Mann, der heute mein Onkel Paul ist, dass sein kleiner Bruder Tom, mein Vater, einspringen würde.

«Es war kein Date», sagt meine Mutter, was neu für mich ist.

Für meinen Vater ist das auch neu.

«Was meinst du damit, es war kein Date?», fragt er. «Das war unser erstes Date – natürlich war es ein Date.»

Mein Vater erinnert sich daran, dass sie bei diesem Essen zufällig auf andere Freunde trafen und er sich mit einem von ihnen über den kleinen grünen Triumph unterhielt, den er ihm kurz zuvor für wenig Geld abgekauft hatte. Darüber, wie das Auto immer wieder stehen blieb und mein Vater jedes Mal aufs Neue versuchte, es zu reparieren.

Er erinnert sich daran, dass meine Mutter etwas wie «Typisch Mann, sich über Autos zu unterhalten» sagte.

Er erinnert sich daran, dass er antwortete: «Typisch Frau, sich über Gespräche zu beschweren, in denen Autos vorkommen.»

«Wir haben rumgeschäkert», sagt mein Vater.

Meine Mutter erinnert sich an fast gar nichts, nur daran, dass mein Onkel Paul sie an diesem Abend zu Hause absetzte und …

«Ich habe dich abgesetzt!», sagt mein Vater.

«Warst du das?», fragt Boo. So oder so, als man sie zu Hause abgesetzt hatte, fragte meine Großmutter Maureen, wie es gewesen sei, und meine Mutter antwortete: «Daraus wird nie etwas. Er geht in D. C. aufs College.»

«Die Tatsache, dass du das gesagt hast, beweist, dass es ein Date war», sagt mein Vater.

«Ich weiß noch, was ich trug.»

«Natürlich tust du das», sage ich. «Natürlich ist es *das*, woran du dich erinnerst.»

«Weißt du es noch?», fragt sie meinen Vater.

Mein Vater ist ein pragmatischer Mann. Mein Vater trägt heute noch T-Shirts, die er sich in den Siebzigern zugelegt hat.

«Es war ein blaues Kleid», sagt er. «Mit einem Kragen und so einem Gürtel.» Er tut so, als zöge er eine Schnalle fest.

«Ja», sagt Boo. «Meine Mutter hat das Kleid genäht.»

Warum hat sie ausgeblendet, was sie an diesem Abend fühlte, aber weiß noch, welches Kleid sie trug? Warum ist der Teil dieser Geschichte, der fehlt, derjenige, den ich am meisten brauche?

Ein Jahr nach diesem Vielleicht-ersten-Date machte mein Vater seinen Abschluss, und meine Mutter ging aufs College, und mein Vater verheizte im wahrsten Sinne des Wortes seinen Triumph, so oft besuchte er sie. Das Auto brannte auf dem Seitenstreifen eines Highways aus.

XII. Der männlichste Sport, 2001

Bei einem Picknick für Freunde und Familie treffe ich Doug Bush, den Mann, mit dem meine Mutter eigentlich ihr Blind Date hätte haben sollen. Ich bin sechzehn und habe die ganze Zeit versucht, mit dem einzigen anwesenden Jungen zu flirten, von dem ich mit Sicherheit sagen kann, dass wir nicht miteinander verwandt sind: dem Geiger, den man für ein paar Lieder in der Scheune gebucht hat. Als das nicht klappt, finde ich mich irgendwann neben Doug Bush wieder, wir trinken Bier und spielen Hufeisenwerfen.

«Hufeisenwerfen», erklärt mir Doug Bush, «ist der männlichste Sport überhaupt, weil man dabei nie sein Bier abstellen muss.»

Doug Bush klingt wie ein Roboter, als er mir das erklärt, denn er hatte wegen des Rauchens Kehlkopfkrebs, und seine Stimmbänder wurden durch einen kleinen Apparat ersetzt, auf den er drücken muss, wenn er reden möchte.

Doug Bush drückt auf seinen Knopf und sagt: «Ich hätte dein Vater sein können.»

XIII. Geodenmann, 1970

Um meine Mutter in ihrem Mädchencollege in Upstate New York zu besuchen, fuhr mein Vater drei Stunden lang gen Norden, aber er beschwerte sich weder über die lange Strecke noch über die Kälte. Sie gingen in eine Bar, die The Tin & Lint hieß, wo mein Vater Schlitz und meine Mutter Gin Rickeys trank. Sie besuchten die Pferderennbahn und wetteten, mein Vater zahlte, und meine Mutter setzte ausschließlich auf Apfelschimmel, ganz egal, welche Gewinnchancen sie hatten.

Aber müsste man sich auf einen Moment festlegen, der entscheidend war für ihre Liebesgeschichte – und für meine Existenz –, so war das die Geode.

«Wohin gehen wir?», fragte meine Mutter.

«Zum Parkplatz», sagte mein Vater. «Ich habe ein Geschenk für dich.»

Oben linsten die Freundinnen meiner Mutter aus den Fenstern des Wohnheims.

Er hievte etwas aus dem Kofferraum. Einen Stein in der Größe einer Melone.

«Danke für den Stein», sagte meine Mutter.

«Das ist eine Geode», sagte mein Vater. «Innen sind Kristalle.» Er holte einen Hammer aus dem Kofferraum und gab ihn meiner Mutter.

«Welche Farbe haben die Kristalle?», fragte meine Mutter.

«Das weiß ich nicht», sagte mein Vater. «Sie könnten blau sein, lila, braun oder grau. Wir müssen das Ding aufbrechen, um es herauszufinden.»

«Mach du», sagte meine Mutter. «Und ich will hoffen, dass diese Kristalle nicht aus einem dreckigen Braun sind.»

(Was man über meine Mutter wissen sollte: Sie meinte das ernst.)

Mein Vater schwang den Hammer. Der Stein zerbrach. Meine Mutter untersuchte den Inhalt.

Amethyst-Kristalle.

Sie küsste meinen Vater, und sie gingen etwas trinken.

Als er sie Stunden später zurück zu ihrem Wohnheim brachte, wurde im dritten Stock laut gekichert. Mädchen schauten aus den Fenstern.

«Geodenmann!», riefen sie. «Bring uns beim nächsten Mal einen Stein mit, Geodenmann.»

Die Geode thront im Wohnzimmer meiner Eltern.

Sie macht mir Angst. Der Stein. Die Geschichte. Weil ich mich frage: Wenn diese Kristalle auch nur irgendeine andere Farbe gehabt hätten – hätte ich es dann überhaupt in diese Welt geschafft?

XIV. Messer, 2002

Eine Tarotkartenleserin kommt zu uns nach Hause und legt meiner Schwester und mir die Karten. Sie sagt meiner Schwester, dass sie einen Mann heiraten wird, der mit Messern arbeitet.

Meine Schwester denkt: einen Arzt.

Ich denke: einen Metzger.

Wir einigen uns darauf, dass wir die Augen nach gut aussehenden Köchen aufhalten.

«Was ist mit mir?», frage ich. «Mit wem werde ich am Ende zusammen sein?»

«Ich sehe ein Flugzeug», sagt die Wahrsagerin. «Ich sehe dich weit weg gehen.»

«Was soll ich denn damit anfangen?», frage ich.

XV. Was uns erwartet, 1950 & 1973

Mein Großvater heiratete mit siebzehn – er war so jung, dass seine Mutter für ihn die Heiratsurkunde unterschreiben musste. Meine Mutter heiratete meinen Vater einen Monat nach ihrem Abschluss. Ich bin mir sicher, dass es nicht leicht ist, jung zu heiraten und das eigene Erwachsenwerden mit dem eines anderen zu synchronisieren. Aber ich glaube, dass es zugleich auch einfacher ist.

Es ist erstaunlich, dass diejenigen unter uns, die die Liebe erst später finden, die Kraft aufbringen, es noch einmal zu versuchen – mit all den Jahren an Geschichte, die hinter uns herscheppern wie Blechdosen an einem Hochzeitsauto.

XVI. Newports, 2003

Ich arbeitete als Kellnerin in einem winzigen Restaurant, in dem ich fast nichts verdiente. Das Küchenpersonal nannte mich «die Russin», weil meine Handschrift so schlecht war, dass sie annahmen, ich schriebe kyrillisch. Der Küchenchef war 38, und ich war 19, aber das machte mir nichts, denn er war wunderbar, und ich malte mir aus, wie er mir in den Kühlraum folgte und mich aus meiner Schürze befreite und mich gegen die Tüten tiefgekühlter Shrimps und Tortellini gelehnt fickte. Dazu kam es nie. Obwohl ich mir alle Mühe gab.

Mit «Mühe geben» meine ich, dass ich überzeugt war, ich müsse nur mit den anderen Kellnern und ihm draußen eine rauchen gehen und würde ihn schon näher kennenlernen, und er würde es schon *erahnen*, dass ich mich nach ihm verzehrte, auch wenn ich nie etwas sagte.

Also tauchte ich eines Tages mit einer Zigarettenpackung auf.

«Du rauchst?», fragte der Küchenchef.

«Schon immer», sagte ich.

Ich zündete mir meine erste Zigarette an. Es war eine Newport Menthol.

Zehn Jahre nach meiner ersten Zigarette hörte ich genauso auf, wie ich angefangen hatte: für einen Mann.

Ich schrieb einer alten rauchenden Freundin:

ICH HAB AUFGEHÖRT. FÜR EINEN TYPEN. WAR JA KLAR.

Sie schrieb zurück:

DAS EINZIGE, WORAUF MAN FÜR EINEN TYPEN JEMALS VERZICHTEN SOLLTE, IST SEX MIT ANDEREN LEUTEN.

XVII. Guys and Dolls, 2004

Ich gehe aufs College und schließe mich einer Theatergruppe an, was meiner Mutter Kopfschmerzen bereitet. In den Weihnachtsferien sitzen wir auf dem Sofa in unserem Wohnzimmer.

«Geh nie mit einem Mann aus, der mehr Musicalnummern draufhat als du», sagt meine Mutter.

Mein Vater, im Nebenzimmer, hört das. Er tritt von rechts auf, ins Wohnzimmer, tanzt den Charleston.

«Ich setz auf dieses hier!», singt er. «Das Pferd heißt Paul Revere!»

Er tänzelt aus dem Zimmer, Abgang nach links.

«Ich meine es ernst», sagt meine Mutter.

Mein Vater tritt wieder auf, irgendwie schafft er es, schon wieder von rechts zu kommen, er singt:

«Wenn wir uns kennen! Wenn wir beim Namen uns nennen!»

XVIII. Mittelsfrau, 1999

Mein Onkel Randall, der Bruder meiner Mutter, ist Journalist. In den späten Neunzigern reiste er durch den Balkan, um über die besorgniserregend inkonsequente Verfolgung serbischer Kriegsverbrecher zu berichten. Er wollte ein verdecktes Interview mit einem Mann führen, der bekanntermaßen zahlreiche Vergewaltigungen und Morde begangen hatte und ziemlich offen, von seiner eigenen privaten Miliz beschützt, in einem kleinen bosnischen Dorf wohnte. Alle Mittelsmänner vor Ort sagten ihm, dass seine Idee vollkommen irrsinnig, schrecklich und höchstwahrscheinlich tödlich sei, und winkten ab. Dann schlug eines Tages jemand vor:

«Hast du schon mit Goca Igrić gesprochen? Ich denke, sie ist die Richtige für dich.»

Goca ist auch Journalistin. Sie ist Serbin, raucht ununterbrochen rote Marlboros, trinkt täglich mehrere Kannen türkischen Kaffees und erhielt damals Morddrohungen von einer ganzen Reihe politischer und krimineller Organisationen, weil sie während des Krieges klar und deutlich gegen Slobodan Milošević Stellung bezogen hatte.

Ich habe meinen Onkel einmal gefragt, wann er sich in Goca verliebt hat.

Sie wurden erst viele Jahre später ein Paar, aber er sagte, dass es vielleicht bei ihrem ersten Treffen in einem Café war, als er ihr erzählte, was er machen wollte, und sie bat, seine Mittelsfrau zu sein. Er sagte, Goca habe geschwiegen, nachdem er ihr diese vollkommen irrsinnige, schreckliche und höchstwahrscheinlich tödliche Idee vorgestellt habe. Sie stieß allen Rauch aus ihrer Lunge aus und sagte: «Ich denke, ich kann das nicht *nicht* machen.»

«Vielleicht wusste ich es da», sagte mein Onkel.

Zum ersten Mal brachte mir meine Familie etwas über die Liebe bei, das so ehrlich war wie Blut. Ich kann das nicht *nicht* machen.

XIX. Belesen, 2004

Stanley war ein wunderbarer Schauspieler und liebte es, laut vorzutragen, und einmal, als es mit uns schon fast vorbei war, las er mir aus der *Ilias* vor.

Er hatte bereits fünfzehn Minuten lang gelesen, als mir plötzlich klar wurde, dass Menschen manchmal weniger verliebt als vielmehr auf der Suche nach einem Publikum sind. Ich arbeitete hinter der Bühne, war eine von denen, die nähten und schweißten und die Scheinwerfer bedienten, und vielleicht brauchte ich deswegen so lange, um das zu verstehen – aber als ich so weit war, fing ich an, mich verschwinden zu lassen. Eine gute Bühnenarbeiterin. Eine gute Frau.

Es war nicht Stanleys Schuld, dass ich das für meine Bestimmung hielt. Es waren die jahrelangen Familiengeschichten, die darüber hinweggegangen waren, dass die Frauen es im Blut hatten, was falsch und was richtig war. Die die Wahrheit hinter einer romantischen oder, schlimmer noch, schicksalsschwangeren Kulisse verbargen.

Ich ließ mich verschwinden, so, wie man langsam Scheinwerfer herunterregelt. Mehr und mehr, das Licht wird gedimmt, geht in Schwarz über und dann vollends aus.

XX. Farbenblind, 2003

Meine Schwester Leslie erbringt den größten Liebesbeweis, den ich je gesehen habe.

Sie war bereits seit einer Weile mit Doug zusammen, als sie herausfand, dass er farbenblind war.

Meine Schwester drehte durch, weil das all ihre sorgfältig aufeinander abgestimmten Outfits ruinierte. Meine Schwester nimmt ihre Kleidung sehr ernst.

«In deinen Augen», sagte Leslie zu Doug, «beißt sich alles. Ich sehe furchtbar aus.»

«Du bist wunderschön», entgegnete Doug.

Aber meine Schwester konnte es nicht akzeptieren, dass all ihre Rottöne zu Grüntönen wurden. Sie hasste Grün.

Als ich sie das nächste Mal sah, trug Leslie einen grünen Pullover. Zusammen mit einem dunkelblauen Rock.

«Hübscher Pulli», sagte ich.

«Er ist scheußlich», sagte Leslie.

«Warum trägst du ihn dann?»

«Weil das für Doug wie Dunkelblau und Rot aussieht», sagte sie. «Und maritime Farben sind gerade im Trend.»

XXI. Black Cat, 2006

Wir Mädchen wollten zur Brit-Pop-Nacht ins Black Cat, um zu den Smiths und den Sex Pistols zu tanzen und zu rauchen und zu viel Eyeliner aufzutragen und uns einen Scheißdreck um die Jungs zu kümmern oder darum, dass die meisten von uns einige Monate später Examen machen und sich unsere Wege dann trennen würden. Ich ging mit, weil ich tanzen wollte, aber vielleicht auch wegen eines groß gewachsenen Mädchens namens Maggie, das eine riesige Brille und Hemden mit hochgekrempelten Lasst-uns-anpacken-Ärmeln trug, die mich extrem anmachten. Während unserer Treffen im Theater machte Maggie genauso umfangreiche Notizen wie ich und schaute von ihren Notizen in genau dem gleichen Moment auf wie ich, und wir starrten uns an.

Aber dann schafften wir es nicht ins Black Cat, weil ein Schneesturm aufzog.

(Am Ende küssten wir uns doch. Am Ende schliefen wir miteinander. Am Ende schaffte ich es nicht, das Wort bisexuell über die Lippen zu bringen, auch nicht das Wort queer, schaffte es nicht, die Wahrheit über die Lippen zu bringen und mich so zu outen, wie ich es hätte tun sollen, schaffte es nicht, ihr gerecht zu werden. Am Ende werde ich euch diese ganze Geschichte erzählen.)

Wir waren unglaublich enttäuscht wegen des Schnees, der durchkreuzten Pläne. Also gingen wir alle auf die gleiche langweilige Party, die wir eigentlich hatten vermeiden wollen, und taten so, als hätten wir Spaß.

Ich ging raus auf den Balkon, um eine zu rauchen und dem Schneetreiben zuzusehen. Eine kleine Ansammlung von Menschen stand dort draußen. Ich entdeckte Maggie. Sie trug keine Brille. Sie trug ein schwarzes Tanktop. Sie winkte mir von der anderen Seite des Balkons zu. Ich winkte zurück. Dann starrten wir uns an wie bei den Theatertreffen, und sie zog ihr Tanktop ein wenig hoch. Auf ihrem Bauch stand in rotem Lippenstift:

ICH WÄRE
LIEBER
IM
BLACK CAT

XXII. Ashokan Farewell, 2007

Ein Freund von mir arbeitete auf einer dieser Farmen, wo er für Touristen, die so etwas liebten, Klamotten von anno dazumal anzog und eine Nickelbrille aufsetzte und so tat, als wäre er ein Blechschmied, ein Banjospieler, ein Mann aus dem Jahr 1901. Aber er trug tatsächlich solche Klamotten und schmiedete Blech und spielte das Banjo, deswegen war es schwer zu sagen, was echt und was gespielt war.

Ich besuchte ihn. «Ich will dir Frank vorstellen», sagte mein Freund.

Frank war ein kettenrauchender Koch, der auf der Farm wohnte und scheißechte Ringellocken hatte. Es war nur so, dass es auf der Farm auch einen Esel gab, der Frank hieß, und so war ich kein bisschen vorbereitet, als mich mein Freund mitnahm, um «Frank» kennenzulernen, weil ich erwartet hatte, einem Esel vorgestellt zu werden, und dann stand da dieser Mann mit scheißechten Ringellocken.

Eins führte zum anderen.

Frank führte mich nach unten, und als er mir mein T-Shirt auszog, rief ich: «Warte!»

Ich hatte ein riesiges, sepiafarbenes gerahmtes Foto über dem Kamin entdeckt, das zwei Menschen mit einem Baby zeigte, und ich fragte ihn, wer das war, denn sie waren wunderschön.

Er sagte, das seien seine Eltern, und das Baby er selbst. Als sie sich scheiden ließen, hätten seine Eltern sich so gehasst, dass keiner von ihnen den Anblick des Bildes ertragen konnte und sie es wegwerfen wollten, also nahm er es.

Ich zog mein T-Shirt wieder an, denn vielleicht geht alles am Ende immer schrecklich schief, und es gibt überhaupt keinen Sinn in alledem, und angesichts dieser ganzen Tragik, die da über unseren Köpfen hing, konnten wir doch unmöglich ficken, oder?

Frank zog mir mein T-Shirt wieder aus, aber auf eine freundliche Art.

XXIII. Hoffnung, 2008

Meine Beziehung mit Bob hielt ein ganzes Jahr länger, als sie es eigentlich hätte tun sollen, denn Barack Obama kandidierte für das Präsidentenamt und ließ uns an die Kraft der Wiedergutmachung glauben, und wir dachten, dass er vielleicht auch uns vor den kleinlichen Sticheleien, mit denen wir uns gegenseitig wehtaten, retten könnte. Auch wir würden uns ändern können.

Danke auch, Obama.

Als ich Bob verließ, schrieb er eine Kurzgeschichte darüber und reichte sie in unserem Schreibseminar ein. In der Geschichte war er ein Rockstar und ich eine Bäckerin. In der Geschichte hatte er sich ausgedacht, dass ich mich bei meinem ersten Freund mit Chlamydien angesteckt hatte und mir meine Eierstöcke entfernen lassen musste und jetzt unfruchtbar war. In der Geschichte hieß ich Zoe und schrie den Rockstar auf offener Straße an. Schrie ihm Dinge ins Gesicht, die ich ihm tatsächlich eine Woche zuvor auf offener Straße ins Gesicht geschrien hatte.

«Der Dialog ist unglaublich lebendig», sagte der Dozent. «Ein richtiger Durchbruch in deiner Arbeit.»

«Aber hast du denn noch deine Eierstöcke?», fragten meine Freunde.

XXIV. Saufgelage, 2009

Al lud mich mitten im Winter nach Long Island ein, weil ich noch nie einen 7-Eleven-Slurpee getrunken hatte. Das war absurd, aber ich sagte Ja, weil er so derart förmlich fragte:

«Dürfte ich dich am kommenden Samstag um zwei Uhr auf Long Island auf einen Slurpee und vielleicht einen Spaziergang am Strand einladen?»

Der Zug brauchte zwei Stunden und fuhr durch Orte mit Namen wie Wantagh und Islip. Auf der Bahnhofstoilette trug ich Lippenstift auf, und die Frau neben mir, Stock im Arsch, suchte meinen Blick im Spiegel und sagte: «Schätzchen, das brauchst du doch nicht.» Al holte mich ab, und wir kauften uns Slurpees und tranken sie in unseren Wintermänteln am Strand.

Auch wenn unsere Eltern sehr unterschiedlich waren, hatten sie uns auf ähnliche Weise geprägt. Ich glaube, wir hatten Angst, nicht verdient zu haben, was wir einander gaben.

An diesem ersten Tag am Strand hatte Al einen Flachmann mit Whiskey dabei. Er fragte mich, ob ich etwas davon wolle. Ich sagte Ja.

Was er tatsächlich sagte, war: «Hast du schon jemals an einem Saufgelage teilgenommen?»

Was ich tatsächlich sagte, war: «Ich wollte schon immer an einem Saufgelage teilnehmen.»

Unser Saufgelage dauerte vier gute Jahre.

XXV. «Die Efeukrone», 1979

«Was für ein Gedicht hast du noch mal auf eurer Hochzeit gelesen?», frage ich meine Mutter. «Dieses kitschige Rilke-Gedicht?»

«Das war kein kitschiges Rilke-Gedicht», sagt meine Mutter. «Das war William Carlos Williams, und dein Großvater hat geweint, als er es vorgelesen hat.»

«Wie hieß es?»

«Ich weiß den Titel nicht mehr, aber es war irgendetwas mit ‹Liebe ist Grausamkeit›, bla bla bla.»

«Liebe ist Grausamkeit?», frage ich.

Meine Mutter sagt: «Das Gedicht ist gut.»

Sicher
Liebe ist grausam
selbstsüchtig und
vollkommen stumpf –
...
Aber ...
...
wir haben,
gleichgültig wie,
durch unseren Willen überlebt
...
Wir wollten es so
und so ist es
jenseits des Zufalls.

XXVI. Das Bienenmassaker von Wilsonville, 2013

Ich stieg in ein Flugzeug nach Oregon, nachdem ich meinen Ex-Freund Arlo wiedergesehen und entschieden hatte, dass wir uns immer noch liebten, füreinander bestimmt waren und heiraten würden. Wir überlegten, ob ich meine Pläne, in Florida zu promovieren, in den Wind schießen und nach Oregon ziehen sollte.

Wir fuhren drei Stunden bis zur Küste, wo wir uns in die Dünen setzten und auf den Pazifik starrten, ein romantischer Abend, aber dann tauchten diese Hubschrauber auf und richteten ihre Scheinwerfer auf das Wasser. Wir hielten uns die Ohren zu und beobachteten, wie die Lichter auf der Suche nach einer Leiche die Wasseroberfläche durchkämmten.

Verwirrt flog ich zurück nach Hause. Ich packte meine Freundin Cora, zog sie ins Bett, weinte sie nass und sagte: «Ich liebe ihn, aber ich bin nicht in ihn verliebt! Aber vielleicht sollten wir trotzdem einfach heiraten! Vielleicht sollte ich nach Oregon ziehen! Vielleicht fühlt sich so die wahre Liebe an!»

Cora ist eine gute Freundin, und deswegen wies sie mich nicht darauf hin, dass ich gerade «wahre Liebe» gesagt hatte.

«Alles ist gut», sagte sie. «Du wirst jetzt die Klappe halten, und dann wirst du nach Florida ziehen, wo du niemanden kennst, so, wie du es vorhattest. Und ab und an wirst du mich anrufen und mir alles erzählen. Und das wird gut sein.»

«Aber …», erwiderte ich.

«Still jetzt», sagte sie. «Halt die Klappe, und alles wird gut.»

An meinem letzten Tag in Oregon, auf dem Weg zum Flughafen, fuhren wir an einer lauten Gruppe von Menschen vorbei, die als Honigbienen verkleidet waren. Die Leute in den Bienenkostümen protestierten gegen ein bienenschädliches Pestizid, das der örtliche Baumarkt verkaufte. Wir waren beide schon unglaublich müde. Wir würden scheitern, und doch waren wir voller Hoffnung, und wir wussten nicht, was passieren würde, wenn ich erst einmal im Flugzeug säße, also hatten wir uns auf viele Tränen gefasst gemacht, als wir einen der Bienenmänner mit einem Schild sahen, auf dem stand:

VERGESST NIE DAS BIENENMASSAKER VON WILSONVILLE!

Manche Massaker können im Nachhinein unbedeutend wirken. Damit das viele vergossene Blut in der Erinnerung weniger erscheint. Aber andere laufen mit Schildern herum und brüllen dich dein Leben lang an und zeigen hin, *Sieh dir dieses ganze Blut an. Sieh es dir an.* Und dann gibt es die Massaker, die du selbst verübst.

Wir sahen uns an und fragten uns: «Wirst du dich daran erinnern?»

Wir sagten: «Wie könnten wir jemals das Bienenmassaker von Wilsonville vergessen?»

XXVII. Zyklisch, 2013

Ich befinde mich in einer ziemlich ausgestorbenen Mall in Tallahassee, Florida, wo ich bis vor ein paar Wochen noch niemanden gekannt hatte. Ich will mit einer Gruppe neuer Freunde ins Kino gehen. Zu der Gruppe gehört Nick, ein Mann, den ich, glaube ich, mag und dem ich nicht allzu viel offensichtliche Aufmerksamkeit schenken will.

Ich laufe an den vielen ausgeknipsten Schaufenstern dieser toten Mall vorbei, und dann sehe ich sie, diese neuen, netten Menschen, nicht weit entfernt. Sie warten auf mich, aber bevor ich zu ihnen stoßen kann, ruft mich meine Schwester an, sie weint.

«Was ist los?», frage ich.

Es geht um ihren Freund, sagt sie. Sie liebt ihn, aber sie ist nicht in ihn verliebt.

Leslie sagt: «Aber vielleicht ist es das einfach. Vielleicht ist Liebe einfach nicht mehr als das, und ich werde niemals mehr fühlen.»

Ich weine nicht, als sie das sagt, auch wenn meine Schwester für mich wie ein Teil meines eigenen Körpers ist und es mir wehtut, wenn sie unglücklich ist. Ich weine nicht, obwohl ich spüre, wie die Traurigkeit, die meiner Familie im Blut liegt, brodelt und mir zuflüstert, wie sinnlos alles ist. Weil es unfair ist, dass ich genau die gleichen Fehler gemacht habe, aber meine Schwester nicht davor bewahren kann. Dass alles, was unserer Familie, unseren Freunden und sogar uns selbst bisher passiert ist, so schwer wiegt und es uns trotzdem nicht vor weiteren Dummheiten und kommendem Schmerz schützt. Es hält uns nicht davon ab, diese Fehler zu wiederholen.

Ich lache nicht, als meine Schwester das sagt, auch wenn mir bewusst wird, wie absurd es ist, meine eigenen Worte inmitten dieser toten Mall in Tallahassee, Florida, als Echo zurückgeworfen zu bekommen. Wie absurd es ist, dass meine ganze Welt nur ein paar Monate zuvor noch unterzugehen drohte, und jetzt bin ich hier, an diesem neuen, ganz normalen Ort, und es geht mir ziemlich gut.

Stattdessen sage ich: «Erklär mir, was du meinst, wenn du sagst, lieben-aber-nicht-verliebt-sein.»

Dort hinten warten meine neuen Freunde immer noch auf mich. Ich beobachte, wie sich der Mann, den ich, glaube ich, mag, bückt, um seine Schuhe zuzubinden. Schon die Art, wie er sich elegant herunterbeugt, elektrisiert mich, und ich versuche zu ignorieren, wie mein Blut in den Adern pulsiert.

Stattdessen sage ich zu meiner Schwester: «Erzähl mir alles.»

Stattdessen tue ich so, als wäre all das noch nie vorher passiert.

Als passierte alles zum ersten Mal.

Erster Akt: Die Handwerker

Du erinnerst dich daran, dass sie eine Mauer neben seinem Haus bauten. Du warst immer zu schnell und hast fast die Einfahrt verpasst, dann hast du die Männer mit ihren Steinen gesehen, hast zurückgesetzt und bist nach rechts abgebogen. Es kommt dir so vor, als wäre eure Liebe ewig gewesen, aber während eurer gesamten Beziehung wurde diese Mauer gebaut, wie lang kann es also wirklich gewesen sein?

Der Junge trug im Winter Hawaiihemden. Sein Mund war immer in Bewegung. Er hatte einen trotteligen Hund mit kurzen Beinen, der sich ständig verlief, und einmal, noch bevor ihr euch kanntet, hatten deine Eltern ihn am Straßenrand gefunden und zu ihm zurückgebracht. Er konnte wie Freddie Mercury singen. Er konnte wie Paul McCartney singen. Er konnte wie Tom Waits singen. Du warst sechzehn und vollkommen wehrlos.

Er hatte typische Jungs-Angewohnheiten, sammelte *Star Wars*-Figuren, pupste unter der Decke und verstellte seine Stimme auf eine bescheuerte Art und Weise, wenn man gerade ernste Gespräche mit ihm führen wollte. Er hatte typische Erwachsenen-Angewohnheiten, sein kaputter Rücken zwang ihn, orthopädische Schuhe zu tragen, und er war abhängig von Schmerzmitteln. Wenn er nicht schlafen konnte, fuhr er mit dem Auto seiner Mutter im Schritttempo durch die Nebenstraßen und hörte Wagner.

Er nahm dich mit an den See. Ihr habt gemeinsam auf dem Rettungsschwimmer-Hochstuhl gesessen, und er sagte, dass er dich liebe, und es war alles sehr romantisch, bis euch auffiel, dass zehn Meter entfernt ein anderes Pärchen gerade im Sand fickte. Ehrlicherweise war es trotzdem ganz schön romantisch. Ehrlicherweise sind dir Rettungsschwimmer-Hochstühle noch immer heilig.

Ihr hattet abgemacht, bei jedem Spielzeugladen, an dem ihr vorbeikommt, anzuhalten. Ihr habt euch mit Bällen abgeworfen, Kuscheltierkinder adoptiert und versucht, eure schlaksigen Teenagerkörper in die Rennautobetten aus Plastik zu quetschen, bis jemand euch rausschmiss. So war die Abmachung. Ihr durftet erst gehen, wenn mindestens eine Person euch angeschnauzt hatte.

Er brachte dich in unangenehme Situationen. Vergaß dich auf Partys seiner Freunde, sodass du selbst gucken musstest, wie du nach Hause kommst. Seinetwegen gab es viel Streit mit deinen Eltern. Im Restaurant behauptete er jedes, wirklich jedes Mal, es sei dein Geburtstag, nur um ein Kuchenstück abzugreifen, selbst dann, wenn er am Ende ohnehin die Zeche prellte. Wenn du weintest, fragte er dich, ob ein Eis nicht alles wiedergutmachen könne. Als wären die Probleme von Mädchen so einfach zu beheben. Du hast ihn geschlagen und verflucht, aber dann fuhr er mit dir zum Carvel am Highway, das 24 Stunden geöffnet hatte. Und er platzierte dich mit einem Vanillesofteis mit bunten Streuseln auf einer Picknickbank inmitten der Abgase, und während die Autos an euch vorbeirasten, sagte er: «Gib's zu, dir geht's schon besser, oder?» Dann schlugst du ihn noch einmal.

Seine Mutter unterrichtete in der Mittelstufe Darstellendes Spiel. Ihre Shakespeare-Theatergruppe probte auf einer Farm im Ort, die zu wenige Kühe hatte, um ein guter Milchbetrieb zu sein, aber genug Hektar Land, um den *Sommernachtstraum* genau so aussehen zu lassen, wie er aussehen sollte, als sie ihn dort aufführten. Dir gefielen die Stellen, wo die jungen Liebenden sich im Wald verirrten, sich stritten und küssten, aber du verstandst die Handwerker nicht, die andere Hälfte des Stücks, wo die Zimmermänner und Kesselflicker, die Handwerker, versuchten, ihre eigene Aufführung innerhalb der Aufführung auf die Bühne zu bringen. Die Handwerker waren weder jung noch hübsch, und das Stück, das sie auf die Beine stellten, war sehr schlecht. Es hieß *Pyramus und Thisbe*. Darin spielte ein Mann eine Frau, und eine Frau spielte eine Wand, und sie sprachen die ganze Zeit über das schreckliche Gebrüll eines Löwen. Du fandest das alles belanglos. Er fand diese Szenen am besten, und du fragtest dich, was du nicht kapierst.

Du hattest einen Autounfall und musstest ins Krankenhaus. Er besuchte dich, obwohl deine Eltern ihn nicht mochten. Er brachte dir ein dreckiges Absperrhütchen mit, das er auf der Straße geklaut hatte und in dessen Öffnung er Wildblumen gesteckt hatte. Das hieß, *Ich liebe dich*. Das hieß, *Sei vorsichtig*.

In seinem Haus gab es eine Sauna und einen Pool und eine Sammlung afrikanischer Masken. Ihr zwei habt in der Sauna gesessen, dann seid ihr draußen über den Rasen gerannt und nackt ins Wasser gesprungen. Ihr habt herumgespritzt, er jagte dich unter den wehenden tibetischen Gebetsfahnen in den Bäumen, und wenn er dich gefangen hatte, drückte er sich an dich, bis du es nicht mehr ausgehalten hast, und dann nahm er dich mit hinein und legte dich auf den Boden und fickte dich, während du in die geschnitzten Holzgesichter dieser Masken starrtest. Er war dein Erster, und der Sex fühlte sich immer sicher und immer gut an, und das, diese Sicherheit und dieses Gute, sollte sich im Nachhinein als tödlich erweisen.

Und dennoch, müsstest du diese Dynamik vergleichen, dann hätte er sich wahrscheinlich als Jean Renault in Luc Bessons *Léon, der Profi* gesehen, und dich als seine Mathilda, seine traurige, blutjunge Natalie Portman. Mit dem Unterschied, dass ihr beide tatsächlich zusammen im Bett wart. Mit dem Unterschied, dass zwischen euch nur ein Jahr lag. Du weißt, dass du diesen Film nicht mehr mögen solltest, jetzt, da du alt bist und zu viel Wissen angesammelt hast, aber du siehst dir das Mädchen immer noch gerne an – siehst ihn gerne an, wie er sie ansieht –, auf eine Weise, die so fragwürdig ist, wie einen zerquetschten Pfirsich schön zu finden. Man sollte diesen Pfirsich weder *essen* noch er *sein* wollen. Dieser spezielle Ouroboros sollte sich im Nachhinein ebenfalls als tödlich erweisen.

***

Du musstest nur ein Stoppschild ignorieren, dann konntest du innerhalb von zehn Minuten bei ihm sein. Wenn du die Einfahrt nicht verpasst hattest. Wenn du nicht warten musstest, bis alle Männer, die die Mauer bauten, Werkzeug und Steine von der Straße geräumt hatten.

Als der Junge aufs College ging, sagte er dir, dass er Angst habe, dabei warst du doch diejenige, die er zurückließ, mit Eltern, die wahnsinnig sauer waren, weil du Sex gehabt hattest. Mit all den Kämpfen, weil du diese Beziehung verteidigen musstest, die du noch nicht einmal mehr *hattest*, jetzt, da er weg war. Du warst unglaublich wütend, und es gab niemanden, der dich verstand, also machtest du ihn zu deinem Fixstern. Zu der Erzählung, die dich ausmachte. Es musste eine Erzählung sein, die etwas bedeutete, denn wozu war das sonst alles gut?

Für die meisten Menschen war das, was ihr hattet, nicht mehr als eine Teenager-Schwärmerei, aber das war es nicht. Sogar jetzt denkst du manchmal an die hochtourige Intimität, die zwischen euch herrschte, und fragst dich, ob jemand Älteres so etwas heil überstanden hätte. Du behauptest nicht, dass das einzigartig war, nur, dass es da war.

Der Junge klang weit weg, wenn er dich aus dem College anrief, auch wenn er nur in Kalifornien war. Manchmal war er komisch drauf und entschuldigte sich dann und sagte, es seien nur die Pillen die Pillen die Pillen. Er sagte, er wolle aufhören, und du halfst ihm dabei, und dann tat er es auch. Er spülte die Pillen die Toilette hinunter, und du hast gehört, wie er sie hineinwarf, ein Pling, ein Rauschen. Du hast dich gefragt, ob es tatsächlich stimmte, schließlich studierte er Schauspiel. Einige Tage später wusstest du allerdings, dass er Ernst gemacht hatte, dass er wieder auf Entzug war, weil er kalt und verletzend war und die ganze Zeit Frank Zappa hörte.

Ein Jahr später, im Sommer, bevor du aufs College gingst, machtest du mit ihm Schluss, weil du es satthattest, dich immer zusammenreißen zu müssen, die Avancen der Jungs um dich herum, die einfach nur mit einer Flasche Bourbon mit dir auf einem Felsen sitzen, den Sternen Namen geben und dich dabei ein bisschen begrapschen wollten, nicht zu erwidern. Später, am College, kamen die Jungen alle von katholischen Privatschulen und fragten tatsächlich um Erlaubnis, bevor sie dich berührten. Damals wusstest du das nicht zu schätzen. Sie planten ihre Dates, die sie auch Dates nannten, minutiös, schenkten dir in Zellophanpapier eingepackte Blumen, und auch das wusstest du nicht zu schätzen, also hast du gelogen und gesagt, du wärst Jungfrau und würdest bis zur Hochzeit warten wollen.

Der Junge schrieb dir Briefe. Du schriebst zurück.

Beinahe wärt ihr wieder zusammengekommen, als er dich nach dem College für eine Woche in Brooklyn besuchte und ihr wie früher drauf wart. Ihr seid durch die Rüstungsausstellung im Met gerannt und habt euch vom Sicherheitspersonal anschnauzen lassen. Ihr seid nachts durch dein Schlafzimmer getanzt, weil ihr euch beide zuckerige Cocktails hinter die Binde gekippt hattet und den Typen über dir Bassspielen üben hören konntet.

Ihr wart jetzt in den Zwanzigern, so erwachsen, und niemand konnte euch davon abhalten, zusammen zu sein. Du warst am Ziel angekommen, da warst du dir sicher. Aber dann machte er Schluss. Du hattest ein blaues Halstuch an, das in Williamsburg, Brooklyn, 2006 ziemlich angesagt gewirkt haben muss, dich aber umso dümmer und würdeloser dastehen ließ, als er dir sagte, er habe mit einer Yogalehrerin geschlafen, die er vor zwei Tagen bei einem Freund kennengelernt hatte, und du schworst dir, nie wieder auch nur ein einziges Kleidungsstück zu tragen, in dem du die Demütigung, verlassen zu werden, nicht aushalten könntest. Die Regel hat sich als ziemlich brauchbar herausgestellt.

Nach seiner Rückkehr verfasste er lange Facebook-Monologe darüber, wie das Morgenlicht Brooklyns durch dein Fenster geschienen und die Siamesischen Kampffische auf dem Sims zum Schillern gebracht hatte, alles, um das melancholische Gefühl zu beschreiben, dich ein allerletztes Mal gefickt und nackt im Bett zurückgelassen zu haben. Später stellte er Fotos der Yogalehrerin ein.

Du schämtest dich, ihn falsch eingeschätzt zu haben, mehr noch, ihn – mit Unterbrechungen – sechs Jahre lang falsch eingeschätzt zu haben, was fast schlimmer war als dein Liebeskummer. Fast.

Du hast nicht mehr auf seine Briefe geantwortet, hast alles abgebrochen und bist nicht eingeknickt. Bis er sich weitere fünf Jahre später einer dieser Zwölf-Schritte-Gruppen anschloss und dir ein langes Entschuldigungsschreiben schickte, das Teil der Wiedergutmachungsphase ist. Du hast in deinem Leben zu viele solcher Briefe bekommen. In dem Brief listete er Hunderte von

Dingen auf, die er gemacht hatte und an die du dich gar nicht mehr erinnern konntest. Er erwähnte weder, wie kaltherzig er gewesen war, als er nach der Highschool einfach wegging, nachdem du dich seinetwegen mit deinem Freundeskreis und deinen Eltern überworfen hattest, noch die Telefonate nach den Pillen im College oder die Yogalehrerin.

Ein Jahr später wart ihr beide zu einer Hochzeit auf einem Weingut eingeladen. Du hast geraucht und Bourbon getrunken, und er hatte mit allem aufgehört, was du ihm hoch angerechnet hast, unabhängig davon, was alles zwischen euch passiert war. Ihr seid durch die Weinreben spaziert, und er bat dich darum, Wiedergutmachung leisten zu dürfen. Du sagtest, Wiedergutmachung sei geleistet worden. Punkt abgehakt. Alles in Butter. Du hast deine Zigarette ausgetreten und sie mit deinem Stiefel in die Erde gebohrt. Als er dich in dein abgewracktes Motel zurückbrachte, hast du ihn auf die Wange geküsst und fandest, dass das eine ziemlich gute Art war, sich von jemandem für immer zu verabschieden.

Am nächsten Morgen teilte die Dame an der Rezeption dir mit, dass mitten in der Nacht ein Mann nach dir gefragt hatte, gegen vier Uhr, und dass sie ihm gesagt habe, dass niemand mit deinem Namen hier übernachten würde. Du gabst ihr den plastikberingten Zimmerschlüssel zurück und sagtest Danke. Dir wurde klar, dass diese großherzige Frau, die im gottverdammten Sea Breeze Motel die Nachtschichten schob, mehr Verstand hatte als du, und sie hatte nur zwei Minuten mit ihm verbracht.

Du bist zu Besuch in deiner Heimatstadt. Du fährst ziellos herum, als du die Mauer siehst. Du hältst an und setzt langsam bis zur Einfahrt auf der rechten Seite zurück. Die Mauer ist fertig. Da steht sie vor dir, Stein auf Stein, und du spürst einen Stich. Du kannst alles wegwerfen, die Telefonnummern und die Fotos, aber diese Geschichten werden nie aufhören, in deinem Kopf ihr Unwesen zu treiben.

Zum ersten Mal verstehst du, dass jemand, wenn er davon spricht, mit etwas *abgeschlossen* zu haben, nicht meint, dass man sich nicht mehr erinnern würde oder die Wunden verschwinden. Nur, dass man weitermacht und sich anderen Dingen zuwendet. Jemand anderen kennenlernt. Und dennoch kann dich so etwas Simples wie eine Steinmauer immer noch plötzlich und unerwartet am helllichten Tage zerstören. Und weil es meistens viel zu lange dauern würde, das alles zu erklären, fährt man einfach weiter, wenn so etwas passiert. Du wirst niemandem von der Mauer oder dem, was sie in dir hervorruft, erzählen. Und diese Stille definiert mehr als alles andere das, was man *abschließen* nennt.

Die Mauer, die sie gebaut haben, ist extrem mittelmäßig.

Du denkst an die einzige lustige Stelle bei *Pyramus und Thisbe* in der Version der Handwerker. Pyramus hat sich umgebracht, und Thisbe hat sich auch umgebracht, aber das Stück geht weiter. Nicht nur, weil es unerträglich ist, sondern auch, weil als Nächstes die Person, die die Mauer spielt, tot umfällt. Eine tote Mauer, und *selbst jetzt* ist das Stück noch nicht zu Ende. Weil der Mond in Form einer Papierscheibe und der Löwe mit einem Wischmopp als Mähne noch übrig geblieben sind. Das Spiel ist aus. Schon seit vielen Jahren. Und trotzdem bist du immer noch hier und wirst diese traurigen Requisiten nicht los.

Hepburn qua Hepburn

Für mich war es immer klar: Tracy Lord war nicht für George Kittredge bestimmt. George ist die Karikatur eines Selfmademans – weniger ein echter Mann, in den sich irgendwer verlieben würde, als vielmehr die Verkörperung einer ‹guten Partie›. Einen George zu heiraten hieße, sich dem zu beugen, was die Welt als Erfolg verbuchte, auf Kosten dessen, was ich, leicht dramatisiert, für wahre Liebe hielt.

Zu meiner Verteidigung: Ich war dreizehn.

Der Sommer, in dem mich die Filmadaption von *Die Nacht vor der Hochzeit* aus dem Jahr 1940 in romantischer Hinsicht für immer prägen sollte, fiel auf das Jahr 1998, in dem ich die meiste Zeit in den heiligen, neonbeleuchteten Gängen der örtlichen Videothek verbrachte und mich mit meinen Freunden darüber stritt, was wir ausleihen sollten. Weil ich es satthatte, immer die Videos gucken zu müssen, die die Jungs in meinem Leben hochhielten und glorifizierten, machte ich mir die Liste der «100 größten amerikanischen Filme aller Zeiten» des American Film Institute zunutze. Ich nahm an, dass mich die Experten der Akademie von den Geschmacksauswüchsen dämlicher Typen erlösen würden. Was für eine Ironie.

Zurzeit tummelt sich die *Nacht vor der Hochzeit* auf Platz 41 der Liste, aber damals war sie mit Sicherheit weiter oben (ganz oben thront seit bald 25 Jahren *Citizen Kane*). Doch das Ranking ist unwesentlich – denn kein Film, den ich damals sah, hat meine Sicht auf die Welt je so verändert wie die *Nacht vor der Hochzeit*.

Der Film ist zugleich eine Liebesgeschichte und eine Komödie der Irrungen. Die Dialoge sind unglaublich schnell. Eine Screwball-Komödie in drei Akten, in der Tracy, ein auf vielen Hochzeiten tanzendes Mädchen aus alteingesessener Familie (Katharine Hepburn), den neureichen, begehrten Junggesellen George (John Howard) heiraten will. Die Hochzeit wird dadurch verkompliziert, dass Macaulay «Mike» Connor (Jimmy Stewart) über sie berichten soll, er selbst ist ein widerwillig zum Klatschreporter mutierter Kurzgeschichten-Autor, dessen deutlich geäußerte Abneigung gegen die oberen Schichten zwar nicht unbegründet ist, aber auch an das bolschewistische Kostümspiel grenzt, das für Männer eines gewissen Bildungsgrades so typisch ist. Nichtsdestotrotz fühlt sich Mike zu Tracy hingezogen und buhlt um ihre Zuneigung. «Die junge, reiche, raubgierige Amerikanerin», sagt er, kurz bevor er ihr schöne Augen macht. «In keinem anderen Land gibt es so etwas.»

Tracy wird dazu genötigt, die Presse in ihr Haus zu lassen, weil man sie damit erpresst, eine Affäre ihres Vaters mit einer Tänzerin (einer *Tänzerin*) öffentlich zu machen, und alles wird noch pikanter, als die beiden Presseleute von Tracys erstem Ehemann eingeführt werden, dem ebenfalls aus alteingesessener philadelphischer Familie stammenden C. K. Dexter Haven (Cary Grant), angeblich wären sie Freunde von Tracys abwesendem Bruder. Dex gesteht den Lords das abgekartete Spiel sofort, genießt es aber, wie die Klatschpresse alles auf den Prüfstand stellt, denn er liebt Tracy noch immer und will nicht, dass sie den Neuen heiratet. Also nimmt auch Dex an den Feiern im Vorfeld der Hochzeit teil, was seltsam wäre, wäre er nicht immer noch der absolute Liebling der Familie.

Die Frage, die sich die Zuschauerinnen und Zuschauer den ganzen Film hindurch stellen, ist folgende: Welcher dieser drei bereitstehenden Männer – George, Connor und Dex – ist der richtige für Tracy Lord?

Als jemand, der sich nach seinem ersten Kuss sehnte, war die Frage, wer der Richtige ist, im Jahr 1998 ein großes Thema für mich. Ich verstand den Film als eine Art Anleitung für das Frausein und die Liebe, und ich fand jede einzelne Szene grandios.

Nur nicht das Ende.

Denn damals war es für mich vollkommen klar, dass Tracy am Ende mit Connor, der Figur von Jimmy Stewart, zusammenkommen sollte. Stattdessen findet sie zurück zu Dex (Grant).

«Was zum Teufel!», rief ich im leeren Fernsehzimmer über der Garage meines Elternhauses aus. Ich schleuderte die Videokassetten-Hülle durch den Raum. Dann spulte ich zurück und schaute mir das Ende noch einmal an und konzentrierte mich ganz genau auf den Dialog, in dem Hepburn ihre Wahl trifft. Versuchte zu entscheiden, ob ich damit einverstanden war. Suchte nach Hinweisen.

DNvdH ist immer noch mein Lieblingsfilm, und ich spule immer noch zurück und sehe ihn mir von vorne an. Jedes Mal bin ich mir sicher, jetzt endlich die ganze Wahrheit zu kennen, und jedes Mal verändert sich wieder etwas. Der Film bleibt gleich, aber ich nicht. Ich weiß nie, wem ich beim nächsten Mal die Daumen drücken oder was ich aus dem Film mitnehme werde.

***

Der Film zieht seine fragwürdige Spannung unter anderem daraus, dass Hepburns Tracy selbstsicher und stark ist und dennoch von ihrer Unsicherheit über die eigene Hochzeit, diese große

Lebensentscheidung, gelähmt wird. Der Streifen suhlt sich richtig darin, eine selbstbewusste Frau derart taumeln zu lassen. Hepburn ist zugleich Star und Attraktion des Films. Sie darf die Heldin sein, aber nur unter der Bedingung, dass fast alle Scherze zu ihren Lasten gehen.

Natürlich merkte ich das nicht als Dreizehnjährige. Ich sah nur Tracys Stärke und Schlagfertigkeit und Schönheit. Verinnerlichte, dass eine Frau nun mal ihr Ego zurückfahren musste, wenn sie in ein Hochzeitskleid passen wollte.

Am meisten faszinierte mich, wie die drei Männer im Film Tracy Varianten ihrer Zukunft präsentierten, indem sie ihr Varianten ihrer selbst präsentierten. Meine Freundin Olivia fasste den Film einmal sehr treffend zusammen: «Männer erklären Katharine Hepburn Katharine Hepburn», und tatsächlich ist es genau das. Im Laufe des Films wird Tracy als Göttin, als Königin und als Goldmädchen beschrieben, und es wird klar, dass sie sich mit der Wahl des Mannes nicht nur für ein anderes Leben, sondern auch eine andere Version ihrer selbst entscheiden muss. Sie wird ein anderer Mensch werden. In dieser Hinsicht kann Tracy also entscheiden, wer sie sein möchte … allerdings nur, solange sie sich auch für einen der Männer entscheidet. Ihre Wahlmöglichkeiten sind auf die Identitäten beschränkt, die die Männer ihr anbieten. Und die sind im Ergebnis alles andere als ideal.

Die Wahl des Partners mit der Wahl, wer man sein möchte, zu verknüpfen, mag rückschrittlich erscheinen, aber für mich als dreizehnjähriges Mädchen, das gerade alle möglichen Identitäten für sich ausprobierte, ergab das Sinn. Denn wer war ich eigentlich? Ich suchte jemanden, der mir das sagen konnte. Ich war an eine begrenzte Anzahl von Identitätsangeboten gewöhnt – so funktionierte auch der andere Teeniemädchen-Kram, den ich mochte: sich verfärbende Stimmungsringe und Sternzeichen und

Nagellackfarben und Ohrringe mit Geburtssteinen und Persönlichkeitsspiele. Ich akzeptierte diese billigen Platzhalter für jede Art von wirklicherem, tieferem Verständnis dafür, wer ich war oder sein würde. Man konnte nie frei wählen. Nur aus dem, was vorgegeben war. Warum sollte es in der Liebe anders sein?

***

Connor: *Hey, Tracy, du darfst den Typen nicht heiraten.*
Lord: *George? Natürlich. Weshalb denn nicht?*
Connor: *Ihr passt eben nicht zusammen.*

In *Die Nacht vor der Hochzeit* geht es immer um soziale Klassen. Connor ist auf eine selbst gewählte, künstlerische Art dauerpleite und kommt aus einer Mittelklassefamilie in Indiana. C. K. Dexter Haven stammt, der Name deutet es an, aus der alteingesessenen, reichen Hautevolee, so wie auch die Lords, die ebenfalls absurd reich sind. George Kittredge wuchs in einfachen Verhältnissen auf und ist jetzt neureich und aus eigenen Kräften zu Geld gekommen.

Aber wenn Connor davon spricht, dass Tracy und George nicht zusammenpassen, meint er nicht Georges schwierige Kindheit, sondern vielmehr die Tatsache, dass George Tracy intellektuell und geistig nicht das Wasser reicht. Connor lässt durchblicken, dass George zwar ein guter, ehrlicher Mann ist, der weiß, was es heißt zu arbeiten, aber Tracy *versteht den tieferen Zusammenhang der Dinge*. Versteht, was es heißt, zu leiden. So, wie, nun ja, beispielsweise auch Connor es tut.

In einer Szene, in der es zwischen den beiden so unglaublich funkt, dass sie mich immer wieder umhaut, trifft Connor in der örtlichen Bibliothek auf Tracy, die seine Kurzgeschichten liest und überrascht feststellt, dass sie fantastisch sind.

Lord: Ich bin mir nicht ganz klar über Sie.

Connor: So? Ist doch ganz einfach.

Lord: Das dachte ich auch. Stimmt gar nicht … Sie tun so, als ob Sie 'ne Elefantenhaut hätten. Und dann schreiben Sie das hier. Wie sind Sie wirklich?

Connor: Ich bin wahrscheinlich der Elefant.

Lord: Nein. Nein, ich bin überzeugt, die Elefantenhaut ist nur so eine Art Tarnung.

Connor: Glauben Sie?

Lord: Ja, genauso wie bei mir.

Connor: Ach was.

Lord: Sie wären überrascht.

Wir leiden beide genau gleich! Wir sind auf die gleiche, düstere Art besonders! Verflucht, damit kriegt man mich sofort.

Ich bin in meinem Leben immer notorisch unverschämt gewesen, wenn es um Angewohnheiten oder Interessen ging, die mir bei Männern nicht passten. Und das liegt daran, dass ich genau wie Jimmy Stewart der leidenschaftlichen Künstlermeinung war, man müsse zu dem Menschen, den man liebte, auch wirklich *passen*. Dass man das Gleiche fühlen müsse. Sich auf gleiche Art durch die Welt bewegen.

Wie würde ich jemals mit einem Mann zusammen sein können, der Fußball mochte? Blink-182 hörte? Einem Mann, der Videospiele spielte? Der Adam Sandler lustig fand? Der Kakihosen trug? Der scharfes Essen nicht mochte?

Jahrelang verwechselte ich Geschmack mit Identität, mit Tiefgang.

Ich tat so, als ginge es hier um Fragen der Kompatibilität, aber in Wirklichkeit fühlte ich mich vom Geschmack der Männer bedroht, weil ich annahm, *dass ich ihn auch zu meinem machen müsste*.

Aus dieser absurden Logik heraus kam ich mit Menschen zusammen, deren Interessen ich nicht teilte, aber anstrebte. Ich liebte Typen, die größere Naturburschen waren als ich. Typen, die mehr über Kunst wussten als ich. Typen, die besser mit ihren Händen Dinge bauen und erschaffen konnten. Als würde ich all das durch die transitiven Eigenschaften einer Beziehung auch lernen und werden.

Mein Freund Sean besuchte das Priesterseminar, um Jesuit zu werden, bevor er sich verliebte und entschied, lieber verliebt als Jesuit sein zu wollen. Aber ihn umgibt immer noch ein Teil dieser jesuitischen Energie, und vielleicht gestehe ich ihm deswegen immer wieder Geheimnisse. *Beichte* sogar.

Einmal war ich mit einem Mann zusammen, dessen Geschmack sich von meinem stark unterschied, und so fing ich wieder mit der gleichen «Bedroht das meine Identität?»-Leier an, und Sean sagte, das sei lächerlich.

«Genau das ist das Problem, wenn sich Leute heutzutage kennenlernen», sagte er. «Alle wollen immer nur mit Menschen ausgehen, die genau den gleichen Geschmack haben.»

«Damit man was teilen kann», sagte ich.

Damit man die eigenen Sachen nicht für die des anderen aufgeben muss, sagte ich nicht.

«Fans von schwedischem Death Metal daten Fans von schwedischem Death Metal», sagte Sean. «Und ja, das ist cool. Aber dann weiß man immer noch nicht, ob man mit dem Menschen, den man heiratet, wirklich etwas teilt, Werte teilt.»

«‹Werte›», sagte ich, «das hört sich sehr religiös an.»

«Das muss es nicht», sagte Sean. «Klar, das war auch ein Grund, warum Katholiken immer andere Katholiken geheiratet haben: weil man angenommen hat, dass man die gleichen Werte teilt. Aber es muss nicht an einer Religion hängen. Du kannst auch einfach mit jemandem zusammen sein, der zufällig die gleichen Dinge wertschätzt wie du. Ansonsten bleibt am Ende nur noch schwedischer Death Metal übrig.»

Seans gutem Rat lag die Annahme zugrunde, dass ich nicht die Identität eines anderen Menschen annehmen müsse, wenn ich mich in ihn verliebte. Dass seine Identität meine nicht erdrücken müsse.

Aber ich finde andere Menschen ansteckend. Wenn ich mit britischen Freunden spreche, muss ich mich zusammenreißen, nicht in ihren Tonfall zu verfallen. Drei Jahre im Süden hinterließen bei mir eine Vorliebe für «y'alls» und die Neigung, gedehnt zu sprechen. Ich bin durchlässig für die Welt, eine Art Schwamm, der die Angewohnheiten und Interessen der Menschen, die er liebt, freudig aufsaugt. Meine Lebensaufgabe besteht darin, festere Grenzmauern um mich herum hochzuziehen, sodass ich herausfinden kann, wo ich aufhöre und die Menschen, die ich liebe, beginnen.

In Heterobeziehungen scheine ich meine Überlegungen und Wünsche immer sehr viel bereitwilliger hinten anzustellen als Männer das tun. Ich kann nicht versprechen, dass ich mich nicht in das verwandle, was der nächste Mann, mit dem ich zusammen bin, zu sehen verlangt. Kann nicht sicher sein, dass sein Bild von mir nicht auch meines wird.

***

Trotz der Kraft, die Hepburn der Rolle gibt, ist Tracy Lord eine Figur, die fest an die Versionen ihrer selbst glaubt, die ihr die Männer präsentieren.

C. K. Dexter Haven ist der Erste, der Hepburn Hepburn erklärt. Sie sitzen am Pool der Lords, Dex im Anzug, Tracy schutzlos in Badeanzug und Morgenrock.

Lord: *Ich habe fast das Gefühl, du verachtest mich, Dexter.*

Dexter: *Nein, Tracy, das tue ich nicht, ganz bestimmt nicht … Aber es ist etwas in dir, was ich hasse, was du nicht ändern kannst oder willst. Deine sogenannte Stärke. Dein Vorurteil gegen Schwächen. Deine maßlose Intoleranz.*

Lord: *Ist das jetzt alles?*

Dexter: *Bei Weitem nicht. Du wirst niemals eine wirkliche Frau werden, geschweige denn ein wirklicher Mensch, bevor du nicht duldsamer wirst gegen menschliche Schwäche. Zu schade, dass du nicht manchmal selber ein bisschen ausrutschst. Aber dein Sinn für Unfehlbarkeit erlaubt es dir leider nicht. Diese Göttin muss und wird immer intakt bleiben …*

Tracy reagiert trotzig, aber während Dex' Ansprache werden ihre Augen feucht, die Nasenflügel beben, der Mund zittert. Der Unterschied zwischen dem, was Hepburn sagt, und dem, was ihr Körper, ihr Gesicht den Zuschauern vermitteln, ist riesig, hier zeigt sich ihr ganzes Können. Dex hingegen will Tracy verletzen, sicher, aber er will auch, dass sie ihm genau zuhört. Er äußert seine Worte mit einer Art ruhiger Dringlichkeit. *Sieh dich an*, scheint er zu sagen.

Als Tracys Verlobter George kurz danach zu ihnen stößt, macht sich Dex vom Acker. Tracy ist immer noch ganz aufgewühlt. Sie will nicht die Frau sein, die Dex beschrieben hat. Und so versucht sie, einen grandiosen Moment lang, die Version ihrer selbst, die sie gerne wäre, herbeizuträumen. Tracy Lord ist reich und blind für ihre Privilegien, aber sie ist auch klug, und sie leidet, und die Zuschauer empfinden ihren Tagtraum nicht als albern. Sie versucht, nur eine Sekunde lang, sich selbst die Frage «Wer bin ich und wie will ich mein Leben verbringen» zu beantworten:

Lord: *Oh, George, ich halt's nicht mehr aus, ich möchte etwas tun, etwas Vernünftiges!*

Aber der Augenblick währt nicht lange.

Kittredge: *Was ist denn das für eine Idee, Tracy? Du bist meine Prinzessin, und ich werde dir ein Märchenschloss bauen!*

Hepburn wirkt so, als hätte sie der Schlag getroffen, während George weitermacht und das genaue Gegenteil von Dex abliefert:

Kittredge: *Das finde ich gerade so wunderbar an dir, Tracy.*
Lord: *Was? Wieso?*
Kittredge: *Du bist ... du bist eben einfach ... wie eine Königin. So kühl und unnahbar, und immer ganz du selbst. So unberührbar wie eine Statue ... Das habe ich empfunden, als ich dich zuerst sah. Ich habe dich deshalb verehrt, vom ersten Augenblick an ... Und jeden Tag verehre ich dich mehr, nur bin ich dir jetzt ein wenig näher.*
Lord: *Ich möchte nicht nur verehrt werden. Ich will geliebt werden.*
Kittredge: *Das wirst du doch außerdem, Tracy ...*
Lord: *Ich meine, wirklich geliebt.*
Kittredge: *Aber das versteht sich doch ganz von selbst.*
Lord: *Nein. Nein, nein, du begreifst nicht, was ich meine ...*

Die liebevolle Ansprache ihres Verlobten vermischt sich mit der Kritik ihres Ex-Mannes. Tracy erschrickt vor der – laut George – Meinung aller, dass die Vorstellung, sie würde jemals etwas Sinnvolles tun, lächerlich sei. Dass sie einfach nur wie eine «kühle und unnahbare» Statue herumstehen und etwas bedeuten solle.

Und nicht vergessen, morgen soll Tracy George heiraten und sich dieser Version ihrer selbst verschreiben, bis dass der Tod sie scheide.

***

Es wäre leicht, *Die Nacht vor der Hochzeit* als Gerangel dreier Jungs abzutun, aber wenn man sich das reine Skript ansieht, wirkt der Film eher wie ein Hitchcock-Thriller.

***

Als ich den Film als Teenager und später in meinen Zwanzigern sah, fiel mir seine Grausamkeit nicht auf. Ich war zu sehr damit beschäftigt, zu entscheiden, welchen Mann Tracy denn nun wählen solle.

George, der zu ihren Füßen knien und sie verehren wollte, als wäre sie eine Statue auf einem Podest, oder Dex, der sich über sie ärgerte, weil sie eine Göttin mit unverhältnismäßig hohen Ansprüchen war?

Natürlich nicht.

Die richtige Antwort, wusste ich damals, lautete Macaulay Connor, der wie Tracy eine harte Schale und einen weichen Kern hat. Eine Art Seelenverwandter, trotz ihrer unterschiedlichen Herkunft. Und vielleicht lag ich damals deswegen so falsch mit Connor, weil lustige, schnell redende, schlaksige Männer mein Kryptonit sind, und Jimmy Stewart ist der König dieses Typus.

Oder vielleicht lag es daran, dass Connor und Tracy die ikonischste Szene des Films teilen, und wenn Connor nicht der Richtige war, hätte die größte Szene des Films doch nicht ihnen gehört, oder?

Nachdem ihr Ex-Mann und ihr Verlobter ihr die Leviten gelesen haben, biegt Tracy – die übrigens die ganze Zeit eine göttinnengleiche Bademantel-Tunika getragen hat – wie ein verletztes Tier taumelnd um die Ecke, während die Festlichkeiten am Vorabend der Hochzeit ohne sie beginnen. Drinks werden serviert. Sie überlegt. Dann leert sie nacheinander drei zierliche Champagnerkelche. Jetzt kann der Abend beginnen. Die Göttin, diese königliche Statue, unser Mond, wird untergehen. Sie wird selbst dafür sorgen. Und sie wird es tun, um zu beweisen, dass sie nicht das ist, was die Männer aus ihr machen. Auf eine gewisse Art strebt sie nach Freiheit. Aber wie die meisten Freiheitsbestrebungen, die mit einem Cocktail beginnen, geht auch diese nicht gut aus.

Als sich Tracys und Connors Wege später an diesem Abend wieder kreuzen, sind sie beide ziemlich betrunken. Vorhang auf für die berühmte Szene, in der sich Stewart und Hepburn champagnertrunken umgarnen.

Connor: Tracy ... Sie sind wundervoll ... Wissen Sie, dass Sie Menschen verzaubern können? ...

Tracy: Mike ...

Connor: Du bist wie ein Märchen, ein Wunder, ein Traum. Deine Stimme, dein Mund, deine Augen ... Du bist wie ein Licht, ein Licht, das von innen her leuchtet. Aber aus diesem Licht wird dann eines Tages ein Feuer werden, hell und leuchtend!

Tracy: Du sagst nicht, ich bin aus Marmor?

Connor: Nein, nein, du bist aus Fleisch und Blut. Du bist eine Frau, eine Frau, die lebt und atmet, ein Goldmädchen, Tracy. Man möchte dich in die Arme nehmen und dir immer wieder sagen ... Oh, was ist denn? Du hast ja Tränen in den Augen.

Tracy: [Schnell] Hör auf, hör auf, oh, Mike, sprich weiter, sprich weiter, ja, bitte ...

Connor: Was nutzen alle Worte? Tracy, Tracy.

[Sie fallen sich in die Arme]

Tracy: Meine Güte. Niemand hat mich je so geküsst.

Ich möchte Jimmy Stewart küssen für das, was er da über Tracy sagt – ganz zu schweigen davon, was ich noch mit ihm machen würde, hätten diese Worte mir gegolten. Aber viel wichtiger ist, dass er Tracy wieder zu einem Menschen gemacht hat. Okay, zu einem Goldmädchen. Aber zu einem Menschen voller Wärme, der fähig ist, zu fühlen. In einem Film, in dem Tracy nicht die Kraft hat, sich selbst zu verändern, erlaubt Connor es ihr, sich für einen kurzen Moment so zu sehen, dass sie nicht erschrickt. Und dann küsst er das Mädchen, das er beschrieben hat.

(Nebenbei: Connor und Tracy küssen sich und gehen dann nackt schwimmen, aber sie ficken nicht, und zwar schläft Connor deswegen nicht mit Tracy, weil sie betrunken ist. Er trägt sie hinauf in ihr Bett, schaut, dass sie sicher ist, und *dann lässt er sie allein.* Als alle am nächsten Tag höchst erstaunt sind, dass nichts weiter passiert ist, sagt Connor, dass es deswegen war, weil Tracy «ein bisschen, ein bisschen ...» «Angeheitert?», assistiert Dex. «Ja», sagt Connor, «angeheitert war. Und es gibt Regeln, was das angeht!» In der Tat, so ist es. Und danke, Jimmy Stewart, für diese öffentliche Bekanntmachung aus dem Jahr 1940.)

Connor sagt in dieser Szene mit Tracy genau das Richtige. Und er wählt dafür wunderbare Worte. Vor allem aber erschafft er einen Moment, der ihnen gehört und in dem sie sich lebendig und besonders und voller Möglichkeiten fühlen. Was soll's, dass Connor mit Liz Imbrie, der Fotografin des Magazins, zusammen ist. Was soll's, dass sie, während sich diese Szene abspielt, nur zwei Veranden weiter (über wie viele Veranden kann ein Anwesen denn bitte schön verfügen?) gerade einen Zeitungsartikel in die Schreibmaschine haut, um den Tag zu retten. Was soll's.

Ich habe den Großteil meines Lebens damit verbracht, mit Macaulay Connors zusammen zu sein.

Denn mit dreizehn, und viele weitere Jahre danach, glaubte ich, dass *das* der wahre Kern der Liebe sei. Diese «Zwei Seelen finden sich»-Synchronität. Diese großen Momente voller Gefühl und Drama. Und so suchte ich genau nach dieser Art von Liebe.

Sie war grandios, wie auch die Filmszene grandios ist, solange sie hielt.

Leider ist es nur so, dass man nie sehr lange das Goldmädchen eines Macaulay Connor bleibt. Man ist nur so lange ein Goldmädchen, wie man in diesem großen Moment voller Gefühl und Drama steckt. Und irgendwann geht dieser Moment vorbei. Und dann wird man zu Liz Imbrie, tagsüber Klatschpressefotografin, nachts Malerin, Macaulay Connors Langzeitbeziehung. Ein alltägliches, bodenständiges Mädchen mit alltäglichen, bodenständigen Problemen.

An einer Stelle fragt Dex Liz, warum sie und Connor nicht verheiratet sind.

Liz: *Er hat noch viel zu lernen. Und ich möchte ihm nicht im Wege sein …*
Dex: *Vielleicht taucht mal eine andere Frau auf?*
Liz: *Der würde ich die Augen auskratzen. Es sei denn, sie hätte die Absicht, am nächsten Tag jemanden zu heiraten.*

Ich war Mitte zwanzig, als ich begann, in Liz Imbries Gesicht sowohl den Schmerz zu sehen als auch, dass sie ihn unterdrückt, wenn Connor, Tracy darin nicht unähnlich, immer wieder Dingen hinterherjagt, die ihm das Gefühl geben, der Mensch zu sein, der er gerne wäre. Während Connor gegen die Ungerechtigkeit wettert, als Künstler zu einem Brotberuf gezwungen zu sein, erledigt Imbrie ihren Fotografinnenjob ohne Nörgelei, anstatt zu malen und die Kunst zu machen, die sie machen möchte, weil sie akzeptiert, dass der Mensch nun mal Essen und Miete zahlen muss.

Ich musste fast ein Jahrzehnt lang selbst Liz Imbrie sein, bevor ich sie bemerkte.

Als es so weit war, bekam mein Bild von Connor Risse. Und deswegen begann ich in meinen späten Zwanzigern der Logik des Films zu unterliegen. Dass Cary Grant, C. K. Dexter Haven, am Ende des Tages die richtige Wahl für Tracy ist.

***

Der Film überzeugt uns davon, dass Cary Grant am Ende der Richtige für Hepburn ist, weil er sie am besten versteht. Durch ihre betrunkenen Eskapaden hat Tracy menschliche Schwäche kennen und akzeptieren gelernt, und so ist sie am nächsten Morgen, als sie von ihrem Podest gefallen ist, jemand, den Dex für seine Fehler und seine Menschlichkeit anstatt für seine Perfektion lieben kann, und Tracy ist ihm dankbar dafür.

Tracy: *Was bin ich für ein Durcheinander … Aber ich werde niemals in meinem ganzen Leben, noch nicht einmal mit hundert, vergessen, wie du versucht hast, mich wieder auf die Beine zu stellen.*

Dexter: *Du? Du bist in bester Form.*

Das wollte ich, entschied ich. Einen Dex. Jemanden, der sieht, was für eine furchtbare Entgleisung du bist, und sich *darauf* einlässt. Jemanden, der unnachgiebig deine Fehler bemerkt und dich zu einem besseren Menschen werden lässt. *Das*, entschied ich, war die ehrlichste Art zu lieben.

Ich probierte diese neue Weltsicht aus. Ich kam wieder mit meinem Ex-Freund Arlo zusammen. Weil ich ihn liebte, klar. Aber auch, weil er mir als Einziger in meinem Leben je ins Gesicht gesagt hatte, dass ich ein schlechter Mensch war. Er war mein Dex.

Zur Klarstellung: Er hatte mich nicht ohne Grund einen schlechten Menschen genannt. Er war nicht manipulativ, es war einfach eine Bilanz der Vergangenheit. Ich war in der Highschool schlecht zu Arlo gewesen. Und als wir wieder zusammenkamen, machte ich wieder schlechte Dinge. Wir haben es hier nicht mit einer beiläufigen Selbstgeißelung zu tun. Die Sünden sind echt.

Er erinnerte mich an sie, oft. *Und ich fühlte mich wahrgenommen.* Gekannt. Ich hatte das Gefühl, dass alle anderen möglichen Partner, die in mir nur das Gute sehen würden, die George Kittredges und Macaulay Connors dieser Welt, blinde Trottel seien. Auch ihnen würde es irgendwann wie Schuppen von den Augen fallen, dass ich ein schlechter Mensch war, und dann würden sie mich verlassen.

Oder sie würden, schlimmer noch, nie mein wahres Ich erkennen. Und ich wäre für immer mit mir alleine.

Aber Arlo kannte meine schlimmsten Seiten und blieb trotzdem. Die Tatsache, dass er so wenig von mir hielt, beruhigte mich. Ich war so überzeugt von alldem, dass ich kurz davor war, mein Studium links liegen zu lassen und ihm quer durch das ganze Land zu folgen.

Ich würde gerne sagen, dass ich die Beziehung beendete, weil ich merkte, dass Liebe anders aussehen sollte. Aber selbst dann, als ich mich für mein Studium entschied und dafür, ihm nicht quer durch das ganze Land zu folgen – und diesen Menschen, den ich schon einmal verletzt hatte, noch einmal schwer verletzte –, redete ich mir ein, dass dies eine weitere Verfehlung meinerseits war. Dass ich einfach zu schwach war, mit jemandem zusammen zu sein, der mich wirklich sah. Hier war ich und verletzte ihn schon wieder. Schon wieder eine schlechte Tat.

Ich brauchte lang, um zu verstehen, dass ich mich, ja, in dieser Beziehung oft schlecht benommen hatte, und, ja, ich war voll von

Sünden und Fehlern, aber mit einer Person zusammen zu sein, die das Schlechteste in mir sah, war nicht das Gleiche, wie ehrlich zu sein und meine Fehler zu bereuen. Dass es möglich war, die eigenen Fehler anzuerkennen und zugeben zu können, ohne gleich eine Beziehung um sie herumbauen zu müssen.

Es ist löblich zu sagen, dass Dex und Tracy zusammengehören, weil sie die Fehler des jeweils anderen lieben. Zynischer wäre es, zu sagen, dass Dex das Debakel am Vorabend bewusst herbeiführte, um Tracy eine Lektion zu erteilen, und sie jetzt, da sie genau wie alle anderen in der Scheiße steckt, der Meinung ist, nichts Besseres zu verdienen. Dex genießt es, die Göttin/die Statue/das Goldmädchen von ihrem Podest zu holen, und als er sie erst einmal auf den Boden gezerrt hat, nimmt er sie, wie einen Preis, den er auf dem Jahrmarkt gewonnen hat, mit nach Hause.

Damit möchte ich sagen, dass Dex inzwischen auch nicht mehr die richtige Antwort für mich ist.

Sollte ich allzu skeptisch klingen, liegt es vielleicht daran, dass sich C. K. Dexter Haven und Tracy Lord haben scheiden lassen, weil er sie geschlagen hat. Tatsächlich ist das sogar die allererste Szene des Films, auch wenn man sie leicht vergisst.

Die Eröffnungsszene beleuchtet in einer Art stummer Wochenschau-Ästhetik die Hintergründe dieser Ehe. Tracy und Dex scheinen sich anzuschreien, zu streiten. Tracy wirft Dex' Golfschläger aus der Tür und zerbricht einen Putter über ihrem Knie. Daraufhin läuft Dex die Eingangsstufen zu ihr hoch, hält mit erhobener Faust kurz inne, und drückt ihr dann seine Handfläche ins Gesicht. Mit einer schnellen Bewegung stößt er sie zu Boden.

In einer gekürzten Radioproduktion, die auf dem Film basiert, wird diese Stummfilmszene durch einen Ansager ersetzt, der berichtet, «Tracy Lords erste Ehe mit C. K. Dexter Haven wurde von einer starken Rechten gegen den Kiefer beendet».

Gleich zwei Mal im Film lauert Tracys kleine Schwester Dinah (gespielt von Virginia Weidler, die allen die Show stiehlt) Tracy und Dex auf und fragt sich, ob er «ihr wieder eine verpassen» wird.

Das alles impliziert natürlich, dass die Ehe feurig und leidenschaftlich und voller Streitereien war, ja. Aber auch, dass Tracy Dex verließ, weil er sie schlug. Sich scheiden ließ, weil sie nicht noch einmal von ihm geschlagen werden wollte.

Es gibt keine weiteren Stellen im Film, wo die Gewalt erwähnt wird. Sie wird stillschweigend übergangen. Während der gesamten Handlung, die Tracy und Dex am Ende wieder zusammenführt, wird kein einziges Mal Rechenschaft über diese Gewalt abgelegt.

Noch einmal, Tracys gesamte Familie liebt Dex.

Und was machen wir damit, dass Cary Grant selbst von verschiedenen Partnerinnen der Gewalt in Beziehungen bezichtigt wurde? In welcher Weise bittet uns der Film, zu sehen und zu wissen, dass Cary Grant gewalttätig ist, und ihm dann dafür *zu vergeben*, da wir unsere Liebhaber eben als verkorkst und fehlbar akzeptieren? Schließlich glaubt der Film ganz eindeutig daran, dass er der Gute in dieser Geschichte ist. Dass er die richtige Antwort ist. Er ist verdammt noch mal Cary Grant.

Es ist ein Unterschied, ob dich jemand für das liebt, was du wirklich bist, oder deine schlimmsten Seiten sieht und sie dir andauernd vor die Nase hält. Ich bin mir unsicher, wie ich Tracys Beziehung zu Dex finden soll. Natürlich bin ich nicht der Meinung, dass man mit einem gewalttätigen Partner zusammen sein sollte. Alles andere als das. Aber der Film ist aus dem Jahr 1940, und deswegen hat er kein Problem damit, diese Gewalt *als Metapher und nicht als Tatsache* zu benutzen. Und auf dieser rein metaphorischen Ebene stellt der Film die Frage, was es heißt, jemandem, dem man liebt, eine sehr schlimme Tat zu vergeben. Kann man das? Kann man jemals wieder mit dieser Person zusammen sein? Können solche Erfahrungen einer Beziehung sogar helfen, anstatt sie zu zerstören?

Rein für sich genommen, ist das eine gute Frage.

***

In einer Szene, die man leicht übersieht, findet Dex Tracy zusammengerollt auf dem Rücksitz eines Autos, das vor seinem Haus steht. Sie ist betrunken und schläft. Dex steigt zu ihr ins Auto, und durch die Nahaufnahme ihrer Gesichter gegen den Autositz wirken sie wie zwei Liebhaber im Bett. Dex spricht Tracy liebevoll an. Sie blinzelt mit den Augen, als er sie hineinbittet.

Dex: *Du siehst wunderbar aus, Tracy. Komm mit rein.*

Lord: *Warum?*

Dexter: *Hmm. Na, vielleicht trinkst du ein Glas Sekt mit mir?*

Lord: *Ich trinke nie.*

Dexter: *Richtig, hätte ich fast vergessen.*

[Stille; Tracy öffnet die Augen, selbstsicher]

Lord: *Ich nicht.*

Zwischen Dex' Äußerung, er habe es vergessen, und Tracys Erwiderung, sie nicht, herrscht eine lange Pause. Eben noch ein schläfriges Mädchen voller Champagner, ist Tracy, als sie «Ich nicht» sagt, hellwach.

Ich bin jetzt Ende dreißig und mache den Film immer noch zu meinem ganz persönlichen Rorschach-Test. Und momentan ist es dieser Augenblick, der mich so verblüfft.

Denn als Tracy ihren Kopf schüttelt, als sie überlegt, ob sie mit Dex reingehen soll, als sie sagt, sie habe nichts vergessen, spricht sie über *alles, was zwischen ihnen passiert ist.* Sie sagt damit, dass sie gerne reinkäme, aber sie erinnert, sie erinnert, sie erinnert sich an die Vergangenheit, wie weh sie tat, und dass sie sie gelehrt hat, vorsichtig zu sein, und deswegen kann sie nicht mitgehen. Auch wenn ein Teil von ihr gerne würde.

Das, was sie nicht vergessen hat, reicht, um sie aufzuhalten.

In dieser Szene geht es um so viel mehr als das, was Dex ihr antat. Es geht darum, dass alles, was sie in der Vergangenheit erlebt hat, ihre Entscheidungen, ihre Taten, ihre Möglichkeiten lenkt.

In einer früheren Szene beginnt Tracys Mutter Margaret einen Satz mit «Wahre Liebe …», aber ein betrunkener Macaulay Connor lässt sie nicht zu Ende sprechen und vervollständigt ihn mit «Rostet nicht!»

Das soll natürlich lustig sein. Der Betrunkene vermischt Sprichwörter, immer ein guter Scherz.

Aber was würde es heißen, wenn wahre Liebe nicht rostete?

Hieße das nicht, alles zu vergessen?

Sagt man damit nicht, dass eine blank polierte wahre Liebe am begehrenswertesten ist? Dass man nichts aus der Vergangenheit mit in die Zukunft nehmen sollte? Gar keine Vergangenheit haben sollte?

Die «wahre Liebe» kommt im Film noch an anderer Stelle vor.

Sie ist der Name eines Bootes, mit dem Dex und Tracy vor langer Zeit, auf ihrer Hochzeitsreise, die Küste Mains entlanggesegelt sind. Dex schenkt Tracy ein maßstabsgetreues Modell dieses Schiffes zu ihrer Hochzeit mit George, und George ist derjenige, der das kleine Boot am Abend vor der Hochzeit auspackt und es Tracy, die gerade in Badeanzug und Badekappe im Pool schwimmt, gibt.

Sie hält es hoch:

Lord: *Was? Ein Modell der wahren Liebe.*

Kittredge: *Bitte?*

Lord: *Das Modell einer Jacht, die er selbst gebaut hat. Für die erste Reise, die wir zusammen gemacht haben, es waren wundervolle Wochen. Mein Gott, sie war jar.*

Kittredge: *Jar – was bedeutet das?*

Lord: *Es bedeutet … das kann man kaum erklären. So leicht wie ein Flaum und so schnell wie der Wind. So, wie ein Boot sein muss. Bis ein Sturm kam.*

***

An Tracys Hochzeitsmorgen stellt der Film uns, den Zuschauern, eine Art makabre Multiple-Choice-Frage, die wir jetzt ein für alle Mal beantworten sollen: Wer ist Tracy Lord?

Oder vielleicht sogar, wie sollte man als Liebesobjekt idealerweise sein?

Tracy muss eine Wahl treffen, insofern, als sie sich entscheiden muss, ob sie heiraten will, und wenn ja, wen. Welche Version von Tracy Lord sollte Tracy Lord also wählen?

A. Eine Göttin
B. Eine Statue und/oder Königin
C. Ein Goldmädchen aus Fleisch und Blut
D. Ein heilloses Durcheinander
E. (Die Kehrseite: eine Frau, die den Mann, der sie missbrauchte, für den hält, der sie am besten versteht)

Das Ende des Films sieht dann ungefähr so aus:

George schießt ein Eigentor, indem er Tracy einen verklemmten Brief auf Schülerniveau schreibt und von ihr verlangt, sich für ihr Verhalten am Vorabend zu erklären. Dann lassen alle zusammen George glauben, er sei ein schlechter Mensch, weil er Tracy verdächtigte, eine Affäre mit Connor eingegangen zu sein, obwohl sogar Tracy selbst überzeugt war, wahrscheinlich mit Connor geschlafen zu haben. Aber egal. Tracy gibt ihm wegen dieser Unterstellungen den Laufpass, und so sind wir George losgeworden, dessen größtes Verbrechen darin bestand, sehr langweilig zu sein, weil er einst arm war und nun so damit beschäftigt war, sein eigenes Geld durch ehrliche Arbeit zu verdienen, dass er keine Zeit hatte, sich einen individuellen Konversationsstil für laue Veranda-Abende zuzulegen und sich damit unserer Liebe würdig zu erweisen.

Trotz Georges Abgang hat niemand daran gedacht, die eigentliche Hochzeit abzusagen, und so sitzen die Gäste bereits auf ihren Plätzen, und ein Pfarrer steht mit aufgeklappter Bibel bereit, und der Hochzeitsmarsch spielt, und alle erwarten, dass Tracy *jede Sekunde* den Gang hinunterschreitet ...

In einer großen romantischen Geste, in der es vor allem darum geht, die Hochzeit zu retten, macht Connor Tracy einen Antrag. Sagt, dass er sie heiraten würde, hier und jetzt. Tracy lehnt ab, weil sie vernünftig genug ist, in ihre eine Nacht voller Küsse nichts hineinzulesen, was über jede Fantasievorstellung hinausgehen würde. Sie sagt auch, dass LIZ DAS SICHERLICH NICHT GUT FINDEN WÜRDE. Wir erinnern uns: Liz, Connors Freundin, die, wie immer, direkt danebensteht!

Connor ist also auch aus dem Rennen, folglich bleibt nur noch Option D)ex übrig.

Dex hat durchblicken lassen, dass Tracy sich immer von anderen aus der Klemme helfen lässt, und wenngleich das bei einem reichen Mädchen generell sicherlich keine ganz unberechtigte Kritik ist, sehen wir in diesem Film nie etwas davon, aber inzwischen *hat Tracy Dex als Autorität, die ihr sagt, wer sie ist, akzeptiert*, und so beschließt sie, dass er recht hat und sie selbst die unangenehme Aufgabe übernehmen muss, den Gästen mitzuteilen, dass es keine Hochzeit geben wird.

Sie öffnet die Tür zum Festsaal und bittet um Aufmerksamkeit, doch dann fehlen ihr die Worte, und sie wendet sich Hilfe suchend an Dex. Und so beginnt Dex, ihr Worte in den Mund zu legen. Er lässt Tracy sagen, dass es doch eine Hochzeit geben, und dass sie ihn, Dex, zum zweiten Mal heiraten wird.

Sie sagt: «Oh, Dex. Diesmal werde ich so was von *jar* sein. Glaub's mir, ich verspreche es dir.»

Und Dex sagt: «Du sollst sein, was immer du willst.»

Und alles ist furchtbar romantisch. Und sie heiraten. Und die Klatschpresse berichtet. Sie hat ihre Wahl getroffen. Vorhang zu.

***

Man kann diese Geschichte, in der eine Frau die Wahl ihres Partners mit der ihrer Identität verwechselt, leicht als absurd, unzeitgemäß abtun. Wie furchtbar, dass wir in den 1940ern noch so über die Identität von Frauen dachten.

Jungs, Jungs, Jungs! Wen wird Tracy wählen? Wie albern, sich als Frau so auf Männer zu versteifen, so viel von ihnen zu reden! Warum können wir uns nicht auf Tracy konzentrieren? Warum nicht auf Hepburn qua Hepburn? Lassen wir sie doch selbst ihre eigene Identität wählen!

Es sei denn, natürlich, der letzte Partner hat etwas mit einem angestellt, und danach hat man sich nicht mehr wie man selbst gefühlt. War sich nicht mehr sicher, wer man war.

Es sei denn, natürlich, man erinnert sich. Erinnert sich an jede nicht ganz so großartige Erfahrung in einer Beziehung. Wie der Partner einen dazu brachte, misstrauisch und wütend und ängstlich zu werden, und wie er einem dann sagte, man solle sich nicht so benehmen, als wäre man aus Bronze. Dass man wärmer, netter, nachsichtiger gegenüber menschlicher Schwäche sein solle.

Es ist ganz schön schwierig, *jar* zu sein, wenn man schon ein paarmal die Küste entlanggefahren ist.

Barbara Walters' hat einmal viel Kritik einstecken müssen, weil sie Hepburn fragte, was für ein Baum sie gerne wäre. (Eine Eiche.) Ich glaube, die Leute fanden die Frage nicht nur albern, weil sie so naiv war, sondern auch wegen der Vorstellung dahinter. Als könnte man sich seine Identität einfach aussuchen.

Die Nacht vor der Hochzeit ist immer noch voller Romantik und ungelöster Fragen für mich. Es ist immer noch mein Lieblingsfilm. Und wenn ich ihn heute schaue, dann nicht wegen der Männer, auch nicht wegen Tracy, sondern wegen Hepburn. Ich schaue ihr zu und frage sie, wie sie es schafft, Tracy in allen Szenen so stark und anmutig sein zu lassen.

Barbara Walters' Baum-Frage war absurd, aber zehn Jahre später machte sie alles in einem anderen Interview mit folgendem Schlagabtausch wieder wett – und eine bessere Antwort werde ich wohl nie kriegen:

Walters: *Sie weinen in Ihren Filmen sehr oft. Tun Sie das auch im richtigen Leben?*

Hepburn: *Weinen?*

Walters: *Weinen.*

Hepburn: *Nein. Ich weine nicht …*

Walters: *In Filmen aber schon.*

Hepburn: *Ja, damit man weiß, dass ich traurig bin.*

Walters: Haben Sie manchmal Zweifel?

Hepburn: So gut wie immer …

Walters: Und trotzdem wirken Sie so bestimmt!

Hepburn: Ja, aber warum auch nicht.

Der Mann hinter dem Vorhang

«Zauberei gibt es nicht nur im Märchenland», sagte er ernst. «Die Natur ist voller Zauber, und genauso kannst du in den Vereinigten Staaten, wo wir beide einst gelebt haben, auf Zauber treffen.»

L. Frank Baum, Tiktok von Oz

Ein Freund von mir und ich wollten das Yellow Brick Road Casino besuchen, um uns zu amüsieren. Wir zweifelten zwar daran, dass uns das gelingen würde, dachten aber trotzdem, es könnte ganz lustig werden. Wir waren beide keine Spielertypen. Und weil wir uns selbst nicht über den Weg trauten, setzten wir uns ein Limit von zwanzig Dollar.

Seit zwei Jahren war ich immer wieder an diesem Casino in Chittenango, New York, vorbeigefahren. Das Gebäude ist smaragdgrün und hat ein großes gelbes Vordach. Über dem Vordach blinken die spiralförmigen, neonfarbenen Ziegelsteine des Yellow-Brick-Road-Logos. Ich hoffte, im Inneren ein wenig Oz-Zauber vorzufinden. Das klingt naiv, aber ich hegte diese Hoffnung, weil ich den Zauberer von Oz *gekannt* hatte. Wir hatten viele Jahre lang miteinander kommuniziert. Das Casino hatte ich deswegen ins Visier genommen, weil mit dem Tod des Zauberers etwas aus meinem Leben verschwunden war, das ich seitdem suchte.

***

Wenn er ein Zimmer betrat, suchte sich mein Großvater das schlauste, sonderbarste Kind heraus und verbündete sich mit ihm gegen die Erwachsenen. Er liebte: Handsummer, die einem elektrische Schläge versetzten, Zirkuspferde, Spielzeugkotze, Wasser speiende Blumen, Cowboysprüche, Klopf-Klopf-Witze und Fäkalhumor. Beim Schulfest in der dritten Klasse versprach er jedem Kind an unserem Mittagstisch ein Erdbeereis am Stiel, gegen den Protest der Eltern. Anstatt das Eis einfach für uns zu kaufen, gab er jedem einen Dollar, sodass wir spüren konnten, welche Macht wir hatten, wenn wir Geld in Ware umtauschten.

Für mich war er ein Zauberer. Das meine ich nicht metaphorisch. Was mein Großvater Ed Joyce am allermeisten liebte, war *Der Zauberer von Oz*, und als ich ein Kind war, spielte er meiner kleinen Schwester und mir einen offensichtlichen, aber sehr überzeugenden Streich und machte uns systematisch und unter Zuhilfenahme verschiedenster Quellen weis, dass das Land Oz wirklich existierte.

Kann man das überhaupt einen Streich nennen, wenn es ihm nie darum ging, uns zu zeigen, dass er uns reingelegt hatte? Wenn er hoffte, dass wir ihm immer glauben würden?

Das Innere des YBR war leider alles andere als Oz-haft. Es wirkte eher wie die schlecht gezeichnete Karikatur eines Casinos. Schlimmer noch, ich hatte schon so lange nicht mehr gespielt, dass jetzt alles anders funktionierte. Im Mohegan Sun, diesem fragwürdigen Disneyland unter den Spielbanken, hatte man mir damals einen samtigen Beutel voller Jetons in die Hand gedrückt, schwer vor Möglichkeiten. Auf einem Ausflugsdampfer in Natchez, Mississippi, wo es wie am Set von *Maverick* ausgesehen hatte, hielt ich einen Styroporbecher voller goldener Chips in der Hand, die herrlich klimperten. Die Umwandlung von Geld in diese neuen

Währungen, die die Macht besaßen, sich selbst zu vermehren, hatte etwas Magisches.

Anders im YBR. Am Empfang erhielten wir Kundenkarten, auf denen unsere richtigen Namen standen. Mit ihnen gingen wir zu den Automaten, die fast alle digital waren: Lobstermania, Snow Leopard, Sexy Viking Lady – keiner von ihnen hatte etwas mit Oz zu tun. Ich steckte meine Karte in einen der Automaten und versuchte, Geld aufzuspielen, nur um festzustellen, dass man mit der Karte einzig und allein Treuepunkte für eine Tankstelle vor Ort erwerben konnte.

Ich fragte ein paar nett angezogene Angestellte, die in der Halle herumliefen, wie ich denn dem Casino mein Geld in den Rachen schmeißen könne. Die Angestellten hießen, kein Scheiß, *Munchkins*.

Die Munchkins erklärten mir, dass das YBR jetzt auf dem neuesten Stand der Technik war, so wie Atlantic City, so wie Vegas.

«Was heißt das?», fragte ich.

«Das heißt, dass du dein Geld direkt in die Maschine einspeisen kannst», sagten die Munchkins.

Mein Freund und ich kehrten zu den digitalen Automaten zurück, die sich bald als langweilig herausstellten. Man drückte auf eine Taste, um festzulegen, wie viel Dollar man einsetzen wollte, dann drehten sich die digitalen Walzen. Der Knopf war unbefriedigend. Er vermittelte mir nicht die Illusion, mein eigenes Schicksal bestimmen zu können.

Die analogen Automaten waren besser. Ihre Walzen rollten und leuchteten: Goldbarren, Kirschen, Dollarnoten. Waren es die satten Geräusche des Automaten, die mich reizten, oder lag es daran, dass ich in Filmen gesehen hatte, wie Menschen auf diese Weise Geld gewannen? Oder war es die Tatsache, dass der Automat keine Tasten, sondern einen Hebel hatte? Es brauchte Kraft, um ihn zu ziehen – man musste *sich bemühen.* Ich schaffte es sogar, mich selbst zu überzeugen, dass man eine gewisse Technik anwenden müsse. Mit einer Erst-langsam-dann-schnell-Methode kam ich den dreifachen Kirschen so nah wie nie.

Ich mochte es, dass die Oldschool-Automaten mir das Gefühl gaben, mein Glück vielleicht ein klein wenig lenken zu können. Ich konnte selbst entscheiden, auf welche Weise und wie schnell ich den Hebel umlegen wollte, und mit jedem Dollar, den die Maschine sich einverleibte, wuchs meine Überzeugung, jetzt die richtige Technik draufzuhaben.

Bald würde ich den Hebel umlegen, und die dreifachen Kirschen wären da, ich hatte es mir verdient. Ich hatte Zeit in diesen Automaten investiert, und Amerika hatte mich in dem Glauben großgezogen, dass es sich auszahlte, Zeit in etwas zu investieren. Ich verlor wieder. Ich war in eine Situation geraten, in der die Realität des American Dream mit der Wahrheit, dass das Haus immer gewinnt, kollidierte.

Die Geschichte von meinem Großvater und Oz begann während der Großen Depression. Er war der Sohn eines Kriegshelden und Ex-Knastis namens Cap, dessen Touristenranch in Arizona die Wirtschaftskrise nicht überlebt hatte und der jetzt mit seiner Familie durchs Land zog. Als Cap in der Kindheit meines Großvaters beim Civilian Conservation Corp angeheuert hatte und eine Zeitschrift über den «Wilden Westen» herausgab, zog die Familie sehr oft um, manchmal diente das Familienauto sogar als Wohnung. Oft parkte man meinen Großvater in der Bücherei, wenn man irgendwo neu angekommen war, und dort fand er seine einzigen Freunde: Dorothy und die Vogelscheuche und Tiktok und Polychrom und all die anderen Figuren in L. Frank Baums Oz-Büchern. Er beschloss, dass er sich eines Tages, wenn er Geld hätte, alle Oz-Bücher kaufen würde. Die dreizehn Originale aus Baums Feder und sechsundzwanzig weitere Bücher der Reihe von anderen Autorinnen und Autoren.

Wie sich herausstellte, hatte er als Erwachsener tatsächlich Geld. Sogar ziemlich viel.

Die Geschichte, wie es dazu kam, ist eine dieser unwiderstehlichen «Vom Tellerwäscher zum Millionär»-Erzählungen im Kontext des Amerikanischen Traums, und sie war in meiner Kindheit genauso allgegenwärtig wie die Geschichte von Oz. Ed Joyce wandelte sich von einem Kind der Depression, das in einem Auto lebte, zu einem Radiojournalisten. Er moderierte eine Jazzsendung unter dem Namen Jazzman Joyce! Dann kam *Breadtime Stories*, eine von einer Kuchenfirma gesponsorte Live-Fernsehshow für Kinder, in der ein echter Affe namens Cookie auftrat. Danach hatte mein Großvater im Radio eine Interviewsendung, *The Talk of New York*, wo er mit Gästen wie Malcolm X und Timothy Leary sprach. Und als er zum Investigativjournalismus wechselte, brachte er als Erster die Geschichte von Ted Kennedy in Chappaquiddick. In den 80ern leitete er CBS News, wo sein Ruf, brutal und zugleich charmant zu sein, ihm den Beinamen «die Samtklinge» einbrachte.

Während all dieser Jahre und Erfolge erwarb er nach und nach alle Oz-Bücher in Erstauflage. Er las sie seinen eigenen Kindern vor, und er las sie meiner Schwester und mir in unserer Kindheit vor. Wir lebten alle in derselben kleinen Stadt in Connecticut.

Ich liebte diese Geschichten über alles. Als Radiomann wusste er, was er tat, und jedes Kapitel wurde zu einer verrückten, mehrstimmigen Ein-Mann-Show. Ich kann euch *ganz* genau sagen, wie der Nom-König, Prinzessin Ozma und Tiktok klingen sollten.

Als meine Großeltern sich im Westen auf einer Pferderanch in Santa Ynez, Kalifornien, zur Ruhe setzten, wurden die Oz-

Lesungen nur kurz unterbrochen. Ich war sieben, meine Schwester vier.

Der Radiomann überbrückte die Entfernung – natürlich – durch Aufnahmen.

Jeden Tag schauten meine Schwester und ich nach der Schule, ob ein gefütterter Umschlag mit einer Kassette im Briefkasten lag. Ein neues Oz-Kapitel. Mein Großvater legte Fotokopien der Illustrationen aus dem jeweiligen Kapitel bei. Am Anfang jeder Kassette steckte er zunächst den Rahmen ab – er beschrieb, wo er saß und ob einer seiner Hunde in der Nähe war. Am Ende erzählte er immer, was er als Nächstes tun würde, normalerweise die Pferde füttern, und dann sagte er, wir sollten gut zu unseren Eltern sein und stets «verspielt und fröhlich» bleiben.

In dieser Zeit begann mein Großvater, uns zu überzeugen, dass es Oz wirklich gab.

Es gibt tatsächlich noch einen Abschnitt auf einer Kassette, der das belegt. Mitten im Kapitel, mitten in der Aufnahme, kriegt er einen Anruf, man hört das Telefon im Hintergrund theatralisch laut klingeln. Er entschuldigt sich für die Unterbrechung. «Ich glaube, ich muss da kurz rangehen …», sagt er und tut so, als beende er die Aufnahme. Dann ruft er äußerst erfreut: «Oh, hallo, Zauberer!» Als Nächstes verabredet er sich mit dem Anrufer in einem Mohnblumenfeld und versichert ihm, dass er in der Tat fleißig die Zaubertricks geübt habe, die der Zauberer, *der verdammte Zauberer*, ihm beigebracht habe, damit er sie an Weihnachten uns Kindern würde vorführen können. Ob er den Kindern schon erzählt habe, dass Oz tatsächlich existiere? Oh, nein, nein, das habe er noch nicht. Aber er würde es tun, wenn die Zeit reif sei. «Wiederhören, Zauberer!»

Als meine Schwester und ich zum ersten Mal diesen Teil der Aufnahme hörten, drehten wir uns zueinander um und sagten *nichts*. Allein schon, zu wiederholen, was wir gehört hatten, hätte den Zauber gebrochen.

Es war nicht schwer, daran zu glauben. Weil mein Großvater *tatsächlich* Zaubertricks vorführte. Er zog Tücher aus seiner Nase und erriet die Farbe von Würfeln in Trickkisten und ließ mit wilden Handbewegungen Bilder aus Ausmalbüchern verschwinden.

Warum sollten wir also nicht glauben, dass er sich mit dem Zauberer verbündet hatte?

Mit jeder Reise nach Kalifornien wurde die Täuschung echter. Er nahm uns mit nach Figueroa Mountain und führte uns in ein hüfthohes echtes Mohnblumenfeld. Wir sammelten fußballgroße Pinienzapfen, die er in Borax tauchte, sodass die Flammen unseres Lagerfeuers grün wurden, wenn wir sie hineinwarfen. Er behauptete, mit Tieren reden zu können (in Oz können die Tiere sprechen), und brachte seinem eigenen Pferd bei, zu nicken und seine Fragen mit Aufstampfen der Hufen zu beantworten – ein alter Touristenranch-Trick, den ihm sein Vater beigebracht hatte. Er versteckte Schmucksteine im Garten und deutete an, dass der Nom-König sie dort abgelegt habe und sehr verärgert wäre, würden wir seinen Schatz anrühren. Wir rührten seinen Schatz immer an, und am nächsten Tag fanden wir an genau der gleichen Stelle Zettel, auf denen der Nom-König uns drohte, er würde unsere «Ringelzehen abtrampeln». Wir waren begeistert.

Mein Großvater war einer dieser Menschen, die einen ständig reinlegten und gleichzeitig *echte* Dinge machten, die zu fantastisch waren, um wahr zu sein, sodass es schwer war, zwischen Fakt und Fiktion zu unterscheiden. Ich denke, ich wusste damals, dass ich die Aufgabe hatte, ihm zu glauben, aber nur halb, so wie eine gute Bühnenpartnerin. Stattdessen glaubte ich alles, unbedingt und vorbehaltlos, als würden zu viele Fragen die Fantasie zum Verschwinden bringen.

Es gab gute Gründe, warum ich an die Welt glauben wollte, die mein Großvater für uns entwarf. Ich war ein sehr durchschnittliches Mädchen, das Angst hatte, immer so zu bleiben, und in den Oz-Büchern wurden sogar sehr durchschnittliche Mädchen aus Kansas aus einem Leben voller Hausarbeiten und Schulaufgaben katapultiert, um Abenteuer mit Robotern und Königinnen zu erleben. Es machte nichts, dass Dorothy nicht außergewöhnlich war – sie konnte trotzdem unglaubliche Dinge tun. Damals machte ich keinen Unterschied zwischen dem Glauben an Oz und dem Glauben an eine Welt nach den Regeln des Amerikanischen Traums, wo der arme Sohn eines Cowboys und Ex-Knackis die Leiter eines erfolgreichen Lebens hinaufklettern konnte. Amerika würde schon etwas in dir sehen, was sonst niemand sah, und es würde dir die fantastische Zukunft ermöglichen, die du dir ausgemalt hattest! Oz für alle!

Der späte Kapitalismus ist sicherlich nicht die beste Zeit, um an diese Arten von Magie zu glauben.

Jetzt, als Erwachsene, bin ich von der Realität oft enttäuscht. Ich ziehe es vor, in meinem Kopf, in Büchern und in der Fantasie, zu leben, wo alles ein bisschen mehr glänzt als in der realen Welt. Schon oft habe ich mir gewünscht, in die Zeit zurückzukehren, in der die Steine des Nom-Königs plötzlich auf der Türschwelle lagen oder ein Tier mir sein Geheimnis verriet.

Erste Risse bekam die Illusion, als man uns in der sechsten Klasse aufgetragen hatte, die Biografie einer bedeutenden Persönlichkeit zu lesen. Dass ich mich in meiner Oz-Manie nicht für eine Biografie Baums, sondern für die Judy Garlands entschied, die in der Verfilmung von 1939 bekanntermaßen die Dorothy spielt, sagt vielleicht schon alles. Wir sollten am ‹Tag der Biografien› als die Person, die wir gewählt hatten, in die Schule kommen und der

Klasse aus unserem Leben berichten … *in der Ich-Form, in der Rolle.* Danach war ein «Rollenspiel-Brunch» geplant, wo wir uns unter unsere berühmten Mitmenschen mischen sollten.

Mithilfe meiner Mutter stieß ich in der örtlichen Bibliothek auf *Little Girl Lost: The Life and Hard Times of Judy Garland* von Al DiOrio, Jr.

Garlands tragisches Leben schockierte und faszinierte mich, und ich wollte allen da draußen die Wahrheit erzählen. Und dennoch entschied ich mich absurderweise, an diesem Tag *als Dorothy*, nicht als Garland, zur Schule zu kommen. Bezopft und mit Glitzerpumps und himmelblauen Söckchen stand ich vor meiner Klasse und stellte mich den anderen Sechstklässlern als «Judy, Judy, Judy» vor. Ich erzählte ihnen, dass mich die anstrengenden Dreharbeiten zwangen, «Aufputschmittel», also *Drogen*, zu nehmen, die mir zudem halfen, Gewicht zu verlieren, was «gut für Hollywood» war, und dass ich dann wegen meiner Schlafprobleme «was zum Runterkommen» (also *Drogen!*) brauchte, und wie dieser Teufelskreis von Aufputsch- und Schlafmitteln mich schlussendlich umbrachte.

Dann flüsterte ich, dass es Gerüchte gebe, mein Tod sei kein Unfall, sondern Selbstmord gewesen.

Als es klingelte, schlug meine Lehrerin vor, ich solle lieber als Dorothy statt als Garland am bevorstehenden Brunch teilnehmen.

«Kann ich den Leuten denn *wenigstens* von Carnegie Hall erzählen?», fragte ich.

«Klar», sagte sie.

Heute weiß ich, dass man von mir erwartet hatte, etwas Erbauliches zu lesen und zu erzählen, mich so wie die anderen Kinder zu benehmen, die als Jackie Robinson und Marie Curie gekommen waren und deren Familien ihnen wahrscheinlich Biografien herausgesucht hatten, in denen es nicht um andere schwarze Baseballspieler ging, die keine Chance gehabt hatten, ihr Talent auszuleben, oder um die negativen Auswirkungen radioaktiver Strahlung. An diesem Tag hatten wir alle Dorothy und nicht Judy zu sein – und die glänzende, Oz-gleiche Traumversion unserer Biografie zum Besten zu geben. Angesichts meiner Vorliebe für Fantasiewelten mag es vielleicht erstaunen, dass ich ein Kind war, das jede Form der Lüge hasste. Aber selbst damals wusste ich, dass es einen Unterschied zwischen einer Fantasievorstellung und einer Lüge gab. Und an diesem Tag in der sechsten Klasse spürte ich, dass etwas faul war.

«Hallo, Grandad. Ich war diese Woche Dorothy in der Schule», erzählte ich ihm in einem unserer regelmäßigen Telefonate.

«Wie lief es?», fragte er.

«Nicht so toll», sagte ich. «Gar nicht toll.»

Als ich ihm berichtete, was passiert war, brach er in gackerndes Gelächter aus.

Ich unterrichte an der Universität, und einmal sprach ich ein ganzes Semester lang vor Studierenden in meinem Literaturkurs in Florida aus Versehen vom «Amerikanischen Mythos» statt vom «Amerikanischen Traum». Es war bereits November, als sich eine kubanisch-amerikanische Studentin, die ich schon einige Semester kannte, sicher genug fühlte, mich mitten in meiner Vorlesung auf meinen Fehler hinzuweisen. Ich dankte ihr.

«Wie peinlich und seltsam, das zu verwechseln», sagte ich zum Kurs.

«Na ja, es war falsch, aber auch nicht *falsch*», sagte sie und ließ ihre Ausgabe von *Winters Knochen* auf den Tisch fallen. Wir lachten alle. Es war lustig, aber auch wieder nicht.

Mich muss wohl irgendetwas an dem Wort *Traum* stören.

In Baums Büchern ist Dorothys Abenteuer mit dem Zauberer

nur die erste von vielen Reisen nach Oz – in späteren Geschichten nimmt sie sogar ihre Familie mit, ein Beispiel für gelungene Kettenmigration –, und diese erneuten Besuche untermauern die Existenz von Oz. Der Film sendet eine andere Botschaft, nicht wegen fehlender Fortsetzungen, sondern weil Dorothy am Ende aufwacht. Du hast alles nur geträumt, sagt ihr ihre Familie. «Aber es war kein Traum», sagt Dorothy, «es war ein Ort.» Alle Farmarbeiter der Gales sind um ihr Bett versammelt, als Garland sagt, sie habe sie doch in Oz gesehen, sie waren der Zinnmann und die Vogelscheuche und der ängstliche Löwe. Und doch sind sie nun *hier*. Bolger und Haley und Lahr, in der schwarz-weißen Wirklichkeit. Sie tragen normale Kleidung, auf ihren lieben Gesichtern klebt der Dreck ihrer Arbeit.

Waren solche Männer jemals an so einem Ort?

Oh *nein, Schätzchen*, sagt ihr Anblick, *wir nicht – das ist nichts für uns.*

Sie sind auf der Farm geblieben.

Ich hasste es schon immer, wie der Film uns vermittelte, es gäbe Oz, nur, um dann am Ende alles wieder zurückzunehmen, und diese drei Freunde brechen mein Herz am allermeisten.

Innerhalb der letzten zehn Jahre habe ich an fünf verschiedenen Einrichtungen Studierende unterrichtet. Ich bin grundsätzlich optimistisch und glaube fest daran, dass meine Studentinnen und Studenten eine Zukunft haben. Einige von ihnen kamen wie mein Großvater aus schwierigen Verhältnissen, andere aus noch schwierigeren, einige waren Mittelschichtskids, die nie daran zweifelten, irgendwann einen Abschluss in der Tasche zu haben, andere waren raubeinige Farmkids, einige hatten jahrelanges Elend überstanden und konnten mit sechzig endlich noch einmal etwas lernen, andere waren Kriegsveteranen, einige hatten es geschafft, aus Gangs auszusteigen, andere hatten ein extrem privilegiertes Leben, und viele waren Amerikanerinnen und Amerikaner der ersten Generation. Ich glaube, dass diese unterschiedlichen Studierenden *alle* zu großen Teilen deswegen den Weg in meinen Kursraum gefunden hatten, weil sie einem Amerikanischen Traum Glauben schenkten, der ihnen versprach, dass ein Collegeabschluss Türen öffnen würde.

Und vielleicht ist das der Grund, warum mein Glaube an den Traum in sich zusammengebrochen ist.

Denn es ist eine Sache, für sich selbst an einen Traum zu glauben, und eine ganz andere, so etwas in einem Raum voller Studierenden zu verkünden, die davon ausgehen, dass du die Wahrheit sagst.

Dieser Tage kann ich mich nicht dazu durchringen, meinen Studierenden auch nur irgendeine amerikanische Rhetorik zu verkaufen, die behauptet, alles wäre für jeden erreichbar. Ich kann mich nicht dazu durchringen, ihnen eine farbenprächtige Zukunft auszumalen und zu sagen, *hier seh ich* dich, *und hier seh ich* dich. Denn auch wenn ich tatsächlich diese Zukunft zu sehen meine, könnte es doch sein, dass wir alle eines Tages aufwachen und ich sie durch meine allzu lebhaften Träume im Kursraum verraten haben werde.

Ich glaube, mein Mund hat «Mythos» statt «Traum» gesagt, denn wenn ich den Studierenden unsere gemeinsame amerikanische Geschichte als ein erreichbares Ziel und nicht als das Narrativ einer bestimmten Generation beschrieben hätte, hätte ich mich in die sechste Klasse zurückversetzt gefühlt – außen Dorothy, aber innen Judy. Der Fisch hätte vom Kopf her gestunken, und der Kopf wäre ich gewesen.

Das Casino steht im heutigen Dorf Chittenango, das zum größten Teil zum Gebiet der Oneida oder Onyota'a:ka gehört. Chittenango ist auch der Geburtsort von L. Frank Baum. Wahrscheinlich nannten die Oneida ihr Casino deswegen Yellow Brick Road und den Getränkeladen nebenan Tin Woodman's Flask.

Hätte ich damals in der sechsten Klasse eine Biografie Baums und nicht Garlands gelesen, hätte ich gelernt, was ich am Morgen unseres Casinobesuchs herausfand, als ich nachschaute, welche Verbindung Baum zu Chittenango hatte.

Mein erster Suchtreffer war ein erst kürzlich veröffentlichter NPR-Artikel: «Bevor er den *Zauberer von Oz* schrieb, leitete L. Frank Baum während der Indianerkriege in den frühen 1890ern eine Zeitung in South Dakota. Als Baum vom Tod Sitting Bulls und dem Massaker bei Wounded Knee erfuhr, schrieb er mehrere Leitartikel, in denen er dazu aufrief, die amerikanischen Ureinwohner zu vernichten. In seinem Artikel über Sitting Bull heißt es: ‹*Kraft des Gesetzes der Eroberung, des Rechtes der zivilisierten Bevölkerung, herrschen die Weißen über den amerikanischen Kontinent, und die Siedlungen im Grenzgebiet können am besten dadurch gesichert werden, dass man die wenigen noch verbleibenden Indianer gänzlich ausrottet. Warum nicht? Ihr Ruhm ist vergangen, ihr Wille gebrochen, ihre männliche Kraft verloschen; sie sollten lieber sterben, als ihr jetziges Leben als arme Schweine fortzuführen.*›»

Warum hatten die Oneida ein Casino erbaut, das vom Werk eines Mannes inspiriert wurde, der solch einen grässlichen Kommentar geschrieben hatte? Ich bin blöd genug, zu hoffen, dass man bewusst auf die befriedigende Ironie setzte, dass die Indigenen jetzt Baums Welt versilberten. Blöd genug, zu hoffen, dass vielleicht niemand davon wusste. Immerhin lässt mich mein gesunder Menschenverstand nicht bei den Oneida oder dem Casino nachhaken. Anstatt jemanden am anderen Ende der Leitung mit dieser unangenehmen Frage zu konfrontieren, stelle ich sie mir selbst.

Ich frage mich: Warum nur habe ich, da ich mich doch all die

Jahre als Oz-Freak, als Riesenfan bezeichnete, Baum niemals gegoogelt?

Vielleicht ahnte ich, dass es besser wäre, nicht nach dem Mann hinter dem Vorhang zu suchen.

Bestimmt wäre mein Großvater von Baums Leben und seinen Vorurteilen nicht überrascht gewesen. Hinter den meisten Vorhängen von Geschichten des Amerikanischen Traums stecken unangenehme Wahrheiten. Der Kapitalismus bietet selten eine Gratis-Ballonfahrt an. Die Geschichte vom Aufstieg eines Menschen geht in der Regel zulasten eines anderen, der nicht erwähnt wird. Das ist der Zauber hinter den meisten dieser wunderbaren Geschichten – der Taschenspielertrick, der den Blick in die falsche Richtung lenkt, *hierhin* und nicht *dorthin*.

Ich denke, mein Großvater verstand das alles. Denn wie es der Zufall so will, besitze ich tatsächlich eine Biografie Baums. *The Real Wizard of Oz* von Rebecca Loncraine hatte, seit mein Großvater es mir vor Jahren geschenkt hatte, ungelesen in meinem Bücherregal gestanden. Als ich das Buch öffnete, las ich die Widmung meines Großvaters: «Ich weiß, dass du dachtest, ich hätte mir diese Geschichten alle ausgedacht. Aber sie kommen von diesem Typen. In Liebe, Grandad.»

Ich weiß nicht mehr, wie ich mit Oz umgehen soll. Ich würde gerne sagen, dass alles echt war, solange ich klein war, solange mein Großvater noch lebte, aber das hieße, dass alles nur echt war, solange es leichtfiel, daran zu glauben.

Denn solange mein Großvater und der Rest dieser beeindruckenden Generation noch lebte und sie von ihren beeindruckenden Zaubertricks erzählten, fiel es mir leicht, an den Amerikanischen Traum zu glauben. Aber ohne meinen Großvater, der Seidentücher aus den Ohren zieht, Quarz im Garten versteckt und

Pferde mit Zuckerwürfeln dazu bringt, zu nicken und zu stampfen, zerbröckelt die Illusion. Die Aussichten auf einen Erfolg im Sinne des Amerikanischen Traums fühlen sich mickrig an, zufällig. Und dennoch bin ich jetzt hier, in Chittenango, auf dem Land der Oneida, in Baums Geburtsstadt, und ich füttere diesen Automaten auf dem neuesten Stand der Technik mit meinem Geld, auch wenn nichts hinter der Fassade des Yellow-Brick-Road-Casinos irgendeine Ähnlichkeit mit Oz hat.

Mein Freund und ich gaben es auf und zogen unsere Wintermäntel an. Es war November, und auf dem Boden lag Schnee. Beim Rausgehen bat ich ihn, ein Bild von mir zu machen. Auf dem Parkplatz gab es ein überlebensgroßes, smaragdgrünes Wandgemälde von Dorothys Freunden: der Vogelscheuche, dem Zinnmann, dem ängstlichen Löwen. Sie sahen fast so aus wie auf den alten Illustrationen, die ich noch kannte. Mein Freund musste weiter und weiter zurückgehen, um das Foto machen zu können, fast bis auf die Straße. Aber die Wandfiguren waren einfach zu groß. Es war unmöglich, sie und mich gleichzeitig ins Bild zu bekommen.

Die Kranichfrau

Zehn Tage, nachdem ich mich entschlossen hatte, meine Verlobung aufzulösen, sollte ich an einer wissenschaftlichen Expedition an der texanischen Golfküste zur Beobachtung des Schreikranichs teilnehmen. Ich werde diesen Trip selbstverständlich canceln, dachte ich, als ich nach Trekkinghosen aus Nylon suchte, die man am Knie abtrennen konnte. Jemand, der eine Hochzeit absagt, sollte selbstverständlich traurig zu Hause sitzen und über die enorme Tragweite dessen, was gerade passiert ist, nachdenken, und nicht das tun, was ich vorhabe und wofür ich ein Paar Plastikclogs mit Entwässerungslöchern benötige. Und selbstverständlich, dachte ich, als ich einen sehr großen und sehr weichen Hut mit Kinnband anprobierte, selbstverständlich war es angesichts dessen, was in meinem Leben furchtbar schiefgelaufen war, grundfalsch, einen solchen Hut überhaupt nur aufzusetzen.

Zehn Tage zuvor hatte ich geweint und geschrien und meinen Hund eingepackt und das Haus mit den beiden Weidenbäumen, das ich zusammen mit meinem Verlobten Nick in Upstate New York gekauft hatte, hinter mir gelassen.

Zehn Tage später, und ich wollte nichts von dem tun, was ich jetzt hätte tun sollen.

Ich fuhr nach Texas, um den Schreikranich zu beobachten, weil ich für einen Roman recherchierte. In meinem Roman ging es um Biologen, die Feldforschung über Vögel betrieben, und ich hatte keine Ahnung, wie Feldforschung eigentlich aussah, und so taten die Wissenschaftlerinnen und Wissenschaftler in meinem Roman Dinge, wie große Stapel von Papieren herumzuschieben und die Stirn zu runzeln. Die netten Leute von Earthwatch versicherten mir, dass ich auf der Reise willkommen sein und während meiner Zeit am Golf an «echter Forschung» teilnehmen würde. Aber als ich in Corpus Christi darauf wartete, dass mich mein Team abholte, war ich nervös – ich malte mir alle anderen als Wissenschaftlerinnen oder passionierte Vogelbeobachter mit einschüchternden Ferngläsern aus.

Der Biologe, der die Reise leitete, kam in einem großen weißen Van mit Bootstrailer angefahren, auf dessen Seite in breiten Buchstaben BIOWISSENSCHAFTEN stand. Jeff war um die vierzig und trug eine Sonnenbrille und eine umgedrehte Baseballmütze auf dem Kopf. Er hatte einen Bart und einen neongrünen Gips am linken Arm. Vor einer Woche hatte er ihn sich beim Hockeyspielen mit seinen Söhnen gebrochen. Das Erste, was Jeff sagte, war: «Gleich geht's zum Camp, aber wenn es dir nichts ausmacht, machen wir einen kleinen Umweg über den Getränkemarkt.» Vielleicht war ich doch nicht ganz ungeeignet für die Wissenschaft.

Kurz bevor ich meine Verlobung auflöste, war Weihnachten.

Die Frau, die meine Schwiegermutter hätte werden sollen, konnte extrem gut mit Nadel und Faden umgehen und hatte jedem Familienmitglied einen Weihnachtsstrumpf zum Aufhängen mit einer Beatrix-Potter-Figur genäht. Im Jahr zuvor hatte sie mich gefragt, welche Figur ich gerne hätte (mein Verlobter war Benjamin Häschen). Die Entscheidung fiel mir unglaublich schwer. Sie fühlte sich wichtig an, so als würde die Figur, für die ich mich entschied, meine Rolle in dieser neuen Familie prägen. Ich entschied mich für Eichhörnchen Nusper, ein Eichhörnchen mit einem leuchtend roten Schwanz – eine großartige, abenteuerlustige Figur, die schlussendlich ihren Schwanz verliert, weil sie zu mutig und zu stolz ist.

Ich kam an diesem Weihnachtsfest in Ohio an und blickte zum Treppengeländer, um zu sehen, wo mein Eichhörnchen seinen Platz gefunden hatte. Stattdessen war da eine Maus. Eine Maus mit pinkem Kleid und Schürze. Eine Maus, die Besen und Kehrschaufel in den Pfoten hält, bereit zu putzen. Eine Maus mit dem Namen Hunka Munka. Die Frau, die meine Schwiegermutter werden sollte, sagte: «Ich wollte erst das Eichhörnchen machen, aber dann dachte ich, das ist einfach nicht CJ. *Das* hier ist CJ.»

Es war unglaublich nett, was sie gemacht hatte. Sie war unglaublich nett. Ich dankte ihr und fühlte mich undankbar, weil ich zwar einen Weihnachtsstrumpf hatte haben wollen, aber nicht *diesen* hier. Wer war ich, dass ich meinte, die Wahl zu haben? Dass ich dieses nette Angebot verschmähte, weil es nicht das war, was ich haben wollte?

Als ich die Maus mit ihrem Besen betrachtete, fragte ich mich: Wer von uns beiden hatte das falsche Bild von mir?

Der Schreikranich ist eine der ältesten lebenden Vogelarten. Wir waren in einem alten Fischcamp an der Golfküste neben dem Aransas-National Wildlife-Reservat untergebracht, wo 500 der weltweit nur noch 800 lebenden Schreikraniche überwintern. Ziel unserer Expedition war es, Daten zu sammeln, um das Verhalten der Vögel zu erforschen und etwas über die Ressourcen zu erfahren, die ihnen im Aransas-Reservat zur Verfügung standen.

Der Schlafraum der Frauen war klein und roch nach Holz, und auf den nebeneinander aufgereihten Einzelbetten lagen Steppdecken. Lindsay, die einzige andere Wissenschaftlerin, war eine Studentin Anfang zwanzig aus Wisconsin, die Vögel so liebte, dass sie mit den Händen die Form ihrer Nacken und Schnäbel nachmachte, wenn sie über sie sprach – Vogelleben als Pantomime. Jan, eine andere Teilnehmerin, war eine pensionierte Geophysikerin, die für Ölfirmen gearbeitet hatte und jetzt Chemie in der Highschool unterrichtete. Jan war wahnsinnig fit und wahnsinnig braun und wahnsinnig kompetent. Jan war keine erfahrene Vogelbeobachterin. Sie war eine Frau, die zwei Jahre lang erst ihre Mutter und dann ihre beste Freundin gepflegt hatte. Beide waren vor Kurzem an Krebs gestorben, und während sie für beide sorgte, hatte sie sich selbst verloren, sagte sie. Sie wollte eine Woche nur sie selbst sein. Keine Lehrerin oder Mutter oder Ehefrau. Diese Reise war das, was sie sich nach dem Tod beider Frauen schenkte.

Um fünf Uhr klopfte es an der Tür des Schlafraums, und ein sehr alter Mann kam herein, gefolgt von Jeff.

«Zeit für den ersten Cocktail?», fragte Warren.

Warren war ein 84 Jahre alter Junggeselle aus Minnesota. Er konnte zwar die meisten körperlichen Aktivitäten auf dieser Expedition nicht mehr mitmachen, aber er hatte bereits an 95 Earthwatch-Expeditionen teilgenommen, auch an dieser bereits einmal zuvor. Warren fand Vögel okay. Was er wirklich liebte, war die Cocktailstunde.

Als er an diesem ersten Abend zum Cocktailtrinken zu uns kam, war sein dünnes, silbernes Haar noch feucht vom Duschen, und er roch nach Shampoo. Er hatte ein frisches Hemd angezogen und eine Flasche mit fantastisch gutem Scotch unter dem Arm.

Jeff nahm Warren, Jan und mich unter seine Fittiche. «Was für eine seltsame Gruppe», sagte Jeff.

«Mir gefällt sie», sagte Lindsay.

In dem Jahr, das meiner Hochzeitsabsage vorausging, hatte ich oft geweint und meinen Verlobten angeschrien, zu überzeugen versucht oder angefleht, er solle mir sagen, dass er mich liebe. Dass er nett zu mir sein solle. Dass er die Art, wie ich mein Leben gestaltete, bemerken solle.

Einmal ging es darum, dass ich für eine Hochzeit mein rotes Lieblingskleid angezogen hatte. Ich stolzierte aus dem Bad, um es ihm zu präsentieren. Er starrte auf sein Handy. Ich wollte von ihm hören, dass ich hübsch aussah, also tänzelte ich vor ihm herum, packte ihn an den Schultern und sagte: «Du siehst hübsch aus! Sag mir, dass ich hübsch aussehe!» Er sagte: «Ich habe dir bereits Komplimente gemacht, als du das Kleid letzten Sommer getragen hast. Also kann man annehmen, dass ich dich darin immer noch hübsch finde.»

Ein andermal schenkte er mir eine Geburtstagskarte, in der ein Post-it klebte, auf dem GEBURTSTAG stand. Danach erklärte er mir, dass die Karte noch in einem guten Zustand sei, weil er nichts reingeschrieben hatte. Er entfernte das Post-it und verstaute die unbeschädigte Karte in unserem Ablageschrank.

Was man wissen sollte: Ich hasste es, dass ich mehr als das von ihm brauchte. Nichts finde ich demütigender als meine eigenen Bedürfnisse. Ich hasse nichts mehr an mir, als zur Last zu fallen und mir selbst nicht genug zu sein. Ich wollte nicht wie eine dieser dauernörgelnden Frauen sein, die in einer Sitcom hätte auftreten können.

Das waren alles nur Kleinigkeiten, und ich sagte mir, dass es dumm war, deswegen enttäuscht zu sein. Ich war in meinen Dreißigern angekommen, in dem Glauben, es wäre ein Zeichen von Schwäche, etwas von anderen zu brauchen. Ich denke, das trifft auf viele Menschen zu, aber besonders auf Frauen. Wenn Männer nach etwas verlangen, sind sie «leidenschaftlich». Wenn sie das Gefühl haben, etwas, das sie brauchen, nicht bekommen zu haben, sind sie dessen oder sogar ihrer Männlichkeit «beraubt» worden, und jede Art von Verhalten wird toleriert. Aber wenn eine Frau etwas braucht, ist sie *bedürftig*. Sie soll alles, was sie zum Glücklichsein braucht, in sich selbst tragen.

Dass ich von jemand anderem hören wollte, ich liebe dich, ich *sehe* dich, war mein ganz persönliches Versagen, und ich versuchte, dagegen anzuarbeiten.

Als ich herausfand, dass er, einige Wochen, nachdem wir uns kennengelernt hatten, mit einer gemeinsamen Freundin geschlafen hatte, sagte er mir, dass wir damals noch nicht offiziell zusammen gewesen wären, das also keine große Sache sein sollte. Ich beschloss, ihm recht zu geben. Als ich herausfand, dass er Monate später an Silvester ein anderes Mädchen geküsst hatte, sagte er, dass wir damals noch nicht offiziell über Monogamie gesprochen hätten, das also keine große Sache sein sollte. Ich beschloss, ihm recht zu geben.

Ich bat ihn, offiziell über Monogamie zu sprechen, und in dem Versuch, eine coole Socke zu sein, die nicht so viele lästige Bedürfnisse hatte, sagte ich, dass ich darauf verzichten könne. Er sagte, er fände es gut, wenn wir monogam wären.

Das Beobachten des Schreikranichs lehrte mich Folgendes: Nur ein kleiner Teil davon hat mit den eigentlichen Vögeln zu tun. Stattdessen zählten wir Beeren. Zählten Krabben. Bestimmten den Salzgehalt des Wassers. Standen im Matsch. Maßen die Windstärke.

Wie sich herausstellt, verbringt man seine Zeit beim Erhalten einer Spezies nicht damit, den Vogel, den man retten will, anzustarren. Stattdessen untersucht man das, was er benötigt, um leben zu können. Man schaut, ob es genug Essen und Trinken gibt. Man schaut, ob es geschützte Schlafplätze gibt. Gibt es hier genug, um zu überleben?

Während ich durch den Schlamm des Aransas-Reservats watete, verstand ich, dass jede Möglichkeit, Nahrung zu finden, zählt. Jede Pfütze trinkbaren Wassers zählt. Jede Bocksdornbeere, die in Texas im Januar an einem Zweig baumelt, zählt. So klein war der Unterschied zwischen lebenserhaltend und nicht genug.

Gäbe es eine Art Entzug für Menschen, die sich dafür schämen, Bedürfnisse zu haben, sähe er vielleicht genau so aus. Reise an die Golfküste. Zähle jede Bocksdornbeere. Miss die Tiefe jeder Pfütze.

Mehr als einmal sagte ich zu meinem Verlobten: «Wie soll ich denn wissen, dass du mich liebst, wenn du nie liebevoll bist oder mir nette Dinge sagst oder *sagst*, dass du mich liebst?»

Er erinnerte mich daran, dass er früher bereits ein oder zwei Mal «Ich liebe dich» gesagt hatte. Warum konnte ich nicht einfach *wissen*, dass das für die Ewigkeit galt? Ich verglich es mit einer Wanderung, wenn er mir sagte, dass er Wasser dabeihatte, es mir aber nie gab, und sich dann wunderte, warum ich immer noch durstig war.

Er sagte, Wasser sei nicht das Gleiche wie Liebe, und er hatte recht.

Es gibt Schlimmeres, als keine Liebe zu bekommen. Es gibt traurigere Geschichten als diese hier. Artensterben und Erderwärmung. Ich sagte mir: Für wen hältst du dich mit deinen Beschwerden, mit deinen belanglosen, außerplanmäßigen Bedürfnissen?

Ich stürzte mich an der Golfküste in die Arbeit. Ich beobachtete die Kraniche durch mein Fernglas und notierte mir ihre Verhaltensmuster, und ich liebte ihre langen Hälse und roten Flecken. Wenn sie ihre Körper verdrehten, um sich zu putzen, sahen die Kraniche elegant und wild aus. Von außen wirkten sie nicht wie eine Spezies, die gerade um ihr Überleben kämpfte.

Am Morgen machten wir einander Sandwiches, und abends lachten wir und liehen einander frische Socken. Wir überließen einander das Bad. Verziehen einander, dass wir die immer gleichen Geschichten erzählten. Wir halfen Warren, wenn ihm das Gehen schwerfiel. Wir kümmerten uns um einander, möchte ich damit sagen. Und wir hatten Freude daran. Ich gebe es nicht gerne zu, aber nachdem ich meine Hochzeit abgesagt hatte, während der Woche, die ich dreckig und müde an der Golfküste verbrachte, war ich glücklich.

Auf dem Heimweg aus dem Reservat sahen wir oft wilde Schweine, borstige schwarz-pinke Mütter mit ihren Jungen, die durch das Unterholz wuselten und sich zwischen den Kakteen im Staub suhlten. Jeden Abend schlossen wir im Van Wetten ab, wie viele Schweine wir auf unserer Rückfahrt sehen würden.

***

Eines Abends, die Reise war zur Hälfte vorbei, nannte ich eine vernünftige Zahl. Normalerweise entdeckten wir vier, ich hoffte auf fünf, aber wettete auf drei, weil ich annahm, dass nicht mehr zu erwarten wären.

Warren wettete wild, optimistisch, zu hoch.

«Zwanzig Schweine», sagte er. Er faltete seine Hände auf der weichen Brust.

Wir klopften lachend auf die kunstledernen Autositze angesichts dieses Wagemuts.

Aber die Sache ist die: Es stimmte. An diesem Abend sahen wir auf dem Heimweg *zwanzig Schweine*. Und während wir feierten, fiel mir auf, wie traurig es war, dass ich so niedrig gewettet hatte. Dass ich noch nicht einmal die Vorstellung zuließ, das zu bekommen, was ich mir erhoffte.

In meiner Beziehung mit meinem Verlobten lernte ich, mit weniger auszukommen. Ich erfuhr, dass er mich betrogen hatte, was ein Wendepunkt hätte sein sollen, es aber nicht war. Die Frau, mit der er geschlafen hatte, war eine Freundin von ihm, mit der ich mich anfangs auch hatte anfreunden wollen, die mich aber anscheinend nicht mochte. Erst hatte er mich dazu gebracht, eifersüchtig auf sie zu sein, und dann, meine Eifersucht verrückt zu finden.

Dieses ganze Täuschungsmanöver zog sich ein Jahr hin, sodass die Untreue bereits ein Jahr zurücklag, als ich endlich herausfand, was wirklich passiert war.

Für mich war das neu, aber für meinen Verlobten Schnee von gestern.

«Rein logisch gesehen», sagte er, «ist es inzwischen egal.»

Es war vor einem Jahr passiert. Warum regte ich mich über alte Kamellen auf?

Ich verbog mich gedanklich, wie von mir verlangt.

Ich überzeugte mich selbst, dass ich eine logisch denkende Frau war, die die Nachricht darüber, betrogen worden zu sein, die Nachricht darüber, dass er kein Kondom benutzt hatte, zur Kenntnis nehmen und sie von der aktuellen Realität unseres Zusammenlebens trennen konnte.

Warum sollte ich wissen müssen, ob wir monogam gewesen waren? Warum sollte ich angesichts solch alter Kamellen verletzt sein und auch noch über meine unbequemen Gefühle reden wollen?

Ich würde eine Frau sein, die diese Dinge nicht brauchte, beschloss ich.

Ich würde weniger brauchen. Und noch weniger.

Ich wurde sehr gut darin.

«Die Kranichfrau» ist ein altes japanisches Volksmärchen. Ich fand ein Exemplar im Souvenirladen des Reservats, zwischen Baseballmützen und Autoaufklebern, auf denen VORSICHT: DER LETZTE SCHREI stand. Und es gibt unglaublich viele Varianten dieser Geschichte, aber in meiner Ausgabe lässt ein Kranichweibchen einen Mann denken, es sei eine Frau, sodass der Mann es heiratet. Die Kranichfrau liebt den Mann, aber sie weiß, dass er sie nicht als Kranich lieben würde, also verbringt sie jede Nacht damit, sich mit ihrem Schnabel die Federn auszurupfen. Sie hofft, dass er nie sehen wird, was sie wirklich ist: ein Vogel, um den man sich kümmern muss, ein Vogel, der wegfliegen kann, ein Lebewesen mit den Bedürfnissen eines Lebewesens. Jeden Morgen ist die Kranichfrau erschöpft, aber sie ist wieder eine Frau. Immer wieder eine Frau zu werden, verlangt unglaublich viel Selbstzerstörung. Sie schläft nie. Sie rupft sich alle Federn aus, eine nach der anderen.

Eines Abends kauften wir einem vorbeifahrenden Fischerboot am Golf einen Sack Austern ab. Wir hatten an diesem Tag so viel Zeit auf dem Wasser verbracht, dass ich noch in meinem Campingstuhl das Gefühl hatte, von den Wellen hin und her geschaukelt zu werden. Wir aßen die Austern und tranken. Jan nahm mir das Austernmesser weg, weil ich damit immer wieder abrutschte. Wildkatzen angelten sich unsere leeren Schalen und bettelten um Reste.

Jeff spielte mit dem Zielfernrohr, mit dem wir die Vögel beobachteten, und ich fragte: «Wonach suchst du denn mitten in der Nacht?» Er winkte mich zu sich, und als ich in das Fernrohr hineinschaute, stand der Mond direkt vor meinen Augen.

Ich glaube, ich hatte Angst, dass ich mich ins Verderben reißen würde, wenn ich die Hochzeit absagte. Dass die Geschichte meines Lebens dadurch auf irgendeine unumkehrbare Weise entstellt würde. Ich hatte schon Schlimmeres erlebt, aber nichts bedrohte mein amerikanisches Verständnis eines Lebens so sehr wie eine abgesagte Hochzeit. Als die Entscheidung hinter mir lag, hier am Golf, verstand ich, dass man sich selbst nicht ins Verderben reißen konnte. Es gibt Arten, verwundet zu werden, und Möglichkeiten, diese Wunden zu überleben, aber niemand kann überleben, indem er, indem sie die eigenen Bedürfnisse verdrängt. Eine Existenz als Kranichfrau ist nicht auszuhalten.

Ich hatte den Mond, diese helle Kugel, noch nie so nah gesehen. Als Erstes fiel mir auf, wie lädiert sie aussah. Wie strukturiert und vernarbt durch Einschläge. Ihr Gesicht erzählte eine ganze Geschichte – ein Gesicht, das aus der Ferne immer so perfekt aussah.

Es lässt sich leicht sagen, dass ich meinen Verlobten verließ, weil er mich betrogen hatte. Aber die Wahrheit ist komplizierter. Die Wahrheit ist, dass ich ihn nicht verließ, als ich es herausfand. Noch nicht einmal für eine Nacht.

Ich erfuhr von seinem Seitensprung noch *vor* unserer Verlobung, und ich sagte trotzdem Ja, als er mir im Park den Antrag machte, an dem Tag, an dem wir eigentlich eine Stellenzusage feiern wollten, die ich am Morgen bekommen hatte. Sagte Ja, obwohl ich ihm erklärt hatte, dass ich aus politischen Gründen gegen die Diamanten war, von deren Notwendigkeit er mich überzeugt hatte. Sagte Ja, obwohl er aus unserer Verlobung eine Farce machte, indem er auf den *Bachelor* anspielte und mir eine Rose gab. Ich schäme mich für all das.

In seinem Antrag hatte er weder mich noch uns konkret erwähnt, und als wir den langen Pfad zurück zum Ausgang des Parks nahmen, fühlte ich mich der besonderen Ansprache beraubt, die ich mir für so einen Moment immer erhofft hatte, und obwohl ich mich dafür hasste, so etwas zu brauchen, mich noch mehr dafür hasste, es erzwingen zu wollen, fragte ich ihn: «Warum liebst du mich? Warum meinst du, sollten wir heiraten? Im Ernst?»

Er sagte, er wolle mit mir zusammen sein, weil ich nicht nervte und bedürfnislos war. Weil ich Bier trank. Weil ich unkompliziert war.

Ich schwieg. Ein paar Schritte weiter fügte er hinzu, dass er glaubte, ich würde eine gute Mutter abgeben.

Das war nicht das, was ich erhofft hatte. Aber es war das, was er mir anbot. Und für wen hielt ich mich, mehr zu wollen?

Ich verließ ihn nicht, als er mir erzählte, die Frau, mit der er mich betrogen hatte, habe sich am Telefon beschwert, dass ich die Freundschaft der beiden nicht mehr billigte.

Ich verließ ihn nicht, als er sie zu unserer Hochzeit einladen wollte. Auch nicht, als er sich darüber aufregte, dass ich Nein sagte, und mich fragte, was er denn dann seiner Mutter und seinen Freunden erzählen solle.

Liebe Leserinnen und Leser, beinahe hätte ich diesen Mann geheiratet.

Selbst jetzt klingen die Begriffe «anhänglich» oder «bedürftig» in meinen Ohren beschämend. Das Schlimmste, was eine Frau sein kann. An manchen Tagen sage ich mir immer noch, dass ich nehmen soll, was man mir anbietet, denn wenn das nicht ausreicht, bin ich es, die zu viel will. Ich schäme mich dafür, über so etwas zu schreiben und nicht über den Schreikranich oder wirkliche Hungersnöte oder andere, viel bedeutendere Bedürfnisse auf dieser Welt.

Aber ich möchte deutlich machen, dass ich meinen Verlobten verließ, als es fast zu spät war. Und ich erzähle den Leuten die Geschichte des Seitensprungs, weil sie so einfach ist. Jeder weiß, wie sie geht. Schwerer fällt es mir, zu erzählen, wie ich mich davon überzeugte, weniger zu benötigen als das, was man zum Überleben braucht. Wie ich mich davon überzeugte, dass erst meine Bedürfnislosigkeit mich liebenswert machte.

Eines Abends nach der Cocktailstunde erzählte ich Lindsay in der Küche unserer Hütte davon, wie ich mein Leben in einen Scherbenhaufen verwandelt hatte. Ich erzählte es ihr, weil ich gerade eine Mailboxnachricht über eine Teilrückzahlung für mein hochgeschlossenes Hochzeitskleid bekommen hatte. Die Rückzahlung war nur anteilig, weil man das Kleid bereits geschneidert, aber mit der Perlenstickerei noch nicht begonnen hatte. Man könne die einzelnen Teile des Kleides wieder auftrennen und anders verwenden. Ich war gerade noch rechtzeitig gewesen.

Ich erzählte es Lindsay, weil sie schön und freundlich und geduldig war und wunderbare Dinge wie Vögel liebte, und ich wollte wissen, was sie dazu sagte. Was würden alle guten Menschen, die ich kannte, sagen, wenn ich ihnen erzählte, dass die Hochzeit, zu der sie bereits zugesagt hatten, abgeblasen war und das Leben, das ich in den letzten drei Jahren aufgebaut hatte, aufgetrennt und zu einem anderen Zweck genutzt werden würde?

Lindsay sagte, dass es mutig sei, etwas nicht zu tun, auch wenn alle es von einem erwarteten.

Währenddessen saß Jeff zusammen mit Warren draußen an der Hüttenwand und hatte das Zielfernrohr auf den Mond ausgerichtet. Die Fliegengittertür war offen, und ich wusste, dass er mich gehört hatte, aber er sprach mich nie auf mein Geständnis an.

Was er tat, war, mich das Boot steuern zu lassen.

Am nächsten Tag waren nur er, Lindsay und ich auf dem Wasser. Wir waren schnell, und es war laut. «Du fährst», rief mir Jeff durch das Motorengeheul zu. Lindsay grinste und nickte. Ich hatte noch nie ein Boot gesteuert. «Was muss ich tun?», rief ich. Jeff zuckte die Achseln. Ich nahm das Steuer in die Hand. Wir passierten kleine Inseln, Familien pinker Rosalöffler, von Möwen umkreiste Mülltanker, zerzauste Felder voller Gras und Bocksdornbeeren, und mir wurde klar, dass es gar nicht so bemerkenswert für einen Menschen ist, zu verstehen, was ein anderer Mensch braucht.

II

«Angesichts dieser Aussichten bleibt mir nur eine Option:
Ich muss mich mit Wissenschaft aus der Scheiße ziehen.»

Andy Weir, Der Marsianer

Deep Blue

Ich wollte kein Singleleben in dem ländlichen Städtchen führen, in dem ich wohnte.

Ich war mit meinem Verlobten wegen einer guten Stelle an der örtlichen Universität hier hergezogen. Wir hatten ein Haus mit genügend Platz für Kinder gekauft. Dann fiel die Hochzeit flach, und ich war alleinstehend in einem Ort, der gerade einmal 1236 nicht-studierende Einwohner hat. Kurz überlegte ich, mit dem süßen Postboten, dem süßen Barmann zu flirten – doch dann wurde mir klar, wie dämlich es wäre, wenn ich in einem Städtchen mit nur 1235 anderen Erwachsenen nicht mehr einfach so die Post holen oder mich betrinken könnte. Zum ersten Mal in meinem Leben beschloss ich, online auf Partnersuche zu gehen. Ich war 34.

Das Problem, sich mit Leuten auf Tinder zu unterhalten, liegt darin, dass es langweilig ist. Ich bin ein unausstehlicher Gesprächssnob und habe eine geradezu pathologisch niedrige Toleranzschwelle in Sachen Small Talk. Ich liebe Menschen, die in die Kategorie ‹schlaue, traurige Person, die ihre Intelligenz mit Bravour zur Schau stellt› passen. Ich liebe Shakespeares Narren und Elizabeth Bennet und Cyrano de Bergerac. Ich liebe die Gilmore Girls und West Wing und *Rick and Morty*. Ich sehne mich nach einem Gesprächspartner, der in einem Affenzahn eine Überfülle an interessantem Material durchpflügt und mir über die Schulter hinweg «Na komm!» zuruft. Jemand, der annimmt, dass ich der Herausforderung gewachsen bin, jemand, der das Beste von mir annimmt.

Es wird niemanden überraschen, dass das eine ziemlich bescheuerte Art ist, das Tindern anzugehen, und dass ich für meine Arroganz bezahlen musste.

Der erste Chatpartner, der mein Gesprächsethos anscheinend teilte, war ein Akademiker, ein Musiker. Er hatte einen schwarzen Humor, war schlagfertig und legte gleich zu Beginn seinen gesamten emotionalen Ballast offen. Selbst durch das kleine Chatfenster wurde deutlich, dass er in jeglicher und absolut verkorkster Hinsicht menschlich war. Ich konnte es kaum erwarten, ihn zu treffen.

Aber die Wirklichkeit war anders. Was online leidenschaftlich und mutig geklungen hatte, stellte sich als erschreckend intensiv heraus. Es gab unzählige Heulkrämpfe, es wurden Roadtrips vorgeschlagen, um seine Mutter nebst Hund kennenzulernen, es gab ein unerwartetes Akkordeonständchen, und es wurde beteuert, dass ich eine wunderschöne Schwangere abgeben würde. Ich bin wirklich der Meinung, dass es ein Zeichen von Reife ist, wenn ein Mann Tränen zulässt. Und ja, ich hoffe, eines Tages ein Kind zu haben, was mich zumindest zeitweise zu einer schwangeren Frau machen würde. Ich mag sogar das Akkordeon. Nichts von dem war für sich genommen schlimm, aber zusammen war alles so *viel*. Nachdem ich die Dinge beendet hatte, teilte er mir auf hübschen, edlen Postkarten mit, aufgebracht, nein, wütend zu sein, dass ich uns keine Chance mehr geben wolle.

Der nächste Mann war gerade via Europa nach New York gezogen und sammelte Geschichten und Beobachtungen. Unser Chat bestand aus langen Textblöcken – Anekdoten wurden ausgetauscht und kommentiert. Geschenke, die wir dem anderen vor die Füße legten. Und mir machte das wahnsinnig viel Spaß.

Aber im echten Leben hatten diese Geschichten etwas Bizarres. Den Großteil unseres Abendessens verbrachte der Mann damit,

Anekdoten darüber zum Besten zu geben, wie «extrem dick» die Amerikanerinnen und Amerikaner seien, was mir meine Chiles rellenos verleidete. Seine Wohnung, in der wir danach noch einen Drink zu uns nahmen, war sehr schön eingerichtet – voller Pflanzen und Wandteppichen und einem Fahrrad, das an einem Regal voller Romane lehnte. Er war klug und gut aussehend und irgendwie auch ein Arschloch, aber vielleicht würde sich das nach Darcy-Art mit der Zeit geben, dachte ich. Wir tranken Wein, und als ich sagte, es sei Zeit zu gehen, stand er auf und küsste mich, was mir gefiel, und so sagte ich mir, dass dies also Onlinedating war. Carpe diem, nutze die Gelegenheit, etwas zu erleben.

Beim Sex würgte er mich. Nicht lang, und auch nicht besonders stark, aber seine Hände legten sich sehr plötzlich in einer Art um meinen Hals, die bestimmt sexy sein sollte, die ich aber, von einem Fremden, extrem beängstigend fand. Ich hatte nie angedeutet, so etwas zu mögen, er auch nicht. Ich weiß, dass manche Leute darauf stehen. Vielleicht stehe sogar ich darauf. Aber nicht, wenn es überraschend kommt.

Während er danach mit mir plauderte, zählte ich die Minuten, die es brauchte, um einen angemessenen Abgang zu machen, der nicht nach Flucht aussah. Ich zählte immer noch, als er sagte, dass er sich sehr für Amokläufer und die Botschaften, die sie hinterließen, interessiere. Noch nackt, holte er sein Handy ans Bett und zeigte mir ein Video auf 4chan. Und so saß ich also da, die Bettdecke um die Hüfte gewickelt, während er sein Handy so hielt, dass ich diese Zusammenstellung von Amokläufer-Bekenntnis-Videos sehen konnte, die mit fröhlich-peppiger Musik unterlegt war. «Das ist unglaublich lustig», behauptete er. Und ich sagte, ich müsse los. Am nächsten Tag, und noch einige weitere Male, schickte er mir Nachrichten und fragte, warum ich abgehauen sei und jetzt nichts mehr von mir hören lasse.

Was online interessant wirkte, ließ mich im echten Leben auf wilde Extreme stoßen. Ich wusste, dass ich aufhören musste, alle nach ihrer Schlagfertigkeit zu beurteilen. Aber als ich mit den Neckereien aufhörte, lasen sich meine Tinder-Chats wie Liturgien: Wo kommst du her, wie findest du unser Wetter, wie alt ist dein Hund, was machst du in deiner Freizeit, was machst du beruflich, oh nein, du unterrichtest Englisch, dann muss ich auf meine Rechtschreibung achten zwinkersmileyzungerausstrecksmileysmileymitnerdigerbrille.

Für eine Zivilperson weiß ich ziemlich viel über Roboter. Genauer über Chatbots und andere KI, die mit Sprache arbeitet. Als ich mit dem Onlinedating anfing, gab ich sogar gerade ein Seminar zur Darstellung von Robotern in Wissenschaftsromanen und Science-Fiction-Literatur. Wir redeten darüber, wie eine künstliche Intelligenz, die in einer textbasierten Unterhaltung erfolgreich als Mensch durchgeht, einen Turing-Test bestanden habe.

Und war ein Tinder-Chat nicht ein Test ganz eigener Art? Einer, in dem wir einander zu beweisen versuchten, dass wir *echt* waren, *menschlich*, *fickbar* oder vielleicht sogar *liebenswert*. Ich beschloss, dass es sich hier ebenfalls um eine Art Turing-Test handelte. Vielleicht wurde das Onlinedating auch einfach nur erträglicher, wenn ich so darüber dachte. Es war einfacher, so zu tun, als sei ich eine Frau, die eine sprachwissenschaftliche Untersuchung durchführte, als zuzugeben, dass ich einsam war. Zuzugeben, dass ein Algorithmus, den jemand programmiert hatte, um Singles Werbung zu verkaufen, jetzt für mein Glück zuständig war. Einfacher, als zuzugeben, dass ich dieses Risiko auf mich nahm.

Zu dieser Zeit nahm ich eines meiner Lieblingsbücher durch: *The Most Human Human* von Brian Christian. Christian nimmt an dem bekanntesten Turing-Test der Welt teil, dem Loebner-Preis in Brighton. Er gehört der menschlichen Vergleichsgruppe an und chattet über eine Nutzeroberfläche mit Leuten, die dann entscheiden müssen, ob er ein Mensch oder ein Chatbot ist. Der eigentliche Zweck des Loebner-Preises ist es, herauszufinden, ob einer der Chatbots die Preisrichter von seiner Menschlichkeit überzeugen kann – aber es gibt, wie Christians Titel schon andeutet, noch einen Spaß-Preis für den menschlichen Mitwirkenden, den die wenigsten Teilnehmerinnen und Teilnehmer für einen Roboter halten. Diesen Most *Human Human*-Preis zu erhalten, war Christians Ziel. In seinem Buch fragt er: Was konnte ein Mensch mit Sprache machen, was ein Roboter nicht konnte? Welche Ausdrucksarten sind die überraschendsten menschlichen? Wie erkennen wir unsere Mitmenschen auf der anderen Seite des Vorhangs?

Und während ich versuchte, all die wunderbaren und interessanten Menschen zu finden, die ganz sicher irgendwo hinter den Plattitüden des durchschnittlichen Tinder-Chats steckten, stellte ich mir Christians Fragen: Was konnte ich, was ein Roboter nicht konnte? Wie konnte ich eine Person sein, die verstand, dass sie online, auf Tinder, war, und trotzdem wie ein menschenwürdiges menschliches Wesen kommunizierte?

Das waren nur Metaphern, aber es gibt tatsächlich Chatbots auf Tinder. Mir ist nie einer begegnet (soweit ich weiß. Aber wenn ich darüber nachdenke ... War Dale mit dem Sixpack und dem Wuschelkopf und dem Foto von ihm auf einer Jacht, der wissen wollte, ob ich DTF RN war, vielleicht nicht mehr als eine wunderschöne Aneinanderreihung von Einsen und Nullen?). Aber dieses Problem ist auf Tinder so verbreitet, dass es inzwischen einen kultigen Test gibt – eine Art CAPTCHA für Menschen, den man anwendet, wenn ein Gegenüber verdächtig glamourös oder auf andere Art unwirklich erscheint. Beim Potato-Test bittet man den Gesprächspartner, «Potato» zu sagen, wenn er menschlich ist.

Und wenn er es nicht tut, na ja, dann weiß man schon Bescheid. Einer meiner Lieblingsscreenshots dieses Tests (es lebe der Tinder-Subreddit) liest sich folgendermaßen:

Tinder: *Ein neuer Match: Elisabeth*

Echter Mann: *Oh mein Gott, muss sofort den Potato-Test machen. Sag Potato, wenn du echt bist.*

«Elisabeth»: *Hey du! Du bist mein erster Treffer. Bestimmt ist deine erste Nachricht besser, Ahaha*

Echter Mann: *Sag Potato, Elizabeth*

«Elizabeth»: *Und ganz nebenbei, hoffe, es ist ok, dass ich frage, warum bist du auf Tinder? Ich persönlich such nichts Ernstes ahaha*

Echter Mann: *Sag Potato*

Die Gespräche, die ich unterdessen mit echten, potato-getesteten Männern und Frauen führte, unterschieden sich wenig von dem des Echten Mannes mit Elizabeth. Sie gingen nie über Small Talk hinaus – und das heißt, dass ich nie ein Gefühl dafür bekam, mit wem zum Teufel ich es hier eigentlich zu tun hatte.

Also ging ich wieder hoffnungsvoll Risiken ein und ließ vielen meiner Chats echte Verabredungen folgen. Ich könnte eine ganze Taxonomie über die verschiedenen Spielarten schlechter Dates schreiben. Manchmal war es meine Schuld (viel zu viele Informationen auf einmal, die die Leute mit Recht vor den Kopf stießen), manchmal war es deren Schuld (einer brachte ein eigenes Hühnchen-Sandwich mit und kommentierte innerhalb der ersten fünfzehn Minuten meine Titten), und manchmal war niemand schuld, und es war nett, aber wir waren wie zwei sich abstoßende Elemente in einem Reagenzglas. So oder so, worauf es letztlich immer ankam, war, ob wir miteinander reden konnten.

Mein Lieblingskapitel in Christians Buch ist das über Garry

Kasparov, wie er gegen Deep Blue, den Schachcomputer von IBM, «verliert» und in dem das Prinzip der «Theoriezüge» erklärt wird. Zusammengefasst sind Theoriezüge standardisierte Eröffnungszüge, die man in einer bestimmten Abfolge spielt, um sich erfolgreich aufzustellen. In anspruchsvollen Partien folgen die meisten Spieler zunächst der Theorie, und der Kenner wird wissen, welcher Zug welchen nach sich zieht, bis ein gewisser Grad an Komplexität und Chaos zur Improvisation zwingt – an diesem Punkt spielen die Spieler dann richtig. Manche würden sagen, *sind sie selbst*. Kasparov behauptet, gegen Deep Blue nicht verloren zu haben, weil das Spiel immer noch der Theorie folgte, als er seinen verhängnisvollen Zugumstellungsfehler machte und vom Skript abwich, und deswegen habe er bei dieser Partie nie wirklich gegen das algorithmengefütterte Hirn seines Gegners *gespielt*.

Christian zieht einen genialen Vergleich zwischen diesen Theoriezügen und Small Talk und legt dar, dass richtige menschliche Interaktion erst dann stattfindet, wenn einer oder beide Teilnehmer von den vorgegebenen, kulturell definierten Höflichkeiten abweichen. Wie beim Schach (Bobby Fischer würde widersprechen) brauchen wir in mancherlei Hinsicht Theoriezüge, um in tiefer gehende, echtere Unterhaltungen eintauchen zu können. Aber heutzutage ist es nur allzu leicht, ein Gespräch zu führen, ohne sich jemals von der Theorie *zu lösen* – zu reden, ohne mit der spezifischen Menschlichkeit des Gegenübers in Berührung zu kommen.

Genau das war mein Problem mit Tinder. Egal, wie sehr ich mich im Chat und manchmal auch bei den Verabredungen bemühte, auf echtes menschliches Terrain vorzudringen, am Ende konnte ich mich nicht aus dem geskripteten Höflichkeitstanz lösen. Ich hätte mich genauso gut mit Deep Blue verabreden, noch eine Runde Cocktails bestellen und hoffen können, dass sich sein echtes Programm irgendwann anschaltet.

Solche Dates machten mich fertig. Sie vermittelten mir das Gefühl, niemals das zu finden, was ich suchte.

Wonach suchte ich denn?

Manchmal dachte ich an die Nicht-Potato-sagende-Elizabeth und ihren Verehrer. Ich dachte darüber nach, wie er sie nicht gefragt hatte, ob sie menschlich, sondern, ob sie *echt* sei. In *Der kleine Schmusehase* gibt es einen Abschnitt, den ich auf Wunsch meiner Schwester bei ihrer Hochzeit las. Ich dachte, ich würde das mit links machen – wir haben es hier schließlich mit einem Kinderbuch zu tun, verdammt noch mal –, aber als es so weit war, heulte ich von Anfang bis Ende:

«Echt bedeutet nicht, wie man gemacht ist», sagte das Rollpferd. «Es bedeutet, dass etwas mit dir geschieht. Wenn ein Kind dich sehr lange liebt, nicht nur gerne mit dir spielt, sondern dich WIRKLICH liebt, dann wirst du echt.»

«Tut das weh?», fragte der Hase.

«Manchmal», antwortete das Rollpferd, denn es war immer ehrlich. «Doch wenn du echt bist, macht es dir nichts aus, wenn jemand dir wehtut ... Echt wird man allmählich. Es dauert sehr lange. Deshalb passiert es selten einem Spielzeug, das leicht zerbricht oder scharfe Kanten hat oder mit dem man sehr vorsichtig umgehen muss. Wenn du irgendwann echt wirst, ist normalerweise fast dein ganzes Fell schon weggeliebt, deine Augen fallen ab, und deine Gelenke sind ganz locker, und du bist schäbig. Aber das macht alles überhaupt nichts. Denn sobald du echt bist, kannst du nicht hässlich sein. Nur für Leute, die es nicht verstehen.»

Genau das wollte ich: dass jemand mir nicht nur bewies, kein Roboter zu sein, sondern dass er *echt* war, und dass er dadurch auch mich echt machen würde. Aber das kann ich wohl schlecht in einem Tinderprofil schreiben. CJH, 34, *bisher nicht sorgsam gehalten, echt bis zum Augenabfallen <3*

Zu diesem Zeitpunkt hatte ich mit Unterbrechungen bereits ein Jahr lang getindert. Einmal googelte ich sogar Brian Christian, um zu schauen, ob er vergeben war. Leider ja.

«Jetzt reicht's», teilte ich meinem Freundeskreis mit, für den ich immer meine schlechten Dates nachspielte. «Ich werde jeden in meiner Inbox ghosten und mein Profil löschen.»

Aber mit einem Mann redete ich trotz meiner Ankündigungen weiter.

Ich: *Ich muss über den Teil in deiner Bio lachen, wo du schreibst, dass du «hoffnungslos extrovertiert» bist. Gehörst du zu denen, die auf jedem Flug neue Freunde finden?*

Joey: *Nein, aber ich erzähle immer viel zu viel, ist chronisch!*

Ich: *Ich bin inzwischen ein Fan von zu viel erzählen. Der einzige Weg aus dem Fegefeuer unendlichen Small Talks.*

Joey: *Tinder ist per definitionem ein Fegefeuer unendlichen Small Talks!*

Ich: *Kennst du eine Fluchtroute?*

Joey: *Weg vom Handyempfang und ab in die Berge.*

Wir hatten die Theoriezüge hinter uns gelassen. Es war, als hätte er auf die Gesprächsmatrix gezeigt, innerhalb der wir uns befanden und aus der ich immer versucht hatte zu fliehen, und gesagt, Hey, ich sehe sie auch.

Wir entwickelten unsere ganz eigene Sprache, hatten Insider, bezogen uns auf Zurückliegendes, Verbindlichkeitsmuster tauchten auf. Nach diesem ersten Tag hätte keiner von uns durch einen Roboter ersetzt werden können, weil unsere Sprache füreinander war. Sie offenbarte, wer wir zusammen waren: Wir waren albern und ernst, mit gebrochenen Herzen, scherzten über unsere Traurigkeit, etwas unbeholfen. Die Sprache, in der wir miteinander kommunizierten, war das, was Christian «standortspezifisch» nennen würde, eine Sprache, die an einem bestimmten Ort, zu einer bestimmten Zeit, mit einem bestimmten Gesprächspartner existiert.

Irgendwann willigte ich ein, Joey im echten Leben zu treffen – ich hatte ihn von einem Abendessen zu Drinks runtergehandelt, weil ich dazu übergegangen war, mir immer eine Exit-Strategie zurechtzulegen. Ich unternahm keine großen Anstrengungen, gut auszusehen. Um die Enttäuschung, von der ich ausging, zu dämpfen, trank ich vorher mit Freunden zwei Bier. Aber als ich das Brauhaus, das wir ausgewählt hatten, betrat, bereute ich diese Entscheidungen sofort. Der Mann, der an der Bar saß, war sogar noch süßer, als ich erwartet hatte, und mehr noch, als ich auf ihn zuging und unsere Gespräche der vergangenen Wochen Revue passieren ließ, konnte ich mir sogar eingestehen, wie sehr ich ihn schon jetzt mochte. Wie sehr ich hoffte, er würde auch mich mögen. Wie sehr ich hoffte, dass ich noch nicht alles in den Sand gesetzt hatte. Aber sobald wir anfingen, uns zu unterhalten, spielten mein schäbiges T-Shirt und die Schneestiefel, mein Schwips und andere Abwehrmechanismen keine Rolle mehr. Unser Date war genau das, was unsere Chats auch waren – unbeholfen, lustig, ernst, ein Hin und Her, in einem Wort *menschlich*.

«Eigentlich hasse ich dieses Brauhaus», gestand ich ihm. «Das Bier ist so schlecht.»

«Geht mir genauso!», sagte Joey.

«Warum haben wir uns dann hier getroffen!»

«Irgendwie scheint das ein Ort zu sein, den man für so ein Treffen wählen sollte.»

Zu unserem ersten Jahrestag schenkte mir Joey eine Tagesdecke, in die ein Screenshot unseres ersten Tinder-Chats eingenäht war. Er musste laut lachen, und ich musste laut lachen, als er mir die Decke überreichte, weil sie so absurd war. Wie gut alles passte. Aber unter der Oberfläche meinte er es auch ernst. Es war süß und bescheuert, und ich liebte diese Decke.

Joey und ich trennten uns noch vor unserem zweiten Jahrestag, aber als ich diese quälende Trennungsaufgabe zu bewältigen hatte, die Sachen des Ex wegzuräumen, die Fotos und Geschenke, deren Anblick zu schmerzhaft war, konnte ich mich von der Decke nicht trennen. Sie erinnerte mich daran, dass es riskant, schmerzhaft und lohnenswert ist, menschlich zu sein. Dass ich lieber als Kasparov alles verliere, denn als Deep Blue Erfolge einzuheimsen.

Das Gespräch auf der Decke ist tatsächlich ziemlich lang, und einer unserer Freunde machte sich über uns lustig: «So lange habt ihr geredet, bevor was draus wurde? Ihr müsst echt beide an eurer Taktik arbeiten.»

Es stimmt, dass keiner von uns eine gute Taktik hatte. Es stimmt aber auch, dass es darum gar nicht ging. Es ging darum, dass wir beide verstanden, wie einfach es ist, vor sich hin zu leben und immer den Theoriezügen zu folgen, es sei denn, du riskierst etwas, durchbrichst die erwartbaren Muster und versuchst, Menschlichkeit herzustellen.

Zweiter Akt: Die Fantasticks

Deine Eltern sind New Yorker und ziehen dich als Theaterkind groß. Sie nehmen dich mit in *Der König und ich* und *Les Misérables* und *Das Phantom der Oper* und *Cats* und *Rent*, aber nichts, nichts kommt an *Die Fantasticks* heran. Du siehst dir das Stück dreimal an, und jedes Mal haut es dich um. Es ist das am längsten laufende Musical der Welt. 42 Jahre lang konnte jeder direkt von der Straße in die perfekte, zeitlose Welt des kleinen Sullivan Street Playhouse mit dem Wäscheleinenvorhang und dem Papiermond und der riesigen Kostümtruhe und dem Klavier und der Harfe einbiegen.

Das dritte und letzte Mal siehst du dir *Die Fantasticks* zusammen mit dem Jungen an. Dem, der die Handwerker im *Sommernachtstraum* immer so gemocht hatte. Dem, der in jeglicher Hinsicht Erster war: erste Liebe, erster Sex, erste Wunden. Das erste Mal, dass du deine Verliebtheit als besonders, anders, etwas, das niemand anderes jemals verstehen würde, wahrnahmst.

Erinnerst du dich an einen der ersten Sätze des Mädchens in *Die Fantasticks*? Sie sagt:

Ich bin sechzehn Jahre alt, und jeden Tag passiert mir etwas. …

Oh, ohhhh, ohhhhh! Ich umarme mich, bis meine Arme blau werden, und dann schließe ich die Augen, und ich weine und weine, bis meine Tränen fließen und ich sie schmecken kann. Ich liebe den Geschmack meiner Tränen. Ich bin besonders. Ich bin besonders! Bitte, Gott, bitte, lass mich nicht normal sein.

Kannst du dich noch erinnern, wie du damals warst?

Du bist im Abschlussjahr an der Highschool. Wir sind in Connecticut und es ist Herbst und du läufst zwischen zwei Schulstunden den Flur entlang. In deiner Highschool wird ständig gebaut, und so ist die Decke aufgerissen und die Kabel schauen heraus und die Beleuchtung ist schwach und flackert, aber der Boden ist sauber und gut gewachst, weil der Hausmeister, Sandro, das Wachsen sehr ernst nimmt. Wenn er sich abends um die Böden kümmert, singt er wie ein Opernsänger. Das weißt du, weil du abends immer in der Schule herumhängst, *theoretisch* wegen irgendeines Kurses oder eines Theaterstücks oder eines Clubs. Tatsächlich aber sitzt du meistens zwischen hochgestellten Stühlen auf einer Tischplatte und hörst Sandro zu, wie er singt.

Er nennt dich seine Bella. Die Maschine, mit der er wachst, hat er auf seinen Rücken geschnallt, und er benutzt ein Rohr mit einem flauschigen Aufsatz, um das Wachs aufzutragen. Die Maschine ist extrem laut, und Sandro singt gegen den Lärm an. Er singt auf Italienisch. Für dich ist das, was er singt, wie eine Oper, aber für dich wäre alles, was er auf Italienisch gesungen hätte, Operngesang gewesen.

Aus schwer erklärbaren Gründen schreibst du deine Bewerbungsessays für das College über Sandro. Ganz egal, welches Thema gestellt wird, überall schickst du diese seltsame kleine Skizze hin, wie schön es ist, wenn Sandro abends auf Italienisch singt, und wie er dich Bella nennt, und wie wunderbar die Schulböden aussehen, wenn sie ordentlich gewachst sind. Heute ist dir klar, dass das nicht sonderlich clever war. Dass das vielleicht zumindest ein Grund dafür war, warum deine Träume, bei David Foster Wallace am Pomona College zu studieren, platzten.[1] Warum fast alle Colleges, bei denen du dich bewarbst, dich ablehnten. Weil sie, seien wir ehrlich, wahrscheinlich dachten, dass du mit Sandro schläfst. Oder, auch nicht viel besser, dass du außerhalb der Schule nichts anderes machst, als mit dem Hausmeister abzuhängen. Oder, auch schlecht, dass dein Essay beweisen sollte, wie tugendhaft du warst, dass du dich zwar an diesem schicken College bewerben wolltest, aber eigentlich warst du *ja ganz anders; einige meiner besten Freunde sind Hausmeister.* Oder, was am wahrscheinlichsten und am schlimmsten ist: Die Sandro-Skizze zeigte ihnen, dass dein Ego zu groß war, um Themenvorgaben oder Anweisungen zu befolgen. Ein Beweis dafür war, dass du noch nicht einmal für eine Minute deinen Drang, nur zu schreiben, was immer du verflucht noch mal wolltest, zügeln konntest, weil du privilegiert genug warst, die Aufgabe als *kreativitätseinengend* zu empfinden. Der Meinung zu sein, Regeln *beträfen dich irgendwie nicht.*

Aber es stellte sich heraus, dass sie natürlich auch dich betrafen. Das tun sie immer.

Der Punkt ist, dass du dich deswegen an die wunderschön gewachsten Böden an diesem Tag erinnerst, weil sich auf diesen blitzblanken Böden das Spiegelbild eines Klassenkameraden breitmacht, der durch den ansonsten leeren Flur auf dich zu rennt. Er ist ohnehin ziemlich groß, und jetzt spiegelt sich im Boden diese in die Länge gezogene Version von ihm und greift nach dir, als er mit den Armen wedelt und den Flur entlanghüpft und mit komisch verstellter Bühnenstimme ruft: «*Ein Flugzeug hat die Türme getroffen,*

---

1 Ja, ihr habt richtig gehört, aber du kriegst immer noch das «zuständige Jaulen», wenn du an den Verlust dieser alternativen Zukunft denkst.

ein Flugzeug hat die Türme getroffen!» Er erzählt das nicht dir. Er bemerkt dich gar nicht und redet auch nicht mit dir. Aber auf diese Weise erfährst du von den Angriffen. Wahrscheinlich verstand er noch gar nicht, was er da sagte. Er weiß lediglich, dass seine Neuigkeiten eine dramatische Qualität haben, und verbreitet sie marktschreierisch. Und jedes Mal, wenn du an 9/11 denkst, denkst du genau daran: wie Sandros perfekt gewachste Böden diesen Klassenkameraden geradezu unendlich in die Länge zogen.

Dies ist keine Geschichte über den 11. September. Aber dass sie kurz danach spielt, ist wichtig, denn nach den Angriffen hatte der Broadway Probleme, sich über Wasser zu halten, weil die Touristen vor Angst ausblieben. Deine Eltern, New Yorker a. D., waren der ganz klaren Meinung, George Bush könne sich seinen kapitalistischen Chauvinismus sonst wohin schieben, als er verkündete, das Beste, was Amerikaner angesichts dieser Tragödie jetzt tun könnten, sei *shoppen gehen*, aber trotzdem war der höchste Patriotismus, den sie sich vorstellen konnten, Blut zu spenden und dann sehr viele Theaterkarten zu kaufen, um den Broadway zu retten, und bei Sardi's zu reservieren. In die Stadt zu fahren und sich umgehend wie New Yorker zu verhalten. Nennen wir es mal Bühnenpatriotismus.

Du siehst dir in dieser Zeit sehr viele Shows an.

Im Dezember kommt der Junge über Weihnachten vom College nach Hause. Seid ihr noch ein Paar? Ihr habt euch entschieden, eine Fernbeziehung zu führen, und telefoniert ständig, aber wenn du jetzt darüber nachdenkst, ist es klar, dass er andere Leute fickte und du nicht. Aber du glaubst so fest daran, dass ihr ein Paar seid, dass du den anderen Jungs aus deiner Schule einen Korb gibst, obwohl jeder von ihnen wahrscheinlich eine viel bessere Wahl gewesen wäre, aber will sich auch nur einer mit dir in den Zug setzen und in die vor Kurzem angegriffene Stadt fahren, um sich in den Weihnachtsferien ein Musical anzusehen? Nein, niemand. Also haben sie keine Chance.

Weil der Junge auch ein Theaterkind ist, willst du dir mit ihm *Die Fantasticks* anschauen. Er war sogar der König aller Theaterkinder. Zum ersten Mal richtig aufmerksam wurdest du auf ihn, als er Harold Hill in einer Schulproduktion von *The Music Man* spielte, da wart ihr noch gar nicht zusammen, und Scheiße, warst du gleich verliebt.

Der Junge hat *Die Fantasticks* noch nie gesehen, und du stellst dir das alles unglaublich romantisch vor, also kaufst du Tickets. Die Lichter im kleinen Theater gehen aus, ein Augenblick, der dich noch nie unberührt gelassen hat, und die Ouvertüre erklingt. Du hast Gänsehaut.

Du kannst jede Zeile dieses Stücks auswendig, deswegen hätte es dich eigentlich nicht überraschen sollen, aber als der Erzähler schließlich das berühmteste Lied des Musicals anstimmt, hast du es nicht kommen sehen:

Denk an die Zeit, die Zeit im September
Als das Leben ruhig und ach, so entspannt war
Denk an die Zeit, die Zeit im September
Als das Gras so grün, der Weizen gelb war
Denk an die Zeit, die Zeit im September
Als du ein sanfter, unreifer Kerl warst
Denk an die Zeit, und denkst du daran
Dann folge mir …

Du weinst, und der Junge weint, und das gesamte Publikum und fast alle Schauspielerinnen und Schauspieler und sogar die Harfenistin weint. Das Lied hat sich nicht verändert, aber alles andere schon.

Die Fantasticks bestehen aus zwei Teilen. Der erste Akt umfasst eine ganze glückliche Liebesgeschichte, an deren Ende sich das Ensemble auf der Bühne zu einer Art verschachteltem Familienportrait aufstellt und aus dieser Pose heraus ein großes Lied schmettert, das «Happy Ending» heißt. Als die Lichter im zweiten Akt wieder angehen, scheint die Besetzung in exakt dieser Haltung eingefroren zu sein. Als hätten alle die ganze Pause über genau so dagestanden. Während mehrere verdächtige Mollakkorde erklingen, zappeln sie herum und grimassieren und versuchen, das Tableaux aufrechtzuerhalten. Dann tut das Mädchen so, als pflücke sie eine Pflaume von einem Baum im Garten ihres Vaters.

Sie beißt hinein und sagt: «Diese Pflaume ist überreif.»

Das Mädchen und der Junge trennen sich und gehen in die Welt hinein. «Ich möchte nicht bösartig werden, aber ein bisschen weltweise», singt das Mädchen. Sie leiden, sie lernen, sie kehren nach Hause zurück. Und sie haben sich verändert, aber sie verlieben sich wieder ineinander.

Nach der Show verlasst ihr beide das Theater und schlendert Hand in Hand durch die Straßen und schaut euch die Weihnachtsdekoration an, und du fühlst dich sehr weltweise und erwachsen. Dann merkt der Junge, dass er sein Portemonnaie verloren hat. Ihr geht in Richtung des Theaters zurück, um es zu suchen. Es lässt sich kaum erklären, warum sich dieses fehlende Portemonnaie wie ein absoluter Notfall anfühlt, aber so fragil war euer Glück damals eben. Ein verlorenes Portemonnaie war etwas, das die Stimmung verderben und den ganzen Tag ruinieren konnte. Ihr versucht nachzuverfolgen, wo ihr überall gewesen wart.

Ihr lauft den ganzen Weg zurück bis zum Theater und habt das Portemonnaie immer noch nicht gefunden, aber sie lassen euch netterweise hinein, um danach zu suchen. Alle Scheinwerfer leuchten, wodurch die Bühne ein wenig traurig und von allem Zauber befreit wirkt, und ein alter Mann fegt gerade den Boden. Der Junge fängt an zu suchen, aber du entschließt dich, den alten Mann zu fragen, vielleicht weil du, das wissen wir ja inzwischen, an die Macht von Hausmeistern glaubst.

Du sagst ihm, warum ihr hier seid, und er fragt, wo ihr gesessen habt. Du nennst ihm eure Sitzplätze, und er steuert, ohne auf die Nummerierung gucken zu müssen, eure Sitzreihe an; die Koordinaten des Theaters kann er auswendig. Er hebt das Portemonnaie des Jungen vom Boden auf, und ihr dankt ihm beide dafür, dass er es gefunden hat, dass er euren Tag, die Stimmung, den Augenblick – einfach alles – gerettet hat. Arm in Arm, fast hüpfend, verlasst ihr das Theater.

Wie süß die Pflaume noch gewesen sein muss.

Im September flogen die Flugzeuge in die Türme, und im Januar waren *Die Fantasticks* weg. Deine Mutter sieht sich in der Küche die Nachrichten an und ruft zu dir hinüber: «Das Sullivan Street Playhouse schließt!» Du eilst herbei, und dort, im Fernsehen, ist der Mann, der den Boden gefegt und euch das Portemonnaie zurückgegeben hat. Es ist Lore Noto. Der Produzent, der das Stück überhaupt erst auf die Bühne gebracht hat. Der all die Jahre das Sullivan Street Playhouse leitete. Lore Noto hatte, indem er das Portemonnaie fand, euren Tag gerettet.

Du rufst den Jungen im College an und erzählst ihm, dass das Playhouse schließt. Erzählst ihm von Noto. Und er kriegt sich ebenfalls kaum ein, weil das alles so traurig und voller Zauber ist. Seine Reaktion befriedigt dich so sehr, dass du dir wieder von Neuem ganz sicher bist, dass ihr beide für immer zusammenbleibt. Weil *er es kapiert*. Er versteht das mit den *Fantasticks* und Sandros Gesang und die Sache mit dem Spiegelbild deines Klassenkameraden und jeden einzelnen schmerzhaft-schönen

Bestandteil dieser Welt, die deiner Überzeugung nach niemand sonst versteht, denn wann immer du zu erklären versuchst, wie intensiv du alles spürst, sehen dich die Leute komisch an (*Ich bin etwas Besonderes! Ich bin etwas Besonderes!*).

Daran zu glauben, dass du und der Junge, dass ihr etwas Besonderes seid, ist so viel besser, als einzusehen, dass es einfach nur menschlich ist, sich einsam und falsch verstanden und anders als die anderen zu fühlen. Dass man lebt. Dass sich das Leben für *jeden* so anfühlt.

Bis heute musst du dir nur die Ouvertüre der *Fantasticks* auf Kopfhörern anhören, und schon kriegst du eine Gänsehaut auf den Armen. Aber wenn du von den *Fantasticks* erzählst, kennst sie kaum jemand. Auch Menschen nicht, die gerne ins Theater gehen. Und das ist dir ein Rätsel, denn sie waren doch immer da gewesen und hatten jeden Abend auf der Sullivan Street ihren Zauber wirken lassen. Doch so schnell können Dinge verschwinden. Sogar das weltweit am längsten gelaufene Musical.

Der Junge ist deine am längsten gelaufene Beziehung. Der Mensch, der bisher in deinem Leben am längsten immer wieder aufgetaucht war und immer wieder Bedeutung gehabt hatte.

Bist du mit dem Jungen ins Theater gegangen, um ihm zu beweisen, dass ihr beide auch nach einer Trennung wieder zusammenfinden könntet, so wie bei den *Fantasticks* im zweiten Akt? Dachtest du, die Regeln der Welt, ihre Septembermonate und zerstörten Gebäude würden nicht auf dich zutreffen? Ja. Es kam dir nie in den Sinn, dass das Theater, in dem der Junge und du eure größten Triumphe gefeiert hattet, verschwunden sein würde, wenn ihr dorthin zurückkehren wolltet. Dass ihr beide euch so stark verändern könntet, dass ihr den Weg zurück zu den Kindern, die ihr einmal wart, nicht mehr finden würdet.

Die Dame mit der Lampe

Ich stehe am Stadtrand von Miami, Florida, auf einer NASCAR-Rennstrecke voller Roboter und Robotik-Forscher, und ich beobachte, wie Atlas Bot, ein humanoider Erstversorgungsroboter, versucht, eine schwere Metalltür zu öffnen.

Atlas Bot scheitert.

Es ist 2013. Ich kriege einen Sonnenbrand. Bald ist Weihnachten. «Wann kommst du nach Hause?», fragt mich meine Mutter am Telefon. «Noch nicht», sage ich zu ihr. «Aber ich versuche, am Weihnachtsabend zum Essen da zu sein.» Sie seufzt.

Ich hatte einfach hierherkommen müssen. Das hier sehen müssen. Das *hier* sind die Testläufe der DARPA Robotics Challenge (DRC). Sechzehn Teams, die angetreten sind, Roboter zu entwickeln, die typische Ersthelfer-Aufgaben übernehmen können.

Ich bin keine Robotik-Forscherin, keine Ingenieurin und auch keine Programmiererin oder irgendeine andere Art von Wissenschaftlerin. Ich schreibe noch nicht einmal Sachbücher. Ich bin eine unbedeutende Romanautorin, die zu viel für ihren Mietwagen gezahlt hat – einen riesigen schwarzen F-150-Truck, dessen Fenster sich nicht mehr schließen lassen –, um damit in diese seltsame Vorstadt hinauszufahren und sich in einem Motel einzuquartieren, in einem Zimmer, in dem die Nacht zuvor der Feueralarm losgegangen war, nachdem ich die Heizung angemacht hatte, die sehr erfolgreich irgendetwas in sich selbst in Brand gesetzt hatte. Vor Kurzem bin ich mit einem Mann zusammengekommen, Nick, den ich eines Tages nicht heiraten werde, und ich schicke ihm Textnachrichten, in denen ich über die Roboter berichte, weil er Fan eines Animes namens *Evangelion* ist, in dem winzige Menschen in riesigen, empfindungsfähigen Mecha-Anzügen gegeneinander kämpfen, und weil ich denke, dass er meine Nachrichten bezaubernd finden wird, aber er wirkt nicht sonderlich bezaubert. Ich trage eine orangefarbene reflektierende Warnweste, auf deren Rücken PRESSE steht, sowie einen Sicherheitshelm, den ich, so teilte man mir mit, in den Pressebereichen immer tragen muss, da man hier den Robotern näher ist als auf den normalen Zuschauerplätzen und deswegen möglicherweise *mit herumfliegenden Trümmerteilen oder spritzender Hydraulikflüssigkeit rechnen muss, haha, höchstwahrscheinlich nicht! Aber bitte tragen Sie trotzdem den Sicherheitshelm.* Ich möchte damit sagen, dass ich mir auf so gut wie alle Arten, auf die sich ein Mensch dämlich vorkommen kann, unglaublich dämlich vorkomme.

Atlas Bot scheitert erneut.

Ich habe einen Essay darüber gepitcht, was es für die amerikanische Regierung bedeuten würde, die Entwicklung von Erstversorgungsrobotern zu finanzieren. Das Magazin hat mir den Presseausweis besorgt. Aber nun stehe ich hier in meiner Warnweste und überlege, was ich mir notieren soll, und habe keine Ahnung. Ich will aufschreiben, was irgendwen, die meisten Menschen, hieran interessieren könnte. Wenn ich die Roboter anschaue, spüre ich ein nicht näher definierbares Gefühl mit aller Macht an die Oberfläche drängen, mich berührt das sehr, fast kommen mir die Tränen. Aber darüber kann ich im Magazin natürlich schlecht schreiben. Über meine eigenen ungelösten Seltsamkeiten spreche ich besser nicht, geschweige denn schreibe darüber.

Was würde jemand anderes von alldem hier halten?, frage ich

mich, während ich mit aufgeschlagenem Notizblock Atlas Bot beobachte.

Was würde man denn, was würden die meisten denn interessant finden?

Was würde sie besonders ansprechen?

Atlas Bot scheitert erneut.

Ich werde acht Jahre lang an diesem Essay scheitern.

***

Meine Roboterbesessenheit fing 2010 an. Ich entwickelte sie, als ich eine Geschichte über eine Frau schrieb, die als Drohnenpilotin arbeitet, und bei meiner Recherche auf ein unglaubliches Buch von P. W. Singer mit dem Titel *Wired for War* stieß, eine Geschichte der Militärrobotik. Durch Singer erfuhr ich, dass ein Großteil der Roboterforschung in den USA vom Verteidigungsministerium finanziert wird, vor allem von der DARPA.

1958, kurz nachdem die Russen Sputnik 1 gestartet hatten, wurde ARPA, die Advanced Research Projects Agency, gegründet, sie sollte als US-Programm für Forschung in Technik und Wissenschaft dienen. Nixon gliederte sie ins Verteidigungsministerium ein und machte aus ARPA DARPA: die *Defense* Advanced Research Projects Agency.

Es gibt wissenschaftliche Gründe, warum DARPA diese Testläufe im Jahr 2013 abhält. Sie sollen einen Anreiz bieten, einen Roboter zu entwickeln, *der die Aufgaben eines menschlichen Ersthelfers übernehmen kann, dessen Ziel es ist, im Katastrophenfall menschliches Leben zu retten.* Die Kernschmelze in Fukushima ist zu diesem Zeitpunkt noch nicht lange her.

Also ja, die Testläufe sind ein Robotik-Wettbewerb, aber auch eine PR-Aktion. Roboter in ihrer neuen Rolle als Retter – Wesen, die – halb Feuerwehrmann, halb Sanitäter – in brennende Gebäude eindringen, um den Tag zu retten. Roboter gehören zu den Guten. Das Verteidigungsministerium gehört zu den Guten.

In der Pressemitteilung für die DRC-Testläufe wird Dr. Gil Pratt, der Leiter des Programms, zitiert:

> Die Technologie, die wir zu entwickeln suchen, wird es Menschen und Robotern im Team ermöglichen, Einfluss zu nehmen auf sich ständig verändernde Katastrophen in Umgebungen, die für den alleinigen menschlichen Einsatz zu gefährlich sind.

Die Testläufe bestanden aus acht Aufgaben:

- Ein Einsatzfahrzeug an der Unglücksstelle steuern
- Sich nach dem Aussteigen über Schutt fortbewegen
- Trümmerteile von einem Eingang entfernen
- Eine Tür öffnen und ein Gebäude betreten
- Eine Industrieleiter besteigen und einen Industrielaufsteg queren
- Ein Elektrowerkzeug benutzen, um ein Hindernis zu überwinden
- Das Ventil in der Nähe eines leckenden Rohrs suchen und schließen
- Ein Verbindungselement wie einen Kabelbaum oder einen Löschschlauch anbringen

Die DRC war ein Castingaufruf für einen robotischen Heiland, und ich wollte dabei sein, um von ihm zu lernen. Denn ich war der Meinung, mitreden zu können, wenn es darum ging, Menschen zu retten. Damals dachte ich, dass Verliebtsein das Gleiche wäre.

***

Ich neige dazu, Beziehungen mit einem bestimmten Typus Mann einzugehen. Dieser Typus wird vom vernünftigeren Teil der Bevölkerung gemeinhin als beziehungsunfähig eingestuft.

Er gilt als schwierig. Er gehört zu der Sorte Mann, deren Name ein «Oh, der» bei denen, die ihn bereits kennengelernt haben, hervorruft. Jeder kennt ihn in groben Zügen, aber niemand kennt ihn wirklich. Selten hat er viele enge Freunde. Er ist exzentrisch oder störrisch oder traurig. Er ist ein einsamer Wolf, hat aber eine große Klappe. Er mag fast niemanden. Er lässt niemanden an sich heran. Wenn man mit diesem Typus Mann zusammen ist und einen Freund oder Verwandten von ihm trifft, kann man Gift darauf nehmen, zu hören: «Wir freuen uns so sehr, dass X endlich jemanden gefunden hat!», und im Ton schwingt ein wenig Zweifel oder vielleicht auch *Erleichterung* mit.

Sollte dieser Mann in einer Band spielen, und oft ist das so, dann ist er wahrscheinlich der Leadgitarrist. Sollte er nicht in einer Band spielen, ist er dennoch, im Geiste, der Leadgitarrist.

Trifft der Durchschnittsmensch auf so einen Typen, wird er sich seinen Teil denken und Abstand halten. Er wird diesen Mann nicht durchschaut haben, aber die Tatsache, dass er rätselhaft wirkt, irgendetwas nicht mit ihm *zu stimmen* scheint, ist nichts, was ihn sympathisch macht. Man hat nicht den Drang, herauszufinden, *was* mit ihm los ist. Man hat den Verdacht, dass man damit weder Freude noch seinen Frieden finden würde, ganz egal, was es ist. Und deshalb hält man sich fern.

Um die Aussagen von Dr. Pratt von der DRC aus dem Kontext zu reißen: Diese Männer sind «Katastrophen in Umgebungen, die für den Menschen zu gefährlich sind, um sie alleine zu betreten».

Und doch wage ich diesen Einsatz immer wieder. Warum?

Treffe ich auf diesen Typus Mann, wird bei mir ein Impuls ausgelöst. Kein Verlangen. Und ganz sicher keine Liebe. Eher ein

Gefühl, dass hier jemand am Straßenrand liegt und ich der einzige Samariter weit und breit bin, der stehen bleiben könnte. Dass ich, aufgrund der Tatsache, dass ich ihn bemerkt habe oder von ihm eingenommen bin, optimal geeignet, ja, im Grunde sogar verpflichtet bin, ihm zu helfen. Ich kann diesen Mann retten, sage ich mir.

Meine Methode: Ich gehe eine Beziehung mit ihm ein.

Das ist weder vernünftig, noch weise oder nett. Diese Männer haben mich nicht um meine Hilfe gebeten. Keiner hat SOS gefunkt. Ein bisschen ähnele ich dem Verteidigungsministerium, wenn es seine Truppen in irgendein neues Land schickt und darauf besteht, dass dieses Land seine Hilfe benötigt, um demokratisch und friedlich und frei zu werden. Ich besetze das Land. Ich verstehe die Kultur vor Ort nicht. Ich stelle neue Regeln und Systeme auf, nach denen niemand gefragt hat. Ich stümpere herum. Ich kaufe eine Lederjacke und rolle einen AUFTRAG AUSGEFÜHRT-Banner auf und werde später beides bereuen. Ich bleibe viel zu lang. Erst Jahre später ziehe ich mich still und leise zurück, geschlagen, aber ich weigere mich, die Niederlage beim Namen zu nennen.

Wenn diese Männer und ich uns dann trennen und ich Freunde frage, warum sie fanden, dass wir zueinander gepasst hätten, sagen sie immer: *Niemand hat kapiert, warum du mit diesem Typen zusammen warst! Wir haben immer gedacht, irgendetwas, von dem wir nichts wissen, müsse es wohl geben, sonst wärst du ja nicht mit ihm zusammen.*

Aber dieses *irgendetwas* war meine narzisstische Annahme, dass er mich brauchen würde.

Jahrelang habe ich mich selbst davon überzeugt, dass Liebe ein Akt der extremen und transformativen Fürsorge ist. Und so war ich mehr Retterin als Partnerin. Mehr Roboter als Mädchen. Mehr Krankenschwester als Liebhaberin.

***

Lange habe ich meine Sucht, schwierige Männer zu «retten», als «Florence-Nightingale-Syndrom» bezeichnet.

Man nannte Florence Nightingale auch «Die Dame mit der Lampe», da sie stets darauf bestand, nächtliche Runden durch das Krankenhaus zu drehen, um nach ihren Patientinnen und Patienten zu schauen, darunter vor allem verwundete Krimkriegssoldaten. Nightingale gilt als Erfinderin vieler Methoden der modernen professionellen Krankenpflege, und sie ist auch für ihre Statistiken bekannt – um die zukünftige Pflege zu verbessern, sammelte sie Patientendaten. Sie trug tatsächlich eine Lampe mit sich herum, aber ihr Beiname impliziert auch, dass sie eine Frau war, die uns den richtigen Weg leuchtete.

Zumindest hoffe ich, dass man sie hierfür kennt. Denn bis ich nachschlug, war *mir* nur bekannt, dass sie eine Krankenschwester war und sich in ihre Patienten verliebte.

Das «Florence-Nightingale-Syndrom» (manchmal auch Florence-Nightingale-Effekt genannt) ist ein Tropus aus der alltagspsychologischen Erzählkunst und beschreibt, dass eine pflegende Person sich in einen Patienten oder eine Patientin verliebt, selbst dann, wenn es kaum Berührungspunkte zwischen den beiden gibt. Das Syndrom manifestiert sich, wenn Fürsorge mit Liebe gleichgesetzt wird.

Aber wie sich zeigt, zieht man Florence' Namen damit durch den Dreck.

Denn Nightingale *verliebte sich nie in ihre Patienten*. Mehr noch, Nightingale war sogar der Ansicht, dass Liebe oder Romantik sie in ihrer Arbeit als Krankenschwester behindern würden, und vermied deswegen ganz bewusst alle romantischen Verwicklungen. Ein Mann, den sie angeblich liebte, machte ihr einmal einen Antrag, und sie lehnte ihn ab, um sich ganz auf ihre Arbeit konzentrieren zu können.

Woher also stammt dieser Begriff?

Soweit ich weiß, wird er erstmals 1982 in einem Portrait über den Schauspieler Albert Finney (ja, absurderweise Daddy Warbucks aus *Annie*) im Magazin *People* erwähnt:

> Neben seiner Reiselust hatte der Schauspieler eine Leidenschaft für Pferdewetten (heute besitzt er acht Vollblüter). Auch dem Alkohol sprach er gerne zu. «Aber mein Magen hat irgendwann nicht mehr mitgemacht», sagt er. «Nach ein paar Whiskeys musste ich mich immer übergeben – doch danach ging ich immer zur Party zurück und trank trotzdem noch mehr Pernod. Dann platzte mein Blinddarm. Ich bekam eine Bauchfellentzündung und merkte, dass es nicht mehr ging. Das nenne ich das ‹John-Barrymore-Syndrom›», fügt Finney süffisant hinzu und genehmigt sich ein weiteres Glas Chassagne-Montrachet. «Wissen Sie – man ist gleich viel interessanter und romantischer, wenn man solch einen selbstzerstörerischen Weg beschreitet. Manches Mal finden das sogar Damen, die am ‹Florence-Nightingale-Syndrom› leiden, richtig anziehend. Und sehen Sie, wenn man dann ihre Erwartungen nicht erfüllen kann, hat man immer ein offenes Hintertürchen.»

Offenes Hintertürchen.

Wenn man so einen Schrott liest, kann man als Frau schon mal an Verschwörungstheorien glauben.

Wenn ich daran denke, wie mein Bild von Florence Nightingale verzerrt wurde, weil ein einziger dämlicher Kommentar eines Mannes die ganze Wahrheit über ein Frauenleben auslöschen kann ... dann zittere ich vor Wut.

Und das Ding mit dem Florence-Nightingale-Syndrom ist, dass damit nicht gesagt wird, Frauen sollten nun *aufhören*, Menschen zu pflegen. Stattdessen schaut man sich diese hingebungsvolle, ausdauernde Pflegearbeit an und sagt: Alles gut so, solange du nicht *auf eine bestimmte Art Gefühle dabei entwickelst.* Nach dieser Logik verwandelt sich also weibliche Pflege von fromm zu ungehörig, wenn die Frau eine emotionale Beziehung zu dem Subjekt ihrer Pflege oder sogar zur Idee der Pflege selbst aufbaut. Die Störung besteht also darin, sich dieser Form der Pflege nicht gefühllos hingeben zu können, eine Menschlichkeit zutage treten zu lassen, die nur ablenkt.

Und genau diese Logik hatte ich mir 2013, als ich zu den Testläufen fuhr, zu eigen gemacht.

Und *deswegen* schrieb ich Nick Nachrichten über die Roboter.

D*as* war es, was mir die Roboter des DRC beibringen konnten, dachte ich.

Sie waren Retter, die Hilfe und Pflege anboten, und sie würden sich nie so ungehörig verhalten, wie ich es damals tat, die ich in meinen Augen dabei viel zu viele lästige Gefühle hatte, weil sie eben Roboter waren und keine Gefühle hatten. Ich hoffte, bei der DRC dieses großartige Wesen zu sehen, das auch ich vielleicht eines Tages werden würde: den perfekten, leidenschaftslosen Retter.

Aber natürlich war das ganz und gar nicht das, was ich in Miami fand.

***

Am ersten Tag der Testläufe führt mich mein Weg zur Rennstrecke an den Werbezelten auf dem Parkplatz vorbei. Robotik-, KI- und VR-Firmen zeigen dort ihre Projekte und Produkte. In einem Zelt windet sich eine ferngesteuerte Roboterschlange um meine Knöchel und bewegt sich zur Musik. Es gibt auch Rekrutierungszelte von Universitäten wie dem RPI und dem MIT. Rekrutierungszelte von Erste-Hilfe-Organisationen.

Ich halte vor einem Zelt, vor dem der Roboter mit dem Namen Atlas zusammengesackt liegt. Über dem Zelt hängt ein Banner, das mich einlädt, mittels VR-Simulation zu erleben, wie es sich anfühlt, «Atlas zu sein». Atlas ist der Bot, den DARPA/Boston Dynamics den Teilnehmern zur Verfügung gestellt hat, die ausschließlich programmieren. Andere Teams haben zusätzlich zu der Programmierarbeit auch noch einen eigenen, physischen Roboter entwickelt, eine deutlich komplexere Aufgabe. Hinter Atlas lässt ein Mann eine VR-Brille an seiner Hand baumeln. «Wollen Sie mal?» An der Brille sind große Glupschaugen befestigt. Ich entschuldige mich. Ich will nicht zu spät zu den Testläufen kommen.

Die Fallstationen für die einzelnen Aufgaben sind im Innenfeld der Rennstrecke aufgebaut. Jede von ihnen wirkt wie das Bühnenbild eines seltsamen apokalyptischen Theaterstücks. Strahlenwarnzeichen und kaputte Metallgerüste und zerbröckelte Ziegelsteine. Wände, die so aussehen, als sei dort gerade etwas explodiert. Über allem thront ein riesiger Jumbotron, über dessen Bildschirm das Tagesprogramm und die Bestenliste tickern.

Die Strecke wird von offenen Garagen gesäumt, aber statt NASCAR-Fahrer und ihre Mannschaften zu beherbergen, dienen sie den sechzehn Teams als Basisstation. Von hier aus steuern die Teams ihre jeweiligen Roboter, und die hierfür verwendeten Kommunikationssysteme werden, um den Katastrophenfall zu simulieren, künstlich verschlechtert. Ich erkenne Namen wieder, mit denen ich mich bereits online beschäftigt habe. RoboSimian vom NASA Jet Propulsion Lab, IHMC, Tartan Rescue, MIT, SCHAFT, HUBO, CHIRON, Mojavaton. Vor einigen Garagen stehen angeranzte Sofas, auf denen Teammitglieder ungeniert ihre Nickerchen machen. Das IHMC-Team, hauptsächlich Männer in ihren Zwanzigern, raucht in seiner Garage Kette, das Garagentor ist mit

Lichterketten und kleinen roten Weihnachtsstrümpfen aus Filz geschmückt.

Es ist heiß, und die Garagen sind an beiden Seiten geöffnet, um ein wenig lüften zu können. Ich zupfe an meiner Plastikweste. Die Haare unter meinem Schutzhelm sind schweißnass.

Plötzlich ertönt Musik, und ich blicke zur Beschallungsanlage, und ich schwöre euch, der Song, der gespielt wird und die nächsten 48 Stunden in Dauerschleife läuft, ist «Harder, Better, Faster, Stronger» von Daft Punk. Es geht los.

***

Ein Fallbeispiel: das Ende einer Beziehung, die fast zwei Jahre hielt, mit Joey, dem Mann, den ich über Tinder kennenlernte und der mir die Decke mit unserem Chatverlauf geschenkt hatte. Fast sechs Jahre nach den DARPA-Testläufen.

Joey hatte das Gefühl, auf tragische Art dem Untergang geweiht zu sein. Was nicht stimmte. Er war wunderbar und sehr begabt. Und weil ich sah, wie wunderbar und begabt Joey war, ignorierte ich, dass er von sich selbst so sprach, als sei er verloren. Ich ignorierte, dass er sich mit Vorliebe als jemand sah, dem Schlimmes widerfuhr, ohne dass er etwas dagegen tun konnte.

Ich war der Meinung: Ich liebe diesen Menschen, und alles, was er sagt, macht ihn unglücklich, und dabei kann doch alles so einfach gelöst werden! Wir werden alles gemeinsam lösen! Und dann werden wir glücklich sein!

Er wollte mehr Zeit in seine Band investieren. Ich richtete alles nach seinem Probenplan aus und ging zu jedem Konzert. Er konnte sich nicht konzentrieren, nicht loslassen, also machten wir einen Mediationskurs, um zusammen zu lernen, wie das ging. Seiner Meinung nach brachte es Unglück, dass er noch nie im Ausland gewesen war, noch keinen Stempel im Reisepass hatte. Ich fragte: «Wo willst du hin?» Er sagte: «Thailand», also buchte ich uns zwei Tickets nach Thailand.

Ich half, ich löste, und ich reparierte, sodass er am Ende des Tages glücklich sein könnte.

Wäre er erst einmal glücklich, würde er mich auch lieben, da war ich mir sicher.

Joey hasste seine Arbeit, wollte den Job wechseln, also fragte ich ihn, ob er gerne bei *meinem* Arbeitgeber anfangen würde. Er sagte Ja.

Ich fragte: «Bist du dir sicher? Mir ist es vollkommen gleich, ob du beim Stewart's Shop Eis am Stiel verkaufst, solange es dich glücklich macht. Ich will einfach, dass du glücklich bist, und außerdem solltest du dir ziemlich sicher sein, bevor ich einen solchen Gefallen einfordere.»

Joey sagte: «Ja, ich bin mir sicher.»

Also arrangierte ich ein Vorstellungsgespräch. Er ging hin und sagte, dass sich der Job ziemlich gut anhöre.

Während wir noch auf Rückmeldung warteten, stand unsere Thailandreise an.

Auf der Reise machten wir eine Boots- und Kajaktour in der Phang-Nga Bucht, die Joey für uns ausfindig gemacht hatte. Es war wie im Traum, ein Langheckboot, Inseln inmitten des glitzernden, blaugrünen Meeres, Wolken, die wie vorsichtige Sturmgötter um uns herumschwebten. Wir paddelten durch einen Mangrovenwald und sahen Hunderte von Fledermäusen, so groß wie unsere Unterarme, die sich mit putzigen Gesichtern in den Bäumen herumzankten. An den Küsten der kleinen Inseln reckten Affen, die ihre Jungen entlausten, ihre Köpfe nach uns, während über ihnen die Zweige mit Eisvögeln übersät waren. Eine Nacht campten wir auf einer wortwörtlich verlassenen Insel.

Unsere beiden abgebrühten und superlustigen Führer, ein Naturkundler und ein Bootsmann, bauten alles auf, wünschten uns eine gute Nacht und ließen uns allein. Wir saßen auf einer Kühlbox und aßen Nudeln mit Garnelen, und währenddessen tauchte ein ganzer Schwarm kleinerer Fledermäuse aus dem Wald auf und sauste über unseren Köpfen hin und her, und ich fühlte mich wie im Himmel.

«Ich liebe es hier», sagte ich.

«Ja», sagte er. Wir hatten zu Ende gegessen.

Dann stand Joey auf und ging weg. Er verschwand lautlos. In der Biegung der Insel verlor ich ihn in der Abenddämmerung aus den Augen. Nachdem er einige Minuten später noch nicht zurückgekommen war, machte ich mich auf die Suche nach ihm. Ich wanderte auf der Insel umher und sah mich um. Schwabbelige neonfarbene Seeanemonen pulsierten am Ufer, und fette kleine Seeigel waren wie violette Handgranaten in kleinen Pfützen gestrandet. Krabben trippelten argwöhnisch hin und her. Ich konnte Joey nirgendwo finden. Als ich schließlich aufgab und meine Runde zu Ende drehte, stellte ich fest, dass er bereits in unser Lager zurückgekehrt war. Er war im Zelt. Im Schlafsack.

«Gehst du ohne mich ins Bett?», fragte ich durch das Netz der Zelttür.

«Ich bin müde», sagte er auf der anderen Seite.

Er hatte eindeutig schlechte Laune. Und ich fragte mich, warum.

Ich hatte mich seiner Probleme angenommen, eine Sisyphusarbeit. Um sie zu lösen, hatte ich uns bis hierher gebracht, auf die andere Seite der Erde. Es gab nichts mehr zu reparieren oder zu heilen, und dennoch war er unglücklich, sogar hier, in diesem buchstäblichen Paradies.

Er hatte mir nicht Gute Nacht gesagt, auf einer einsamen Insel.

Er hatte es geschafft, mich alleine zu lassen, *auf einer einsamen Insel.*

Und selbst dann, zusammengekauert neben dem Zelt, versuchte ich noch, einen Weg zu finden, alles zu lösen.

Zwei Wochen nach unserer Rückkehr aus Thailand bekam Joey die Stelle bei meinem Arbeitgeber. Die Stelle, um die ich einen ranghöheren Kollegen gebeten hatte, für ihn. Die Stelle, in deren Organisation und Besetzung andere Menschen Zeit investiert hatten, für ihn. Als man sie ihm anbot, sagte er, er müsse darüber nachdenken.

Einige Tage später wollten sie eine Antwort haben. Und dann verfiel er in Panik. Ich fragte ihn, was er dachte, und als er sagte, er wolle den Job doch nicht haben, brannten bei mir die Sicherungen durch.

«Aber warum hast du mich dann überhaupt darum bitten lassen?», fragte ich.

Joey sagte, er mache sich Sorgen, wo seine Band üben solle, wenn er wegen der Stelle umziehen müsse. Er fragte sich, ob er stattdessen nicht vielleicht lieber ins Marketing wechseln solle. Er fragte sich vieles, und ich war so verflucht sauer. Ich war sauer, dass er sich so verhielt, aber ich war auch sauer, dass ich so eine große Rolle bei dieser Stellenzusage gespielt hatte. Was für ein Irrtum, zu glauben, alles würde irgendwann gut werden.

Ich sagte: «Es ist okay, wenn du den Job nicht haben willst, aber ab jetzt musst du die Dinge etwas mehr selbst in die Hand nehmen, ja? Es ist meine Schuld, dass ich versuche, Dinge für dich zu regeln, und das tut mir leid, aber du musst jetzt mal ein bisschen auf eigene Faust herausfinden, was dich glücklich macht. Und ich muss wissen, dass du das auch tust.»

Joey sagte, dass er nicht glaube, das tun zu können.

Er sagte, er könne niemals versprechen, sich so um mich zu

kümmern, wie ich mich um ihn kümmere. Eine Feststellung, die er freiwillig und von sich aus machte.

Eine Beziehung von fast zwei Jahren, und dann kam das, mitten in der Arbeitszeit, am Telefon.

Er schickte mir eine E-Mail, in der er endgültig Schluss machte. Und ich sah ihn nie wieder.

Diese Geschichte ist nur insofern traurig, als Geschichten über Menschen wie mich, die sich selbst betrügen, traurig sind. Also ist sie vielleicht gar nicht so traurig.

Ich versuchte, Joey zu helfen, weil ich glaubte, dass er mich, ohne das ganze Unglück, das ihn in Beschlag nahm – das in meinen Augen so einfach gelöst werden konnte –, endlich *richtig* lieben würde. Er würde sich so um mich kümmern, wie ich mich um ihn kümmerte. Ich würde alles reparieren und reparieren und nochmals reparieren, bis er in der Lage wäre zu bemerken, dass ich vor ihm stand und hoffte, geliebt zu werden. Aber natürlich funktioniert das so nicht.

Und was ist die Moral von der Geschichte? Dass ich eine beschissene Krankenschwester war?

Dass es schwer ist, jemanden zu heilen, der gar nicht gesund werden möchte?

Dass Pflege selten mit Liebe vergütet wird?

Oder vielleicht noch ehrlicher: dass man im Grunde niemanden, den man als seinen Patienten begreift, ethisch gesehen lieben kann.

***

Am ersten Tag der DRC-Testläufe schauen die Besucher auf der Tribüne zu, wie sich die Roboter von Station zu Station bewegen. Es laufen immer acht Programmpunkte gleichzeitig, und zunächst mache ich mir Sorgen, ich könne etwas verpassen. Ich wusele mit meinem Notizbuch zwischen den Stationen hin und her und versuche, immer dort zu sein, wo am meisten passiert.

Aber meine Sorgen sind unbegründet. Diese Roboter sind verdammt langsam. So langsam, dass die Übertragung auf dem Jumbotron alles in Zeitraffer abspielt, eine Technik, die normalerweise erblühenden Blumen oder schmelzenden Gletschern vorbehalten ist.

Ich kann nicht sagen, warum mir die Aufgabe, eine Tür zu öffnen, am besten gefällt, aber ich verbringe Stunden, buchstäblich Stunden damit, mir diesen spezifischen Testlauf anzuschauen, der in meinem Pressematerial folgendermaßen beschrieben wird: «Eine Reihe von Türen öffnen: Die Türen in einem Kreisbogen zu bewegen, fordert die Wahrnehmung und Geschicklichkeit der Roboter heraus. Die Roboter müssen bei jeder Tür herausfinden, wie sie sich ausrichten und bewegen müssen, um sie öffnen zu können.»

Um zu den Türen zu gelangen, müssen die Roboter ein Schuttfeld überqueren. Die erste der drei Türen hat einen Metallgriff, den man hinunterziehen und dann drücken muss, um sie zu öffnen. Dann müssen sich die Roboter durch die Tür bewegen und sie hinter sich schließen. Das ist nur die erste von dreien, und jede Tür hat einen anderen Öffnungsmechanismus. Einige muss man ziehen, andere drücken. Einige sind schwer, andere nicht. Das alles findet in einer Art Katastrophenszenario-Diorama statt. Die Wände hinter den Robotern sind in einem dunklen Blaugrün gehalten und auf bedrohliche Weise mit etwas übersät, das nach Überbleibseln einer Explosion aussieht. An einer Wand hängt ein gelbes Strahlenwarnzeichen.

Die Roboter versuchen, den Schutt zu erklimmen oder ihn wegzuräumen, und sie kippen zur Seite und fallen um. Die Roboter schaffen es bis zur Tür und machen sich an der Türklinke zu schaffen, aber sie greifen daneben oder es gelingt ihnen nicht, sie festzuhalten, und die Klinke entgleitet ihren Greifzangen. Die Unfähigkeit, etwas festzuhalten, kommt mir bekannt vor, aus Albträumen, in denen solche einfachen Aufgaben unausführbar erscheinen: *Nimm einfach die Klinke in die Hand, es gibt einen Ausweg, öffne einfach die Tür.*

Alles ändert sich, als SCHAFTs S-One-Roboter an den Start geht. SCHAFT ist ein hoch aufgeschossener Roboter mit blauem Körper, einem riesigen quadratischen Hohlkopf und schwarzen Krallenhänden. Wir schauen zu, und SCHAFT bewegt sich durch den Schotter, als wäre es nichts. Sein Tempo ist das eines sehr langsamen, vorsichtigen Menschen. Das heißt, dass er sich im Vergleich zu den anderen Robotern in Lichtgeschwindigkeit bewegt. Es ist richtig aufregend, zuzusehen, wie er loslegt. SCHAFT ist eigentlich der Name der japanischen Firma, die den S-One-Roboter hergestellt hat, aber alle nennen den Roboter SCHAFT, weil es einfach zu schade wäre, auf die Scherze zu verzichten. Die Journalisten, die Ingenieure und ich, alle zusammen singen wir:

Who is the man that would risk his neck for his brother, man?
(Shaft)
Can ya dig it?
Who's the cat that won't cop out when there's danger all about?
(Shaft)
Right on

SCHAFT nähert sich der ersten Tür. Er greift nach der Klinke. Wir halten den Atem an. Sie entgleitet ihm. Wir halten den Atem an. Beim dritten Mal schafft er es, die Tür zu öffnen. Die Journalisten und Robotik-Forscher können es kaum glauben. Er bewegt sich auf die zweite Tür zu und schafft es, auch sie zu passieren.

Er hat's getan. Er hat's getan, ruft jeder. Er hat's getan!

Er nähert sich der dritten Tür. Er greift und greift, und dann hält er die dritte und letzte Klinke fest, die komplizierteste, weil sie schwer ist und man sie zu sich ziehen statt drücken muss, was den Roboter aus der Balance bringen kann. Eine so kleine Aufgabe wird zu einem riesigen Drama, weil diese Tür zu einem undurchdringlichen Hindernis geworden ist.

Und dann öffnet SCHAFT die Tür. SCHAFT steht da und hält die Klinke in der Hand, die Tür ist offen.

Die Leute drehen durch. Es ist richtig emotional, ihm dabei zuzuschauen, wie er diese Tür, diesen Weg in die Sicherheit, öffnet.

Und dann kommt eine Windböe.

SCHAFT kann sich nicht mehr festhalten, die Tür entgleitet seinem Griff und knallt wieder zu. Man hört ein deutliches *Ahhhhhh* und *Ohhhhhh* aus der Menge. Es wird dennoch viele Punkte geben, aber er war so nah dran, die Aufgabe zu meistern.

Ich ziehe mich zurück, damit niemand mich in meinem Schutzhelm weinen sieht.

Die DRC-Roboter sind nicht die perfekten Helden, die ich mir erhofft hatte, aber ich liebe sie trotzdem. Ich liebe sie *ganz besonders*. Ich liebe sie *in genau diesem Moment*, ohne davon auszugehen, dass sie sich eines Tages verbessern werden. Ich liebe sie, weil sie mich daran erinnern, dass es, wenn man auf eine große gute Sache hinarbeitet, oft die kleinen Dinge sind, die unlösbar erscheinen.

Dreh einfach den Knauf.

Öffne einfach die Tür und geh durch sie hindurch.

Ändere einfach die Bewegungen. Programmiere einfach etwas um. Wie schwer kann das denn sein?

Verdammt schwer, wie sich herausstellt.

Ich verstecke mich in einem der schattigen Eingangstunnel unter den Tribünen, um über SCHAFT zu weinen. Ein Mann mit rosacearoter Nase, der trotz der Hitze einen grünen Wollblazer trägt, kommt auf mich zu und erzählt mir, wie das Verteidigungsministerium mit Drohnen Menschen ermordet.

«Ich weiß», sage ich.

Er redet trotzdem weiter auf mich ein. Mein Weinen stört ihn nicht. Irgendwann bittet er mich, seine Petition zu unterzeichnen. Ich tue es.

***

Meine geliebte Freundin Marta ist eine so freundliche Person, so gewillt, immer nur das Beste in anderen zu sehen, dass sie oft merkwürdige Freunde um sich schart und sich immer wieder in recht ausgefallenen Situationen wiederfindet, auf die sich eine weniger großzügige Frau nicht einlassen würde. Aus diesem Grund nennt Martas Schwester sie «Freunde ohne Grenzen», nach der Organisation Ärzte ohne Grenzen, die hilfsbedürftige Menschen an abgelegenen oder gefährlichen Orten medizinisch versorgt. Ich stelle mir gerne vor, dass Florence Nightingale vielleicht Teil von Ärzte ohne Grenzen geworden wäre, wäre sie in dieser Generation geboren.

Marta und ihre Schwester sind aus Spanien, und deswegen lautet der Begriff, der sich in unserer Gruppe etabliert hat, *Amigos Sin Fronteras*. Marta erzählt zum Beispiel, dass sie zu einem furchtbar klingenden Abendessen von Leuten eingeladen ist, die ihr vollkommen fremd sind, oder sie bietet jemandem, den sie erst am Vortag kennengelernt hat, an, ihn zum Reifenwechsel irgendwohin zu kutschieren, und wir rufen nur: «Warum! Warum hast du dich darauf eingelassen!» Wenn sie es dann erklären will, werfen wir die Hände in die Höhe.

«Amigos Sin Fronteras!», rufen wir unisono. «Amigos Sin Fronteras!»

Vor einer Weile trafen wir uns in dieser Freundinnengruppe, um uns einmal wieder auf den aktuellen Stand der Dinge zu bringen, und ich berichtete aus meinem neuesten Liebesleben.

Das war *Jahre* nach der DRC 2013.

Jahre, nachdem ich 2016 meine Hochzeit mit Nick abgeblasen hatte.

Ewigkeiten, nachdem mich Joey 2019 auf der einsamen Insel alleine gelassen hatte.

Ich hatte geglaubt, ansatzweise verstanden zu haben, wie ich mich in der Liebe verhielt.

Aber nun schrieben wir das *Jahr* 2020, und ich erklärte meinen Freundinnen, wie ich versuchte, kleine Inkompatibilitäten in den Datingprofilen neuer, potenzieller Partner zu ignorieren, um ihr wahres Potenzial erkennen zu können. «Ich versuche, den Unterschied zwischen Kleinlichkeit und einer wirklichen roten Flagge, auf die man achten muss, herauszufinden», sagte ich. Ich zählte einige bedenkliche Inkompatibilitäten aus Onlineprofilen auf, die ich für überwindbar deklariert hatte: Laut Profil sind sein Lieblingsessen Chicken Nuggets; laut Profil spielt er am liebsten Videospiele; er hat im Profil aus drei verschiedenen Will-Ferrell-Filmen zitiert; laut Profil ist er arbeitslos, schreibt aber gerade ein Drehbuch; seine Profilbilder sehen so aus, als lebte er in einem Camper; seine Profilbilder sehen so aus, als gäbe es ihn nur als Spiegelbild seines Badezimmerspiegels; seine Profilbilder sehen so aus, als wäre er ein Bürgerkriegsgeist.

Ich war ganz eindeutig an keiner dieser Eigenschaften – oder Männer – interessiert. Das wusste ich.

Und dennoch …

Würde sich ein guter Mensch davon abschrecken lassen?, fragte ich mich. War es ethisch vertretbar, jemanden aus diesen Gründen als Partner auszusortieren? Wie würden andere, wie würden die meisten auf solche Profile reagieren?

Ich sagte mir, dass andere, dass die meisten, keine Probleme damit hätten. Sie sogar aufregend fänden. Sie würden sich mit diesen Männern treffen. Sie hätten Spaß dabei, diese Männer zu treffen. Und so zwang ich mich, meine Gedanken auszuschalten und meine eigenen, wahren, menschlichen Reaktionen zu unterdrücken, um so zu handeln, wie ein guter und ethischer und grundsätzlich normalerer Mensch in meinen Augen handeln würde.

Während ich all das meinen Freundinnen erklärte, musste ich plötzlich lachen, so sehr, dass mir die Tränen kamen.

«Bin ich …», rief ich und lachte so laut, dass ich nichts rausbekam, «bin ich … Novios Sin Fronteras?»

Novios Sin Fronteras.

Partner ohne Grenzen.

Vier Jahre nach den Schreikranichen, und wieder hatte ich eine «Erleuchtung». Ich verstand etwas. Und selbst wenn ich nur den Kopf über mich schütteln kann, kann ich mich noch an die Begeisterung über diese «Erleuchtung» erinnern:

Was, wenn Grenzen der einzige Weg sind, sich frei und auf gleicher Augenhöhe zu lieben? Was, wenn Liebe ohne diese Grenzen zu einem humanitären Hilfsakt wird?

Was ich mir auf dieser Welt am allermeisten gewünscht habe, ist eine Liebe ohne Grenzen. Also bedingungslose Liebe. Und ich dachte, wenn ich großzügig bin und einen schwierigen Menschen bedingungslos liebe, kriege ich das Gleiche zurück. Und so liebte ich diejenigen, von denen ich dachte, dass ich sie am allerbesten lieben könne. Als wäre das eine Berufung, eine Bestimmung, eine Pflicht.

Ich fragte mich nie, wie ich eigentlich geliebt werden wollte, oder von wem. Ich fragte mich nie, ob diejenigen, um die ich mich gut kümmern konnte, sich auch gut um mich kümmern konnten. Und meistens war das nicht der Fall. Das war nicht ihre Schuld. Ich hatte nie gefragt.

Ärzte und Pflegepersonal kümmern sich bedingungslos – es ist ihre Aufgabe, jeden zu behandeln, der Heilung bei ihnen sucht. Sie müssen objektiv sein, um ethisch handeln zu können. Auch ein Roboter ist theoretisch objektiv, es sei denn, er ist mit manipulierten Daten programmiert worden. Aber lieben heißt parteiisch sein. Konkret sein.

Jede romantische Liebe ist insofern an Bedingungen geknüpft, als dass das Wesen eines Menschen die Bedingung ist. Sein Ich-Sein. Wenn deine Liebe zu einem anderen Menschen nicht auf der Bedingung beruht, dass er genau jetzt genau er selbst ist, sondern darauf, dass er diese Liebe braucht, oder auf der Annahme, dass du gute Arbeit leisten könntest, diese Person glücklicher oder «besser» zu machen, dann bist du eine Krankenschwester, ein Roboterheld, und vielleicht kannst du den Tag retten. Aber du liebst nicht. Du bist nicht verliebt.

Warum dachte ich, es sei ethisch notwendig, mich gedanklich von meinen eigenen Meinungen und Urteilen entfernen zu müssen? Mich zu verlieben, so wie es jemand anderes, so wie es die meisten, so wie es irgendein imaginärer «guter» Mensch tun würde?

Es zu genießen, der Held zu sein, der auftaucht und den Tag rettet, ist möglicherweise ein Zeichen von Selbstauflösung. Jemanden zu retten, ist leichter, als sich die Frage zu stellen, wer zum Teufel man eigentlich ist und was man will und wie und von wem man geliebt werden möchte. Sich die Frage zu stellen: Wie kann ich mich um mich selbst kümmern?

Ich hatte in meinem Leben noch nie eindeutige Antworten auf diese Fragen gefunden. Damals, im Jahr 2013, waren sie überhaupt noch nie gestellt worden.

Eine Weile lang war ich überzeugt, dass durch diese «Erleuchtungen» alles wieder gut werden würde. Weil *ich jetzt Bescheid wusste*. Und ja, es war wichtig zu wissen, wie verkorkst ich bisher gewesen war – aber ein Problem zu erkennen und dann die Lösung zu finden und dann diese Lösung auch in die Tat umzusetzen, das sind drei verflucht verschiedene Paar Schuhe, stellte sich heraus.

Es sind drei unterschiedlich gewichtete Türen, und man muss durch alle drei hindurchgehen, sonst bleibt man, wer hätte es gedacht, stecken.

***

Am Ende des ersten Testlauf-Tages kehre ich zu Atlas Bots VR-Zelt zurück. Das mit dem Banner und der Frage: WIE FÜHLT ES SICH AN, ATLAS ZU SEIN?

«Rein mit Ihnen!», ruft ein Mann. Er hilft mir, die VR-Brille aufzusetzen, und justiert sie so, dass sie eng am Kopf liegt. Vorne hat man zwei riesige Glupschaugen angebracht.

Die Simulation startet. Mit der Brille fühlt man sich, als wäre man Teil eines Videospiels. Und in diesem Spiel bin ich in Atlas' Körper. Vor mir sehe ich einen gräulichen, blockartigen Raum. Ich drehe meinen Kopf zur Seite und blicke einen langen Flur hinab, der zu etwas führt, das im echten Leben weit außerhalb des Zeltes läge. Ich drehe mich wieder um, und der Raum schließt sich um mich, ich nehme die simulierte Welt nicht nur direkt vor meinen Augen, sondern auch in meiner peripheren Sicht wahr. Nichts an diesem Raum, in dem ich mich befinde, ist realistisch, aber es fühlt sich wirklich so an, als stünde ich in ihm. Mein Körper sagt mir, dass ich zum einen hier bin, in diesem Raum, aber zugleich spüre ich das Gewicht der Brille auf meinem Gesicht und die Hitze im Zelt. Ich blicke hinab auf meine Hände. Ich hebe sie im echten Leben hoch, und in der Simulation hebe ich sie auch. Meine Hände sind Atlas' Hände.

Wie fühlt es sich an, Atlas zu sein?

Ich versuche zu laufen, indem ich auf einen Knopf drücke, den ich halte, und stoße gegen eine Wand. Ich befreie mich und drehe mich um. Ich sehe einen Tisch oder ein Podest, auf dem Gegenstände liegen. Ich drücke auf meinen Knopf. Versuche, dorthin zu gelangen, aber mir wird schwindelig, und ehe ich's mich versehe, ist da schon wieder eine neue Wand, und ich stecke wieder fest.

Für jemanden, der mit der Vorstellung hierherkam, diesen Robotern möglicherweise ein bisschen verwandt zu sein, bin ich ein sehr schlechter Atlas.

Ich drehe mich wieder um und sehe einen Weg, der zum Tisch mit den Gegenständen führt. Ich laufe wieder. Mein Magen dreht sich um. Erst jetzt merke ich, dass das hier gar keine gute Idee war.

Im echten Leben bin ich vollkommen unfähig, Richtungen und Gegenstände im Raum zu verarbeiten. Mein Orientierungssinn ist so schlecht, dass sich Menschen, die mich gut kennen, immer in Acht nehmen. Ich kann Gegenstände in meinem Kopf nicht drehen. Als Teenager versuchte ich einmal, bei einer Freundin GoldenEye 007 auf dem Nintendo zu spielen, und ich fand die Ich-Perspektive so verwirrend und schwindelerregend, dass mir schlecht wurde. Ich musste meinen Joystick weglegen und ins Bad rennen, wo ich mich übergab.

In der Atlas-Simulation sehe ich eine graue Wand vor einer grünlichen Landschaft, und da ist auch wieder der Tisch mit den

Gegenständen. Es gelingt mir, zu ihm zu gehen. Mir ist ein wenig schwindlig, aber ich habe ihn erreicht. Ich strecke meine Roboterhand aus und kann sie vor mir sehen. Ich öffne sie. Ich schließe sie. Ich überlege, was ich aufheben will, den Schraubenschlüssel oder den Klotz oder … Für wen ist das alles? Wer braucht was? Ich blicke mich noch einmal in der simulierten Welt um und merke, was sie unter anderem so unheimlich macht: Ich bin weit und breit die Einzige hier. Dies ist eine Welt, die aus einem Raum, einem Ich und diesen Gegenständen besteht. Ich bin vollkommen alleine mit mir selbst, so, wie ich es schon immer gewesen bin. Mit Atlas' Händen, mit meinen Händen, greife ich nach dem Tisch. Ich habe die Aufgabe, einen Gegenstand in die Hand zu nehmen, aber woher weiß ich, welchen?

Ich öffne die Hand.

Ich schließe sie.

Mir wird schummerig.

Ich werde ohnmächtig und kippe um. Im echten Leben.

Als ich zu mir komme, nimmt mir der Vorführungstyp gerade die sehr teure, glupschäugige VR-Brille ab. Dann hilft er mir auf und holt mir einen Stuhl, damit ich wieder zu mir kommen kann.

«Es tut mir so leid», sage ich.

«Lassen Sie sich Zeit», sagt er.

«Das ist mir so peinlich», sage ich. Dort sitze ich jetzt, Stirn auf den Knien, und versuche, tief ein- und auszuatmen, um meinen Magen zu beruhigen. Mir ist immer noch schwindelig. Ich fühle mich seekrank. Ich hätte wissen müssen, dass mein Hirn und mein Magen mit einer Ich-Simulation nicht zurechtkommen würden.

Denn genau daran bin ich gescheitert.

Als ich diese VR-Brille aufsetzte und versuchte, Atlas Bot zu sein, wurde mir die Rolle aufgezwungen, die ich mir rigide abtrainiert hatte.

Der Blick auf die Welt aus der subjektiven Ich-Perspektive.

Die Rolle des Ich.

Ich wollte in diesem simulierten grauen Raum das tun, was ich im Leben immer tat: mir vorstellen, was dieser Raum für denjenigen bedeutete, um den ich mich kümmerte. Für jemand anderen. Für irgendwen. Ich wollte den Raum so sehen, wie dieser jemand ihn meiner Meinung nach sehen würde. Ich wollte mir darüber klar werden, was er aus diesem Raum brauchte, und mich dann entsprechend bewegen. Aber in der Atlas-Simulation war ich allein. Es gab nur meine eigene Perspektive. Meine eigene Roboterhand. Und egal, welchen Gegenstand ich vom Tisch nehmen würde, er wäre *für mich*. Was also ... wollte ... ich ... nehmen? Ich hatte keine Ahnung. Meine eigene Subjektivität erschreckte mich zutiefst.

Ich beeile mich, das Zelt zu verlassen. Wegzukommen von diesem WIE FÜHLT ES SICH AN, ATLAS ZU SEIN-Banner.

Wie fühlte es sich an, ich zu sein? Ich hatte keine Ahnung.

***

Die Testläufe sind vorbei, und ich habe einen Sonnenbrand und steuere eine Art Restaurant/Karaoke-Bar auf der anderen Straßenseite meines Motels an. Ich setze mich an die Bar und bestelle ein Bier und eine Portion frittierter Muscheln. Mein Notizbuch liegt aufgeschlagen neben mir, aber ich weiß beim besten Willen nicht, was ich schreiben soll. Was immer ich dachte, darüber lernen zu können, wie man einen Menschen rettet, ohne etwas dabei zu empfinden, trug keine Früchte. Was immer irgendjemand, *die meisten* interessant gefunden hätten, erschließt sich mir nicht.

Ein Mann in den Sechzigern steht vor dem Karaoke-Bildschirm und singt ein altes Cowboylied. Er singt nicht den Text, den der Bildschirm in seinem Rücken vorgibt – dort läuft ein ganz anderer Song –, aber er hört sich großartig an. Die Bar verströmt eine warme Atmosphäre, überall blinken Lichterketten, die Regale sind voller Nippes. Morgen ist im ganzen Land Heiligabend, aber vor allem bei meiner Mutter, wo man mich fragen wird, wie ich mit diesem Artikel, der mich davon abgehalten hat, schon früher zu den Feierlichkeiten zu stoßen, vorankomme. Ich starre auf mein Notizbuch. Der Mann beendet sein Lied, und wir applaudieren. *Karaoke* heißt «leeres Orchester» – wusstet ihr das? Das habe ich in einem meiner Roboterbücher gelesen, aber jetzt weiß ich nicht mehr, in welchem.

Ich suhle mich gerade in meinem absurden Selbstmitleid, als mehrere Männer mit DARPA-Ansteckern hereinkommen. Ein Bär von einem Mann mit Nickelbrille und riesigen Händen bestellt hinter mir für die Gruppe acht Drinks. Die anderen machen es sich draußen an einem der Picknicktische bequem, rufen ihm zu, sich zu beeilen, ändern ihre Bestellungen, drangsalieren ihn spielerisch. Die Bedienung zapft die Getränke und reiht sie, eines nach dem anderen, direkt neben meinem Ellenbogen auf.

«Entschuldige», sagt der Typ zu mir. «Ich will dir nicht den Platz wegnehmen.»

«Kein Problem», sage ich. «Ihr feiert. Habt ihr an den Testläufen teilgenommen?»

Er schaut mich erfreut an. «Bist du Janice?», fragt er.

Diese Frage wurde mir in den letzten drei Tagen bereits drei Mal gestellt. Anscheinend gibt es eine einzige Frau unter den Teilnehmern, eine Ingenieurin. Ich habe sie nicht gesehen. Aber jedes Mal, wenn jemand von meinem Frau-Sein überrascht zu sein scheint, folgt die Frage, ob ich Janice sei, in der Hoffnung, dieses mythische Wesen einmal kennenzulernen.

Ich wünschte, ich wäre Janice. Wirklich.

Ich will irgendwer anderes sein. Als würde mich das davor retten, herausfinden zu müssen, was ich eigentlich will. Als könnte ich als ein Niemand gut zu allen sein. Als würde Liebe jemals so funktionieren. Ich überlege kurz, ob ich so tun sollte, als wäre ich Janice. Wirklich. Aber ich beginne zu verstehen, dass ich mich nicht ewig davor drücken kann, eine Erste-Person-Singular-Person zu werden. Also sage ich die Wahrheit.

«Nein», ich lache. «Ich bin Autorin.» Nach einer kleinen Pause gestehe ich: «Ich schreibe Romane, bin also noch nicht einmal Journalistin. Zu welchem Team gehörst du?»

Als ich zum ersten Mal seit Tagen zugebe, wer ich wirklich bin, spüre ich, wie sich mein Rückgrat entspannt, sich meine Eingeweide wieder beruhigen, ich spüre, wie der Schwips in meinem Kopf ein sanftes Schaukeln ausgelöst hat und sich die Wärme des Sonnenbrandes auf meinen Unterarmen ausbreitet, und so fühlt es sich an, ich zu sein. Zu sagen, wer ich bin, es laut auszusprechen, lässt mich wieder in meinem Körper ankommen. Ich bin ich selbst. Ich bin eine Erste-Person-Singular-Person. Oh, hallo, da bist du ja, hier bin ich.

«Zum Designteam», sagt er. «Wir haben die Testläufe designt. Die Stationen.»

«Alter, echt jetzt», sage ich. «Herzlichen Glückwunsch. Diese Filmset-Optik war sehr cool.» Und dann beschreibe ich begeistert, wie ich SCHAFT dabei zusah, wie er erst die Tür öffnete und sie dann an den Wind verlor.

Einer der Typen aus der Gruppe kommt zu uns, um die vergessenen Drinks zu holen, er schüttelt angesichts der Verzögerung den Kopf. «Du solltest sie fragen, ob sie sich zu uns setzen will», sagt er und befördert alle Biere außer einem nach draußen. Beim Weggehen deutet er mit dem Kinn darauf.

Der Mann, mit dem ich mich unterhalten habe, sieht mich an und gibt mir die Hand. «RJ», sagt er.

Ich schüttele sie. «CJ», sage ich. Er lacht.

«Willst du dich zu uns setzen?» Er zeigt auf den Tresen.

Dort steht noch das Bier. Will ich?

Ja, ich will.

Ich nehme es.

Als RJ und ich zum Tisch kommen, zeigt jemand auf mich und ruft: «Janice!»

«Leider nein», antworte ich.

Bis kurz vor vier Uhr morgens sitzen wir dort, diese Gruppe aus Robotik-Forschern und Notfallsanis und Sachbearbeitern des Verteidigungsministeriums, und wir reden über die Testläufe und Roboter und Miami und alte Kriegsgeschichten vergangener Jobs. Wir trinken Tequila-Shots. Sie brüsten sich vor mir. Ich bin begeistert. Ich schnorre eine Zigarette von einem Typen, der kaum Englisch spricht und einen Plüsch-Totoro als Schlüsselanhänger an seinem Rucksack hat.

Ich zünde mir die Zigarette an, deute auf seinen Schlüsselanhänger und sage: «Ich liebe Totoro.» Er lächelt, versteht mich aber nicht, also mache ich den Tanz nach, den Totoro den Mädchen im Film beibringt und mit dem er den Garten über Nacht wachsen lässt. Ein Tanz, der auch ein Zauber ist, durch den die Welt sich schneller dreht, in Zeitraffer, drei Minuten nur von der Eichel zum Setzling zum Baum. Fortschritt und Wachstum und Wissen in einem unglaublichen Tempo. So schnell, wie wir Wissenschaftler und Menschenmädchen es uns vielleicht manchmal wünschen würden. Erst eine Tür, dann eine zweite, dann eine dritte, alles in Rekordgeschwindigkeit. Er lacht, jetzt hat er es verstanden, und drückt den kleinen Totoro. «Ja», sagt er.

Mulder, ich bin's

Ich werde nie wieder mit jemandem ausgehen, der folgende drei Dinge nicht mag …

Ich hatte diese drei Dinge, eine Art vereinheitlichte Feldtheorie über beschissene Männer, auf eine Papierserviette geschrieben. Dort stand:

1. Große Hunde
2. Das Meer!
3. Die Muppets

Ich warf die Serviette meiner Freundin hin, der vor Lachen die Augen tränten. Ich war betrunken, meinte es aber ernst.

«Irgendetwas davon nicht zu mögen, ist soziopathisch», sagte ich, während ich die Serviette betrachtete. «Etwas stimmt nicht mit jemandem, der diese Dinge nicht mag.»

«Ich fahre auch nicht besonders auf die Muppets ab», entgegnete meine Freundin.

«Aber hasst du sie?», fragte ich. «Wünschst du ihnen etwas Böses?»

«Ich wünsche den Muppets nichts Böses.»

«Diese Regel tritt heute in Kraft.»

Eine Beziehungstheorie, die auf den Muppets basiert, ist möglicherweise noch soziopathischer, als Kermit den Frosch nicht zu mögen. Aber ich suchte nach Antworten. Wollte wissen, was in der Vergangenheit schiefgegangen war.

Ich war damals in der Autopsiephase. Sezierte meine zerbrochenen Beziehungen, um Antworten zu finden. Aus jeder Beziehung ergaben sich post mortem neue Regeln, was ich in der nächsten Beziehung tun oder nicht tun sollte. Über die Zeit vervielfachten sich meine Autopsieregeln, bis es so viele waren, dass ich fast den Überblick verlor. Aber trotzdem machte ich weiter, denn wenn ich meine eigenen Verfehlungen nur genau genug untersuchte, könnte ich vielleicht so tun, als wäre die Liebe, das Leben ein Unterfangen, für das man kein allzu großes Risiko eingehen müsste.

Kurz, ich versuchte wie bescheuert, mich mit Wissenschaft aus der Scheiße zu ziehen, die mein Liebesleben war.

Und unter all diesen Theorien, Metriken und Verrücktheiten beeinflusste mich keine so negativ wie meine Experimente im Feld Scullymulderismus.

«Der Teufel von Jersey», Staffel 1, Folge 5

Mulder: *Haben Sie schon jemals vom Teufel von Jersey gehört?*

Scully: *So was wie ein Bigfoot der Ostküste ... Wo ist denn der Autopsiebericht? ... Mulder, das ist die gleiche Geschichte, die ich schon seit meiner Kindheit gehört habe. Ein Volksmärchen, ein Mythos.*

Mulder: *Ich hab die Geschichte auch als Kind gehört. Und das Lustige ist, ich habe sie geglaubt.*

In dem Jahr, in dem meine lieben Freundinnen Liv und Meg mich baten, sie zu trauen, war ich in einer Beziehung, die kurz davor war, wegen Scullymulderismus zu implodieren. Ich ignorierte die unausweichlich anstehende Trennung, auch wenn sie für jeden um mich herum glasklar war, inklusive Joey – da bin mir sicher –, der, als ich ihm erzählte, dass ich durch die Trauung führen würde, mit der Begründung absagte, er müsse arbeiten.

Inzwischen waren mir Trennungen bereits furchtbar vertraut, und mich kotzte das alles unglaublich an. Ich wollte nicht schon wieder durch eine hindurchmüssen. Ich wollte nicht schon wieder allen davon erzählen müssen. Ich wollte nicht schon wieder diese Gefühle verspüren und mir selbst eine Reihe schmerzhafter existenzieller Fragen stellen müssen. Nicht dass man bei so was wirklich eine Wahl hätte, wie sich herausstellt.

Außerdem wollte ich mich nicht trennen, weil ich unglaublich hart daran gearbeitet hatte, damit das mit Joey funktionierte. Und weil wir so unterschiedlich waren, kostete diese Beziehung tatsächlich sehr, sehr viel Kraft. Jede Kommunikation, die über das rein Körperliche hinausging, glich einem Triumph. Aber gerade deswegen passten wir so perfekt zusammen, davon war ich überzeugt.

Mein Vorbild in dieser Hinsicht war Special Agent Dana Scully.

Seit einem Besuch bei meinem Cousin in New Jersey, der sich gerade auf einem winzigen Fernseher im Wintergarten eine Folge angeschaut hatte, bin ich eine passionierte *Akte X*-Guckerin. Auf dem Bildschirm sah man, wie die CIA einen ganzen Waggon voller Alien-Leichen konfiszierte, weil sie (wahrscheinlich) die Wahrheit verschleiern wollten (oder doch nicht? …). Seitdem habe ich die gesamte Serie bereits viermal gesehen. Manche Staffeln, manche Folgen noch sehr viel öfter.

Den ersten Durchgang sah ich im Fernsehen. Meine Freundin Tahere und ich waren das, was das frühe Internet «Shipper» nannte, also Nerds, die die Serie weniger wegen der staatlichen Verschwörungen als vielmehr wegen der MSR (Mulder Scully Relationship) anschauten. Wir sahen jeden Sonntagabend stundenlang fern. Und als Tahere nach New Hampshire zog, telefonierten wir miteinander, führten eine Fernsehfernbeziehung, staunten und kicherten und besprachen und analysierten alles in den Werbepausen.

Jahre später lebte ich in Frankreich, und wann immer ich kein Geld mehr hatte, um tanzen oder essen zu gehen, war ich glücklich und zufrieden, zusammen mit meinen Freunden JP und Thibault, wir alle drei im Pyjama, illegal heruntergeladene Folgen von, wie wir es nannten, Les Ex-Feels *avec sous-titres* zu gucken, unterbrochen von regelmäßigen Pausen, in denen JP und ich unten unsere Gauloises rauchen konnten.

Im College war ich so versessen darauf, die Serie erneut zu sehen, dass meine Freundin Kristin chinesische Raubkopien auf DVD bestellte, auf denen Val Kilmers Gesicht abgedruckt war, wahrscheinlich, weil die Hersteller meinten, die meisten weißen Hollywood-Männer sähen David Duchovny zum Verwechseln ähnlich, ein Fehler, vor dem ich den Hut ziehe. Wir saßen jeden Abend auf unserem Futon, aßen Rührei und würgten, wenn ein Wirbeltiermensch durch die Kanalisation schwamm. «Wir dürfen das nicht während des Essens gucken», nahmen wir uns vor, lernten aber nie dazu.

Den letzten Gesamtdurchgang machte ich alleine, als Netflix die Serie ins Programm genommen hatte. Ich war frisch getrennt und mitten in einer Liebesautopsie, und vielleicht war das der Grund, warum ich überzeugt war, dass meine Beziehung an Folgendem gekrankt hatte: Ich war eine Scully gewesen, die mit einem Scully zusammen war. Also würde ich das nächste Mal, das gaben die Autopsieregeln vor, einen Mulder brauchen.

Die Scully/Mulder-Dynamik sieht folgendermaßen aus:

Mulder glaubt an alles, und Scully glaubt an nichts. Oder besser, Mulder ist ganz Gefühl und Instinkt und unverarbeitete Traumata, und Scully ist ganz Fakten und Logik und Medizinstudium (mit einer Prise Katholizismus). Mulder sagt: Außerirdische! Eine fliegende Untertasse! Und Scully sagt: In dieser Stadt allein gab es bereits zwölf Vorfälle, in denen Sumpfgas für Außerirdische gehalten wurde. Mulder hat eine Matratze und ein Aquarium mit hauptsächlich toten Fischen in seiner Wohnung mit der Nummer 42 (die Bedeutung des Lebens), und Scully lebt, wie es sich für eine fähige erwachsene Frau, die sich noch nicht sicher ist, ob sie Kinder haben möchte, gehört, in einer gut ausgeleuchteten Wohnung mit weißem Sofa.

Und sie wollen bumsen. Und sie werden auch bumsen. Und ich könnte eine ganze Abhandlung über die Spannung zwischen ihnen und das Bumsen schreiben, und die These dieser Abhandlung wäre, dass Mulder, wenn er Scully anruft, «Scully, ich bin's», sagt, und dass Scully, wenn sie Mulder anruft, «Mulder, ich bin's», sagt, und wenn das nicht alles andere schlägt, dann weiß ich auch nicht mehr, aber das gehört hier nicht zur Sache. Die Sache ist nämlich die, dass Scully für Wissenschaft steht und Mulder für blinden Glauben. Scully steht für «auf Beweisen beruhend» und Mulder für «Anekdoten aus den Frühzeiten des Internets». Mulder ist derjenige, der weiß, dass ein Ungeheuer im See lebt, und Scully ist diejenige, die sagt, dass es dafür eine Erklärung geben muss, und kurz darauf futtert ebenjenes Monster ihren Zwergspitz auf. Mulder ist derjenige, der Dinge ins Rollen bringt, und Scully ist diejenige, die Dinge zu Ende bringt (jeder, den der Unterschied jetzt verwirrt, sollte sich einmal ausführlich selbst betrachten). Mulder ist derjenige, der, ohne zu sagen, was er vorhat, «Ich muss jetzt los!» ruft, und Scully ist diejenige, die zurückbleibt und den Mageninhalt toter Teenager wiegt und sich weigert zu akzeptieren, dass sie von Vampiren getötet wurden.

Weil Scully diejenige ist, die die Autopsien vornimmt.

Beide Figuren verändern sich im Laufe der Zeit, und beide

Figuren brauchen einander ohne Wenn und Aber. Und so habe ich von Chris Carter über die Liebe gelernt (Mr Carter, anbei finden Sie meine Therapierechnungen), dass es den besten und attraktivsten und wahrsten Sex dort gibt, wo zwei ganz unterschiedliche Menschentypen einen Modus finden, zusammen zu arbeiten – sich zu lieben, weil ihre *Unterschiede* einen fortwährenden, aktiven Wachstumsprozess auslösen! Und es ist immer aufregend! Und es ist immer heiß! Also alles andere als langweilig, so, wie ich es immer bei erwachsenen Beziehungen befürchtete. Wenn ich von Scullymulderismus spreche, meine ich genau diese Pathologisierung einer dynamischen Verschiedenheit. Und der Scullymulderismus hatte mich dazu gebracht, so hart an meiner Beziehung mit Joey zu arbeiten. Joey, der mir kein bisschen ähnlich war. Der mich nur ein paar Wochen nach Livs und Megs Hochzeit sitzen lassen würde.

«Böses Blut», Staffel 5, Folge 12

Scully: *Fünf Uhr vierundfünfzig. Beginn der Autopsie, vor mir liegt ein weißer Mann, sechzig Jahre alt, der wahrscheinlich eine noch miesere Zeit in Texas hat als ich … aber nur ganz knapp.* [*Sie nimmt ein Skalpell in die Hand*] *Ich beginne mit dem Y-Schnitt.* [*Das Skalpell fällt ihr herunter*] *Yee-haw.* [*Mit sehr wenig Enthusiasmus*]

SPÄTER [*Scully lässt sein Herz in eine Waagschale fallen und betrachtet die Anzeige der Waage*]

Liv und Meg haben mich folgendermaßen gebeten, sie zu verheiraten:

Ich bekam ein Päckchen. Darin waren Feists Album The Reminder auf Platte, frische Saiten für meine Seagull-Gitarre und ein zweiseitiger Brief in extragroßer Schrift, Filzstift auf rosafarbenem Bastelpapier. In dem Brief schrieben sie darüber, wie Liv und ich uns an Thanksgiving in meinem Elternhaus kennengelernt hatten. Meine Schwester und ich hatten damals beide unsere Mitbewohner mit nach Hause gebracht. Liv und meine Schwester gingen aufs Connecticut College und wohnten im gleichen Studentenwohnheim. Mein Mitbewohner Adam und ich wohnten nicht nur zusammen, wir arbeiteten auch im Camp Broadway zusammen, und das hieß, dass wir das Pech hatten, bei der Macy's Thanksgiving Day Parade mitwirken zu müssen. Den ganzen Morgen hatten wir uns mit Kindern herumgeschlagen und sie dazu bringen müssen, ein live im Fernsehen übertragenes, furchtbar plärrendes Lied namens «Making Magic» zu singen, um sie danach wieder ihren Eltern zu übergeben und dann den Zug hoch nach Connecticut zu nehmen, um zum Abendessen bei meiner Familie zu sein. Liv und Adam waren sich sofort sympathisch, und da sie beide queer waren, tauften sie den Anlass Gay Orphans Thanksgiving.

Wir vier brachten meine alten Großeltern zum Lachen und ließen das Feist-Album laufen, das damals gerade herausgekommen war, kuschelten uns zusammen auf das Sofa, schauten *Kevin – Allein zu Haus* und nannten meine Mutter alle Boo, während sie in der Küche herumwirbelte, jede Hilfe ablehnte und uns befahl, ihre Flugverbotszone sofort zu verlassen.

In ihrem Brief fragten mich Liv und Meg, ob ich mich vielleicht weihen lassen und im Oktober nach Maine kommen wolle, um dort ihre lang ersehnte Trauung durchzuführen.

Die Studenten in meinen Schreibklassen sind unglaublich schlechte Lügner, und so werden sie behaupten, dass ich Happy Ends und vor allem Hochzeiten hasse. Ich *liebe* einen glücklichen Ausgang, und ich *liebe* eine gute Hochzeit; ich bin einfach nur der Meinung, dass die meisten Happy Ends – und die meisten Hochzeiten – verlogener Schrott sind. Ich bevorzuge die seltene Form des Happy Ends, das den Lesern Freude bereitet und zugleich allem Schmerz dieser Welt einen Raum gibt. Ich liebe es zum Beispiel, wenn auf jüdischen Hochzeiten Glas zertreten wird und uns jemand sagt, dass uns das an die größeren Leiden in der Welt erinnern soll, auch wenn wir gerade sehr viel näher liegende freudige Ereignisse feiern. Das ist eine großartige Philosophie, und man sollte sie sich in der Fiktion wie auch im echten Leben zu eigen machen.

Aber es gibt eine nennenswerte Ausnahme.

«Das einzige Happy End, das Professor Hauser mag», sagte einmal einer meiner Studenten, «ist eine schwule Hochzeit.»

Das stimmt. Da brauche ich noch nicht einmal jemanden, der Glas zertritt.

Und, wollte ich also an Livs und Megs Hochzeit teilnehmen?

Ich schrieb mit Marker in großen Buchstaben JA, ICH WILL EUCH VERHEIRATEN auf einen Zettel. Ich lehnte den Zettel an die flauschigen Hüften meines Hundes und schickte Liv und Meg ein Bild davon.

Dann verfiel ich in Panik.

Vielleicht zum Teil deswegen, weil der Zustand meiner eigenen Beziehung mich bald wieder zu der Feststellung zwingen würde, dass ich sehr schlecht darin war, Beziehungen zu führen. Und würde es nicht Unglück bringen, so jemanden eine Trauung durchführen zu lassen?

Ganz zu schweigen davon, dass die letzte Hochzeit, an der ich hätte teilnehmen sollen, meine eigene gewesen wäre. Und da war ich nicht aufgekreuzt.

Ich heiratete aus nicht unwesentlichen Gründen deswegen nicht, weil ich mir plötzlich sehr unsicher darüber war, was es überhaupt hieß, zu heiraten, und wie man wusste, wann der richtige Zeitpunkt gekommen war. Ich fand mich in einer Situation wieder, in der ich dachte, *Na ja, klar heirate ich, das machen die Leute so, schaut uns an, wir sehen aus wie Menschen, von denen man annimmt, dass sie heiraten werden. Wir haben die Einladungen und die Fotos und die Ringe, und logisch, manches läuft nicht so super, aber keine Beziehung* ist nur rosig, oder? *Alle Beziehungen bedeuten doch Arbeit? Das* ist noch *lange* kein Grund, *nicht zu heiraten, oder?*

Und dann machte mein Gehirn eine 360-Grad-Drehung und sagte, *Nein, das sollte* kein Heiratsgrund sein; *um zu heiraten, braucht es verrückte, lebensverändernde Leidenschaft und absolute Gewissheit.* Es *braucht eine Liebe bis zum Horizont, und das hier ist alles andere als das, also sieh zu, dass du da rauskommst, jetzt.*

Solche Momente finden sich zuhauf bei *Akte X*.

Momente, in denen Scullys Gewissheiten und die Welt, die sie stets unhinterfragt akzeptierte, auf den Kopf gestellt werden, und plötzlich sieht sie sich um und weiß nicht mehr, was wahr ist und was nicht und wem sie trauen kann. *Akte X* ist eine Serie darüber, wie sich die meisten von uns nur durchs Leben bewegen können, wenn wir annehmen, dass bestimmte Fakten immer stimmen, nur so können wir weitermachen. Aber wenn du jeden Tag von Neuem ausklamüsern musst, was du glaubst und was nicht, kann die Welt ein ziemlich furchterregender Ort sein.

Akte X ist eine Serie darüber, wie ein Mensch in seiner Beziehung zur Wahrheit die Orientierung verlieren kann.

Oder vielleicht bin nur ich dieser Jemand.

Denn genauso fühle ich mich in puncto Liebe. Jeden Tag wache ich morgens auf und denke, So, *jetzt fangen wir noch mal ganz von vorne an, was weißt du denn überhaupt? Auf geht's!*

Jeden. Einzelnen. Tag.

Als ich mich nach langem Hin und Her schlussendlich gegen die Hochzeit entschied, lag das nicht daran, dass ich endlich einen Zustand der Weisheit erreicht hatte. Ich hatte nicht für mich geklärt, an was ich glauben sollte. Das Leiden war inzwischen einfach so unerträglich geworden, dass ich ihm ein Ende setzen musste, und das tat ich, indem ich mich aus der Gleichung rauszog.

Ich verließ zwar das Problem, in dem ich lebte, aber Antworten auf meine Fragen hatte ich trotzdem keine. Ich wusste immer noch nicht, was eine Ehe nun bedeutete oder für wen sie war oder warum jemand sie eingehen sollte. Und ich bin mir ziemlich sicher, dass die meisten normalen, glücklichen Menschen nicht so viele Fragen haben. Dass sie sicherer und pragmatischer und eine angenehmere Gesellschaft sind, weil sie nicht andauernd Servietten mit Muppets-Theorien vollkritzeln oder sich in Krisen befinden, über die sie unbedingt reden müssen, oder aus der Tür eilen, um irgendeiner größeren Wahrheit hinterherzurennen.

Und diese Sorte Mensch war unendlich viel besser geeignet, eine Trauung durchzuführen, da war ich mir sicher. Denn sollte jemand, der andere verheiratet, nicht irgendeine Art von Liebeskompetenz besitzen? Von der Liebe etwas verstehen? Sollte er nicht eine unverrückbare Gewissheit ausstrahlen?

Auf mich passte diese Stellenbeschreibung nicht.

Wer bittet so eine Person, sie zu verheiraten?

«Milagro», Staffel 6, Folge 18

Scully: *Dies hier sind, ähm ... dies hier sind meine Autopsieberichte vom zweiten Opfer. Wie Sie sehen können, wurde das Herz auf die gleiche Art entfernt wie beim ersten Opfer. Keine Schnittwunden, keine Einstichstellen, keine wie auch immer gearteten Einschnitte ...*

Mulder: *Und trotzdem weigern Sie sich immer noch, meiner Theorie zu glauben – dass es sich hier um Geistchirurgie handelt?*

Scully: *Mulder, Geistchirurgie ist irgendein Typ, der seine Hand in einen Eimer voller Hühnchen-Eingeweide steckt und dann so tut, als entferne er den Kranken und Leichtgläubigen dieser Welt ihre Tumore.*

Und trotzdem ließ ich mich weihen.

Als ich mein Formular ausfüllte, gab es eine Zeile für meinen Titel, und ich fragte mich, ob es möglich wäre, zu Special Agent Dana Scully geweiht zu werden und immer noch eine im Staate Maine rechtlich bindende Trauung durchführen zu können. Ich schrieb Liv und Meg eine Nachricht.

SO, WIE ES AUSSIEHT, KANN ICH MICH NENNEN, WIE ICH WILL. ALSO, IN DEM KÄSTCHEN, WO NORMALERWEISE PASTOR STEHT, KANN ICH SELBST WAS REINSCHREIBEN? ICH KANN ALSO DIE GROSSE KHALEESI DER LIEBE SEIN, ODER WAS MACHT EUCH GLÜCKLICH? VON WEM WÜRDET IHR GERNE GETRAUT WERDEN?

Wir fanden heraus, dass was immer ich wählte tatsächlich auf ihrer offiziellen Eheurkunde stehen würde. Und so erklärte mich zwei Wochen später der scheckkartengroße Ausweis, der mir per Post zugeschickt wurde – blau mit Tauben, und ein Jahr gültig –, zu Professor CJ Hauser. Und das war ich dann.

Machttrunken lief ich durchs Haus und erklärte meine Klebebandrolle und meinen Tacker zu Mann und Frau. Ich vermählte in einer kurzen Zeremonie meinen Hund mit seinem Lammkotelett-Spielzeug. Ich drohte meinen Studenten.

«Seid brav», sagte ich, «sonst vermähle ich euch miteinander.»

«So funktioniert das doch nicht, oder?», fragten sie.

«Seht her», sagte ich und zückte meinen Ausweis der Universal Life Church, wobei ich mein Portemonnaie so aufklappen ließ, wie Scully es immer macht, wenn jemand ihre Kompetenz anzweifelt und sie beweisen muss, dass sie eine FBI-Agentin ist. Sie ist eine Autorität in etwas.

Diesen Sommer planten Liv, Meg und ich ein gemeinsames Wochenende bei meiner Schwester, um über die Trauung zu sprechen. Ich befragte sie zusammen. Ich befragte sie einzeln. Wir lachten viel, wenn sie sich liebevoll neckten. Lachten viel, wie Kinder, die es nicht glauben konnten, dass sie absolute Gestaltungsfreiheit bei einer so realen Sache wie einer Hochzeit hatten.

An einem Punkt fragte ich: «*Wollt ihr, dass ich euch sage, ihr dürft euch jetzt küssen, oder wäre das dann wie die Live-Version dieses Memes mit dem trotteligen Riesengesicht, das zwei Strichmännchen zusammendrückt und* ‹JETZT KÜSST EUCH› *ruft?*»

«*Du sollst uns auf jeden Fall sagen, dass wir uns jetzt küssen dürfen*», sagten sie. «*Wir werden viel zu gehemmt sein, um zu wissen, wann, wenn du uns nicht darauf hinweist.*»

Ich fragte sie, welche Begriffe ihnen wichtig waren. Ich fragte sie nach der Sprache ihrer Liebe. Ich fragte sie, was sie an ihrem gemeinsamen Leben schätzten. Ich fragte sie, was sie ihre Gäste hören und wissen lassen wollten und was sie die jeweils andere hören und wissen lassen wollten. Ich sagte, ich würde auch ihre Freunde und Familien befragen. Meg war für solche rührenden Rituale sehr zu haben, und es war vollkommen klar, dass ihr Eheversprechen perfekt sein würde. Liv mussten wir erst mal davon abbringen, stattdessen eine Stand-up-Nummer hinlegen zu wollen. Sie weinten viel, und ich weinte viel, weil sie so wunderschöne, liebevolle Dinge übereinander sagten, und für jemanden, der sich seiner Sache oft nicht sonderlich sicher ist, war es so klar, so unglaublich klar, dass diese Frauen, ja, sich liebten, und ja, heiraten sollten.

Das macht eine gute Hochzeit so gut. Der tiefe Glaube an das, wofür man sich versammelt, an das, was man miterleben und feiern will.

Als wir wieder abreisten, trug ich Liv und Meg auf, mir jederzeit zu schreiben, während sie weiter über alles nachdachten. «Haltet mich auf dem Laufenden», sagte ich.

Eine Woche nach unserem Treffen schickte mir Liv ein Video.

Die Kamera schwenkt über ihre bezaubernde Terrasse, die mit Lichterketten dekoriert ist. Es ist Sommer, und es ist Abend.

«Meg macht gerade das hier», sagt Liv im Video und schwenkt zu Meg, die schicke Sportklamotten trägt und einen Adirondack-Gartenstuhl zusammenbaut. Meg schaut kurz auf, dann wendet sie sich wieder ihrer Arbeit zu. «Und ich habe das hier gemacht ...», sagt Liv und schwenkt zu einem Krug Sangria und einem Glas in ihrer Hand, in dem eine Orangenscheibe und Eiswürfeln schwimmen. Liv hält wieder auf Meg und sagt: «Meg dabei zuzusehen, wie sie etwas baut, ist meine Liebessprache.»

Am schwersten fiel mir beim Schreiben der Zeremonie, mich kurz zu halten. Es gab einfach zu viel Großartiges, das ich erwähnen wollte. Rückblickend muss ich sagen, dass ich beim Schreiben des Textes immer wieder mit Scullymulderismus kokettierte. Es ging darum, wie sich Liv und Meg optimal ergänzten. Es ging darum, wie Meg den Stuhl und Liv den Cocktail zusammengesetzt hatte. Es ging darum, wie unterschiedlich die beiden waren und wie sehr sie sich wegen dieser Unterschiede liebten. Aber mich ließ das Gefühl nicht los, dass noch irgendetwas fehlte.

Vier Tage vor der Hochzeit, ich packte gerade meinen Koffer und druckte das Skript aus, das ich für die Zeremonie geschrieben hatte, machte ich mir Sorgen, dass es Aspekte in ihrer Beziehung geben könnte, die ich außen vor gelassen hatte. Dann fiel mir auf, dass ich etwas, nun ja, übersehen hatte.

ÄHM, ALSO, DER TEIL MIT DEM «JA, ICH WILL» FEHLT NOCH, schrieb ich ihnen panisch. ICH GEH DAVON AUS, DASS IHR GERNE «JA, ICH WILL» SAGEN WOLLT?

JA, schrieben sie zurück, DAS WÄRE WAHRSCHEINLICH GUT.

Okay, rein mit dem «Ja, ich will». Tut mir leid, dass ich beinahe vergessen habe, euch tatsächlich zu verheiraten.

Das wird der Grund gewesen sein, warum ich dieses Etwas-fehlt-noch-Gefühl hatte, sagte ich mir, während ich noch einmal alles durchlas und das Skript erneut ausdruckte. Ich heftete es an ein Clipboard mit einem hübschen Blumenmuster, das in meinen Augen sowohl zum Blau von Livs Anzug als auch zur Spitze von Megs Kleid passen würde. Ich dachte, ich hätte es gefunden. Ich dachte, ich wäre fertig.

«Mulder und Scully gegen das Wer-Monster»,
Staffel 10, Folge 3

Mulder: *Aus seinen Augäpfeln kam Blut geschossen, Scully. Glaube ich. Ich konnte nicht gut sehen, weil meine Augen blutverschmiert waren.*

Scully: *Ich habe das Blut noch nicht analysiert, aber wahrscheinlich handelt es sich um Rückstände des vorherigen Angriffs auf das Opfer. Und – Tiere schießen kein Blut aus ihren Augäpfeln.*

Mulder: *Ach nein? Dann erzähl das bitte mal der Krötenechse. Denn die lässt Blut aus ihren Augäpfeln schießen, Scully, ja. Das ist ein Abwehrmechanismus. Wissenschaftlich bewiesen!*

Scully: *Mulder, das Internet tut dir nicht gut …*

Mulder: *Dir macht das richtig Spaß, Scully, stimmt's?*

Scully: *Ja, schon. Ich hatte vergessen, wie viel Spaß diese Fälle machen können. Es war ein langer Tag, Mulder. Warum gehst du nicht zurück ins Hotel und legst dich hin? Und versuch, nicht von Monstern zu träumen.*

Als kleines Mädchen hatte ich einen immer wiederkehrenden Traum. In diesem Traum laufe ich einen langen weißen Flur entlang, der kein Ende nimmt. Der Flur ist von weißen Türen gesäumt, und die Türgriffe sind alle komplett verschnörkelt und haben die Form unterschiedlicher Tiere. Ich laufe diesen Flur sehr lang hinunter, bis ich müde werde und ihn verlassen möchte. Also versuche ich, eine Tür zu öffnen. Aber als ich den Griff berühre –

sagen wir mal, einen, der wie ein Eichhörnchen aussieht –, erwacht er zum Leben und will mich beißen. Ich weiche zurück. Dann springt das Messingtier herunter und fängt an, mich zu verfolgen. Ich versuche, durch eine andere Tür zu fliehen, aber da erwacht auch dieser Griff zum Leben, ein Vogel, und greift mich ebenfalls an. Ich renne den Flur entlang und will von diesen Monstern, die ich aufgeweckt habe, wegkommen, aber sie sind mir auf den Fersen. Ich weiß, dass ich noch mehr Türen ausprobieren muss, wenn ich hier rauswill, aber auch, dass sich mit jeder Tür die Meute hinter mir vergrößern wird. Bevor ich einen Ausweg finde, wache ich auf.

Jede Beziehung, die unter meinem Seziermesser lag, jede post mortem aufgestellte Theorie, jedes neue Glaubenssystem, das ich ausprobierte – sie alle waren immer nur ein neuer Türgriff, an dem ich rüttelte. Ein neues Monster, vor dem ich mich fürchtete, während ich weiter nach dem Ausweg suchte. Und ich war die handelnde Person. Ich hörte nicht auf, neue Monster zu produzieren.

Wer dieses Buch von Anfang an gelesen hat, wer ein *Akte* X-Fan ist, der wird vielleicht inzwischen festgestellt haben, dass mein entscheidendster Fehler (und meine Eitelkeit) darin bestand, mich von Anfang an fälschlicherweise mit Scully zu identifizieren.

Wahrscheinlich war es euch schon vollkommen klar: Ich habe einiges für das Unheimliche übrig. Ich bin ein Mulder.

Ich war keine Wissenschaftlerin, ganz egal, wie viele Autopsieregeln ich mir ausdachte. Ich war nicht auf der Suche nach einer rationalen Wahrheit. Ich stand nicht kurz davor, den Fall zu lösen.

Ich war Fox Mulder in einem Kellerbüro, Füße auf dem Tisch, Sonnenblumenkerne im Mund, und blickte, seien wir ehrlich, ein bisschen zu selbstgefällig auf das, was ich ausstrahlte, auf meinen Trenchcoat und mein ganzes Außenseiterdasein, und geilte mich ein bisschen zu sehr daran auf, mir sicher zu sein, dass ich und nur ich die echte Wahrheit und den echten Schrecken der Welt dort draußen erkennen konnte.

Ich pflegte meine archivierten Akten des Schreckens und beugte mich wieder und wieder über sie, anstatt hinaus in die Welt zu gehen, rein ins Licht.

Mulder, ich bin's.

«Die Autopsie», Staffel 3, Folge 9

Scully: *Was schaust du dir an? …*

…

Mulder: *Laut der Anzeige, auf die ich geantwortet habe, ist das die Autopsie eines Außerirdischen. Mit Authentizitätsgarantie. [Scully schaut auf den Bildschirm. Es handelt sich um die Außerirdischen-Autopsie, die vorher durchgeführt wurde. Die Ärzte stehen im Weg, sie versperren der Kamera die Sicht auf die Leiche.]*

Scully: *Du hast dafür Geld ausgegeben?*

Mulder: *Neunundzwanzig fünfundneunzig, plus Versandgebühren … Aber es … es sieht tatsächlich authentisch aus. [Er geht zum Fernseher und stellt sich mit der Fernbedienung in der Hand neben Scully.] Ich meine, das ganze Setting und die Abläufe. Das sieht doch schon so aus, als wäre das eine echte Autopsie, oder nicht?*

Am Vorabend von Livs und Megs Hochzeit war ich mit Livs Teil der Hochzeitsgäste in einem Restaurant. Jeder am Tisch erzählte, was er an Liv mochte oder bewunderte. Mehrfach wurden ihre makellosen Haare erwähnt. Als ich an der Reihe war, fing ich an, eine Geschichte über ihren Humor zu erzählen, darüber, wie Liv mich unglaublich zum Lachen gebracht hatte, als sie erzählte, wie sie und Meg vor einer wild gewordenen Gottesanbeterin geflohen waren. Erst dachte ich, die Geschichte würde zeigen, wie lustig Liv war … aber mittendrin sagte ich, «Ich glaube, das hier ist eher eine Geschichte darüber, wie grandios Meg ist?»

«Ja», sagten alle am Tisch, «sie lässt einen niemals im Stich.»

Aber ich murmelte nur, «Der Nächste ist dran», kippte meinen feurigen Tequiladrink und klappte mein Notizbuch auf.

Am nächsten Morgen – um noch einmal deutlich zu werden: Es war der Hochzeitsmorgen – wachte ich auf und begann sofort, die Zeremonie zu überarbeiten und die Geschichte vom Vorabend einzufügen. Eine Geschichte mit dem Titel *Der Shuffle der Gottesanbeterin*.

War es einer Trauung angemessen, eine lustige Geschichte über eine Gottesanbeterin zu erzählen? Ich war mir unsicher. Aber ich wusste, dass es das Beste war, was ich über Livs und Megs Liebe sagen konnte. Ich wusste, dass es ein Fehler gewesen war, mich so auf den Scullymulderismus zu versteifen.

Es gibt sehr viele Gründe, sich Liv und Meg zum Vorbild zu nehmen. Doch der Shuffle der Gottesanbeterin hatte mich etwas verstehen lassen: Mulder und Scully passten immer noch perfekt zusammen, aber aus anderen Gründen als angenommen. Ich hatte das Wesen der Dynamik von Liv und Meg und der von Mulder und Scully missverstanden. Die ganze Zeit über hatte ich nach einer komplizierten Erklärung gesucht, warum ihre Liebe funktionierte, warum zwei so unterschiedliche Menschen so gut zueinander passten. Aber am Ende des Tages war es gar nicht so kompliziert.

Die Geschichte, die ich am Ende erzählte – an einem unglaublich leuchtenden Herbsttag, an dem Liv und Meg von ihren Freundinnen und Freunden und ihrer Familie umgeben waren, und auch von einer ganzen Reihe dekorativer Kürbisse und einer malerischen Scheunenlandschaft, an dem Tag, an dem ich die Ehre hatte, sie zu verheiraten –, war eine Monster-der-Woche-Folge:

Start der Akte X-Eingangsmelodie.

Eines Tages wollten Liv und Meg zum gemeinschaftlich genutzten Whirlpool ihrer Wohnanlage. Sie öffneten die Glastür nach draußen, als sie *etwas* sahen. Auf der anderen Seite der Scheibe.

Eine hoch aufgeschossene, prähistorische, Kiefer knackende Wuchtbrumme von einer Gottesanbeterin.

«Was hat sie da gemacht?», fragte ich Liv.

«Sie ist rumgelaufen», sagte Liv. «War ekelhaft. Hat mir den Abend verdorben.»

Und dann winkte sie. Die Gottesanbeterin winkte! Durch die Scheibe.

Liv plädierte sofort für Mord. «Ich weiß genau, dass sie am Ende ins Haus kommt», sagte sie zu Meg. «Ich weiß, dass ich jetzt kein guter Mensch bin. Aber bei Ungeziefer ist bei mir Schluss – erst recht bei Ungeziefer in dieser Größe, dessen Kopfbewegungen auf fiese Pläne schließen lassen, die da gerade ausgeheckt werden.»

Meg plädierte für Frieden («weil sie angeblich freundlich sind und vom Aussterben bedroht und so», sagte Liv), und der Friede obsiegte.

Sie gingen zum Whirlpool und ließen die Gottesanbeterin, wo sie war.

Zumindest dachten sie das.

Später am Abend wollte Liv die Schiebetür öffnen und das Fliegengitter herunterlassen, um lüften zu können. Aber es beunruhigte sie, dass sie der Gottesanbeterin dadurch eine offene Flanke bot. Eine Millisekunde lang wären sowohl das Fliegengitter als auch die Glastür offen, und Liv sagte zu Meg, dass sie sich nicht traue. Sie hatte Angst, dass sie dort draußen saß und wartete. Während Liv an der Tür stand und monologisierte, saß Meg auf dem Sofa («wahrscheinlich ignorierte sie mich», sagte Liv), und Liv öffnete so schnell sie konnte die Tür und ließ das Fliegengitter herunter.

Und dann spürte Liv das Getrippel von Gottesanbeterinnenfüßen auf ihrem Kopf.

«Ich wusste sofort, was da los war», sagte Liv. «Meine Ängste waren vollkommen berechtigt gewesen. Sie hatte auf mich gewartet. Es muss Vorsatz gewesen sein, das ist die einzige Erklärung.»

Während sie erzählt, formt Liv mit gekrümmten Fingern eine kleine Gottesanbeterin. «Ich konnte fühlen, wie sie da oben herumtrippelt», sagt sie und lässt ihre Finger tanzen. «Das war der Gottesanbeterinnen-Shuffle.»

Liv kreischte und schlug nach ihrem Kopf.

«Renn!», schrie Liv. «Ins Schlafzimmer, sofort!» Meg sprang vom Sofa, schnappte sich Livs Hand, und sie rannten ins Schlafzimmer und knallten die Tür hinter sich zu. Liv schloss ab, um auf Nummer sicher zu gehen.

Außer Atem lehnten sich beide gegen die verschlossene Tür. Meg drehte sich zu Liv. «Wovor laufen wir weg?», fragte Meg.

«Hast du sie nicht gesehen?», entgegnete Liv.

«Ich habe meine Linsen schon rausgenommen», sagte Meg. «Ich kann gar nichts mehr sehen.»

Liv fing an zu lachen. «Aber Moment mal, wovor bist du denn dann weggelaufen?»

«Ich habe gemacht, was du gesagt hast!», sagte Meg. «Du hast gerufen, wir sollen rennen!»

Und jetzt bitte einen Moment Ruhe, um Meg zu würdigen.

Denn, ja klar, diese Geschichte zeigt, wie die Hochzeitsgäste am Vorabend richtig feststellten, dass Meg einen niemals im Stich lässt. Aber da ist noch mehr.

In meinen Augen ist der Shuffle der Gottesanbeterin die Liebesgeschichte schlechthin.

Denn Liebe bedeutet, an die Realität des anderen zu glauben.

Dass seine unsichtbare Welt für dich real wird.

Das Poster an Fox Mulders Wand, auf dem I WANT TO BELIEVE steht.

Liebe bedeutet, loszurennen, wenn der Mensch, den man liebt, ‹renn› ruft, denn vielleicht tänzelt ja wirklich eine Gottesanbeterin irgendwo herum. Aber es geht gar nicht um die Gottesanbeterin. Es geht darum, dass man dem anderen vertraut. Ihm glaubt. Ohne Fakten oder Akten. Ohne zu zögern.

Und *das* ist der Kern dieses ganzen, verrückten *Akte* X-Universums.

Wenn es an allen Ecken und Enden brennt und Bienen dich mit Pocken anstecken und Aliens an deine Gebärmutter wollen, dann gibt es da manchmal diese eine Person, der man vollkommen vertrauen kann.

Und das hatte ich noch nie. Nicht, weil ich mich immer wieder mit Leuten einlasse, die die Muppets oder das Meer nicht mögen, sondern weil ich es nicht zulasse, jemandem so zu vertrauen. Ich habe nie wieder jemandem so vertraut wie meiner ersten, mythischen Liebe.

Jeder erlebt es mal, dass das eigene Vertrauen missbraucht wird, aber die meisten Menschen finden Wege, trotzdem wieder zu vertrauen. Das ist eines der Wunder des Alltags.

Aber ich bin einfach schlecht darin.

Ich habe Angst. Ich bin von Natur aus ängstlich, und ich habe gute Gründe, ängstlich zu sein. Ich habe den falschen Leuten vertraut. Ich wurde zur Geisel ihrer Wunschvorstellungen. Ich bin ständig Geisel meiner eigenen Wunschvorstellungen. Egal, wie gut eine neue Beziehung läuft, ich verfalle in Panik und werde zu einer Scully der ersten Staffel. «*Ist das wirklich wahr?*», frage ich. «*Bist du sicher, dass das nicht nur Sumpfgas ist?*»

«Vertrauen Sie niemandem» ist einer der Slogans von *Akte X*. Aber das gilt nicht für Mulder und Scully. «Vertrauen Sie niemandem» heißt, niemandem sonst. Denn obwohl die Welt immer unheimlicher wird, obwohl immer mehr Monster echt sind, beginnt Scully im Lauf der Serie, Mulder zu vertrauen. Scully wird zu jemandem, der keine Beweise fordert, sondern *losrennt*, wenn Mulder ‹renn› ruft.

Buchstäblich blind zu vertrauen – eines Tages das tun zu können, was Meg tat –, das ist meine Lebensaufgabe.

«Wiedergeboren», Staffel 1, Folge 22

Detective Lazard: *Entschuldigen Sie, kann ich mal kurz mit Ihnen sprechen?*

Scully: *Ich habe gerade mit der Autopsie begonnen.*

Detective Lazard: *Na ja, ich glaube nicht, dass er abhaut.*

Die schlimmsten *Akte* X-Folgen sind für mich die, in denen Scully ihr logisches Denken keine Sicherheit bietet. In denen sie verletzlich ist und keine Rationalität dieser Welt ihr helfen kann. Denn lange dachte ich, es würde mich retten, so zu tun, als wäre ich eine Scully. Aber sogar Scully wird von Außerirdischen verschleppt. Sogar Scully wird von Männern entführt, die sie aus den falschen Gründen lieben. Sogar Scully kann ihre Schwester nicht retten. Sogar Scully ist unsicher und gestresst und unglücklich und fragt sich manchmal, ob es ihr guttut, immer und immer wieder zu Mulder zurückzukehren. Sogar Scully trägt ein Kreuz um den Hals. Sogar Scully sieht einen Engel.

Ich war keine Scully, die einen Mulder suchte. Ich war jemand, der gegenseitiges Vertrauen suchte. Ich war jemand, der glauben wollte, dass zwei Menschen, die auf vollkommen unterschiedliche Art und Weise auf dieser Welt lebten – und, seien wir ehrlich, das ist fast immer der Fall bei zwei Menschen, egal, welchen

Geschlechts –, ein rein instinktives Vertrauen zueinander aufbauen konnten. Dass man dafür nicht an dieselben Dinge glauben oder dasselbe Leben gelebt haben muss. Dass Unterschiede einfach nur Unterschiede sind. Etwas Menschliches. Dass sie sich nicht in einem perfekten Kreislauf gegenseitiger Ergänzung auflösen müssen. Nicht pathologisiert werden müssen. Man muss einfach nur daran glauben, dass die Dinge des anderen auch echt und berechtigt sind. Man muss einfach nur wissen, dass der andere abnimmt, wenn man ihn anruft. Dass es fast schon am Thema vorbeigeht, *Ich bin's* zu sagen, weil der andere das ohnehin wissen wird.

III

«Aber diese Geschichte erzählst du doch selbst, sagte ich, eine Geschichte, die dich unglücklich machen wird ... Sie ist nicht unvermeidbar, du hast dich für sie entschieden, du kannst eine andere Geschichte wählen.»

Garth Greenwell, Reinheit

Nächte, die wir nicht hatten

Als junge Studentin in Georgetown verliebte ich mich in ein Mädchen, das ich hier Maggie nenne, während ich mit einem Jungen zusammen war, den ich hier Sam nenne.

Ich hatte mich nie geoutet, mich aber immer schon ein bisschen queer gefühlt. Mit dreizehn hatte ich eine Magazinseite an meiner Schranktür kleben, auf der Liv Tyler ein Tigerbaby im Arm hält und zitiert wird mit «Meine Hände sind größer als die der meisten Männer», und ich begehrte Liv Tyler und diese Hände genauso wie die sanften tätowierten Jungs mit ihren Gitarren, die ich darunter geklebt hatte. Mit vierzehn illustrierte ich in der Einfahrt meiner Eltern mit Straßenkreide meine Lieblingsgedichte, und irgendwie schafften es diese staubigen Bildstrecken immer, voller nackter Frauen zu sein, die unsere Gassi gehenden Nachbarn sehr irritierten. Ich zeichnete La Belle Dame Sans Merci auf ihrem Pferd und gab ihre Titten äußerst detailreich wieder, vernachlässigte jedoch ihr Gesicht, denn eine so starke Frau war immer noch nicht wirklich vorstellbar. Mit siebzehn tat ich mich mit einem Mädchen aus meinem Kunstkurs zusammen, die mich Nacktfotos von ihr für unser Abschlussprojekt machen ließ, sie war nur mit verschiedenen Früchten bedeckt. Honigmelonen und Titten. Wassermelonen und Hüften. Unbeschreibliche Papayas. Und es ging mir durchaus um die Kunst, aber ich hoffte auch, dass vielleicht etwas, irgendwas zwischen uns laufen würde, wäre sie erst einmal nackt.

Heutzutage sage ich bisexuell, pansexuell. Aber damals? Was ergaben diese zerfaserten Gefühle, Impulse, Überlegungen? Dazu gibt es nichts zu sagen, hätte ich erwidert. Heutzutage sage ich queer, aber im College? Habe ich nichts gesagt.

Manchmal spiele ich ein Spiel, das ich Zeitreise nenne.

Darin reise ich in Situationen zurück, in denen ich jemandem wehtat. Und dann mache ich in Gedanken *alles wieder gut*. Ich mache das, was ich tat, ungeschehen. Wenn ich mich damals nur so gut gekannt hätte wie jetzt, sage ich mir, hätte ich nicht so viel angerichtet. Meine Zeitreisen sind umfangreich. Ich kehre zu queeren Augenblicken zurück, klar, aber auch zu Momenten, in denen ich meine eigenen Ängste, meine eigenen Traumata, meine eigenen Bedürfnisse, mich selbst nicht verstand.

Ein ziemlich ungesundes Vergnügen, dieses Spiel. Und selbst wenn es wehtut, zu diesen Augenblicken zurückzukehren und immer und immer wieder den Finger in die Wunde meiner Verfehlungen zu legen, ist es doch auch erleichternd. Sogar eine Art Buße.

Und zumeist kehre ich in meinem Spiel zu dem Abend zurück, an dem Maggie und ich nicht ins Black Cat gingen.

Ihr erinnert euch, dass ich bereits Teile dieser Geschichte erzählte. Dass Maggie und ich eigentlich mit einer Gruppe von Frauen tanzen gehen wollten. Brit-Pop-Nacht im Black Cat Club. Wir trugen übermäßig viel Lidschatten. Ich hatte eigens mit Rasierklingen meine Strumpfhose zerfetzt. Wir, sie und ich, hatten alles darangesetzt, den Plan in die Tat umzusetzen, weil wir zusammen tanzen wollten. Oder vielleicht sollte ich nur für mich sprechen. Ich wollte mit Maggie tanzen.

Bisher habe ich euch nur den einfachen Teil erzählt. Den lustigen. Der Rest fällt mir nicht so leicht.

Es hatte geschneit, und wenn es in Washington, DC, schneit, ist die gesamte Stadt dicht, und so schafften wir es nicht in den Club. Scheinbar aller Möglichkeiten beraubt, standen wir rauchend auf dem Balkon einer dieser vielen langweiligen WG-Partys, während sich der Schnee in der Parkbucht unter uns, wo der Bus mit seufzenden Bremsen hielt, langsam auftürmte.

Ich sah Maggie am anderen Ende des Balkons stehen, und sie blickte mich bedeutungsvoll an und raffte ihr Trägertop zusammen. Niemand guckte, und so zog sie den Saum hoch, um zu enthüllen, was sie mit rotem Lippenstift quer über den Bauch geschrieben hatte: ICH WÄRE LIEBER IM BLACK CAT. Und ich starb. Ich sterbe immer noch, wenn ich daran denke. Als sie reinging, drückte sie sich an mich, und ihre Hand glitt kurz zwischen meine Beine. Und dann war sie weg.

Noch in derselben Woche machte ich ohne Erklärung mit Sam Schluss, und das war furchtbar von mir.

Das erste Mal küssten Maggie und ich uns, als wir auf dem Heimweg waren, Hand in Hand liefen wir über das holperige Kopfsteinpflaster, das einen immer zum Stolpern brachte. Wir hielten vor einem der versteckten umzäunten Privatgärten Georgetowns, einem Townhouse mit Blumen, die sich um ein schmiedeeisernes Tor schlängelten, hinter dem Tor eine eierschalenfarbene Vespa. Wir beugten uns vor, um diese kleine Welt hinter dem Tor näher zu betrachten, und dann schauten wir einander an, als würden wir wissen wollen, was die andere dachte. Wir dachten ans Küssen. Wir küssten uns. Ich starb. Ich sterbe immer noch.

Wir wurden ein Paar und sagten es niemandem, tranken in meinem Zimmer Bourbon, hörten laute Musik und ließen uns aufs Bett fallen. Für die kurze Zeit, die es hielt, war es heiß und gut.

Dann kippte alles.

Unsere Trennung hatte Sam mehr als verletzt. *Natürlich hatte sie das.* Eine Seelsorgerin unserer katholischen Universität kam zu mir und sagte, dass ich Sam emotional sehr verletzt habe und sie sich Sorgen mache. Und ich war tief bestürzt und verfiel in Panik. Sam wusste noch gar nichts von Maggie, und schon war die Seelsorgerin Teil des Ganzen?

Ich bin nicht katholisch, und meine Eltern hatten sich bereits vor meiner Geburt von ihrem Katholizismus verabschiedet, aber es stellt sich heraus, dass es doch ein gewisses Maß an kulturellem Katholizismus gibt, das einen nicht so leicht aus den Fängen lässt. War die Seelsorgerin tatsächlich zu mir gekommen, oder hatte mir nur jemand erzählt, was sie über mich gesagt hatte? Ich habe zwar ein genaues Bild von ihr, aber es ist trotzdem gut möglich, dass ich alles nur über Bande hörte. Dass sie in meiner Erinnerung vielleicht nur deswegen einen so prominenten Platz einnimmt und ich sie sehe, wie sie im Innenhof des Studentenwohnheims auf die kleine Bank zukommt, auf der ich sitze, weil ich so oft an sie denke. Weil ein Erwachsener in einer Machtposition mich wissen lassen wollte, dass ich jemandem wehgetan hatte. Und ganz ehrlich, ich ordne mich in der Bösewichtskala dieser Geschichte zwar als Oberbösewicht ein, vielleicht sogar als einziger Bösewicht, aber diese Seelsorgerin steht ziemlich weit oben auf meiner schwarzen Liste, egal, ob sie tatsächlich zu mir gekommen war oder ich ihre Worte nur von anderen gehört hatte. Weil ich euch gar nicht sagen kann, wie oft in meinem Leben ich mich schon daran erinnert und wieder erinnert habe, was ich damals fühlte. An die Scham und die Schuld, dass ein Mensch in offizieller Funktion mir mitteilt, wie sehr ich für den Schmerz einer anderen Person verantwortlich war.

Und ich *war* ja auch verantwortlich. Aber manchmal zerstört diese Seelsorgerin fast mein Zeitreise-Spiel. Das Spiel, in dem es darum geht, mich selbst zu bestrafen. Denn wenn sie vor meinem inneren Auge auftaucht, bin ich der Meinung, dass die eigentliche Lektion dieser Geschichte – die ich aber nicht lernte – die ist, dass man anderen manchmal eben Schmerz zufügt. Weil man Fehler macht. Scheiße baut. Oder weil man einfach nicht mehr mit jemandem zusammen sein will. Weil man eine Wahl trifft, die einen selbst glücklicher und einen anderen trauriger macht. Und dieser Verantwortung muss man sich stellen, und man muss sie aushalten können und verstehen, wo einem die Hände gebunden waren und wo nicht. All das wäre eine gesunde Lektion für eine Collegestudentin gewesen. Hätte ich das gelernt, wäre ich jetzt nicht mehr hier und würde Zeitreise spielen.

Stattdessen lernte ich damals: Du hast getan, was du wolltest, und jetzt passieren schlimme Dinge. Und du wirst alles wieder reparieren können. Wenn du deinen Egoismus runterschraubst, kannst du jemanden von seinem Schmerz erlösen.

Also machte ich mit Maggie Schluss und beendete die Beziehung, die ich wollte, als würde das meine Schuld tilgen, statt sie zu vergrößern. Und Maggie war mehr als verletzt. Und *natürlich war sie das.*

Ich bin keine offizielle Vertreterin der Gruppe Noch-nicht-geoutete-Bi-Kids-im-College-die-euch-wie-Dreck-behandelt-haben, aber trotzdem werde ich in unserem Namen eine Erklärung abgeben, die hoffentlich alle erreicht, die sie eben doch hören sollten: Das war verdammt beschissen von uns. Es tut uns so, so leid. Wir wollten alles so gut wie möglich machen, oder vielleicht wussten wir noch nicht, wie man das tut, aber das ist egal. Ihr hättet so viel mehr verdient. Maggie, es tut mir so leid. Sam, es tut mir so leid. Alle, die das hier lesen und sich darin wiedererkennen, es tut mir so leid.

Und dann wurde alles ziemlich unschön. Auf einer Party flirtete Maggie mit Sam, der immer noch nicht wusste, dass sie und ich zusammen gewesen waren, und nach dem Sex flüsterte sie ihm ins Ohr, was *wir* alles im Bett miteinander angestellt hatten (muss ich noch erwähnen, dass wir alle das Theater liebten?), und Sam war mehr als bestürzt. *Und natürlich war er das.*

Sam erzählte mir davon, und wir redeten und redeten und sprachen uns aus, am Ufer des Potomac, an einem Tag, an dem der mittelatlantische Frühling schon so sehr seine Fühler ausstreckte, dass wir beide einen Sonnenbrand bekamen. Und am Ende sagte Sam, dass wir wieder zusammenkommen sollten, und ich stimmte zu, als hätte das irgendetwas wiedergutmachen können. Als hätte ich dadurch in die Zeit zurückkehren können, als ich noch nicht alles in den Sand gesetzt hatte. Als hätte ich dadurch weniger Schuld an all den Fehlern, die ich mit den beiden gemacht hatte.

Abends verließ ich das Haus, das ich mir mit neun anderen Theaterkids teilte, und lief zur Highschool für darstellende Kunst auf der anderen Straßenseite, der Duke Ellington School for the Arts. Auf dem Schulrasen stand der Big Green Chair – ein knapp fünf Meter hoher, mintgrüner Adirondack, ein Wahrzeichen DCs. Ich kletterte in den Schoß dieses überlebensgroßen Stuhls, starrte auf das Haus gegenüber, in dem ich wohnte, rauchte Kette und weinte. Es erschütterte mich, wie ich es geschafft hatte, innerhalb so kurzer Zeit eine solche emotionale Verwüstung anzurichten. Meine Schuld erdrückte mich, und ich war über mich selbst entsetzt. Ich hätte alles getan, um den Schmerz zu lindern, den ich verursacht hatte.

Als Sam und ich wieder zusammenkamen, regten sich viele unserer schwulen Freunde auf. Es waren eigentlich seine Freunde, und sie hassten mich für das, was ich getan hatte. *Und natürlich taten sie das.*

Sie sagten, *Lass sie sitzen. Sie weiß nicht, was sie will.* Sie sagten, *du kannst ihr nicht vertrauen – das war nur der erste Schritt auf dem Weg ins Lesbenreich.*

Auf der einen Seite hatten die Jungs mich *gesehen*. Hatten mein Queersein anerkannt. Aber es fühlte sich nicht gut an. Weil sie im gleichen Atemzug behaupteten, mein Queersein bedeute, ich wüsste nicht, wer ich bin und was ich will. Behaupteten, mein aufkeimendes Queersein mache mich gefährlich. Dass ich aufgrund meiner Unentschlossenheit Menschen verletzen würde.

Auf dem Weg ins Lesbenreich.

Die Jungs schärften an mir einfach nur ihre Zähne, so, wie wir das alle damals taten. Und ich kann es ihnen nicht verübeln. Aber ihre Äußerungen verletzten mich mehr als alles andere. Also beschloss ich, dass ich ihnen nicht recht geben und Sam verletzten würde. Nicht grundsätzlich jemand wäre, der anderen Schmerz zufügte. Und so blieb ich bis zu unserem Abschluss mit ihm zusammen. Ich würde allen beweisen, dass ich niemand war, der Leid verursachte. Und sollte es das sein, was es brauchte, sollte das der Preis sein, würde ich nicht weiter herausfinden, was es heißt, queer zu sein.

Als diese ganze Seifenoper in unserer Theaterclique öffentlich geworden war, fragten mich meine Freunde nach Maggie, wie es mit ihr gewesen war, sie waren ernsthaft daran interessiert, mich zu unterstützen, und wollten wissen, ob ich mich outen würde oder nicht.

«Wie war es?», fragten sie und meinten damit, wie war es, mit Maggie zusammen zu sein. Und ich log.

Ich sagte: «Es war verwirrend – zu viele Brüste.» Und damit brachte ich meine Freunde zum Lachen.

Was für ein beschissener Verrat.

Es waren nicht zu viele Brüste, und das Einzige, was mich wirklich verwirrte, war, wie ich jetzt, da ich alles so in den Sand gesetzt hatte, jemals wieder ein Mädchen küssen könnte. Ich sagte mir, dass ich ja bald meinen Abschluss machen würde. Ich würde weggehen. Und dann würde ich nach Brooklyn ziehen und küssen, wen immer ich wollte.

Fünfzehn Jahre später sollte ich diese Geschichte eigentlich hinter mir gelassen haben, aber stattdessen reise ich immer und immer wieder zu ihr zurück und kasteie mich selbst, was niemandem nutzt. Der Schmerz, den ich verursachte, quält mich. Ich schimpfe mit mir selbst: Du solltest dich einfach mal besser kennen. Sei nicht immer so verwirrt. Kannst du nicht einfach vorher wissen, wer du bist und was du willst?

Ich bin tatsächlich nach Brooklyn gezogen und habe einige Menschen geküsst, die ich küssen wollte, aber nicht viele. Wenn ich ehrlich bin, blockierte mich das Black Cat. Denn bevor ich überhaupt richtig mit Maggie zusammen sein konnte, hatte ich bereits alles so versemmelt, dass diese Erfahrung nie die Coming-out-Geschichte wurde, die sie vielleicht für mich hätte sein können. Stattdessen war es eine Geschichte, die ich niemandem erzählen konnte. Noch nicht einmal mir selbst. Ich schämte mich zu sehr.

Ich versagte es mir, laut auszusprechen, wer ich war, und das hieß, dass ich lange Zeit am Ende des Tages hauptsächlich Männer küsste. Denn hatte irgendwer gehört, dass ich etwas anderes wollte? Vor einer Weile, bei einem Date mit einer Frau, auf die ich schon seit Langem stand, sagte sie, dass sie sich nicht sicher gewesen war, ob ich queer sei oder nicht. Zwei Jahre zuvor hatten wir bei einer Hochzeit miteinander geflirtet, aber keine von uns hatte sich getraut, die andere zu küssen, und dieses Nicht-Wissen hatte mehr als alles andere zwischen uns gestanden.

Ich stand am Tresen einer Jazzbar in DC und redete mich heraus. «Also, meine Freunde wissen, dass ich bi bin», sagte ich. «Meine Eltern auch.» Sie zuckte die Achseln und lächelte.

Ich war immer noch so still. Ich redete immer noch nicht laut und deutlich. Das hatte uns abgehalten, bei der Hochzeit zu erkennen, was wir wollten. Hatte uns abgehalten, uns zu küssen, was wir nun endlich, in dieser Jazzbar, taten, an einem Abend, an dem so viele Leute aufgetaucht waren, um zu spielen, dass es mehr Musikerinnen als Zuhörer gab, mehr Musik als Gespräch, und ich verstand: Wenn es das war, was meine Stille bisher übertönt hatte, sollte ich jetzt lieber laut werden.

Ich finde, es ist wichtig, den Schmerz, den man anderen zufügt, anzuerkennen. Ich trage die Verantwortung für meinen. Aber vielleicht braucht es keine Selbstkasteiung. Vielleicht ist es in Ordnung, wenn wir uns den Schmerz, den wir anderen zugefügt haben, bevor wir wussten, wer wir eigentlich sind, anschauen und von ihm lernen, aber uns auch vergeben. Denn ich glaube, dass der Schmerz, den ich zu verhindern suche, wenn ich Zeitreise spiele, möglicherweise nicht nur der von Maggie und Sam ist, sondern auch mein eigener. Ich glaube, ich versuche auch, mich selbst zu retten. Ich reise in der Zeit zurück, um das rauchende Mädchen in diesem riesigen Adirondack-Stuhl zu besuchen, und diesmal schäme ich mich nicht in Grund und Boden dafür, wie verkorkst sie ist, was für einen Schmerz sie verursacht hat, ich sehe in ihr, in mir, nicht die gewaltige und mächtige Verursacherin von viel Leiden, sondern eine Person, die herauszufinden versucht, wer sie ist. Und dieses Mädchen in dem Big Green Chair auf dem Rasen der Duke Ellington High School sieht unglaublich klein aus.

***

Es gibt einen weiteren Grund, warum mich die Geschichte vom Black Cat so lange blockierte. Weil die Geschichte darüber, was mit Maggie und mir passierte, in vielerlei Hinsicht eine Geschichte darüber war, was alles *nicht* mit Maggie passierte. Wie wir *nicht* ins Black Cat gingen. Wie wir am Ende *nicht* zueinanderfanden. Wie alles *nicht mal* eine Minute hielt. Wie ich dem Ganzen *keine* Chance gab.

Es wurde *keine* Geschichte darüber, wer ich war.

Genauso wie der Rest meiner kurzlebigen queeren Momente, wie mein Poster von Liv Tyler und ihren Tigern, wie die Kreide-Titten der Belle Dame Sans Merci in der Einfahrt meiner Eltern, wie die Klassenkameradin, die ich darum bat, sich «für die Kunst» vor mir auszuziehen, war auch das Black Cat ein *Negativereignis*. Das *Fehlen* einer Geschichte. Eine Zeit, in der am Ende *nichts* passierte.

Aber eine neue Freundesclique hat vor Kurzem meine Sicht auf diese Geschichte verändert.

Es war Sommer, und wir nahmen alle an einer Schreibwerkstatt in Tennessee teil. Wir zogen das Mittagessen in die Länge, waren am Vorabend zu lange aufgeblieben, hatten Gitarre gespielt, Tarotkarten gelegt und den Zikaden der Brood X zugehört, wie sie in den Bäumen über ihre Verwandlung klagten. Wir überlegten gerade, ob wir im See baden gehen wollten, dessen Wasser so schlickig war, dass jeder, der sich darin treiben ließ, in der Farbe starken Tees leuchtete. Wie kamen wir auf das Thema Mädchen, die wir nie geküsst haben? Vielleicht fing Heather damit an, die von einem Campingurlaub erzählte, wo sie sich das Zelt mit einem Mädchen, in das sie verschossen war, geteilt hatte. «Ich schlief so», sagte sie und spannte ihren Körper zu einem Hotdog an, die Arme fest an den Rumpf gedrückt. «Die ganze Nacht blieb ich eingefroren, damit ich sie bloß nicht berührte», erzählte sie, «weil ich sie unbedingt berühren wollte.» Wir hatten uns vor Lachen schon fast in die Hose gemacht, aber vielleicht war es auch Kat, als sie davon erzählte, wie sie und ein älteres Mädchen aus ihrem Eiskunstlaufteam, in das sie furchtbar verknallt war, für eine Choreografie Hand in Hand laufen mussten, und wie sie die ganze Zeit dachte: *Oh mein Gott, oh mein Gott, wir halten Händchen, wir sind verliebt*! Vielleicht war es auch meine Geschichte, als ich von meiner Mitschülerin im Kunstkurs erzählte. Wie sie sich auf meine Bitte hin im Wohnzimmer meiner Eltern auszog, wie es dort viel zu hell war, aber sie trotzdem so verflucht schön aussah. Wie sie zitterte, als ich zwischen den Fotostrecken die Honigmelonen zerteilte, ein Triptychon einer sich langsam öffnenden Melone. Wie ich die Kerne entfernte und ihren Körper mit Melonenstücken belegte. Und ich fotografierte sie. Und es passiere nichts. Und selbst bei *dieser* Geschichte verspürte ich den Drang, Zeitreise zu spielen, in das Zimmer zurückzukehren und mich bei dem Mädchen zu entschuldigen, oder es zu küssen, oder beides. Aber während ich diese Geschichte erzählte, bogen sich meine neuen Freunde vor Lachen. Sie lachten natürlich nicht über das Mädchen, sondern über mich. Über uns alle.

«Aber warst du denn in sie verknallt?», fragte meine Freundin Bea.

«Natürlich!», sagte ich und merkte, dass es stimmte. «Ich glaube, ich dachte, wenn sie erst einmal nackt ist und ich mit den Honigmelonen loslege, dann ist es klar, was danach passieren wird.»

«Oh», sagte meine neue Freundin Darcy liebevoll, ganz außer Atem vor Lachen, «ich liebe queere Anfänge.»

«Aber wenn gar nichts passiert ist», fragte ich sie, «wie kann das denn dann ein Anfang von etwas gewesen sein?»

Darcy sah mich an, nicht unfreundlich, aber so, als hätte ich nichts kapiert.

Ich hatte den Abend, an dem Maggie und ich es nicht ins Black Cat schafften, immer als einen gescheiterten Anfang verstanden. Einen Anfang, weil sie mich berührt hatte und ich gestorben war. Und immer noch sterbe. Gescheitert, weil daraus nie etwas wurde.

Aber der Anfang gehört dir. Heather, die stocksteif in ihrem Zelt liegt, Kat, die im Eisstadion Händchen hält, ich, die ich voller Vorfreude Honigmelonen zerteile und auf etwas hoffe, das ich noch nicht einmal auszusprechen wage. Es ist das erste Mal, dass du ein bestimmtes Gefühl hast. Das erste Mal, dass du versuchst, nach diesem Gefühl zu handeln. Auch das sind Geschichten. Nächte, die wir nicht hatten. Du darfst sie Anfänge nennen.

Eines Abends unterhielten Maggie und ich uns über Zeitreisen.

Es war, nachdem ich mich von Sam getrennt hatte, als wir anfingen, ernsthaft miteinander zu flirten, hauptsächlich über AOL Messenger. Wir sprachen darüber, wie wir seit dem Beginn des Unijahres unglaublich verknallt ineinander gewesen waren. Wie wir uns im Büro des Theaters das erste Mal getroffen hatten. Wie beide dachten, die andere wäre bestimmt nicht interessiert. Wie beide dachten, es wäre zu peinlich, zu fragen, zu schauen, auszuprobieren.

Der Abend, an dem wir nicht ins Black Cat gingen, war nie unser Anfang gewesen.

Es war schon immer dieser eine Nachmittag gewesen, der so viele Monate früher stattgefunden hatte. Als wir zusammen auf dem Sofa im Büro des Theaters gesessen hatten. Beide ein bestimmtes Gefühl gehabt und nichts getan hatten.

Im Messenger schrieb eine von uns: ICH WÜNSCHTE, WIR KÖNNTEN DIE ZEIT ZURÜCKDREHEN UND UNS EINFACH ZU EINEM DATE VERABREDEN.

Maggie sagte Gute Nacht, und ich erinnere mich, dass ihre

letzte Nachricht ein blauer Link war, dessen Bezeichnung nichts darüber verriet, wo er hinführte.

Und ich klickte drauf.

Und da war ein Diagramm. Eine Anleitung. Der Link führte zu einer Website, auf der uns eine großzügige gute Seele des Internets ihre ausgeklügelten Pläne für den Bau einer Zeitmaschine zur Verfügung gestellt hatte.

Dritter Akt: Dulcinea schmeißt hin

Als du das letzte Mal mit dem Jungen sprichst, bist du in deinen Dreißigern und planst gerade eine Hochzeit. Du bist unglücklich, weißt aber noch nicht, warum, also klammerst du dich an die Entscheidungen, die du im Leben getroffen hast, das gibt dir eine gewisse Sicherheit.

Und so bist du entsetzt, als die Vorwahl von Los Angeles auf deinem Telefon aufleuchtet, auch wenn du dem Jungen gesagt hast, dass er dich anrufen darf. Dein erster Gedanke ist, dass du alles Gute, was du für dich aufgebaut hast, zum Fenster rauswerfen wirst, sobald du mit dem Jungen sprichst, seine Stimme hörst. Unverzüglich. In hohem Bogen. So viel Macht hat er noch. Allein sein Name würde ausreichen.

Doch er hat dir eine Nachricht geschrieben und gefragt, ob er anrufen darf, und du weißt, warum. Ihr habt euch viele Jahre nicht gehört, aber er hat auf Facebook gepostet, dass sein langjähriger Mentor in seiner Narcotics-Anonymous-Gruppe gestorben ist. Er schrieb einen schönen Post darüber, wie viel ihm sein Mentor bedeutet hatte, als er sich von den Drogen trennte, und dann noch mehr darüber, wie es ihm nicht sonderlich gut ging, seit er vom Tod des Mentors gehört hatte. Du verstehst, wie hart es sein muss, seinen Mentor zu verlieren. Und deswegen wird der Teil von dir, der darauf dringt, den Kontakt abzubrechen, von dem Teil, der unter diesen Umständen den Hörer abnehmen möchte, sofort überstimmt.

Du nimmst den Hörer ab.

Seine Stimme zu hören, ist zugleich furchtbar und wie eine Heimkehr. Ihr redet über seine Trauer. Ihr redet über eure Leben. Er ist immer noch der lustigste, süßeste, verrückteste Junge auf Erden. Einer, der nie Angst davor hatte, zärtlich und eigenartig zu sein. Sensibel und voller Zuneigung, und für Sensibilität und Zuneigung zu haben. Er hat eine wunderschöne Stimme. Schon immer gehabt. Und weil du mit dem Klang der Geschichten deines Großvaters, des Radiomannes, aufgewachsen bist, wirst du bei so etwas sofort schwach. Die Stimme des Jungen klingt tief, warm und schnurrend, und er weiß, wie er sie einsetzen muss. Du spürst, wie du dich in der Unterhaltung wohlfühlst, und fängst an zu glauben, dass ihr jetzt, da ihr älter seid, im Leben des anderen vielleicht wieder eine Rolle spielen könntet.

Du läufst bis an den Rand der Klippe und blickst hinab, und alle Gefühle, die du jemals für ihn hattest, krachen gegen die Felsen unter dir, und es ist so beschissen schön, viel intensiver als alles, was du kennst. Und du sagst dir, dass du so lange so gut warst – hast du dir nicht vielleicht einen selbstzerstörerischen Kopfsprung verdient?

Aber dann sagt er dir, warum er angerufen hat.

Er hat mit seinem Mentor über dich geredet, sagt er. Sehr oft sogar. Vor Jahren entschieden sie, dass er eines Tages, wenn er clean wäre, einen Neuanfang mit dir wagen könnte. Das sollte zu seiner Mission werden. Und wann immer der Junge Zweifel an seinem Weg aus der Abhängigkeit bekam, sagte er sich, dass er damit zu einem Mann werden würde, der es wert war, mit dir zusammen zu sein. Der bereit dafür war. Und das klappt gut, sagte er. Der Mentor trug ihm auf, dich all die Jahre nicht zu kontaktieren. Verbot es ihm. Das würde die Mission torpedieren, sagte er, und es wäre nicht fair, dich in diesen Kampf zu ziehen, bevor der Junge nicht bereit war, gut zu dir zu sein.

Aber jetzt ist sein Mentor tot. Deswegen meldet er sich. Weil es niemanden gibt, der es ihm verbietet. Und er meldet sich, weil er bereit ist. Er ist clean und stabil und ein guter Mann, der der Liebe würdig ist. Er hat die Mission erfolgreich beendet. Es ist Zeit, eure Beziehung wiederaufleben zu lassen.

Du kratzt dich an den Handgelenken. Du bist ohne dein Wissen in diese Vereinbarung hineingezogen worden, aber trotzdem glaubst du zunächst, dich dem, was er und sein Mentor abgemacht haben, fügen zu müssen. Einer Abmachung, in der es um dich geht. Wie du dazu stehst, ist irrelevant. Du kratzt dich und atmest zu schnell, wie ein zu kleines Tier. Nichts lässt dich schneller in Panik verfallen als das Gefühl, unwiderruflich in die Entscheidungen anderer gezwängt zu werden.

Du schlägst vor, dass ihr ab und an telefonieren und versuchen könntet, Freunde zu werden – du sagst nicht, *wieder* Freunde zu werden, denn ihr wart nie Freunde, auch nicht mit siebzehn. Nicht, weil ihr gefickt habt, sondern weil ihr so unglaublich verliebt ineinander wart. Bei ihm hattest du immer das Gefühl, etwas ganz Bestimmtes in ihm zu sehen, und vice versa. Hattest immer das Gefühl, dass ihr die gleiche Wellenlänge hattet, egal, auf welcher Frequenz. Und wie auch immer man das nennen mag – du hast das nie wieder mit jemand anderem gespürt. Schon vor Jahren hast du aufgehört, danach zu suchen. Weil sich herausstellte, dass es dir verdammt noch mal nicht guttat. *Ich bin besonders. Ich bin besonders!*

Also sagst du dem Jungen, dass ihr zum allerersten Mal versuchen könntet, Freunde zu werden. Und natürlich ist er enttäuscht. Er trauert, und was ihm von seinem Mentor geblieben ist, ist die

Art und Weise, wie man darum kämpft, besser zu werden. Was großartig ist. Abgesehen davon, dass der Mentor dem Jungen beibrachte, der Weg dorthin führe über mich.

«Wir könnten uns kennenlernen», schlägst du vor. «Wir kennen uns ja gar nicht mehr richtig.»

«Nein?», fragt er.

Und dann beschreibt er dich. Den Menschen, für den er den Kampf aufnahm. Um dich irgendwann verdient zu haben.

Und natürlich bist das nicht du.

Oder doch.

Es ist dein Geist.

Du mit siebzehn. Du als Jungfrau. Du, noch frisch und kaum gezeichnet von der Welt. Ein Pfirsich mit maximal einer charmanten Delle.

Und wer warst du damals?

In deiner Erinnerung warst du schlecht angezogen, aber dünn, mit Titten, denen die Schwerkraft nichts anhaben konnte, und einem Arsch, dem die Jungen an deiner Schule manchmal Klapse verpassten, selbst wenn du etwas so offensichtlich Unattraktives getragen hast wie diese gestreiften und von dir geliebten Zugschaffner-Latzhosen. Du hattest krause Haare und unauffällige Gesichtszüge und warst privilegiert und süß und launisch. Du warst bei allem, was mit sozialer Gerechtigkeit zu tun hatte, unverbesserlich optimistisch und bei allem anderen eine perfide Widersacherin. Du hattest einen John-Lennon-Schrein in deinem Schlafzimmer, in der Mitte eine herrlich dicke Biografie, die du nie gelesen hast, vor der du aber Feen-Räucherstäbchen aus Chinatown anzündetest. Du sagtest gerne, du seist «im falschen Zeitalter geboren». Tiere und Kinder hast du allen anderen vorgezogen. Du hattest keine Ahnung, was du mit deinem Körper alles anstellen konntest, aber du warst immer schon ein kleines hedonistisches Wesen und wusstest, was Lust hieß. Du hast Musik und Essen geliebt, den Geruch, den die Achselhöhlen des Jungen verströmten, und Berührungen. Du hattest riesige Augen und riesige Ohren, und du warst einfach furchtbar ernst, aber als Tochter schnell redender New Yorker, die mit zu viel Kunst in Berührung gekommen war, kam manchmal ein entwaffnendes erwachsenes Geplänkel aus deinem Mund, und der Kontrast muss beunruhigend gewesen sein. Am glücklichsten warst du alleine im Wald oder mit einem Buch. Du hast geweint über Dinge wie Blumen, die nur für kurze Zeit blühten. Dass sie sterben mussten. Wirklich, buchstäblich darüber geweint. Du warst gerade siebzehn geworden, und zum ersten Mal lasteten die Tatsachen der Welt auf deinen Schultern und äußerten sich in einer Art ermüdender, metaphysischer Weiße-Mädchen-Traurigkeit, die du kaum ertragen konntest. Und er war der Erste, der sagte, *Hey, es gibt Leute, die über so was Gedichte und so geschrieben haben, weißt du das?* Und Songs. *Kennst du Keats? David Byrne?* Er zeigte dir, wie du auf diese Weise zu dir selbst finden konntest. Führte dich ein in die Welt der ewig Sensiblen.

Das ist zumindest deine Erinnerung. Und das ist mehr oder weniger auch das Mädchen, das er aufleben lässt. Wie merkwürdig, wenn jemand über dieses Mädchen spricht und du sie wiedererkennst. Wie seltsam, dass ihr Hauptmerkmal darin besteht, sich von der Frau, die du heute bist, stark zu unterscheiden.

Dieser Tage bist du eine Handwerkerin, keine Liebende.

Du bist eine der Fantasticks aus dem zweiten Akt.

Er beschreibt seine Dulcinea, aber du bist Aldonza.

Wie ihr wisst, ist Don Quijote ein Mann, der so viele Bücher über Ritter, das Rittertum und Ritterabenteuer gelesen hat, dass er nicht mehr klar im Kopf ist. Er ist überzeugt, ein fahrender Ritter zu sein, der sich auf den Weg macht, gute Taten zu vollbringen,

Recht in die Welt zu setzen und Damen zu retten. Und die Dame, für die er das alles tut, so beschließt er, ist Dulcinea del Toboso. Eine Frau, die er, sollte sie überhaupt existieren, noch nie getroffen hat. Aber es ist egal, dass sie nur in seinem Kopf lebt – sie ist trotzdem Motivation genug, auf edle Mission zu gehen.

Was ist ein Ritter ohne eine Dame, für die er das alles tut?

In dem Musical *Der Mann von La Mancha* aus dem Jahr 1965, das auf Cervantes' Roman basiert, singt Quijote der Frau, die er zu Dulcinea erklärt hat, ein Lied (in Wirklichkeit heißt sie Aldonza, und sie ist Barfrau und Prostituierte in der örtlichen Kneipe, die er für ein Schloss hält). Sie ist ungewaschen und wütend und traurig.

Don Quijote

[Betritt die Kneipe]

Holde Dame … schöne Jungfrau …

[Don Quijote wendet verehrend den Blick ab]

Ich wage nicht, Euch voll ins Antlitz zu schauen,
weil Eure Schönheit mich sonst blenden könnte,
aber ich flehe Euch an,
nennt mir nur einmal Euren Namen.

Aldonza

Aldonza.

Don Quijote

Ihr scherzt ganz gewiss.

Aldonza

Aldonza!

Don Quijote

Das ist der Name einer Küchenmagd …
oder vielleicht der Name Eurer Dienerin?

Aldonza

Ich habe Euch meinen Namen gesagt!
Jetzt lasst mich in Ruhe.

[Sie geht an ihm vorbei zum Tisch]
…

Don Quijote

Ich erträumte Dich zu lang,
sah Dich niemals,
doch hat mein Herz Dich schon immer gekannt.
Halb Gebet, halb ein Sang,
gingst Du unsichtbar, unfassbar
ewig mit mir Hand in Hand.

Was einen umhaut: Während des ganzen Liedes, das Quijote für Aldonza singt? Hört sie nie, nie auf, zu *arbeiten*. Während ihres ganzen Auftritts putzt und bedient sie und hält die anderen Männer, die grinsen und sie anmachen, in Schach.

Die Kneipenwirte fragen sich, ob Quijote, verrückt, wie er ist, genug Geld hat, um seine Rechnung bezahlen zu können. Einer gibt zu bedenken, «Wann hat es sich ein armer Mann schon leisten können, verrückt zu werden? Natürlich hat er Geld!»

Was man selbst manchmal rufen möchte: Wann hat es sich eine

Frau schon leisten können, loszuziehen und sich auf eine Mission zu begeben?

Und trotzdem verstehst du, wie eine Mission einem das Leben retten kann. Schließlich hat der Mentor dem Jungen damit geholfen, trocken zu werden. Und vielleicht ist die Genesung dann eben das Gepäck, das man immer mit sich herumschleppt. Aber als der Junge dich anruft und von seiner Mission erzählt, verfällst du in Panik. Weil du dich nicht einfach so mit ihm treffen kannst, um zu schauen, was geht. Zum einen bist du verlobt. Hast ein ganzes Leben aufgebaut. Und nebenher tonnenweise andere Zweifel.

Du kannst nicht seine Dulcinea sein.

Aber die Hand der Dame ist der letzte Schritt, um seine Mission erfolgreich zu beenden. Und er hat seine Arbeit getan. Fehlt dieser Schritt, wird das ganze Narrativ aus den Angeln gehoben. So viel weißt du bereits. Und das willst du nicht. Nein, nein und nochmals nein. Aber warum nur hat der Mentor ihm ein so wackeliges Haus gebaut?

Es gibt niemanden, den man das fragen könnte. Niemanden, dem man die Schuld geben könnte. Und das macht alles nur noch schlimmer.

Ein Mann ist auf Mission. Und er singt darüber.

Du fährst fort, aufzuzählen, was du ihm geben *kannst* – dein tatsächliches, 33-jähriges Ich als gute Freundin. Aber du spürst, dass das nicht reicht. Der Mensch, den er braucht, ist eine Fiktion, an die im echten Leben so viele Konsequenzen geknüpft wurden, dass ihr Unvermögen, aufzutauchen, eine Katastrophe ist. Aber diesen Geist deines siebzehnjährigen Ichs kannst du nicht heraufbeschwören. Das Mädchen ist nicht mehr da. Und als du an diesem Tag auflegst, fühlst du dich nicht nur schuldig und verwirrt, sondern du trauerst auch.

Denn wie konntest du dieses Mädchen nur gehen lassen? Auch du vermisst sie.

Jahrelang fühlst du dich schuldig und schämst dich, dass du unfähig bist, die Dulcinea für den Jungen zu sein. Es verfolgt dich. Voller Schmerz. Laut. Still. Du versuchst, dir zu sagen, dass es selbst dann nicht gereicht hätte, wenn du ihm mehr angeboten hättest, mit ihm abzuhauen, Liebe, Sex und eine neue Beziehung. Denn es wäre immer noch Aldonza gewesen, die an seiner Tür geklingelt hätte.

Einige Jahre später hörst du den Jungen zum letzten Mal, per Sprachnachricht teilt er dir mit, dass er gerade an der Ostküste ist. Irgendwo bei Albany. Er meint, sich daran zu erinnern, dass du in diesem Teil der Welt lebst, und vielleicht bist du ja in der Nähe. Er will dich etwas fragen. Auf der Sprachnachricht hört man im Hintergrund das Geräusch des Windes, eines kalten Windes in einer kalten Nacht, und das macht dir Sorgen. Du sorgst dich, dass er in Schwierigkeiten stecken könnte, und sagst dir, du solltest ihn zurückrufen. Stattdessen rufst du eine Freundin an.

Deine Freundin sagt: «Ruf nicht zurück.»

«Vielleicht steckt er in Schwierigkeiten», sagst du.

«Hör auf dich», sagt sie.

Du hörst auf dich. Aber deine Schuldgefühle fressen dich auf.

Dies ist nicht das Ende. Dies ist nur der vorerst letzte Eintrag in der Liste «Momente, in denen du nicht über den Jungen hinweg warst». Eine unvollständige Taxonomie aller möglicher Arten, nie über ihn hinwegzukommen.

Man vergisst leicht, dass das Musical *Der Mann von La Mancha* eigentlich gar nicht inmitten der Windmühlenfelder und Tavernen spielt, die man als Erstes im Kopf hat, sondern im Gefängnis.

Die ganze Show ist ein Stück, das Peter O'Tooles Cervantes mit falschem Bart auf die Beine stellt, um sich und seine Mitgefangenen von der Realität ihrer eigenen Entscheidungen abzulenken.

Jahre später schaust du dir mit einem Mann, mit dem du zu dem Zeitpunkt zusammen bist, den *Mann von La Mancha* an und zeigst auf den rundlichen kleinen Kerl neben Quijote.

«Das ist Sancho Panza», erklärst du ihm. «Beinahe hätte ich meinen Hund so genannt.»

Du deutest auf deinen Hund, der sich gerade auf dem Boden wälzt. Er liegt auf dem Rücken, eine Lefze hat einen nutzlosen Reißzahn freigelegt, und er stiert dich an, als wolle er damit sagen, dass ihn deine unendliche menschliche Torheit ermüde.

Auf dem Bildschirm schnieft und schnauft Sancho Panza und versucht, Quijote davon abzubringen, Windmühlen anzugreifen, die er für Riesen hält.

«Ich sag's dir, der Mann ist mein Hund in Form eines Menschen», stellst du kopfschüttelnd fest. «Ich hätte ihn so nennen sollen.»

«Nee, das hätte *dich* ja dann zu Quijote gemacht», sagt der Mann und meint, einen Fehler in deinem Vorhaben erkannt zu haben. Ein Schrei ertönt, und ihr schaut beide wieder zum Bildschirm. O'Toole ist von einer Windmühle gefallen und wälzt sich auf dem Boden. Er fängt an, von etwas zu schwärmen, was er einmal in einem Buch gelesen hat.

«Oh», sagt der Mann, mit dem du zusammen bist.

Es ist alles schön und gut, zu sagen, der Junge habe aus eurer Liebe eine quijotische Fantasie gemacht, dass er dich in etwas verwandelt habe, das du nicht bist, aber andererseits – schau dich an, wie du diesen Dreiakter auf die Bühne bringst und immer noch die Geschichte durchspielst, wer ihr beide einmal wart.

Die zweite Mrs de Winter

[Rebeccas] Attraktivität ist vielleicht der beunruhigendste Teil, weil sie daher rührt, dass die Erzählerin von der Erinnerung an und dem Rätsel um die verstorbene Frau ihres neuen Ehemannes zugleich angezogen und abgestoßen ist.

Emily Alford, Jezebel

Rebecca hatte einen guten Geschmack – oder vielleicht hatte sie einfach nur den gleichen Geschmack wie ich, und deswegen fand ich ihn gut. Sie mochte einen bestimmten Vintage-Ton besonders gerne, ein mintfarbenes Türkis. Die ganze Küche hatte diese Farbe. Ebenso die Teller in den Schränken. Die Tassen und Schüsseln waren weiß mit zarten schwarzen Pünktchen. Keine Tupfen – ein kleineres, anmutigeres Muster.

Mir gefiel es verdammt gut. Als ob ich es selbst ausgesucht hätte. Es machte mich krank, dass es mir so gut gefiel.

Ich malte mir aus, dass Rebecca sich diese Teller und Tassen zugelegt hatte, als sie in dieses Haus gezogen war, aber die Schränke, die ich durchforstete, und das wunderschöne Geschirr darin, gehörten jetzt ihrem Ex-Mann, meinem Freund. Rebecca lebte fünfzehn Minuten entfernt.

Natürlich hieß sie nicht wirklich Rebecca. Aber lasst mir diese Verknüpfung. Wir nennen ihn Maxim.

***

Es kommt immer mal wieder vor, dass in meiner Schreibgruppe ein Buch umgeht, das uns alle gleichermaßen von den Füßen haut. Als ich gerade mit Maxim zusammengekommen war, war das Daphne du Mauriers *Rebecca*. Meine Freundin Emily las es für einen Essay für *Jezebel* mit dem Titel «Die nihilistische Geilheit guter Schauerromane: Über die heißesten und gruseligsten Geheimnisse des Genres» erneut. *Rebecca* stand dabei ganz oben auf ihrer Liste. Emily schwärmte so überzeugend für den Roman, dass wir anderen ihn uns auch vornahmen.

In dem Roman heiratet unsere Erzählerin, eine naive junge Frau, einen älteren, verschlossenen Witwer und zieht in sein seltsames und wunderschönes Haus ein, wo sehr schnell klar wird, dass das Vermächtnis seiner toten Frau, titelgebender Rebecca … unübersehbar ist. Die Erzählerin fragt sich permanent, ob sie den Haushalt so gut wie Rebecca führen kann.

Einmal lag Emily mit einem Scotch und dem Buch in der Wanne und hatte immer noch genug Hände frei, uns eine Nachricht zu schicken: DAS EINZIGE PROBLEM DIESER FRAU IST, DASS DIE BEDIENSTETEN NICHT NETT ZU IHR SIND – ICH WILL IHR LEBEN HABEN.

Die Bediensteten mögen die Erzählerin aus gutem Grund nicht, sie ist nicht Rebecca. Natürlich ist sie darüber hinaus auch besorgt, dass sie in Maxims Herz niemals den gleichen Platz einnehmen wird wie Rebecca. Dass sie angesichts dieser großen und tragischen Liebe vollkommen chancenlos ist.

Wieder direkt aus der Badewanne: SOGAR DIE HUNDE MÖGEN SIE NICHT.

Ich hatte *Rebecca* vorher noch nie gelesen. Nach ungefähr fünfzig Seiten hatte ich das Gefühl, etwas verpasst zu haben, weil ich den Namen der Erzählerin nicht mehr wusste. Ich blätterte zurück zum Anfang, konnte ihn aber immer noch nicht finden. Maxim war der Ehemann. Rebecca war seine tote Frau. Mrs Danvers war die Haushälterin. Jasper war der Hund.

ALTER, schrieb ich Emily. DER HUND HAT EINEN NAMEN, ABER DIE ERZÄHLERIN NICHT?

DER HUND IST SUPER, schrieb Emily.

410 Seiten lang lernen wir die Erzählerin nur als die zweite Mrs de Winter kennen, und sagt das nicht schon alles?

DARF ICH WAS FURCHTBARES GESTEHEN?, fragte ich Emily.

NATÜRLICH

IN LETZTER ZEIT HABE ICH MICH ZIEMLICH OFT WIE DZMDW GEFÜHLT

OH JE

Das kleine weiße Haus in New York, in dem Maxim lebte, war kein Manderley, aber wie Manderley war es Thema. Das Haus mit Rebeccas bezauberndem Geschirr in den Schränken. Das Haus mit Kunst an der Wand, die kein Mann jemals ausgesucht hätte. Das Haus mit den roten Kattunvorhängen, die Maxim, obwohl er sie selbst genäht hatte, irgendwann abnahm, weil ihm das von Rebecca ausgewählte Muster nie gefallen hatte (mir gefiel es), und danach gab es gar keine Vorhänge mehr. Die Küche, in der ich für uns Abendessen kochte und aus Versehen ein besonderes Salz benutzte, das Rebecca sehr gerne gemocht, aber dort vergessen hatte, sodass Maxim beim Essen aufblickte und fragte, «Was hast du denn da reingetan?»

Eines Nachmittags saß ich am Schreibtisch im Arbeitszimmer und fand in einer der Schubladen, mit denen ich herumspielte, Rebeccas Geburtsurkunde. Ich wusste bereits, dass unsere Geburtstage nur eine Woche auseinanderlagen, denn an unserem zweiten Date war Maxim blass geworden, als er mich nach meinem Geburtstag gefragt und ich Oktober geantwortet hatte.

Mehr als einmal brachte mir Maxim irgendein Stück Frauenkleidung zurück, das nicht mir gehörte.

Am Kühlschrank hingen Notizzettel mit Rebeccas Handschrift, und es gab Fotos von ihr, und das war auch richtig und gut so, denn sie und Maxim hatten eine Tochter, ein achtjähriges Mädchen, das lustig und süß war, und ich hatte sehr viel Glück, sie fast zwei Jahre lang kennen zu dürfen. Ich werde sie hier raushalten – sie ist immer noch ein Mensch im Werden –, aber natürlich belastet sie diese Geschichte trotzdem. Es gab Fotos von ihnen in Disney World. Fotos, wie sie ihre Tochter am Tag der Geburt in den Armen hielten.

Mit alledem will ich sagen, dass Rebecca überall war. Im Haus und auch darüber hinaus.

Einmal spielte ich eines meiner Lieblingsalben ab, als wir im Auto Musik hörten, und Maxim griff sofort nach dem Regler, um die Musik auszustellen. Ich hatte aus Versehen den Song gespielt, zu dem er und Rebecca in die Kirche eingezogen waren. Wir hatten einen gespenstisch ähnlichen Musikgeschmack.

Nichts davon war Maxims Schuld. Ich muss ihm wie ein Geist vorgekommen sein. Es muss unangenehm für ihn gewesen sein. Irgendwann erkannte und fürchtete ich seinen Gesichtsausdruck und sein Schweigen, wenn ich aus Versehen eine Rebecca-ähnliche Haltung angenommen hatte. Ich fühlte mich schuldig, wusste aber nicht genau, wofür.

In der qualvollsten Szene in *Rebecca* veranstaltet dzMdW einen Maskenball, sie will eine genauso gute Gastgeberin und Charmeurin sein, wie Rebecca es war. Sie beschließt, sich als Vorfahrin von Maxim zu verkleiden, als Caroline de Winter, deren Portrait an prominenter Stelle im Haus hängt und die dzMdW nur «das Mädchen in Weiß» nennt. Ohne Ende und äußerst ermüdend spricht sie darüber, was für ein großes Geheimnis ihr Kostüm ist und wie hingerissen alle sein werden, wenn sie es sehen. Sie bestellt eine Perücke mit genau den richtigen Locken. Sie bestellt ein weißes Kleid. Alles soll eine Überraschung für Maxim sein.

DzMdW wartet mit ihrem Auftritt, bis die Party in vollem Gange ist, und dann erscheint sie oben auf der Treppe, ganz in die Frau aus dem Gemälde verwandelt. «Sie starrten mich alle wie Idioten an», schreibt sie. «Beatrice schrie kurz auf und hielt sich die Hand vor den Mund. Ich lächelte weiter, ich legte eine Hand auf das Geländer.»

Und dann: «Dann schritt Maxim auf die Treppe zu, sein Blick ließ mein Gesicht keine Sekunde los. ‹Was zum Teufel machst du da?›, fragte er. Seine Augen funkelten vor Zorn. Sein Gesicht war noch immer aschfahl ... ‹Was ist los?›, fragte ich. ‹Was habe ich getan?›»

Wir erfahren, dass Rebecca einst genau die gleiche Idee hatte. «Genau dieses Kleid hat Rebecca beim letzten Kostümball in Manderley getragen. Genau dasselbe», sagt Schwägerin Beatrice.

Als er sie oben auf der Treppe stehen sieht, glaubt Maxim, in dzMdW den Geist Rebeccas zu erkennen. Er hielt alles für einen Spuk.

Am schrecklichsten und grandiosesten finde ich hierbei, dass dzMdW nichts versteht und *immer noch lächelt*, als bereits alle anderen sehen, dass sie einen Fehler gemacht und zu einer Pantomime Rebeccas geworden ist. Sie glaubt immer noch, sie selbst zu sein. Sie glaubt immer noch, einzigartig zu sein.

Aber das währt nur kurz. Im Laufe des Romans wird dzMdW immer verzweifelter und unangenehmer, als sie versucht, aus dem Schatten ihrer Vorgängerin herauszutreten – doch kein Leser würde ihr je Erfolgsaussichten bescheinigen. Die zweite Mrs de Winter glaubt, die Geschichte ihres eigenen Lebens zu erzählen, doch sie hat keine Ahnung, *dass das Buch in unseren Händen* Rebecca *heißt*.

Wenn wir ins Restaurant oder wandern oder in Konzerte gingen, erzählte Maxim oft Geschichten von früher, als er schon einmal an diesen Orten war. Er hatte sein ganzes Leben in diesem Teil des Landes verbracht, und natürlich spielte Rebecca in vielen dieser Geschichten eine Rolle, oder ihre Anwesenheit in ihnen war zumindest spürbar. Ich hatte bald das Gefühl, dass über alles bereits ein Urteil gefällt worden war, über jedes Lied, das ich vielleicht anstimmen würde, jedes Gericht, das ich kochen würde, jedes Date, auf das wir gehen würden – weil Rebecca das Lied bereits vor mir gesungen, das Gericht bereits vor mir gekocht, den Ort bereits vor mir besucht hatte. Ich fühlte mich in der Wiederholung eines fremden Lebens gefangen und wusste nicht, was ich tun konnte, um das zu ändern.

Natürlich brauchte Maxim diese Geschichten, wollte er mir von seinem Leben erzählen, und ich würde ihn nicht kennen und lieben können, wenn ich seine Vergangenheit zensierte. Warum also tat es so weh, mich in diesen vor Kurzem frei gewordenen Räumen zu bewegen? Warum fühlte es sich so an, als sei jedes Date, auf dem wir waren, bereits *aufgebraucht*, weil er dort zum ersten Mal mit jemand anderem gewesen war? Warum konnte ich mich nicht von dem Gefühl befreien, dass unsere Erlebnisse dadurch irgendwie redundant, weniger wert waren?

Dass ich mich so fühlte, zeigt, wie unsicher und zugleich narzisstisch ich war. Schlimmer noch, es zeigt, dass ich der Meinung war, die erste Liebe oder eine große Liebe sei die einzig richtige.

Als ich meinem Freund meine Gefühle gestand, sagte er etwas sehr Schlaues und sehr Schönes.

Er fragte: «Wer sagt denn, dass das erste Mal immer das beste sein muss?»

Ich liebte ihn sehr, als er das sagte. Und ich schwor mir, dass ich aufhören würde, seine Vergangenheit als Störung unserer Gegenwart zu begreifen. Doch das Wissen um die eigene Blödheit lässt sie nur selten verschwinden – es fügt ihr nur eine verschleiernde Schicht aus Scham hinzu.

Warum nur war ich so besessen davon, die Erste zu sein?

Habt ihr schon einmal eine dieser Serien mit einem festen Ensemble aus Freunden gesehen, wo sie versuchen, nach einigen Staffeln eine neue Figur einzuführen? Chachi in *Happy Days* ist das berühmteste Beispiel, und über Dawn Summers rückwirkendes Erscheinen in *Buffy – Im Bann der Dämonen* bin ich immer noch nicht hinweg. Aber die in negativer Hinsicht erinnerungswürdigste Neueinführung kurz vor Torschluss war Tori Scott in *California High School*. Nach fünf Staffeln stabiler Clique ließ man Kelly und Jessie kommentarlos von der Bayside High verschwinden. Die sechste Staffel startete mit einer Folge namens «Die Neue», in der Ich-bin-neu-und-eine-sexy-Motorradschnitte-Tori Zach seinen Parkplatz wegnimmt, was zu einem sexuell aufgeladenen Gekabbel führt. Als Tori Lisa zusagt, bei der Organisation des Herbstballs zu helfen, ruft eine dankbare Lisa aus: «Du bist meine neue beste Freundin!» Sie geht weg, aber dann dreht sie sich – auf einer erstaunlichen Metaebene – mit entsetzter Miene zu Tori um, als würde sie sich an Jessie und Kelly erinnern. «Du bist ... meine *einzige* beste Freundin?» Die Serie scheint zu hoffen, dass wir Jessie und Kelly schnell vergessen werden, dass wir die Vergangenheit vergessen werden, und obwohl Tori an sich vollkommen in Ordnung war, dachte ich: *Lasst uns nicht so tun, als wüssten wir nicht, wer die eigentlichen Hauptfiguren dieser Show sind.*

Lasst uns nicht so tun, als wüssten wir nicht, wer wirklich zählt. Ich hatte eine wahnsinnige Angst, zu unbedeutend zu sein, um einen festen Platz in Maxims Leben einnehmen zu können, weil ich fürchtete, zu spät dazugekommen zu sein, um noch zu zählen. Ich war besessen davon, Erste zu sein, weil ich keine Tori oder dzMdW sein wollte. Weil für mich immer die Originalbesetzung die Hauptfiguren stellt – alle anderen sind *entbehrlich*. Allein schon die Tatsache, dass Rebecca existierte, war bedrohlich, weil damit implizit auch mein Platz in dieser Liebesgeschichte feststand. Aber es gab noch weitere Gründe.

Ich bin kein Fan von Überraschungen. Zugegeben, das Leben besteht hauptsächlich aus Überraschungen, aber ich meine ganz konkret die ‹Dir war nicht klar, dass dieses neue, große Gefühl für heute in deinem Kalender steht›-Sorte. Die *Heute ist der Tag, an dem du meine Ex-Frau kennenlernen wirst, sie ist in einer Stunde hier, ist das okay*-Sorte. Die *Oh, diese fünf Leute, denen du gerade bei einer Tanz-Vorführung die Hand gibst, das ist meine ehemalige Schwiegerfamilie*-Sorte. Ich möchte damit sagen, dass ich Rebecca schließlich kennenlernte. Im Großen und Ganzen war es unspektakulär. Ich fand sie sehr schön. Blond, wo ich dunkel war. Still, wo ich plapperte. Es passierte erstaunlich wenig zwischen uns.

Äußerlich benahm ich mich bei dieser Gelegenheit ausgezeichnet, aber innerlich dachte ich, *Ich bin hier nicht gut drin.* Es war albern, aber ich hatte das Gefühl, mich auf unser Zusammentreffen nicht angemessen vorbereitet zu haben.

Ich nehme an, dass ihr den gleichen, nachvollziehbaren Fehler wie Maxim machen werdet: Er dachte, ich hätte Bauchschmerzen wegen der üblichen Peinlichkeiten, die ein Treffen mit jemandes Ex mit sich bringt, selbst wenn (oder gerade wenn?) sie die Mutter seines Kindes ist. Und klar, ein bisschen stimmte das auch. Aber es war etwas anderes, worauf ich mich gerne vorbereitet hätte.

Ich musste mich darauf vorbereiten, Rebecca nicht zu sehr zu verstehen.

Ich bin jemand, der sich immer für die Frau entscheidet. Die Gesellschaft einer Frau der eines Mannes vorzieht. Ich leide an einer Sehstörung, die mich davon abhält, bei jedweder Hetero-Trennung die Schuld bei der Frau zu suchen, ganz extreme Umstände einmal ausgenommen.

Ich hatte große Angst, Rebecca zu mögen.

Wer mich jetzt für männerfeindlich oder voller falscher Bescheidenheit hält, hat wahrscheinlich mit beidem recht. Aber eigentlich will ich Folgendes sagen: In meinem verkorksten Kopf stand auf der Rückseite der *Ich mag Rebecca*-Medaille *Ich mag meinen Freund nicht*. Für mich gab es keine Grauzonen.

Ich wollte Rebecca nicht kennenlernen, weil ich dann möglicherweise einen winzigen Einblick in eine andere Version ihrer Ehegeschichte bekäme, und ich war nicht darauf gefasst, irgendetwas zu erfahren, was mich die Art, wie Maxim eine Frau behandelt hatte, anzweifeln lassen könnte.

Niemand ist unfehlbar, wir haben uns alle schon einmal schlecht benommen – und es ist unangemessen, von jemandem in seinen Dreißigern zu erwarten, eine unbefleckte Vergangenheit zu haben, das weiß ich. Aber zum ersten Mal hatte ich mich in jemanden verliebt, der schon einmal verheiratet war. Der eine schmerzhafte Scheidung hinter sich hatte. Und in meinem Verlangen, meinen Freund nur durch die rosarote Brille der Liebe zu betrachten, sollte er in der Geschichte seiner Vergangenheit für mich der Gute und sie die Böse sein. Ich dachte, nur so könne ich jemandem, der eine Scheidung hatte durchmachen müssen, eine gute Partnerin sein. Ich dachte, nur so könne ich ihm vertrauen.

Ein kleines Lektüregeständnis: Bei den Szenen in *Rebecca*, wo dzMdW und Maxim ihre Beziehung und ihr Leben in Manderley ausklamüsern, wurde ich ungeduldig und dachte, *Aber könntet ihr nicht etwas mehr über Rebecca sprechen?* Denn dzMdW ist eine Langweilerin, und Rebecca ist faszinierend. Rebecca hatte ein eigenes Sex-Bootshaus für ihre Affären. Rebecca segelte hinaus aufs Meer, auch wenn es stürmte. Rebecca veranstaltete spannende Abendessen und Partys. Sie war laut, widerspenstig, sinnlich, stark und bezaubernd. Rebecca war per se kein «guter Mensch», aber wen kümmert's! Sie war verdammt interessant, und zwar so, wie dzMdW es nie sein würde, und, noch viel wichtiger, sie war zuerst da.

Um am Valentinstag nirgendwo zu feiern, wo Maxim schon einmal mit Rebecca gewesen war, und nicht zu viele romantische Erwartungen zu wecken, schlug ich vor, dass wir uns in der Mall betrinken und dann ins Mirror Maze gehen sollten, das in einem Laden mit abgehängten Schaufenstern und einer glitzernden Vorbühne untergebracht war.

Die Mall, ich schwöre es, heißt Destiny.

Das Labyrinth war schrott, aber herrlich. Man händigte uns einzelne, zerknitterte Plastikhandschuhe aus, um Abdrücke auf dem Spiegelglas zu vermeiden, das wir garantiert irgendwann für einen Durchgang halten und berühren würden. Die Ecken der Spiegelrahmen waren mit neonfarbenen Splittern verziert. Im Innenraum gab es bunt beleuchtete Zonen und Schwarzlichtzonen. Wir spiegelten uns überall, mit unseren Handschuhen sahen wir absurd und nach Krankenhaus aus. Ein bisschen fühlte es sich an wie in einem Spiegelsaal auf einem Jahrmarkt, nur dass wir uns im hintersten, mit einem schwarzem Tuch abgedeckten Winkel einer Mall befanden. Von außen tröpfelten trotz der Popmusik aus der Konserve, die hier lief, die Geräusche der Mall zu uns hinein und hallten in den Gängen seltsam wider.

Wir hatten ein, zwei Biere getrunken, bevor wir hierhergekommen waren, und lachten viel, als wir durch das Labyrinth gingen. Wir hielten Händchen, bis uns klar wurde, dass wir uns verletzen würden, wenn wir so weitermachten. Also ließen wir einander los. Ich nahm einen Gang, der in einer Sackgasse endete, und versuchte dann, wieder dorthin zurückzukehren, wo wir vorher gewesen waren. Ich sah Maxim, ging auf ihn zu, und stieß gegen einen Spiegel.

Ich war richtiggehend schockiert. Mit so etwas rechnet man nicht, wenn man denkt, man habe den Trick raus. Wir waren erwachsen, und das Labyrinth war ein Spiel, doch es konnte uns immer noch reinlegen. Zuerst war ich begeistert. Dann verschwand Maxims Spiegelbild. Ich versuchte, einen Ausweg aus dem Gang zu finden, den ich entlanggelaufen war, aber ich stieß gegen Spiegel um Spiegel. Sei nicht albern, dachte ich, selbst als ich in Panik verfiel. Maxim war nirgendwo zu sehen, und ich war überall vervielfältigt. Ich befahl meinem eigenen Spiegelbild, sich für mich zu öffnen, sich in eine Tür zu verwandeln.

In der vierten Klasse hatte ich mich immer zusammen mit einigen anderen Mädchen davongeschlichen, um vor einem kleinen Spiegel, der in der Abstellkammer für die Lehrer hing, Bloody Mary zu spielen. Der Raum roch nach Tonpapier und Temperafarbe. Das Licht war schwach und der Spiegel sehr dreckig. Wir beschworen diesen Abstellkammerspiegel oft, und ich fürchtete mich, wollte aber auch unbedingt etwas sehen. Doch das Einzige, was ich je in diesem Spiegel sah, war mein eigenes dürres Gesicht, voller Sehnsucht und dem Wunsch, dass etwas Bedeutendes passieren möge. Ich machte mir selbst Angst.

Schließlich rief mir Maxim zu, dass er den Ausweg aus dem

Labyrinth gefunden habe. Ich folgte seiner Stimme und ließ den Tunnel meiner eigenen Spiegelbilder hinter mir.

Wir gingen zurück in den Restaurantbereich und tranken noch etwas, und bald stritten wir uns heftig.

Zu Beginn der Woche hatten wir erfahren, dass Rebecca und ihr neuer Freund ein Baby erwarteten. Ich hatte Maxim gefragt, ob er darüber reden wolle, und er hatte Nein gesagt. Ich hatte nachgehakt, und er war zögerlich gewesen, und so hatte ich es gelassen. Aber jetzt, nach vier Bieren, brachte er das Thema auf, uns war immer noch ein bisschen schwindelig vom Spiegelkabinett, wir waren immer noch in der Destiny Mall, es war Valentinstag. Plötzlich sprach er darüber, wie unsere Pläne, zusammenzuziehen, ein neues Haus zu kaufen und Manderley hinter uns zu lassen, bis auf Weiteres auf Eis gelegt werden müssten, bis Rebecca ihr Baby bekommen hatte, bis Rebecca entschieden hatte, wo sie mit dem Baby wohnen wolle. Wir wussten nicht, wo und wann das alles geschehen würde, wir konnten es nicht wissen. Wir würden einfach warten müssen, bis Rebecca sich entschieden hätte, sagte Maxim, und dann würden wir unsere Pläne in Abstimmung mit ihren Plänen machen können.

Und das war schwer für Maxim – natürlich war es das –, aber wie sollte das denn funktionieren? Unsere Pläne derart auf Eis zu legen? Ich verlor die Fassung. Ich konnte nichts anderes mehr sehen.

Ich weinte. Ich schmiss ihm eine bescheuert ausgefeilte Metapher über mich als durchgeschüttelten Gepäckwagen eines führerlosen Zuges an den Kopf. Ich sorgte dafür, dass er all meine ungefilterten Gefühle abbekam, anstatt zu verstehen, dass es in diesem Augenblick nicht um meine Gefühle ging. Aber ich war zu betrunken, um meine Emotionen feinmotorisch kontrollieren zu können. Im Taxi zurück zu ihm kratzte ich mir breite Striemen in die Unterarme, als müsse ich mich überzeugen, dass der Schmerz nicht nur in meinem Kopf war.

Ich hatte das Gefühl, es gäbe keinen Abend mehr, an dem ich mich nicht hinter ihr einreihen müsse. Als würden alle wichtigen Entscheidungen über unser Leben von Maxim *und Rebecca* getroffen, anstatt von Maxim und mir. Als wäre ich das Spiegelbild eines Spiegelbilds einer Freundin in einem Mall-Spiegel. Verdünnt bis zur Bedeutungslosigkeit. Was für einen Sinn hatte ich denn noch?

Ich hasste es, mich so zu fühlen. Ich hasste es, so zu reagieren. Aber ich hasste auch, dass Maxim mir sagte, seine Hände seien gebunden.

Ich musste raus aus dem Labyrinth, raus aus der Mall, raus aus Manderley, raus aus der Erzählung dieser anderen Frau. Ich wollte nicht in einem Buch leben, das nach jemand anderem benannt war. Das wusste ich. Und trotzdem würde ich am nächsten Morgen aufwachen und mich entschuldigen. Würde mir sagen, dass ich Maxim nicht die Schuld geben könne. Dass das alles Rebeccas Schuld war.

Das Geheimnis in du Mauriers Roman ist natürlich, dass Maxim Rebecca umgebracht hat. Nach zwei Dritteln des Buches wird eine Leiche in einem kleinen verunglückten Boot gefunden und bald als Rebecca identifiziert, und das veranlasst Maxim, seiner neuen Frau reinen Wein einzuschenken. Bedenkt man, dass Maxim sich in der gesamten ersten Hälfte des Buches wie ein bockiger, soziopathischer Schuljunge benimmt und immer komisch guckt, wenn jemand *die Bucht* erwähnt, wird sein Geständnis wohl kaum einen Leser überraschen.

Erzähltechnisch interessant ist allerdings, dass es ein Trugschluss ist.

Die tatsächliche Überraschung kommt erst zwei Schritte später, und hier zeigt sich du Mauriers ganzes Können.

Nachdem Maxim dzMdW den Mord gestanden hat, lehnen sich die Leser angesichts dieser grausamen, aber erwartbaren Enthüllung entspannt zurück ... nur um dann vor Schreck aufzuspringen, als etwas kommt, mit dem man nicht gerechnet hat, und zwar, *wie erfreut dzMdW über die Nachricht ist, dass ihr Mann einen Mord begangen hat.*

> Ich presste seine Hand gegen mein Herz. Seine Scham war mir egal. Nichts, was er mir erzählt hatte, machte mir etwas aus. Nur an einem hielt ich mich fest, wiederholte es für mich, immer und immer wieder. Maxim liebte Rebecca nicht. Er hatte sie nie, nie, nie geliebt. Sie hatten nie auch nur einen Moment gemeinsamer Glückseligkeit verspürt. Maxim redete, und ich hörte ihm zu, aber seine Worte bedeuteten mir nichts. Sie kümmerten mich nicht.

DzMdW ist es *ziemlich egal*, dass Maxim ein Mörder ist. Sie ist vollkommen aus dem Häuschen, die Nachricht erregt sie richtig. Die zweite Mrs de Winter ist *erleichtert*, dass Maxim Rebecca umgebracht hat, weil das bedeutet, dass er sie nicht geliebt hat. N*ie, nie, nie*. Und das wiederum bedeutet, dass sie und nicht Rebecca (die, wir erinnern uns, tot ist) seine Nummer eins ist.

Niemand ist ihr vorausgegangen.

Wie krass ist das denn, so etwas aus einer solchen Unterhaltung mitzunehmen.

Der Mord als solches bedeutet dzMdW nichts – aber der Mord als Metapher für das Auslöschen der Vergangenheit, das Ausradieren ihres Bildes von Maxims und Rebeccas glücklicher Geschichte, bedeutet alles.

Das ist herrlich krank.

Und auf eine gewisse Weise verstand ich es.

Denn *ich* versuchte auch gerade, die Rebecca meines Freundes auszuradieren. Ich hatte Angst vor ihr. Angst vor ihrer Vorherrschaft und dem Einfluss, den sie auf mein Leben hatte, klar. Aber mehr noch hatte ich Angst, sie kennenzulernen, sie zu mögen, die Möglichkeit zuzulassen, dass sie ein guter Mensch war, der eine Scheidung mitgemacht hatte, die, wie das buchstäblich immer der Fall ist, zwei Menschen betraf und nicht nur einen. Ich wollte die gesamte Festplatte löschen. In einem verkorksten Widerspruch wollte ich meinen wunderbaren, komplizierten Freund, *der wegen seiner Vergangenheit so war, wie er ist,* weiterhin lieben, aber ich wollte diese Vergangenheit ebenso ausradieren. Wollte so tun, als hätte sie keine Macht über uns. Ich wollte so tun, als könnten wir die Art unberührter Liebesgeschichte leben, die in meiner Überzeugung ganz oben in der Liebeshierarchie stand.

Du warst es schon immer, du und nur du.

So was Dämliches.

Und, mein Gott, wie sehr ich mich danach sehnte.

Die meisten Leute lesen *Rebecca* wegen der Spannung. Wahrscheinlich nehmen nur sehr gestörte Menschen persönliche oder moralische Lehren aus du Mauriers Buch mit. So wie ich. Du Maurier lehrte mich, dass wir unseren vorangegangenen Beziehungen Gewalt antun, wenn wir einem neuen Partner versprechen, er würde alles, was vorher passiert war, in den Schatten stellen. Es ist ein verdammtes Blutbad, und wir sind die Mörder, und jedes Mal vergeben wir uns wieder dafür.

Lieben wir mehr als einmal in unserem Leben, kann sich diese Art Mord notwendig, sogar moralisch richtig anfühlen. So denkt die zweite Mrs de Winter, als Maxim alles gesteht. Breitwillig wird sie zu seiner Komplizin. Maxim zu helfen, aus der Sache herauszukommen, schweißt sie als Paar am allermeisten zusammen.

Darum geht es im gesamten letzten Drittel des Buches. Aber das Ding ist, als ich dort angelangt war, drückte ich dem Paar nicht mehr die Daumen. Ich wollte nicht, dass sie aus der Sache rauskamen. Ich wollte nicht mehr an diese Art Mord glauben. Ich erkannte mich in der Erleichterung dzMdWs wieder, und es war furchtbar. Ich wollte keinesfalls wie sie sein. Und das erreichte ich nicht, indem ich darauf bestand, Erste zu sein, Rebecca zu sein, stellte ich fest – sondern, indem ich einen Weg fand, mit ihr zu leben.

Rebecca hatte meinen Freund auch geküsst, ihn auch mit ihrer Liebe für Americana-Musik genervt und ihn auch geliebt, und *darum* kriegte ich Angst, wenn wir uns immer wieder ähnelten. Denn sie hatte meinen Freund auch geliebt, und dann hatte sie aufgehört, ihn zu lieben. Weil ich ihn jetzt liebte, und ich wollte nie damit aufhören.

In allen Spiegeln meinte ich, Rebeccas Geist zu erkennen, aber natürlich war es nur mein eigenes Gesicht, voller Verlangen. Die Spiegelbilder im Labyrinth hatten mir Angst gemacht, und ich hatte mich immer wieder von dem, was ich in ihnen sah, abgewendet und war stattdessen Maxims Stimme gefolgt. Als hätte er mir den Ausweg zeigen können, und nicht die Frau, von der ich mich dauernd abwendete und deren Spiegelbild sich irgendwo für mich öffnete.

Monate später hatte Rebecca endlich ein Haus gekauft und sich niedergelassen, und wir fingen wieder an, über seinen Abschied von Manderley zu sprechen. Über ein neues Haus, in dem wir zusammenleben könnten. Endlich war es so weit.

Den Kopf voller Möglichkeiten fuhr ich an diesem Wochenende zu Maxim. Ich machte die Tür auf und betrat eine Baustelle.

Die Wand, die zwischen dem Arbeitszimmer im Erdgeschoss

und dem Schlafzimmer gestanden hatte, war weg. Oder nicht weg, sondern durchbrochen. Maxim hatte mit dem Vorschlaghammer die Rigipsplatte zwischen den Streben entfernt. Als ich durch den größtenteils leeren Raum lief, unter meinen Füßen eine feine weiße Putzschicht, fühlte ich mich wie dzMdW, als sie die Treppe hinunterläuft. Obwohl ich bereits spürte, dass etwas nicht stimmte, ging ich weiter.

Maxim tauchte auf, er war frisch geduscht, duftete wunderbar und fuhr sich mit den Fingern durch die Haare.

Er erklärte mir, dass er das Arbeitszimmer im Erdgeschoss zu seinem Schlafzimmer machen wolle. Das würde besser zu ihm passen. Er hatte am Vorabend zu später Stunde eine Eingebung gehabt, seinen Vorschlaghammer rausgeholt und losgelegt.

Der Essay meiner Freundin Emily, der mit dem Ranking des heißesten Geisterhaus-Geheimnisses, wurde großartig. Und er lehrte mich, dass unglaublich viele Schauerromane ihre Spannung aus einer Vergangenheit ziehen, die noch im Jetzt weilt.

Wisst ihr, was mich an vielen Schauerromanen begeistert? Wenn eine Frau ein Haus anzündet. Manchmal fühlt sich ein Haus eben zu geisterhaft, zu kompliziert an, um darin noch leben zu können. Man stelle sich die Erleichterung, die reinigende Kraft vor, wenn man das ganze Ding einfach abfackelt.

Und, na klar, ein Haus anzuzünden macht auf Papier viel her, weil es im echten Leben fast nie die richtige Antwort ist. Am Ende des Tages muss man ein neues Haus finden, in dem man leben kann, und alle Häuser haben ihre Geister. Ich habe damit abgeschlossen, mich vor Geistern zu fürchten, damit abgeschlossen, mich vor Frauen zu fürchten. Ich werde besser darin, die Vergangenheit neben der Gegenwart existieren zu lassen, ohne sie gleich zur Seite zu schubsen und mich dadurch besser zu fühlen.

Aber die Brandstifterin in mir gibt es immer noch.

Weil niemand gezwungen sein sollte, in Manderley zu leben.

Jetzt mal aufgepasst: Wenn du dich um ein Geisterhaus *kümmerst*, wenn du für seine Instandhaltung und Pflege zuständig bist, wenn du dieses von beschissenen Geistern heimgesuchte Haus auch noch bewirtschaftest – dann gehört das Haus eindeutig nicht dir, meine Liebe.

Fackel das Ding bis auf die Grundmauern ab.

Manchmal sind die Strukturen, in denen man lebt, das Problem.

Manchmal wird man in das Trauma eines anderen Menschen hineingezogen.

Es war nicht Rebecca, mit der Maxim noch nicht abgeschlossen hatte. Es war sein eigener Schmerz. Die Geschichte seines Lebens, die er sich selbst erzählte. Und er *baute sie um*. Er *wollte* Manderley nicht verlassen.

Ich arbeitete so hart daran, mich in Maxims Leben einzugliedern. Aber er war nie bereit, darin Platz für mich zu machen. Und als ich das erkannt hatte, spielte ich viele Nächte lang mit einem Feuerzeug in meinen Händen herum. Drehte am Rädchen. Ließ blaue Funken sprühen.

Im Oktober schenkte mir Maxim zum Geburtstag Karten für ein Jenny-Lewis-Konzert. Jenny Lewis hat mir für jeden Lebensabschnitt immer die passende Musik geliefert. Und wenn ich Glück habe, wird sie mich auch noch durch den Rest meines Lebens singen. Es war das perfekte Geschenk.

Es hätte nicht überraschen dürfen, dass Rebecca das Konzert auch besuchen würde. Unsere Geburtstage lagen schließlich nur eine Woche auseinander. Sie mochte Jenny Lewis ebenso gerne. Ihre Mutter hatte ihr die Karten geschenkt.

«Wir werden uns wahrscheinlich gar nicht sehen», sagte Maxim.

Wir sahen uns am Souvenirstand.

Wir sahen uns erneut auf der Damentoilette.

Wir sahen uns wieder, als wir für Getränke anstanden.

Und es war vollkommen in Ordnung, wirklich.

Vielleicht war es in Ordnung, weil ich *Rebecca* inzwischen zu Ende gelesen und mir vorgenommen hatte, niemals so wie dzMdW zu werden. Vielleicht lag es daran, dass das Bild von uns, wie wir an unseren Geburtstagen in einer Konzerthalle umeinander herumtänzelten, einen guten Jenny-Lewis-Song abgegeben hätte. Vielleicht lag es daran, dass wir in einem Amphitheater voller Menschen waren, die alle auf die gleiche Musik standen, und ich mich von der Teenager-Vorstellung verabschiedet hatte, dass andere Leute, die die gleiche Band wie ich mochten, meine eigene Liebe zu dieser Band bedrohten.

Oder vielleicht lag es daran, dass Rebeccas Mutter zu mir kam, um mir Hallo zu sagen. Sie sagte, sie habe einen Essay von mir gelesen und sich mit ihm identifizieren können. Wir fanden beide, dass so viele von uns die gleiche Geschichte hatten.

Ich ging zurück zu meinem Platz. Ich hatte meinem Freund ein überteuertes Bier mitgebracht. Ich flüsterte ihm zu, dass ich mit Rebeccas Mutter gesprochen hatte und es nett gewesen war. Er drückte mich.

Die Sitzplätze des Amphitheaters waren eng, und Maxim lehnte sich zu mir hinüber, sodass ich kaum Platz hatte, mein Bier zu trinken. Es war nicht seine Schuld – er war eben groß –, aber er hätte sich trotzdem ein wenig zurücknehmen können. Wenn er gewollt hätte, hätte er die ganze Zeit über ein bisschen mehr Platz für mich machen können.

Auf der Bühne nahm Jenny Lewis, in goldenem Kleid, das Haar in unendliche Höhen auftoupiert, den Hörer eines neonpinken Telefons ab, das schon sehr lange geklingelt hatte.

Die Neunhundert-Kilo-Biene

Sehr geehrte Damen und Herren,
ich schreibe Ihnen heute, um Einspruch einzulegen gegen das Wort Kremations-Rückstände, das einer Ihrer Mitarbeiter verwendete, als er sich zwei Tage nach dem Tod meines Vaters mit meiner Mutter und mir zusammensetzte. ... [Eine] Familie in Trauer ist darauf nicht vorbereitet. ... Wir haben uns noch nicht einmal daran gewöhnt, dass einer unserer Lieben nicht mehr unter uns ist. Es spricht nichts dagegen, den Begriff Asche weiterhin zu verwenden. Wir sind durch unsere Bibellektüre an ihn gewöhnt, und er gibt uns sogar Trost. Wir würden ihn nicht falsch verstehen. Wir würden wissen, dass diese Asche nicht die gleiche ist wie die im Kamin.

Lydia Davis, *Brief an ein Bestattungsunternehmen*

Von den Sechzigern bis in die Achtzigerjahre besaßen meine Großeltern ein Haus auf Martha's Vineyard. In Menemsha, wenn es euch interessiert, also in dem Teil der Insel, der als der künstlerische galt, der jüdische, der, in dem noch echter Fischfang stattfindet. Mich interessierte es, denn meine Großeltern hatten das Haus noch vor meiner Geburt verkauft. Es war eine graue Saltbox an einem See mit einer Scheune und einem Ruderboot. Das Haus gibt es immer noch. Das weiß ich, weil ich 2019 auf Martha's Vineyard war, um John Belushis Grab aufzusuchen, und daran vorbeifuhr. Mehr noch: Ich ließ den Motor meines Autos laufen und ging so weit die Einfahrt hoch, wie ich es mich traute, ohne Angst zu bekommen, dass man gleich die Polizei rufen würde.

Das Haus bedeutet mir etwas, weil es auf den glücklichsten und schönsten Fotografien der älteren Generation meiner Familie immer im Hintergrund steht. Meine Familie ist auf diesen Bildern jung und braun und entspannt. Allen hat die salzige Gischt das Haar verfilzt, alle sind barfuß, alle lesen dicke Schundromane und angeln Blaubarsch und nehmen Blaubarsch aus und essen Blaubarsch, und irgendwann ist meine Mutter schwanger, also werde auch ich dort, in diesem Haus, gewesen sein, aber nur als Zellhaufen, ich werde also Unmengen an Blaubarsch zu mir genommen, aber diese paradiesischen Sommer verpasst haben, was mich furchtbar neidisch werden lässt.

Ich hatte immer gedacht, dass auch ich so ein Leben wie meine Familie, so eine Geschichte wie sie haben würde. Dass ich mich eines Tages in einer Erzählung wie der meiner Großeltern wiederfinden würde – in einer Liebe, die so unvermeidbar war, dass sie auf der Bühne des Blackfriars-Guild-Theaters begann und über sechzig Jahre hielt. Oder dass ich selbstverständlich eines Tages Teil einer Geschichte wäre, die mit Fotos von mir bebildert wäre, wie ich unglaublich jung und schwanger am Meer stehe – wie meine Mutter mit ihrem schwarzen Badeanzug und der Plastik-Swatch.

Aber ich bin nicht mehr jung, und meine Lebensgeschichte ähnelt bisher noch nicht einmal ansatzweise dem Leben, das sie hatten. Die Geschichte, die ich mir vorstellte, hätte sich auf dieser paradiesischen Terrasse auf Martha's Vineyard abgespielt. Ein Leben, das ich in dieser Form gar nicht mehr führen möchte, es sei denn aus Gewohnheit. Einer Gewohnheit, die nur schwer abzulegen ist.

Was ich damit sagen will: Als ich in der Einfahrt des Hauses stand, das nicht mehr meiner Familie gehört, im Rücken den laufenden Motor, erkannte ich das Haus aus meinen Familien-Fantasien wieder, aus einer Geschichte über mein späteres Leben, die ich mir immer wieder erzählt hatte. Einer Geschichte, der ich anscheinend immer noch nachtrauerte.

Bevor ich euch die Anekdote erzähle, die alles ins Rollen gebracht hat, solltet ihr wissen, dass meine Mutter ein recht lockeres Verhältnis zur Wahrheit pflegt.

Als kleines Mädchen fuhr meine Mutter mit ihrem Bruder und ihren Eltern auf die Insel. In manchen Sommern waren auch ihre Paten, Penn und Janet Kimball, dabei. Die Erwachsenen waren alle Journalisten.

Als Janet starb, war Penn am Boden zerstört, und man beerdigte sie auf dem Friedhof in Chilmark, weil die Insel ihr Lieblingsort gewesen war. Laut meiner Mutter besuchte Penn regelmäßig Janets Grab, weinte bitterlich und legte Blumen nieder.

«Und dann», erzählt meine Mutter, «starb John Belushi, und die Hölle brach los.»

Wie ihr wahrscheinlich wisst, war John Belushi Komiker, *Saturday Night Live*-Star, spielte die Hauptrolle in *Ich glaub', mich tritt ein Pferd* und *Blues Brothers* und war in den Siebzigern eine wilde Ikone des weißen Partyvolks.

Meine Mutter erzählt weiter: «Er wurde dann direkt neben Janet begraben, und auf der einen Seite haben wir Penn, der um seine Frau trauern will, und auf der anderen die Belushi-Fans, die dort ständig zum Feiern hinkommen.»

«Was meinst du mit ‹feiern›?»

Meine Mutter skizziert also folgendes Splitscreen-Szenario: auf der linken Seite Penn, ein weinender, alternder weißer Journalist. Auf der rechten Seite ein wilder Partyhaufen von *Ich glaub', mich tritt ein Pferd*-Statisten. Oben ohne, betrunken, allesamt leben sie schnell und sterben jung. Tequila auf dem Grab, zerbrochene Flaschen, Leute, die dort Sex haben und «immer ihre Unterwäsche hinterließen».

Die Geschichte ist inzwischen nicht mehr sonderlich glaubwürdig. Aber meine Mutter fährt fort.

«Also ließ er ihn exhumieren.»

«Was?»

«Er ließ ihn exhumieren! Penn war so wütend, dass er sie dazu brachte, Belushis Leiche auszubuddeln und ihn auf irgendein Grundstück auf der anderen Seite des Friedhofs umzubetten, damit Penn wieder in Ruhe trauern konnte.»

«Und fanden dort drüben dann immer noch Partys statt?», frage ich. «War seine Familie nicht sauer?»

«Ich glaube, sie haben ihn irgendwohin verfrachtet, wo ihn niemand finden konnte», sagt meine Mutter.

«Das hört sich nicht richtig an.»

«Außer seiner Frau, natürlich.»

«Natürlich.»

***

Die Sache ist die: Die Belushi-Geschichte meiner Mutter stimmt nicht. Oder, um genau zu sein, die Details der Geschichte stimmen nicht, aber die Grundzüge schon.

Als ich meiner Mutter zum ersten Mal erzählte, dass ich ihrer Geschichte über Belushi nachgehen wolle, schien sie besorgt. Am Abend schickte sie mir eine Nachricht, die sie Siri diktiert hatte, alles in Großbuchstaben:

HALLO SCHÄTZCHEN VIELLEICHT WAR ES NICHT DIREKT NEBEN JANETS GRAB ABER ES WAR GANZ SICHER AUF DEM CHILMARK ABLES HILL FRIEDHOF A-B-E-L-S GUCK DOCH MAL NACH OKAY KUSS KUSS KUSS

Ich schrieb zurück: BOO MACH DIR KEINE SORGEN, WENN ES ANDERS WAR. ICH BIN EINFACH NUR NEUGIERIG.

Sie antwortete, WENIGSTENS BIN ICH FÜR IRGENDWAS GUT

Das ist Familien-Stenografie.

«Wenigstens bin ich für irgendwas gut», sagt meine Mutter immer, wenn sie eine Geschichte so herrlich und offensichtlich falsch erzählt hat, dass die ganze Familie vor Lachen unter dem Tisch liegt und sie dann aufzieht. «Wenigstens bin ich für irgendwas gut», sagt sie dann und meint damit: gehänselt und schikaniert zu werden. Aber auch: die Dinge interessant zu machen. Und das bedeutet: Was würdet ihr nur ohne mich tun.

Es ging mir nicht darum, zu beweisen, dass die Geschichte meiner Mutter falsch war. Was mich daran interessierte, war die Idee unvereinbarer Trauerformen – zwei Menschen, deren man auf dem gleichen Flecken Erde so unterschiedlich gedachte.

Die Trauer interessierte mich, weil wir in meiner Familie keine Rituale für die Toten haben. Das heißt nicht, dass wir noch nie jemanden verloren hätten, dass wir noch nie mit unseren Toten fertigwerden mussten. Es ist nur so, dass wir nicht wissen, was wir mit ihnen tun sollen.

***

Unauthorisierter Nachruf auf meine Großmutter:

Maureen Joyce wurde 1928 geboren. Maureen Joyce wuchs in New Bedford, Massachusetts, auf, wo die Jungs die Strumpfbandfische aus dem Cape-Cod-Kanal mit einem Schlag auf den Kopf töteten. Maureen Joyce war frankokanadisch und irisch und wahrscheinlich auch englisch, aber darüber reden wir nicht. Maureen Joyce verlor selbst in Harvard ihren Massachusetts-Dialekt nicht. Maureen Joyce bläute ihren Enkelinnen ein, keine Matrosen abzuschleppen, als sie sie in der Mall alleine ließ. Maureen Joyce hätte ohne Probleme jeden Matrosen dieser Welt abschleppen können.

***

Schon eine kurze Recherche bringt zutage, dass Belushi tatsächlich exhumiert wurde, aber trotz der Friedhofsnachbarschaft nicht, weil seine Trauergemeinde den Geist der Patentante meiner Mutter störte.

Das Grab wurde auf Wunsch von Belushis Frau Judith Jacklin verlegt, und ich war erleichtert, dass niemand im näheren Umfeld meiner Familie für irgendwelche Exhumierungen verantwortlich gewesen war.

An Belushis Grab muss tatsächlich einiges los gewesen sein. Ich habe zwar keine Beweise dafür gefunden, dass Menschen «immer ihre Unterwäsche hinterließen», aber angesichts der Tatsache, dass das *Time*-Magazin Belushis Grab als eines der «Top 10 Promigräber» listet, scheint es nicht ganz abwegig. In dem Artikel heißt es: «Die Zerstörung von Belushis Grabstein im Namen des Rock 'n' Roll macht Probleme. Nachdem Fans zum wiederholten Male den Bereich rund um Belushis Grab vermüllt hatten, betteten Mitarbeiter des Friedhofs auf Martha's Vineyard, Mass., Belushis Leichnam auf Bitten seiner Ehefrau an eine unmarkierte Stelle in einiger Entfernung zum Grabstein um. Nun kann der *Saturday Night Live*-Spaßvogel in Frieden ruhen.»

Natürlich wollte Belushis Familie nicht an einem Ort trauern, der regelmäßig zugemüllt wurde, aber mir gefällt die Vorstellung, dass ein Grabstein zu einer völlig chaotischen archäologischen Fundstätte wird – so bevölkert, so unordentlich, so lebendig.

Aber was mir nicht gefällt: Wenn jemand, der furchtbar jung

stirbt, als «Spaßvogel» bezeichnet wird. Natürlich war Belushi komisch. Aber er starb an einer Überdosis Heroin und Kokain. Ich stelle ihn mir als einen äußerlich hemdsärmelig lustigen, aber innerlich schwermütigen Menschen vor, und für solche Figuren habe ich etwas übrig, auch wenn das vielleicht reine Projektion ist. Spaßvogel. Ich projiziere etwas in ihn hinein, weil ich selbst in Teilen so bin, und sollte jemand eines Tages das Wort SPASSVOGEL auf meinen Grabstein meißeln, werde ich extra von den Toten auferstehen, um ihm den Mittelfinger zu zeigen und zu sagen: «Du hast das Thema verfehlt. Sogar im Tod. Vor allem im Tod.»

Also gibt es zwei Gräber von John Belushi. Eines ist ein öffentlicher Grabstein mit einem grinsenden Totenkopf und gekreuzten Knochen, darunter steht: HIER LIEGT BEGRABEN DER KÖRPER JOHN BELUSHIS // ICH BIN ZWAR WEG, ABER ES LEBE DER ROCK AND ROLL, und eines ist geheim, unmarkiert, nur seine Familie kennt den Ort. Man hat ihn zweimal auf diesem Friedhof begraben. Oder besser, es gibt zwei Belushi-Versionen, und beide wurden begraben. Er war ein Mann, der sich im Tod verdoppelte. Vielleicht verlangte das Leben das auch von ihm. Vielleicht war das schmerzhaft.

***

Die Geschichte meiner Mutter über die unvereinbaren Trauergemeinden, die sich einen Friedhof teilen mussten, beschäftigt mich selbst dann noch, ja gerade dann, als sie beginnt, ins Wanken zu geraten.

Also kaufe ich mir ein Fährticket, um einige Tage auf Martha's Vineyard zu bleiben. Ich frage zwei meiner Amigas Sin Fronteras, Marta und Monica, ob sie mich bei meiner Suche nach Belushi begleiten wollen. Sie sagen, dass sie liebend gern mitkommen und guten Fisch essen möchten, und dass ich sie, wenn ich von meiner Friedhofsexkursion zurückkomme, jederzeit am Strand finde.

***

Unauthorisierter Nachruf:

Maureen Joyce war beim Blackfriars Guild für die Requisiten verantwortlich und Sekretärin bei Paramount Films. Maureen Joyce arbeitete für verschiedene Zeitungen. Maureen Joyce behauptet, dass sie die Rockettes dazu brachte, für ein besseres Gesundheitssystem zu streiken. Maureen Joyce behauptet, eine Herz-Lungen-Wiederbelebungsmethode für Hunde erfunden und einst eine Bulldogge namens Chauncy mit riesigen Hängebacken wiederbelebt zu haben, die sich an einem Hühnerknochen verschluckt hatte. Maureen Joyce lernte in Peking, wie man chinesisch kocht, in Tokio das Ikebana, lernte tanzen in Haiti und reiten im Santa Ynez Valley, und das waren ihre Lieblingsorte. Maureen Joyce tötete einmal mit ihrem Rechen eine giftige Mokassinotter und bewahrte sie in der Gefriertruhe auf. Maureen Joyce zeigte ihren Enkelinnen die Sextänze sich paarender Taranteln im Hinterhof und sagte, dass sie wunderschön seien. Maureen Joyce kochte tote Hühner für die über ihrem Hinterhof kreisenden Bussarde und fütterte sie regelmäßig, und statt eines Familienfotos stand auf ihrem Schreibtisch ein gerahmtes Foto dieser Bussarde. Ihrer «Großen Jungs», wie sie sie nannte.

***

Als ich meiner Mutter erzählte, dass ich ein Fährticket nach Martha's Vineyard gebucht hatte, sagte sie: «Oh, sehr gut, wenn du schon da bist, kannst du gleich die Asche deiner Großeltern verstreuen.»

Ich weiß: Darüber zu schreiben, wie man eine Reise macht, um die Asche von jemandem zu verstreuen, ist ein scheiß Klischee.

Ich spielte einmal mit dem Gedanken, meinen Studenten eine Liste mit Plots zusammenzustellen, über die sie niemals schreiben dürften, und «Eine skurrile Reise, in der die Asche von jemandem verstreut wird und der Mensch, der sie verstreut, wieder zurück ins Leben findet» wäre sicherlich unter den Top Five gewesen.

Aber nun drängte sich diese Asche in meine Belushi-Geschichte. Wäre es nach mir gegangen, hätte ich über die Toten anderer geschrieben und mich dann an den Strand gelegt.

Ich bin mir sicher, dass das Letzte, was ihr hören wollt, eine weitere Geschichte über die Asche Verstorbener ist, aber es gibt nun mal zu viele Asche-Geschichten, weil einfach zu viele Menschen sterben. Solange wir immer wieder geliebte Menschen verlieren, wird dieses Thema nicht verschwinden, es sei denn, wir einigen uns alle darauf, unsere sterblichen Überreste wie Hunter S. Thompson aus einer Zirkuskanone in die Welt schießen zu lassen, eine Initiative, die ich mit ganzem Herzen unterstützen würde.

Und wisst ihr was?

Das Einzige, was schrecklicher ist als eine Geschichte über jemanden, der sich auf eine Reise begibt, um Asche zu verstreuen, ist, ein tatsächlicher, echter Mensch zu sein, der die Asche geliebter Menschen mit sich herumschleppt. Jemand zu sein, der am Boden zerstört und wütend ist und trauert und sich jetzt zusätzlich noch wie ein beschissenes Klischee fühlt. Als hätte die eigene Traurigkeit etwas Müdes und Überflüssiges an sich, das aber nicht weniger schwer wiegt, weil es so gewöhnlich ist.

***

Ich hatte junge Großeltern. Sie waren gerade einmal fünfzig, als ich geboren wurde, und halfen, mich großzuziehen. Im Sommer, als ich mich auf die Suche nach John Belushis Leiche machte, waren sie seit einem und fünf Jahren tot.

Meine Großeltern waren beide eingeäschert worden, aber wir hatten bisher nichts mit ihnen gemacht. Ich war mir nicht sicher, ob es richtig wäre, dieses Ritual alleine zu vollziehen.

«Sollten wir das nicht irgendwie als Familie zusammen machen?», frage ich meine Mutter.

«Alle werden sich freuen, wenn du das machst», sagt meine Mutter. «Du würdest uns einen Gefallen tun.»

«Ruf Randy an», sage ich. Ihren Bruder, den Sohn der sterblichen Überreste. «Und frag Leslie», sage ich, meine Schwester.

«Alles ist gut», sagt meine Mutter. «Es wird niemandem was ausmachen.»

«Verfluchte Scheiße», sage ich, «Ich tu das erst, wenn du alle angerufen hast und sie alle zugestimmt haben.»

Ich weiß, dass sich das vielleicht seltsam anhört. Aber mein Onkel lebt im Ausland. Meine Schwester hat vor Kurzem ein Baby bekommen. Meine Eltern haben gerade drei schmerzhafte Jahre damit verbracht, sich 24 Stunden um meine Großmutter zu kümmern, während ihr Alzheimer stärker und ihr Körper schwächer wurde, und sie machten das mit engelsgleicher Geduld und Nachsicht. Alle in meiner Familie hatten sehr viel mit ihren eigenen Familien zu tun, nur ich nicht. Meine andere Familie bestand aus Marta und Monica, aber die wurden nicht als Familie wahrgenommen.

Einige Tage später rufe ich meine Mutter an und erfahre, dass mein Onkel nicht nur zustimmt, sondern auch eine Best-of-Liste von Stränden aufgestellt hat, die sich besonders gut zum Asche-Verstreuen eignen.

«Wann ist ein Strand denn ‹besonders gut geeignet›?», frage ich. Die Wertung brauchbarer Strände erfolgt nach zwei Kriterien. Kriterium Nummer eins: wie sehr meine Großeltern den Strand mochten. Kriterium Nummer zwei: wie wahrscheinlich es ist, dass ich wegen unerlaubten Verstreuens menschlicher Überreste an diesem Strand festgenommen werde.

***

Wir gehören zu der Sorte Familie, die immer rumblödelt. Zunächst spielte ich meine Rolle gut, aber ich gebe zu, dass ich später ein wenig traurig und wütend war, dass man mir diese Aufgabe zugeteilt hatte. Ich hatte gehofft, nicht alleine herausfinden zu müssen, wie man trauert. Ich hatte geglaubt, dass es zusammen mit meiner Ursprungsfamilie leichter gewesen wäre, dass ich mich nicht so fehl am Platze gefühlt hätte.

Aber was sollte ich tun? Stattdessen beschloss ich also, dass alles okay wäre. Sogar lustig. Wir sind eine Familie, die angesichts allzu starker Gefühle zu scherzen beginnt und auf das Beste hofft.

Schaut her, es ist alles gut, wir können drüber lachen.

Syndiziert mich ruhig. Ich bin bereit. Ich hatte schon viel Übung.

In einer verrückten Wendung der Geschichte nimmt Spaßvogel die Asche ihrer Großeltern mit in den Urlaub! Noch lustiger wird es, als Spaßvogels Mutter die Asche in einer Geschenktüte mit Schleife verpackt. Spaßvogel stemmt die Hände in die Hüfte und fragt: Ist das wirklich angemessen? [*Gelächter wird eingespielt. Weiter.*] Heute Abend. *In einer ganz besonderen Folge erinnert sich Spaßvogel daran, dass ihr letzter Freund sie, kurz, nachdem ihr Großvater verstorben war, betrog –* Lag es daran, *dass sie für eine Woche zu traurig war, um Sex zu haben? [Traurige Posaunenklänge. Weiter.] Spaßvogel wird auf der Fähre nach dem Verzehr von zu viel Cranberry Fudge schlecht! Weiter. Das Finale der letzten Staffel wird wiederholt. Spaßvogels nächster Freund versteht nicht, warum es so eine große Sache ist, dass ihre Großmutter stirbt. Während sie am Krankenbett ihrer Großmutter sitzt, bombardiert er sie mit Handy-Nachrichten über eine Hochzeit, zu der er nicht gehen will. [Lachkonserve. Weiter.] Spaßvogel steht in einer felsigen Strandbucht voller Möwen und weint. [Lachkonserve.] Spaßvogel fragt sich, ob ihre Großeltern das wirklich gewollt hätten. [Lachkonserve.] Spaßvogel fragt:* Woher wissen wir, was wir mit unseren Toten machen sollen? *[Gelächter wird eingespielt. Das Filmmaterial bitte ignorieren. Einfach Gelächter einspielen, alles andere wird schon.]*

Jede komplizierte Familie hat ihren Narren, und ich spiele in der obersten Liga mit.

Spaßvogel ist ein Clown, der sich durch Humor Ruhe verschafft, denn solange alle lachen, ist Spaßvogel in Sicherheit. Spaßvogel wird ihren eigenen Brustkorb aufbrechen, nur um zu zeigen, was für ein absurdes schlagendes Ding sie da drinnen ist, nur zum Scherz, nur für einen Lacher.

Versucht jetzt nicht, mir zu sagen, so müsse es nicht sein.

Es ist zu spät. Ich habe mich schon in die Glöckchen meiner Narrenkappe verliebt.

***

Es ist furchtbar, wie in der Presse über Belushis Tod geschrieben wurde. In der *Los Angeles Times* stand in einem Artikel: «Das kräftige Partytier, der *Saturday Night Live*-Fernsehstar … wurde am Freitag tot aufgefunden, sein nackter Körper lag in Embryohaltung auf dem Bett eines Hotelbungalows in Hollywood, für den man 200 Dollar pro Tag hinlegen muss.»

«In Embryohaltung», das ist guter Schreibstil. Es ist auf eine zudringliche Art anschaulich. Man spürt in diesen Zeilen, dass Belushis Körper nicht mehr ihm gehört, und als seine Grabstätte so stark frequentiert wurde, fühlte es sich für seine Familie vielleicht wieder so an. Vielleicht verlegten sie sein Grab, um seinen tatsächlichen Körper vor Fremden zu verstecken, die meinten, einen Anspruch auf ihn zu haben. In einem *Rolling Stone*-Artikel von Lynn Hirschberg aus dem Jahr 1984, in dem es um Bob Woodwards kontrovers diskutierte sensationalistische Belushi-Biografie *Wired* geht, schreibt sie: «Die Menschen behaupten, alles wären Fakten ... Das sind keine Fakten. Das ist ein Strauß voller Meinungen und Erinnerungen anderer, der als Fakt verkauft wird. ... Wir reden hier über mein Leben. Ich war dabei. Vielleicht hat er sich das anders notiert, aber ich habe recht.»

Jacklin ließ Johns Leiche, aber nicht den Original-Grabstein umbetten. Und ironischerweise betont dieser öffentliche Grabstein die körperliche Anwesenheit des Begrabenen:

HIER LIEGT BEGRABEN
DER KÖRPER
JOHN BELUSHIS

Das ist eine Lüge und führt in die Irre, nicht nur, weil die Erde unter dem Stein leer ist, sondern auch, weil Jacklin der Öffentlichkeit nicht Belushis Körper gab, noch nicht einmal sein wahres Ich, wie die Familie es kannte, das Grab in Form des zugänglichen Grabsteins war für das Bild, das wir von ihm hatten. Ein Fantasieort für uns Fremde, um alle vergänglichen, heraufbeschworenen Teile jenes Belushi zu betrauern, den wir zu kennen glaubten.

***

Seit Tagen bitte ich meine Mutter, mir die Asche auszuhändigen, und schließlich gesteht sie, sie gar nicht zu haben.

«Wo ist sie denn?», frage ich.

«Beim Bestatter», sagt sie, und das heißt, dass die Asche meiner Großmutter seit fast einem Jahr beim Bestatter lagert.

«Sie vermischen sie mit der Asche deines Großvaters.»

«Kannst du mir mal was verraten?», frage ich. «Ich dachte, Großvater sei in den Bergen verstreut worden. Ich dachte, die Rancheros hätten ihn auf einen letzten großen Wanderritt mitgenommen.»

Die Rancheros sind eine Art Cowboy-Verbindung, der mein Großvater sich anschloss, als er ins Santa Ynez Valley in Kalifornien zog. Obwohl alle Mitglieder in ihren Siebzigern waren und jeder dort Schusswaffen besaß, machten sie solche Dinge, wie nachts gegenseitig in Scheunen der jeweils anderen einzubrechen und deren Pferde in leuchtenden Farben anzumalen. Meine Großmutter hatte sich dem Pendant für Frauen angeschlossen, das sich, wirklich wahr, die Fillys nannte. So, wie ich es verstanden hatte, gab es auf ihrem jährlichen Wanderritt in den Bergen einen Ort, an dem gefallene Rancheros verstreut werden konnten, und das, dachte ich, wäre auch mit der Asche meines Großvaters passiert.

Meine Mutter schüttelt den Kopf. «Sie verstreuten nur einen Messbecher voll», sagt sie.

«Einen Messbecher voll ...»

«Deine Großmutter hatte versprochen, ihnen seine Asche zu schicken, aber dann entschied sie sich, dass sie vielleicht doch gerne später mit ihm zusammen wäre, also maß sie mit einem Waschmittel-Messbecher nur eine Handvoll Asche ab und schickte sie den Rancheros in einem gepolsterten Umschlag.»

«In einem gepolsterten Umschlag?»

Sie nickt ernst. «Den Rest behielt sie, weil sie gerne mit ihm vermischt werden wollte. Das haben sie auch schon gemacht. Ich muss die beiden einfach nur noch abholen und vergesse es ständig. Ich hatte zu viel zu tun.»

«Solange du nicht sonderlich wirst und absichtlich vergisst, mir die Asche auszuhändigen», sage ich. «Nächste Woche komme ich wieder.»

«Erinnere mich einfach daran, sollte es so aussehen, als würde ich es wieder vergessen.»

Bevor ich früh am nächsten Morgen fahre, überlege ich, was ich auf einen Notizzettel schreiben könnte, um meine Mutter daran zu erinnern, bitte die vermischte Asche ihrer Eltern abzuholen, ohne dass das Erste, was sie nach dem Aufwachen sieht, ein Post-it mit den Worten VERGISS NICHT, DASS DEINE BEIDEN ELTERN TOT SIND! ist. Im Waschraum finde ich einen Waschmittel-Messbecher.

Ich schreibe NICHT VERGESSEN! auf einen Papierfetzen und stecke ihn in den Messbecher. Ich stelle ihn auf den Küchentresen.

Nach zwei Stunden im Auto vibriert mein Handy.

Es ist eine Nachricht meines Vaters: OH MEIN GOTT.

Mein Handy vibriert erneut.

Eine Nachricht meiner Mutter: BIN DRAN!

***

Als ich überlege, ob ich die Asche meiner Großeltern verstreuen soll, erleichtert mich die Vorstellung, dass wir es dann endlich getan haben werden. Weil die Asche dieser beiden Menschen, die ein so großartiges Leben geführt haben, wohl eher nicht in einem Schrank aufbewahrt werden sollte. Aber eigentlich will ich auch, dass meine Familie mir zeigt, wie man trauert. Wie man jemandes gedenkt. Wie man mit diesem Verlust klarkommt. «Wer sind wir? Wer bin ich? Wie mache ich das?», will ich sie fragen.

Der Gedanke, das alles alleine lernen zu müssen, macht mir unglaublich viel Angst.

Und vielleicht macht mir auch die Vorstellung dieses Rituals unglaublich viel Angst, denn natürlich, es ist für die, die nicht mehr unter uns sind, aber in der Praxis ist es eigentlich nur für mich. Auf welche Art werde *ich* mich von diesen großartigen Menschen, die *ich* liebe, verabschieden? Ist es ein Abschied von mir? Ein Abschied für mich? Woher soll ich das denn wissen?

***

Es ist Sommer, und Marta und Monica und ich sitzen auf meiner Veranda. Mein Hund wuselt um uns herum und versucht, seine Schnauze in ihren Armen zu vergraben. Ich habe uns starke Gin Tonics mit viel Limone in blauen Mason-Gläsern gemacht und erzähle ihnen erst von unseren aktualisierten «Urlaubs»-Plänen, als sie mit ihren Drinks fertig sind. Es ist eine Sache, jemanden dabei zu begleiten, wie er nach einem Promigrab sucht. Eine ganz andere ist es, die Toten anderer zum Strand zu karren. Ich bin überzeugt, dass sie sich mit Ausreden aus der Sache herausziehen werden.

«Natürlich helfen wir dir», sagt Marta.

«Meine Familie ist sehr gut darin, illegal menschliche Überreste zu verstreuen», sagt Monica. Die Geschichte, die dann folgt, spielt auf einer überfüllten Fähre nach Staten Island.

Ich bin extrem erleichtert.

***

Das Beste von Belushi
Saturday Night Live, Staffel 3,
Folge 13, 11.3.78
«Schiller's Reel: Blick nicht im Zorn zurück»

[Die erste Einstellung zeigt einen gealterten John Belushi in einem Zugabteil]

John Belushi: Hier muss ich wohl raus.

[Schnitt: John spaziert an einem kalten Wintertag über einen Friedhof]

John Belushi: Ja ... sie dachten alle, ich würde als Erster den Löffel abgeben. Ich war einer von diesen «Schnell leben, jung sterben, als Leiche noch gut aussehen»-Typen, wisst ihr? Aber da haben sie sich wohl getäuscht. [Zeigt mit seinem Gehstock auf einen Grabstein] Da sind sie – alle meine Freunde. Dies hier ist der «Nicht bereit für die Prime Time»-Friedhof. Folgt mir.

[John quält sich den verschneiten Hügel hinauf]

Also ... hier haben wir Gilda Radner. Ach ja ... sie hatte jahrelang in Kanada ihre eigene Fernsehshow. Die Gilda Radner Show. [Stille] Na ja, wenigstens kann ich mir alte Folgen von ihr angucken. Sie war ein Herzchen, Gott hab sie selig ...
Das hier ist Garrett Morris. Also, Garrett ... Garrett stieg aus der Show aus und arbeitete dann jahrelang im Black Theatre. Dann starb er an einer Überdosis Heroin. [Eingespielte Lacher branden auf]
Hier haben wir Bill Murray. Er hat am längsten gelebt – 38 Jahre. Ach ja ... aber er war glücklich, als er starb – hatte sich gerade erst wieder seinen Schnurrbart wachsen lassen. Wahrscheinlich wächst er immer noch.

Hier drüben liegt Chevy Chase. Hat direkt nach seinem ersten Film mit Goldie Hawn den Löffel abgegeben.
Und hier liegt Danny Aykroyd. Er hat seine Harley wohl zu sehr geliebt. Sie haben ihn kurz vor dem Unfall mit 280 Sachen geblitzt. Alles nur verschwommen. Man bat mich, seine Leiche zu identifizieren. Ich habe ihn an seinen Schwimmhäuten erkannt.

[Lässt Blumen auf Aykroyds Grab fallen]

Saturday Night Live war die beste Erfahrung meines Lebens. Und jetzt ist niemand mehr da. Und ich vermisse jeden Einzelnen. Warum ich? Warum habe ich so lang gelebt? Sie sind alle tot. [Nachdenklich] Ich sag euch, warum … Weil ich ein Tänzer bin!

[Musik, John lässt seinen Gehstock fallen und tanzt um die Gräber]

[Es wird rausgezoomt, das Bild wird schwarz]

***

Marta und Monica und ich fahren in meinem Auto auf die Fähre.

Der wehende Wind, der brummende Motor und die spritzende Gischt lassen die Menschen auf einer Fähre auf eine angenehme Art verschwinden. Ich bleibe immer auf Deck. Ich lehne mich immer zu weit über die Reling. Ich lasse meine Haare machen, was sie wollen.

Die Insel wird immer größer und kommt uns entgegen, und wir legen an und biegen von der Fähre in den Straßenverkehr ein, um zu unserer Frühstückspension zu fahren. Die Autoprozession bewegt sich kaum von der Stelle. Ein Urlaub zwischen Stoßstangen. In allen Autos läuft Musik, die Fenster sind geöffnet. Wir sind eine Parade, die die Straßen eingenommen hat, um zu verkünden, dass wir Spaß haben wollen. Ich trage eine Kette meiner Großmutter aus weißen chinesischen Perlen, die mit blauer Tinte verziert sind. Sie ist lang.

***

Vier Jahre, nachdem Belushi Blumen auf Danny Aykroyds unechtem Grab niederlegte, fuhr Aykroyd mit seiner Harley mit etwas weniger als 280 Sachen in Belushis Leichenzug auf Martha's Vineyard mit. Die Autos rollten langsam durch die staubigen Straßen. Aykroyd trug eine Lederweste und hatte sich ein Bandana mit der amerikanischen Flagge um die Stirn gebunden. Sie brechen einem das Herz, die Bilder von Aykroyd auf seiner Harley in dieser Prozession. Die Bilder von Aykroyd, wie er den Sarg trägt.

***

Die Killerbienen waren die ersten wiederkehrenden Figuren bei SNL. Laut Lorne Michaels hatte ihn der Sender nach dem ersten Sketch gebeten, keine weiteren Auftritte einzuplanen, denn im Grunde war die Geschichte zu dumm, um jemals wieder gesendet zu werden. Aus Sturheit oder weil er seine Macht offen zur Schau stellen wollte, entschloss sich Michaels stattdessen, die Bienen zu einer wiederkehrenden Nummer auszubauen. Folge für Folge streiften sich Belushi und die restliche Besetzung gestreifte Bienenkostüme über, die aussahen, als hätten liebevolle, aber vollkommen untalentierte Eltern sie genäht. Die Bienen tragen spiralige Antennen mit kleinen Kugeln an der Spitze. Während der Auftritte, die selten komplexere Plots hatten als «Die Bienen wollen deinen Pollen», federten die Antennen hypnotisch hin und her. Manche Sketche sind sehr rassistisch – Bienen als mexikanische Banditen. Erstaunlich viele Wortspiele rund um das Wort «Biene» werden gemacht.

In einem Sketch klettert Belushi leise durch ein Fenster auf der Bühne in ein Wohnzimmer, wo Gilda Radner lesend auf einem Sofa sitzt. Belushi hält Gilda Radner ein Messer an die Kehle, und sie schneidet übertriebene Grimassen. Neben dem Sofa steht ein Tisch, auf dem man ein Radio knacken hört. Der Moderator warnt die Bevölkerung vor den Killerbienen. «Die Bienen sind übergewichtig!», verkündet er. Der Streifenanzug betont Belushis Bauchansatz.

Die Bienensketche sind wahnsinnig lang. Jedes Mal denkt man, sie hören nie auf.

«Ich hasse die scheiß Bienen», sagte Belushi einmal, angeblich, weil es Ensemblegags waren, die ihm keinen Platz boten, im Mittelpunkt zu stehen.

Aber wenn ich das gewesen wäre? Wäre es um mehr gegangen.

An manchen Tagen hasst man die Rolle, die einem in diesem Leben zugeteilt wurde.

An manchen Tagen ist es schwer oder peinlich, eine Biene zu sein.

Manchmal missfällt einem, wie man besetzt wurde.

Wir eröffnen mit Spaßvogel, wie sie an ihrem Bienenanzug zerrt. Der ist zu eng!, ruft Spaßvogel. Für wen wurde der denn überhaupt genäht? *[Gelächter wird eingespielt] Spaßvogel steht vor dem ehemaligen Haus ihrer Großeltern auf Martha's Vineyard und klettert durch das Fenster. Sie trägt die Geschenktüte mit der Asche ihrer Großeltern. Spaßvogel plumpst ins Wohnzimmer und kann durch einen grotesken Jonglageakt die Tüte gerade noch auffangen. [Gelächter wird eingespielt] Gilda Radner sitzt auf dem Sofa und schreckt zusammen. Spaßvogel und Gilda starren einander für eine lange Minute an. Spaßvogels Bienenantennen wackeln.* Hier gehöre ich hin!, *ruft Spaßvogel.* Hier gehöre ich hin? *Gilda Radner schaut sie zweifelnd an.* Der Mann im Radio verkündet, Eine fast vierzig Jahre alte Frau befindet sich auf freiem Fuß und denkt, dass sie in diesem Haus bald eine Familie gründen wird. *Gilda kreischt. [Gelächter wird eingespielt] Dan Aykroyd betritt die Bühne von links, er schüttelt missbilligend den Kopf. [Gelächter wird eingespielt]* Ich werde in diesem Haus leben!, *ruft Spaßvogel.* Meine Babys und ich werden auf der Terrasse Blaubarsch essen! *Gilda Radner kreischt wieder. Spaßvogel presst die Geschenktüte mit der Asche an sich, ihr zu schneller Atem lässt den Anzug zittern. Dan Aykroyd zeigt auf die Tüte.* Verflucht noch mal, stell das ab – dieses Haus gehört dir nicht. Möglich wäre es aber, *sagt Spaßvogel.* Irgendwann einmal. *[Gelächter wird eingespielt]* Nein, *sagt Aykroyd und nimmt Spaßvogel die Tüte mit der Asche ab.* Nur, weil es ihnen gehört hat, heißt das nicht, dass es jetzt dir gehört, *sagt er und geht ab. [Verunsichertes Gelächter] [Abblende nach Schwarz]*

Jemand zu sein, der alle Phasen des Datens und «des Versuchens» und «Mich-auf-den-Markt-Werfens» durchmacht und von diesem ungewissen Irgendwann spricht, wenn ich dann erst einmal heirate und Kinder kriege und … Meinen Glauben daran auf die Bühne zu bringen? Meine immer schwächer werdende Überzeugung auf die Bühne zu bringen, dass ich das *auch wirklich will?*

Das ist meine Bienennummer.

Als ich das erste Mal in meinem Bienenkostüm auf die Bühne stolperte, akzeptierte ich dieses Skript wohl einfach, weil das auch meine Familienmitglieder taten. Weil die Menschen, die ich kannte, es taten.

Niemand zwang mich beim ersten Mal, die Nummer aufzuführen. Ich nahm einfach an, dass das die Rolle war, die ich zu spielen hatte.

Aber jetzt, Jahre später, führe ich sie immer noch auf. Es ist Spaßvogels älteste wiederkehrende Rolle. Und ich beginne, mich zu fragen: Aber *werde* ich denn jemals meinen sechzigsten Hochzeitstag feiern, so wie meine Großeltern? Werde ich jemals jung und wunderschön und schwanger am Meer stehen?

Nein, nein, nein.

Ich habe noch viele Möglichkeiten, meine Zukunft zu gestalten, aber diese beiden hat die Zeit bereits ausgeschlossen.

Und das weiß ich, und dennoch kann ich die Asche dieser Lebensgeschichte, die nicht meine sein wird, nicht einfach freigeben. Vielleicht vor allem deswegen nicht, weil ich immer noch meine Bienennummer für andere aufführe. Weil ich nach wie vor so tue, als würde alles vielleicht irgendwann doch wahr werden.

Und je länger die Nummer dauert, desto unwohler fühle ich mich damit. Hier bin ich, in meinen Dreißigern, und date noch immer! Hier bin ich und bastle aus alldem lustige Anekdoten! Schaut nur, wie schlecht ich in der Liebe bin, wie schlecht ich darin bin, das Leben zu führen, für das ich doch immer bestimmt war? Seht ihr, wie schlecht dieser Bienenanzug sitzt?

Kann ich mich einfach aus ihm herausschälen?

Für wen führe ich das Stück eigentlich auf?

***

Die Bienennummern sind wahrscheinlich der Grund, warum Belushi und Aykroyd sich vor Lachen bogen, als sie eines Tages mit Johns Jeep an den Strand fuhren und dort das Album einer Band namens The Ventures hörten, auf dem ein Song ist, der «The 2000-Pound Bee» heißt. Das Lied ist ein herrlich ausgefranstes, verzerrtes Surf-Rock-Instrumental mit Proto-Punk-Charakter. Ein bisschen albern, aber auch beschissen gut. Laut Woodwards Biografie sagte Aykroyd, nachdem sie das ganze Lied über gelacht hatten: «‹Du musst mir was versprechen … wenn ich vor dir sterben sollte, musst du auf meiner Beerdigung diesen Track abspielen … Weil es …› Und er musste wieder lachen, dann fuhr er fort: ‹Wäre das nicht großartig, eine Kirche voller Leute mit diesem lauten, harten Lied zu beschallen!› ‹Klar›, sagte John. ‹Und du machst das Gleiche für mich.› Er meinte es ernst: ‹The 2000-Pound Bee› war genau die richtige Botschaft. ‹Auf jeden Fall›, versprach Aykroyd. ‹Auf jeden Fall!›.»

***

Monica und Marta und ich kommen in unserer Frühstückspension in Menemsha an und packen aus.

Der Kofferraum ist leer, abgesehen von einer Geschenktüte, in der sich eine Kiste befindet, in der sich die Asche meiner Großeltern befindet. Ich bin mir unsicher, ob es seltsam ist, die Tüte mit reinzunehmen, und so stehe ich auf dem Parkplatz mit Muschelschalenbelag einfach nur da.

«Sollen wir deine Großeltern hereinbitten?», fragt Marta. «Alles andere erschiene mir unhöflich.»

Es ist entschiedene Sache, dass meine Großeltern neben der Minibar hausen werden.

Am Abend gehen wir zum Strand. Wir breiten ein Handtuch aus.

Der Strand von Menemsha ist klein und felsig. Am hinteren Ende des sandigen Abschnitts brechen sich Wellen an großen schwarzen Felsen. Vögel finden in den entstandenen Gezeitentümpeln Futter. Auch im Wasser sind Felsen, Tausende, von den Wellen glatt geschmirgelte erbsen- und mandarinengroße Steine: ziegelsteinrot und augapfelweiß und moosgrün, alle vom Wasser durcheinandergewirbelt.

Ich verstehe mich selbst als ein der Wissenschaft zugeneigter Mensch, gebe aber zu, dass ich auch schnulzig und verdammt spleenig bin. Vielleicht spricht mich deswegen die Vorstellung so an, dass nach dem Tod alle Atome im Körper Teil von etwas anderem werden. Was ich damit meine, würde sich besser anhören, wenn es mit einem triumphalen Siebziger-Jahre-Cosmos-Soundtrack unterlegt wäre, dazu die Stimme Carl Sagans: *Materie kann weder erschaffen noch zerstört werden.*

Ich schaue zu, wie diese vielfarbigen Steine in der Brandung umhergeschleudert werden, und sage zu meinen Freundinnen: «Das hier ist der Ort.» Der Strand steht nicht ganz oben auf der Liste meines Onkels, aber ich weiß, dass er der richtige ist. Dann fange ich an zu zweifeln. Während wir in der Familiengruppe Textnachrichten hin- und herschicken, ob dieser Strand vertretbar ist oder nicht, kommen weitere Leute an den Strand und breiten ihre Handtücher neben uns aus.

Nach einer sehr langen Pause schreibt mein Vater, unser Familiensprecher: WAS IMMER DIR RICHTIG ERSCHEINT, SCHÄTZCHEN.

Ich schaue von meinem Handy hoch. Der Strand ist proppenvoll.

Ich glaube, dass das richtig ist. Ich weiß, dass das richtig ist. Zumindest für mich.

«Wart ihr schon mal an einem dieser Strände, wo die Leute klatschen, wenn die Sonne untergeht?», fragt Marta.

«Das hier ist genau so ein Strand», sagt Monica. Wir lachen, weil wir davon ausgehen, dass wir nicht «die Leute» sind, die Sonnenuntergängen applaudieren. Wir schauen zu, wie die Sonne sinkt. Alle reden leise, und die Stimmung ist wunderbar, und man spürt einen Zusammenhalt zwischen den Menschen. Wäre meine Mutter hier, würde sie sagen: «Zeit, die Kugel fallen zu sehen.» Ich wünschte, meine Mutter wäre hier. Es ist okay, dass sie es nicht ist.

Die Sonne taucht mit einem letzten orangefarbenen Aufblitzen im Meer unter, und wir klatschen. Wir applaudieren der verfluchten Sonne. Wir sind diese Leute. Und, mal ehrlich, wer nicht? Schließlich dürfen wir noch eine weitere Runde drehen. Wir sollten uns verdammt glücklich schätzen.

Auf unserem Rückweg sammle ich Steine, und weil ich an meine Mutter denke, wähle ich die Steine, die sie am liebsten hat und Glückssteine nennt. Es gibt eine bestimmte Art von dunkelgrauem Stein, um den manchmal ein perfekter weißer Ring läuft. Und dieser Ring bringt Glück, sagt meine Mutter – in ihm liegt die Kraft. Ich finde drei Glückssteine am Strand, und jedes Mal, wenn ich mich herabbeuge, um einen aufzuheben, klappern die Perlen meiner Großmutter an meinem Hals.

Wir sind kurz nach Sonnenuntergang vom Strand aufgebrochen, aber es wird schneller dunkel als erwartet. Wir laufen durch das Schilf und über die Dünen, und als wir den hinteren Teil des langen, mit Sträuchern durchsetzten Rasens der Pension erreichen, ist es bereits dunkel. Alles duftet nach staubiger Düne und klebrigem Salz und grasigem Obstgarten.

Und dann riecht es nach Stinktier.

Wir klammern uns aneinander und schalten eine Handytaschenlampe an. In der Dunkelheit streift uns etwas Stinktierartiges, und wir rennen schreiend und sehr unelegant weg, immer dem Lichtkegel unserer Taschenlampe hinterher. Als könnten wir dem Unausweichlichen davonlaufen, wenn wir nur schnell genug sind.

***

Drei Tage, nachdem Dan Aykroyd auf seiner Harley saß, drei Tage, nachdem sie Belushi auf der Insel begraben hatten, fand ein Gedenkgottesdienst in New York statt.

Peter Kaplans Bericht für die *Washington Post* trägt den Titel «Belushi geht ab, lachend». Kaplan beginnt so: «Unter dem gut dreißig Meter hohen Bogengewölbe aus sanft-grauem Indiana-Kalkstein in der Kathedrale von St. John the Divine trauerten heute ungefähr 1000 Freunde und Familienangehörige John Belushis so, wie er es in ihren Augen gewollt hätte, wäre er hier und nicht unterwegs gewesen.»

Als ich diesen Satz zum ersten Mal las, weinte ich. Er beinhaltet genau die Art sanfter Abweichung, die bei meiner Familie hoch im Kurs steht. «Wäre er hier und nicht unterwegs gewesen» ist fast so gut wie Ehrlichkeit. Es ist der Waschmittel-Messbecher auf dem Küchentresen.

Aykroyd hielt eine Rede und löste sein Versprechen ein. Kaplan schreibt:

> Aykroyd öffnete seinen blauen Rucksack, holte einen winzigen Kassettenrekorder heraus und hielt ihn ans Mikrofon. «Und hier ist jetzt ein kleines Instrumental von den Ventures, ‹The 2000-Pound Bee›.» Die Gitarren der Ventures füllten mit ihren Bienenklängen die gesamte Kathedrale von St. John the Divine und erreichten Winkel und Seitenschiffe, die wahrscheinlich noch nie berührt worden waren.
>
> Hunderte saßen zunächst verblüfft da, und dann begannen sie, mitzuwippen und zu lachen. Ihr Gelächter nahm überhand, es war echt, das authentische Gelächter einer neuen Form der Komik, die das Publikum hinterrücks überfällt und die Aykroyd und Belushi ungehobelt und gemein und dennoch irgendwie liebevoll gestaltet hatten. Jeder in dieser Kathedrale verstand diesen Scherz, und es ist ein Tribut an John Belushi, dass es wahrscheinlich niemanden in Amerika unter 35 gegeben hätte, der diesen Scherz nicht verstanden hätte.
>
> Als diese großartige und schlechte Musik und das Gelächter schlussendlich abebbten, blickte Aykroyd um sich und sagte: «Da hast

du's, Johnny, und du kannst Gift darauf nehmen, dass ich meine Antennen aufgestellt habe, um alles Übernatürliche und Geisterhafte zu empfangen, und glaubt mir, sollte ich in Kontakt mit ihm treten», er blickte ins Publikum, «dann lasse ich es euch wissen.»

***

An dem Tag, an dem wir das alte Haus meiner Großeltern besuchen, hat sich eine Rasenmäher-Armada in der Einfahrt versammelt. Ich blicke mich um und denke an das Bild, das ich mir von diesem Haus gemacht habe, aber dann heult ein Rasenmäher auf, und ich zucke zusammen und renne zurück zum Auto, in dem Marta und Monica auf mich warten. Wir bleiben einen Moment sitzen. Sie stimmen mit mir überein, dass es sehr schade ist, dass dieses Haus nicht mehr uns gehört. Vielleicht wird eine von uns durch eine glückliche Fügung extrem reich und kauft das Haus zurück.

Ich hatte mir gewünscht, meine Familie hier zu haben. Um mir zu zeigen, wie ich um meine Großeltern trauere. Wie ich um das Leben, das meine Großeltern lebten und das ich auch für mich gesehen hatte, trauere. Damit sie mir gesagt hätten, dass ich dieses Leben gehen lassen dürfe.

Aber das war nichts, was *sie* brauchten. Es war etwas, das *ich* brauchte.

Und nun war ich mit Monica und Marta hier.

Manchmal bringen dich deine Danny Aykroyds, deine Bill Murrays durch den Tag. Manchmal zieht es deine «Ich bin nicht bereit für die Prime Time»-Familie für dich durch.

So wie diese Frauen, die mit mir zusammen überlegen, ob wir, wenn wir unsere Millionen in der Tasche und das jetzt megateure Haus zurückgekauft haben, uns ein Ruderboot für den See zulegen müssen oder ob das im Preis inbegriffen ist. Bei einer Million Dollar sollte es inkludiert sein, finden wir, die wir selbst in unseren Millionärsfantasien noch bescheiden sind; für eine Million sollten sie ein lausiges Ruderboot drauflegen können. Und steuerte sich ein Ruderboot so wie ein Kanu, denn das konnten wir, oder gab es da gravierende Unterschiede? War die Lage nicht toll? War nicht ganz in der Nähe dieser gute Sandwich-Laden? Welcher Sandwich-Laden noch mal? Der, wo wir Tony Shalhoub in Flip-Flops gesehen hatten und stolz auf uns waren, trotz dieser Promi-Begegnung «cool zu bleiben»? Würden wir uns mit Tony Shalhoub anfreunden, wenn wir das Haus zurückkauften und das ganze Jahr hindurch bewohnten? Vielleicht. Denn war nicht alles möglich in unserem neuen, imaginären gemeinsamen Leben?

Nichts davon war wahrscheinlich. Aber es war auch nicht *weniger* wahrscheinlich als die Szenarien in meinen Bienennummern. Und es fühlte sich stark an, über die Welt, wie wir sie für uns haben wollten, zu lachen.

In der Einfahrt unseres alten Hauses befreite ich meine biologische Familie von meinen unangemessenen Erwartungen, was wir alles füreinander sein sollten. Wie viel sie mir beibringen sollten. Für mich machen sollten. Und das ließ ihnen die Freiheit, das sein zu können, was sie tatsächlich für mich sind. Und das ist sehr viel.

***

Unauthorisierter Nachruf:

Maureen Joyce war süchtig nach Internet-Tetris. Sie führte eine an ein erotisches Verhältnis grenzende Online-Beziehung zu einem

Zierkarpfen-Spezialisten in Japan, mit dem sie sich zu allen Nachtstunden über ungewöhnliche Koi-Muster austauschte. Maureen Joyce bevorzugte knallpinken Lippenstift und Sandalen mit Keilabsatz und bezeichnete die Frisur, die sie dreißig Jahre lang trug, als ihre Perfekte Welle. Maureen Joyce sagte, der Tag, an dem sie keinen perfekten Lidstrich mehr zuwege bringe, sei der Tag, an dem wir kommen und mit einem Kissen, das ihr die Luft nehmen würde, «die Dinge in die Hand nehmen» sollten. In dieser Hinsicht ließen wir sie im Stich. Maureen Joyce sah Marilyn Monroe einmal in einem Restaurant sitzen und sagte, sie habe größere Füße gehabt als gedacht. Maureen Joyce schmuggelte in ihrem Hutband Ableger seltener Pflanzen über internationale Grenzen. Maureen Joyce hatte eine ungehobelte Sprache und konnte fantastisch fluchen. Am Ende vergaß sie manches, aber sie drückte immer die Hände ihrer Enkelinnen und sagte: «Was immer du tust, lebe ein scheiß interessantes Leben.»

Das Letzte, was wir Maureen Joyce sagten, war, dass wir sie liebten.

Und dann, als Zugabe, dass sie keine Matrosen abschleppen solle.

***

Einerseits habe ich von Bienennummern genug, habe genug davon, meinen falschen Glauben an eine Zukunft, der mein Leben sehr wahrscheinlich niemals ähneln wird, aufzuführen – eine Zukunft, die ich möglicherweise gar nicht mehr haben will.

Aber andererseits schreibe ich gerade einen Nachruf auf meine Großmutter für euch.

Und dieser Nachruf ist natürlich eine Aufführung. Er ist voller wunderschöner Lügen.

Wann ist eine Aufführung eine Lüge und wann ein Fest? Wann fühlt man sich bei einer Aufführung herzlich und großzügig, und wann wie der letzte Dreck?

***

Um keine menschlichen Überreste in der Nähe irgendwelcher schwimmender Leute zu verstreuen, gehen Marta und Monica und ich früh am Morgen an den Strand. Wir haben vergessen, dass Kinder auch Frühaufsteher sind, und beunruhigt entdecken wir in Ufernähe zwei winzige menschliche Wesen mit Schwimmflügeln. Wir laufen den Strand so weit wie möglich hinunter und bleiben drei Meter vor den Felsen, an denen ich die Asche verstreuen will, stehen.

«Sollen wir dich begleiten?», fragen Marta und Monica.

Ich bin unglaublich dankbar, sie hier zu haben, und will Ja sagen. Aber an diesem Morgen in Menemsha ist es klar, dass man einen Menschen nur bis zu einem bestimmten Punkt den Strand hinunter begleiten kann. Manche Neuordnungen von Trauer und Liebe muss man alleine vornehmen. Niemand kann einem sagen, wann man sie loslassen soll. Niemand kann einem sagen, wie es sich anfühlen wird, ohne sie zu leben.

Das kannst nur du, eine Erste-Person-Singular-Person, eine müde kleine Biene.

Marta und Monica stehen Schmiere, als ich den kleinen Karton mit meinen Großeltern das letzte Wegstück den Strand entlang trage.

Ich bleibe an einer felsigen, flachen, algigen Stelle neben einer Buhne stehen, hier wird garantiert niemand schwimmen wollen. Natürlich ist das ein Irrglaube, denn einmal im Wasser, werden meine Großeltern überall sein, nicht nur hier, aber darüber kann ich mir jetzt keinen Kopf machen.

In Turnschuhen hocke ich mich auf einen großen Felsen, der von plätscherndem, spritzendem Wasser umgeben ist. Ich kann die vielfarbigen Steinchen im klaren seichten Wasser sehen und sage mir, dass das gut ist. Alles ist richtig.

Ich habe am Strand Steine gesammelt und staple sie auf dem Felsen neben mir übereinander. Ein Stein für jedes Familienmitglied, das ich hier repräsentiere.

Ich öffne die Kiste.

Innen liegt ein hermetisch verschlossener Beutel.

«Verfluchter Scheiß», sage ich.

Ich klipse meine Schlüssel von meinen Shorts und schlitze den Beutel mit der geriffelten Seite meines Haustürschlüssels auf.

***

Die Asche meiner Großeltern sollte nicht immer auf Martha's Vineyard verstreut werden.

Meine Großmutter war nicht sonderlich nett zu meiner Mutter, als sie von ihr gepflegt wurde. Ihr Alzheimer schritt schnell voran. Sie war verständlicherweise verängstigt und frustriert und ließ alles an dem Menschen aus, der ihr am nächsten stand. Dem Menschen, dem sie die furchtbarsten Sachen an den Kopf werfen konnte und der, das wusste sie, bei ihr bleiben würde. *Wenigstens bin ich für irgendwas gut.* In dieser Zeit wollten wir uns noch einmal von meiner Großmutter bestätigen lassen, dass sie mit den übrig gebliebenen sterblichen Überresten ihres Mannes vermischt und von den Rancheros verstreut werden wollte, und sie antwortete, «Nein! Ganz sicher nicht!» und «Wie kommt ihr darauf?».

Und das beunruhigte uns, denn die Idee stammte von ihr, aber wenn man sein Erinnerungsvermögen verliert, vergisst man leider auch, wofür man sich entschieden hat. Das macht es schwierig, den Wünschen eines Menschen nachzukommen, denn welche Version meiner Großmutter und ihrer Wünsche war jetzt die, die sie am Ende haben wollte? Die, die sie lieber haben wollte?

Wir wählten Martha's Vineyard wegen einer Unterhaltung zwischen meiner Mutter und meiner Großmutter kurz vor ihrem Tod. «Also, sag noch mal», sagte meine Mutter. «Wo möchtest du verstreut werden?»

Meine Großmutter dachte nach. Sie schwieg. Dann sagte sie genervt, «Na, also, wo wirst *du* dich denn verstreuen lassen?»

Meine Mutter war überrascht. Sie dachte nach.

Und so war es in Wahrheit meine Mutter, die sagte, sie wolle gerne auf Martha's Vineyard verstreut werden.

«Dann will ich da auch hin», sagte meine Großmutter.

Das war so typisch für sie. Sie nahm etwas Gutes, das meiner Mutter gehörte, für sich in Anspruch. Schnappte es ihr vor der Nase weg.

Aber sie sagte damit auch, dass sie meine Mutter nicht verlieren wollte, ihre Tochter, die die meiste Zeit des Tages an ihrer Seite saß, in einer nach Krankheit riechenden Pflegeeinrichtung, in der jedes Zimmer Tod, Tod und nochmals Tod zu schreien schien. Ihre Tochter, die sie ungefähr sechs Mal am Tag absichtlich und drei weitere Male versehentlich anrief. Ihre Tochter, die sie fütterte und sauber machte. Sie sagte damit, dass sie es nicht ertragen würde, wenn ihre Körper für immer getrennt voneinander wären. Sie sagte damit, *Ich will da sein, wo du bist.*

***

Langsam lasse ich die Asche meiner Großeltern ins Wasser rieseln. Ich war davon ausgegangen, dass das Wasser sie davontragen würde, aber die Asche bleibt in einer Wolke über den vielfarbigen Steinchen hängen, länger, als ich dachte. Aus der Hocke betrachte ich von meinem Felsen aus die Wolke und bin unsicher, was ich tun soll.

Also rede ich mit ihnen.

Es ist gut, zu unseren Toten zu reden.

Zu der Großeltern-Wolke, die nicht weichen will, sage ich:

Wir reden die ganze Zeit über euch. Wir erinnern uns ständig an euch.

Ich glaube, das ist es, worüber sich meine Großeltern am meisten freuen werden, sollten sie mich hören.

Ich erzähle ihnen: *Das Vineyard-Haus ist weg, und ich werde nie ein Leben führen, das so aussieht wir eures, aber ich verspreche, dass ich immer versuche, ein «scheiß interessantes Leben» zu führen. Ich verspreche, dass ich anderen nur dann etwas vorspielen werde, wenn ich eure besten Geschichten aufführe, die, die ihr am liebsten hattet, die, die ihr immer hochgehalten habt, vor allem, als ihr älter wurdet, die Geschichten über euch, wer ihr wart oder wer ihr gerne gewesen wärt – ich verspreche, dass wir alle andauernd etwas für euch, über euch auf die Bühne bringen. Ich verspreche, dass wir ganz schön viel Scheiße labern und es ganz wunderbar ist.*

Ich betrachte die Asche meiner Großeltern, wie sie dort hängt und hängt, und alles dauert viel zu lang, und vielleicht ist gerade dieses Viel-zu-lang das Lustige daran. Dass es so unerträglich lang dauert, auf den Punkt zu kommen, und wenn man dann da ist, merkt man, dass der Aufbau, das Hinhalten schon der ganze Gag war. Danach bleibt nur noch die Pointe übrig, und die Pointe stellt sich heraus als: Schnitt ins Schwarz.

***

Am heißesten Tag des Sommers schaffe ich es endlich nach Able's Hill. Ich lehne mein blaues Fahrrad gegen einen Holzzaun, der einen kleineren Teil des Friedhofs vom Rest trennt.

Dieser Teil hat einen breiten offenen Eingang, und mir wird klar, dass es jetzt so weit ist, dies hier ist Belushis öffentliches Grab. Es ist das Erste, was man sieht. An seinem einen Ende liegt ein großer unbehandelter Stein, in den in breiter, traditioneller Serifenschrift der Name BELUSHI gemeißelt wurde. In der Mitte steht eine Sitzbank. Am anderen Ende ist die Grabmarkierung: der dunkelgraue Grabstein mit dem Totenkopf und den gekreuzten Knochen, der versichert, dass hier jemand begraben liegt (was nicht stimmt) und dass Rock and Roll ewig lebt.

Die Daten: 24. Januar 1949 bis 5. März 1982.

Irgendwer hat eine kleine amerikanische Flagge in die Erde neben dem Grabstein gepflanzt. Jemand hat einen Glücks-Penny, Kopf oben, dagelassen. Wieder jemand hat die obere rechte Ecke des Grabsteins geküsst und einen dicken Lippenstiftabdruck hinterlassen. Vor dem Grab liegt ein Haufen Steine, zwischen denen Klee wächst. Auf einen flachen Stein hat jemand ALS DIE DEUTSCHEN PEARL HARBOR BOMBARDIERTEN geschrieben, ein Zitat aus *Ich glaub', mich tritt ein Pferd*.

Ich setze mich auf die Bank und verbringe ein bisschen Zeit an diesem Ort. In meinem Rucksack stecken die Glückssteine, die ich für meine Mutter gesammelt habe. Als ich aufstehe, lasse ich zwei als Opfergabe da. Einen am Fuß des Grabes, einen weiteren auf dem großen Stein mit der BELUSHI-Inschrift. Ich weiß, dass das nicht das echte zweite Grab ist, aber doppelt hält besser.

Der Friedhof ist groß genug für breite staubige Wege zwischen den Grabeinheiten, und ich beschließe, dass es okay ist, hier zu radeln, wenn ich langsam, respektvoll fahre. Fünfzehn Minuten später habe ich immer noch nicht gefunden, was ich suche.

Stattdessen fallen mir zwei flache, quadratische Steine im Boden auf. Laut Jahreszahlen wurde sie 2014 hier begraben, aber er lebt noch, ist jetzt 77 Jahre alt.

Unter ihrem Namen steht: BITTE GIESS DIE PFLANZEN.

Unter seinem: JA, SCHATZ.

Ich mache eine Pause und starre auf die beiden Steine, als drei Damen auf Pferden in einem langsamen, tänzelnden Schritt auf mich zugeritten kommen. Eines der Pferde ist gescheckt und hat ein unregelmäßiges braun-weißes Muster, es gleicht einem Pferd, das meine Großmutter oft ritt und das JR hieß. Ich denke an den Messbecher meines Großvaters, den seine Reitkumpels in den Bergen verstreut haben. Ich denke an das Sattel- und Zaumzeug meiner Großeltern, ihr jeweiliges Lieblingszaumzeug, das bei mir hängt und das ich erst vor Kurzem gereinigt habe. Ich denke an die Funkgeräte, die mein Großvater und ich bei unseren Ausritten in die Santa Ynez Mountains dabeihatten, um meine Großmutter zu Hause anfunken und uns nach dem Abendessen erkundigen zu können, der Mais-Kasserolle mit grünen Chilis, die immer im Ofen wartete. Unsere Funk-Namen waren Lewis und Clark ... *Jerry Lee und Petula, um das klarzustellen*, sagte mein Großvater immer. Ich wünsche mir oft irgendein Funksignal von ihnen aus der Ferne, wo sie sind, ein Knacken, das aus den Bergen kommt, denn, verflucht noch mal, ich vermisse sie, aber vielleicht reichen mir auch diese reitenden Damen, die mit braun gebrannten, runzeligen Gesichtern unter den Hüten entspannt im Sattel sitzen. Ich freue mich, sie zu sehen.

«Es ist zu heiß, um sich hier aufzuhalten», sagt eine.

«Sie sollten Wasser trinken», sagt eine andere.

«Kennen Sie diesen Friedhof gut?», frage ich, aber das tun sie nicht.

«Tut uns leid, Schätzchen», sagen sie.

***

Außer Atmen und kurz davor aufzugeben und Able's Hill hinter mir zu lassen, will ich am Eingang wieder auf mein Rad steigen, als zwei miteinander flüsternde Frauen Belushis Grab betreten. Touristinnen in Schlapphüten und Sandalen.

Zunächst stehen sie eine Minute lang schweigend da, dann sagt eine: «Verrückt, oder?» Sie macht ein Foto.

«Die Fotos musst du in dein Album kleben», sagt die andere.

«Ich glaube, viele Leute lassen Sachen hier, die was mit Abstinenz zu tun haben.»

«Ich habe meinen Ein-Jahr-nüchtern-Chip der AA auf das Grab meines Vaters gelegt. Alle meine Freunde kamen mit.»

«Das ist schön.»

Sie steigen wieder ins Auto und fahren fort.

Ich hatte das Grab bisher nicht als Pilgerstätte für Ex-Alkoholiker gesehen. Ich denke an die Partygänger-Geschichte meiner Mutter. Die ganze Zeit war das leere Grab für mich eine Lüge. Aber in diesem Augenblick haut es mich um, wie großzügig es ist, das Grab anderen Leuten zur Verfügung zu stellen. Hierfür oder für was auch immer sie es brauchen. Keine Lüge, nur eine andere Art von Wahrheit.

Und bin nicht auch ich hier und weine in der Hitze – und zwar nicht über Belushi, sondern über mich?

***

Ich gestehe: Als meine Großmutter im Sterben lag, mit flach gedrückter Perfekter Welle, die Haare von ihrer Enkelin zu Zöpfen geflochten, vollkommen ungeschminkte Augen, erzählte ich ihr Lügengeschichten.

Am Vorabend ihres Todes waren wir bei ihr im Krankenhaus. Wir weinten zusammen und saßen nah beieinander.

Irgendwann war das gefühlt nicht mehr genug, und ich begann, Geschichten zu erzählen.

So machen wir das halt in der Familie.

Die Geschichten drehten sich um sie: Maureen Joyce. Es waren die, die sie uns selbst erzählt hatte, die wir immer und immer wiederholt hatten. Und verflucht, ich bin mir sicher, dass noch nicht einmal die Hälfte davon stimmte. Aber ich erzählte sie ihr, sodass sie wusste, wie viel wir über sie wussten. Wie viel wir auch weiterhin wissen würden, und an was wir uns erinnern würden, und was wir uns immer und immer wieder erzählen würden.

«Grammy», sagte ich, «erinnerst du dich daran, wie du den Rockettes beim Streiken geholfen hast?»

«Grammy», sagte ich, «erinnerst du dich, dass du die erste Frau warst, die je einen Hund wiederbelebt hat?»

Ich schwöre, dass sie lachte.

Und meine Familie lachte ebenfalls, auch wenn wir wie die Schlosshunde heulten, denn wir waren uns nicht ganz sicher gewesen, ob sie uns hören konnte. Aber in diesem Augenblick wussten wir, dass sie uns zuhörte, wie wir ihr Geschichten erzählten, wer sie war.

Damit möchte ich sagen: Am letzten Abend, den wir auf diesem Planeten mit Maureen Joyce verbrachten, führten wir für sie ihr Leben auf. Und auch wenn unsere Aufführung in den Details nicht ganz stimmte, stimmte sie in dem, was sie zu vermitteln versuchte.

***

Spaßvogel will, dass wir an Belushis Grab Party machen.

Spaßvogel will sich betrinken und Rock and Roll schreien.

Spaßvogel will unsere AA-Chips opfern und hofft, dass wir nüchtern bleiben.

Spaßvogel will, dass dieser Ort uns gibt, was immer wir brauchen.

Spaßvogel verspricht, nicht mehr auf Friedhöfen herumzuradeln.

Spaßvogel gibt zu, dass Fakt und Fiktion in der Pappkiste, die sie vom Bestatter mitnahm, vermischt wurden.

Spaßvogel gibt zu, dass es vielleicht doch nicht so lustig ist, dass ihre Großeltern, Plural, jetzt ihre Großeltern, Singular, sind, ein Aschehaufen.

Man stelle sich vor: Spaßvogel klettert auf den Felsen am hinteren Ende von Menemsha Beach, vergräbt ihre bloßen Hände in der Kiste und macht aus der Asche zwei Haufen. *Du bist die Wahrheit und du die Lüge?*, fragt Spaßvogel. *Du bist meine Großmutter und du mein Großvater?* Aber Spaßvogel lässt diese vermischte Asche in Ruhe. Sie ist bereit, das ganze Ding ins Meer zu kippen.

Dann aber bitte nicht die Lachkonserve einsetzen, okay?

Spaßvogel verspricht, nie mehr Asche zu horten.

Spaßvogel gibt zu, dass das Leben, das ihre Großeltern lebten, nie ihres sein wird.

Spaßvogel erklärt ihre schon vor Langem abgelaufenen Fantasievorstellungen bei Einlieferung für tot.

Spaßvogel weiß, dass sie es nicht weit bringen wird, wenn sie sich immer nur im Bienenkostüm zur Lachnummer macht.

Ohne Reue gibt Spaßvogel bekannt, dass die Bienennummern endgültig abgesetzt werden.

Spaßvogel wirft den Kopf in den Nacken, keine Lachkonserve, *sie lacht*. Und sie denkt, *Aber wäre es nicht großartig, sie alle mit diesem lauten, harten Lied zu beschallen?*

***

Folgende dumme, offensichtliche Wahrheit habe ich erst sehr spät erkannt: Es geht nicht um Fantasie versus Fakten … es geht darum, in beiden zu leben. Gleichzeitig. Nebeneinander. Ein Grabstein als Ort für öffentliche Vorstellungen, für Sketche und Shows, dafür, sich den anderen großzügig anzubieten. Und einer, der keine Kompromisse eingeht. Ein Grabstein für die Erste Person Singular. Einer nur für dich und die Menschen, die dich wirklich lieben.

Es geht darum, wie der eine den anderen zulässt.

Es sind zwei beschissene Grabsteine, immer.

IV

«Es gibt keine Logik, die man der Stadt überstülpen kann; sie ist menschengemacht, und an ihnen, nicht an den Gebäuden, müssen wir unsere Pläne ausrichten.»

Jane Jacobs, Downtown ist für die Menschen

Nieder mit Jacksons Schlossmauern

Meine Schwester hat sehr deutlich gemacht, dass ich aufhören soll, anzudeuten, ihr Baby sei die Wiedergeburt Shirley Jacksons. Aber hier sind:

EINIGE GRÜNDE, WARUM MEINE NICHTE WAHRSCHEINLICH DIE WIEDERGEBURT SHIRLEY JACKSONS IST

Meine Nichte ist acht Monate alt. Sie lebt in Shirley Jacksons altem Haus in Westport, Connecticut, das meine Schwester und mein Schwager kauften, als sie eine Familie gründen wollten. Kennt ihr Shirley Jackson? Bestimmt, aber wenn nicht, solltet ihr wissen, dass Shirley Jackson als Autorin vor allem für zwei Themen bekannt ist: 1) Kinder 2) Geisterhäuser.

Meine Schwester und mein Schwager behaupten, der Name Theodora sei ihnen «einfach so eingefallen», aber wenn ich an den Namen Theodora denke, denke ich an Theodora Crain, die wohl abgebrühteste Figur in Jacksons bekanntestem Roman, *Spuk in Hill House*. Jackson legt Theodora die besten Sprüche in den Mund («Wessen Hand habe ich gehalten?») und lässt sie die mutigsten Schritte tun. Also, wäre man der Geist Shirley Jacksons und hätte die Absicht, wiedergeboren zu werden, würde man dann nicht, wenn man eine schwangere Dame in seinem Haus leben hat, den Namen, den man einst seiner coolsten Figur gab, auch sich selbst geben?

Und würdet ihr an meiner Stelle etwa nicht in die endlos schwarzen Augen und das dicke, wissende Gesicht meiner Nichte schauen und euch eure Gedanken machen?

Stellt euch nur den Gesichtsausdruck meiner wunderschönen, erschöpften Schwester vor, als ich, eine Stunde, nachdem sie ihr Kind auf die Welt gebracht hatte, im Krankenhaus ankam und diese Theorie zum Besten gab.

«Nein», sagte sie.

«Hallo, kleine Shirley», flüsterte ich dem perfekten Wechselbalg in seinem Plexiglas-Körbchen zu.

Eleanor sah erstaunt auf. Das kleine Mädchen rutschte auf dem Stuhl hin und her, weigerte sich, die Milch zu trinken …

«Ihre kleine Tasse», erklärte die Mutter. … «Aus der sie zu Hause immer ihre Milch trinkt, sie hat Sterne auf dem Boden. … Du bekommst deine Milch aus deiner Sternentasse, wenn wir heute Abend wieder zu Hause sind. Aber kannst du jetzt einmal ein braves Mädchen sein und ein wenig Milch aus diesem Glas trinken?»
Tu's nicht, riet Eleanor dem kleinen Mädchen. Bestehe auf deiner Sternentasse; wenn sie dich erst so weit haben, dass du wie alle anderen bist, wirst du deine Sternentasse nie wiedersehen. … Das kleine Mädchen … lächelte ihr kurz verschmitzt und einvernehmlich zu, schüttelte den Kopf und rührte das Glas nicht an. Tapferes Mädchen, dachte Eleanor. Kluges, tapferes Mädchen.

Shirley Jackson, Spuk in Hill House

Im Haus in *Spuk in Hill House* spukt es, weil zwischen Eleanor und ihrer toten Mutter vieles schieflief. Das Buch stellt die weibliche Fürsorge zwischen Tochter und Mutter als eine Art Ouroboros-Succubus dar. Mütter kümmern sich um Kinder, Kinder kümmern sich um Mütter, und am Ende sind alle allein und ausgelaugt.

Und so wird ein Jackson-Haus zu einem Spukhaus. Es wird zur physischen Spiegelung der häuslichen Sphäre. Ein Haus trägt die Kraft weiblicher Enttäuschung, Wut, Angst und Gewalt in sich.

Jackson wurde zu Lebzeiten für ihr Werk gefeiert, aber man verstand sie hauptsächlich als Genre-Autorin – als eine Autorin von Horrorromanen. Doch Shirley Jackson schrieb zu großen Teilen deswegen über Spukhäuser, weil das Haus das Gefüge war, das das häusliche Leben aufrechterhielt und verkörperte. Erst später erkannten Jacksons Leser und Kritikerinnen, dass ihr Spukhaus einen *übertragenen Sinn* hatte und eine Trope war, die es Jackson 1959 erlaubte, die *emotionale Realität* weiblicher Fürsorge und Mutterschaft zu beschreiben. Was heißt es, wenn sich das Gefüge des eigenen Lebens bedrohlich anfühlt? Wenn man in ihm eingesperrt ist? Das Gefühl hat, es könne einen töten?

Jackson stellt uns die Frage: Wie können eine Mutter und eine Tochter *nicht* in einem Haus leben, in dem es nicht irgendwann spukt?

Kein lebender Organismus wird lange gedeihen, wenn er sich immer nur in der reinen Wirklichkeit aufhalten muss. Sogar Lerchen und Heuschrecken wird von manchen nachgesagt, dass sie träumen.

Shirley Jackson, *Spuk in Hill House*

Als meine Schwester und mein Schwager von der Westküste zurückkamen, um eine Familie zu gründen, wollten sie ein modernes Haus haben. Alles, was sie besitzen, ist stylisch und glatt und/oder schnörkellos und gut geschnitten. Also war ich erstaunt, als sie mir erzählten, dass sie sich für ein schrulliges, altes viktorianisches Haus mit richtigem Türmchen und umlaufender Veranda entschieden hatten. Aber sie hatten sich in das Haus verliebt.

Jacksons Zeit in dem Haus war kurz, aber ereignisreich. Sie und ihr Mann, Stanley Edgar Hyman, ein Kritiker beim *New Yorker*, lebten mit ihren vier Kindern von 1949, kurz nachdem *The Lottery* erschienen war, bis Anfang 1951 dort, als ihr achtjähriger Sohn Laurence beim Radfahren unweit der Hauseinfahrt von einem Auto angefahren und verletzt wurde. Nach dem Unfall verklagten die Jackson-Hymans die Stadt Westport. Laut Judy Oppenheimer, einer von Jacksons Biografen, brachte der Unfall «Shirley für immer gegen Westport auf», und kurz darauf zog die Familie zurück nach Vermont.

Aber nicht alles war schlecht. Laut ihrer späteren Biografin Ruth Franklin liebte Jackson es, eine Mutter zu sein, und das Haus war ausladend und bot der sechsköpfigen Familie und den immer wiederkehrenden Gästen, die zu Besuch kamen, genügend Platz. Die Familie hatte Ralph Ellison zu Gast, der angeblich im Türmchen im dritten Stock *Der unsichtbare Mann* fertig schrieb – dort hat Theodora jetzt ihre Leseecke. J. D. Salinger (der, so scheint es, nur von Menschen, die in diesen Jahren nie in Connecticut waren, als Einsiedler bezeichnet wird) soll mit den Jackson-Jungs im Vorgarten Fangen gespielt haben – von Theodoras Kinderzimmer aus kann man das gleichmäßige Grün sorgsam gemähten Rasens zwischen den Hecken sehen.

Die Jackson-Hymans waren ein literarisches Power-Paar. Sie schmissen Partys auf der riesigen umlaufenden Veranda des Hauses und unter den Gästen war unter anderem der Dichter Dylan Thomas. Oppenheimer schreibt, dass Jackson und Thomas sich nach «Alkohol und Rauch und endlosen Gesprächen ... allein draußen auf der riesigen Veranda trafen ... [Jackson] vertraute mir an, dass, ja, auch sie eine der Frauen gewesen sei, die Dylan Thomas hinten auf der Veranda gebumst hatte.» Derzeit hängt eine gefälschte historische Plakette auf der Veranda. Sie wurde im gleichen Stil wie die tatsächliche Plakette auf der vorderen Veranda der Westport Historical Society gestaltet und stammt von meinem Onkel, der nur Unsinn im Kopf hat. Auf seiner gefälschten Plakette steht: AUF DIESER VERANDA HATTE SHIRLEY JACKSON 1949 EINE LITERARISCHE BEGEGNUNG MIT DYLAN THOMAS. Meine Schwester hat einen Schaukelstuhl auf die Veranda gestellt, in dem sie manchmal sitzt, wenn sie das Baby stillt.

Heute ist Jacksons Haus der Ort, an dem meine Schwester ihre Familie gegründet hat. Und wenn ich sie besuche, kann ich nicht anders, als mich zu fragen: War Shirley Jacksons Geist in der Figur meiner Nichte in dieses Haus zurückgekehrt, weil er hier herumspuken wollte, oder weil Jackson hier glücklich gewesen war?

Ich muss zugeben, dass mir das Haus meiner Schwester zunächst Angst machte.

> *Wir bewegten uns sehr langsam zusammen auf das Haus zu und versuchten, seine Hässlichkeit, den Ruin und die Scham zu verstehen.*
>
> Shirley Jackson, *Wir haben schon immer im Schloss gelebt*

Ich hatte keine Angst, weil ich das Haus für ein Geisterhaus hielt. Und ich hatte auch keine Angst, dass meine Schwester hier unglücklich sein würde. Sie und mein Schwager sind wunderschöne, unglaublich lustige Menschen, die ein wunderschönes, unglaublich lustiges Baby in die Welt gesetzt haben.

Ich hatte Angst, weil ich wie so viele Schriftsteller und Schriftstellerinnen narzisstisch bin und mir Gedanken darüber machte, was das alles für mich bedeuten würde.

Spuk in Hill House war noch nie mein liebster Jackson. Am meisten mag ich Jacksons Roman *Wir haben schon immer im Schloss gelebt*, der ein Spukhaus aus einer anderen Perspektive zeigt: Es geht hier um Schwestern. Die Familie der Blackwood-Schwestern wurde beim Abendessen ermordet; nur die beiden Mädchen und ein ältlicher Onkel griffen nicht zur vergifteten Zuckerdose. Nach den Morden leben Merricat und Constance allein im Haus ihrer Familie, dem titelgebenden «Schloss», ihre einzige Gesellschaft ist der kränkelnde Onkel. Sie leben zusammen, weil sie sich lieben. Vor allem Merricat ist besessen von Constance, und Constance ihrerseits liebt Merricat trotz der seltsamen und ungezügelten Art der Schwester. Sie leben zusammen, weil sie Furchtbares in ihrer Familie erlebt haben, das kein anderer verstehen kann (die Morde, aber zwischen den Zeilen spukt im Verhältnis von Merricat zu ihrem Vater auch das Gespenst des Missbrauchs herum). Welcher Außenstehende jenseits der Schlossmauern könnte all das nachvollziehen? Ihr abgeschiedenes weibliches Glück wird bedroht, als ein Mann auftaucht, um Constance den Hof zu machen (und dadurch an das Geld der Familie zu gelangen). Die Liebe treibt einen Keil zwischen die Schwestern. Ein Mann zerstört dieses seltsame häusliche Paradies. Mit seinem Einzug beginnt alles auseinanderzubrechen, da Merricat verzweifelt nach einem Weg sucht, ihn aus dem Herzen ihrer Schwester und ihrem Heim zu vertreiben.

Am Ende hat man sich des Mannes entledigt, und die Schwestern verbarrikadieren sich buchstäblich im Haus, um sich gegen ihn und ihre Nachbarn zu schützen. Sie verschließen die Türen. Sie leben allein, wieder zusammen, umgeben von den Mauern ihres Schlosses.

Ich frage mich, ob ich die einzige Leserin bin, die ihnen dazu gratuliert. Die der Meinung ist, dass das für eine Shirley-Jackson-Geschichte geradezu eine Art Happy End ist.

So, wie ich es lese, zeigt uns das Haus der Blackwoods, dass ein Schloss ein Gefüge sein kann, das einen isoliert und gefangen hält, aber es kann auch eine Art Schutz vor Menschen bedeuten, die einen nicht verstehen.

Als meine Schwester heiratete und in Shirley Jacksons Haus zog und ein Baby bekam, rief ein Teil von mir aus: Aber *wir* sind doch die, die im Schloss gelebt haben. Befürchtete ein Teil von mir, dass sie jetzt mit ihrer wunderbaren neuen Familie hinter Mauern leben und ich als seltsame kleine Merricat draußen in der Kälte bleiben würde.

> *«Die Angst», sagte der Doktor, «ist der Verzicht auf die Logik, das bereitwillige Verzichten auf vernünftige Modelle. Wir können uns ihr ergeben oder uns gegen sie wehren, aber ihr nicht auf halbem Weg entgegenkommen.»*
>
> Shirley Jackson, *Spuk in Hill House*

In der Woche, in der meine Schwester mit dem Baby nach Hause kam, merkte ich, wie sehr ich mich geirrt hatte. «Gleich gibt's Brüste zu sehen», sagte sie und setzte sich in einen gepolsterten Schaukelstuhl. Sie sah aus wie die personifizierte Mutterschaft in einem leuchtenden Renaissancegemälde, selbst dann noch, als eine Reihe von Profanitäten und Beruhigungslauten und Meinungen aus ihrem Mund kam. «Kannst du das waschen und mir ein neues bringen?», bat sie mich und gab mir ein Stillhütchen. «Hier, ich mach's», sagte mein Schwager.

Ich hätte vor lauter Glück weinen können. Ich war immer noch innerhalb der Schlossmauern. Als meine Schwester wieder zur Arbeit ging und mein Schwager sich tagsüber um das Baby kümmerte, zog ich für eine Woche zu ihnen, um zu helfen. Ich fand schon immer, dass ich einen Sechser in der Schwager-Lotterie gezogen habe; er ist einer meiner Lieblingsmenschen. Wir wickelten und wiegten Theodora und sprachen über die Katastrophen, die gerade auf CNN liefen, und über unsere Lieblings-Erwachsenen-Cartoons. Es war eine wunderbare, ruhige Woche. Nach meiner Abreise sagte er zu meiner Schwester, dass ich jederzeit kommen und gehen könne, wie Familie – es bräuchte keine Einladung wie bei einem Gast.

Und so lungere ich jetzt, sooft ich kann, im Haus meiner Schwester herum. Ich bereite Essen in der Küche zu. Ich ärgere den Hund. Ich knutsche das Baby ab. Ich erkundige mich nach der Nippel-Front. Selbst jetzt fühle ich mich noch wie ein seltsamer kleiner Vampir, der das Glück hatte, hereingebeten zu werden. Ich weiß nicht, warum ich solche Angst hatte, dass sie mich nicht reinlassen würden.

Oder doch. Wegen der Geschichten, die ich gelesen habe. Geschichten, die uns weismachen, dass Familien durch Mauern und Geheimnisse vor Außenstehenden geschützt werden müssen. Geschichten, die vor allem die Mutterschaft als von Mauern umgebenen Ort beschreiben.

Ich glaube, ich will deswegen unbedingt, dass meine Nichte Shirley Jackson ist, weil ich glauben möchte, dass Frauen, vor allem Mütter, keine Geschichten über Geisterhäuser mehr brauchen. Dass uns die häusliche Sphäre nicht mehr einengt und wir nicht mehr über das, was innerhalb unserer Mauern stattfindet, schweigen. Ich möchte glauben, dass wir eine neue Leitmetapher finden können. Und ich weiß, dass es nicht ganz stimmt, oder noch nicht ganz stimmt, aber vielleicht sind wir bereits nah genug dran, dass wir zu hoffen wagen. Denn immerhin, hier haben wir meine Schwester, die eine mauerlose Mutterschaft in Shirley Jacksons Haus lebt.

Ich möchte, dass meine Nichte Shirley Jackson ist, damit sie das sehen kann.

Ich lese Theodora im Türmchen, in dem Ellison seinen *Unsichtbaren Mann* fertiggestellt hat, Geschichten vor. Ich rolle ihr auf dem Rasen, auf dem Salinger einst Fangen spielte, einen Plastikball zu. Ich sitze mit ihr im Schaukelstuhl auf der Veranda, auf der Jackson Dylan Thomas umwarb. Wenn wir uns auf dieser Veranda umdrehen, blicken wir auf ihr Haus, aber wir können den Blick auch schweifen lassen und Tassen voller Sterne über dem Rasen und Tassen voller Sterne über dem offenen Gartentor sehen.

Die Fuchsfarm

Als kleines Mädchen träumte ich nie von Hochzeiten. Ich träumte von Häusern.

Ich zeichnete diese Häuser. Ich zeichnete Geheimgänge hinter Bücherregalen, die man öffnen konnte. Ich zeichnete Fenster, die aus Prismen bestanden, sodass man immer Regenbogen sah. Ich zeichnete ein ganzes Zimmer voller Trampoline. Ich zeichnete unerforschte Flure wie alte Wälder, mit Teppichen aus Moos und Lampen mit dämmerigem Licht. Ich bin mir ziemlich sicher, dass jedes Haus, das ich zeichnete, mindestens eine Rutschstange zwischen den Stockwerken hatte, und sie endete meistens in unterirdischen Räumen voller Kissen oder möglicherweise Marshmallows oder Angorakaninchen. Ich zeichnete Schlafzimmer für jede Person, die ich je geliebt hatte. Ich zeichnete Zimmer für Pferde und Zimmer für Hunde und Zimmer für Giraffen und Zimmer für Elefanten, und alle hatten sie (in unterschiedlichster Größe) Klappen in den Türen, sodass die Tiere draußen herumstreifen konnten, denn in meinem Haus würde man sich frei bewegen dürfen, und niemand würde zum Bleiben gezwungen werden. Der Trick dabei: Mein Haus wäre so grandios, dass es niemand je verlassen wollen würde, auch wenn die Türen immer offen standen.

Ich zeichnete keinen Ehemann, keine Ehefrau, keine Kinder. Nur eine unendliche Ansammlung von Freunden und Tieren.

Wie enttäuschend, älter zu werden und festzustellen, dass ich nicht in diesem Haus lebe.

Wie unglaublich enttäuschend, dass meine Freunde sich über das ganze Land, über die Welt verteilt haben, sodass wir nicht nur nicht zusammenwohnen, sondern noch nicht einmal das Wetter oder die Zeitzone teilen.

Wie traurig war es, als ich als junge Erwachsene feststellte, dass ich nur wenig Geld hatte und mir überhaupt kein Haus leisten konnte.

Ich habe in meinem Leben bereits in sehr vielen Wohnungen und Häusern gelebt, und nur in zweien fühlte ich mich *ansatzweise* so, wie ich es mir für die Traumhäuser meiner Kindheit vorgestellt hatte. Das erste war ein Bungalow in Tallahassee, Florida, in dem ich drei Jahre zur Miete wohnte. Das zweite war mein eigenes Haus am oberen Ende einer Straße mit dem Namen Johnnycake Hill in einem winzigen, vom satten Ackerland Zentral-New Yorks umgebenen Städtchen. Ein Johnnycake ist ein ungenießbarer Maismehl-Pfannkuchen, aber der Name brachte die Leute zum Lachen, wenn ich meine Adresse angab, und das war ein Geschenk für sich. «Eine Frau braucht Geld und ein Zimmer für sich allein, wenn sie Bücher schreiben möchte», schreibt Virginia Woolf in *Ein Zimmer für sich allein*. Und in diesem Haus schrieb ich ein Buch. Ich verdiente eigenes Geld. Ich verschönerte das Haus. Nichts Extravagantes. Es gab keine Rutschstangen oder Innenraum-Wälder. Aber es gehörte mir. Ich hatte nicht nur ein Zimmer, sondern ein ganzes Haus für mich allein, und ich schrieb meine Bücher. Aber – bitte verzeih, Virginia – in diesem Essay geht es darum, wie ich das alles verbockte.

Vienna, zwölf Jahre alt

Ich stelle mir ein Haus aus Holz vor, und es ist sehr gemütlich, mit einem riesigen Hinterhof, einem Garten voller Blumen und einem Wald in der Nähe. Ich würde mit meiner besten Freundin Autumn dort wohnen, sie will Ingenieurin werden und Pferde reiten, wenn sie groß ist. Sie würde drei Pferde haben, ich hätte dreißig Enten. Ich hätte mein Schreibzimmer, und sie hätte ihr Ingenieursbüro. Wir würden uns das Schlafzimmer teilen, aber in getrennten Betten schlafen.

«Ich hasse es, mir den Platz mit Männern teilen zu müssen», sagte ich zu meiner Freundin Brynn.

Ich erzählte ihr das, weil ich im Alter von 36 Jahren den Riesenfehler begangen hatte, mich wieder zu verlieben, und so, wie es aussah, hatte ich ein neues Haus gekauft, um dort mit dem Mann, in den ich mich verliebt hatte, einzuziehen.

Ein Haus mit einem Mann zu teilen, ist ein furchtbares Schicksal. Die Häuser der meisten Männer sind geschmacklos und voller fraglicher Gegenstände, die sich nie zu bewegen scheinen, einer partnerlosen Socke in der Ecke, einem Nagelknipser auf dem Sofatisch, stapelweise ungeöffneter Post. Diese Objekte weichen monatelang nicht von der Stelle und melden dadurch eine Form der Daseinsberechtigung an, die ich persönlich nicht begreifen kann.

«Warum tue ich das? Rede es mir aus!», schrie ich Brynn an, während unsere Hunde durch ihren Garten tollten. Wir saßen auf der vorderen Veranda ihres Blockhauses, in dessen Innerem alles sauber und gemütlich ist und geschmackvolle Kunst an den Wänden hängt. Ich hatte einen köstlichen, gekühlten Wein mitgebracht, und sie hatte wunderschöne Gläser für uns hervorgeholt.

Brynn schüttelte den Kopf. «Frauen wissen, wie man wohnt», sagte sie.

Eli, drei Jahre alt

Ich werde auf einem Apfel schlafen.

Die Woche, in der ich den Kaufvertrag für das Haus unterschrieb, das mein riesiger, sanfter Hund und ich uns mit diesem Mann, in den ich mich ungünstigerweise verliebt hatte, teilen würden, nebst seiner großartigen Tochter Lydia, acht, in die ich mich auch verliebt hatte, nebst ihrem Chihuahua, Princess Diva, in den ich mich ganz und gar nicht verliebt hatte, schickte ich panische Nachrichten an alle Freunde, die verheiratet waren und Familien gegründet hatten.

«Ist das hier nicht eine ganz furchtbare Idee?», fragte ich sie. «Ist eine Familie in einem Haus eine gute Sache?»

«Wie bitte?», fragten sie. «Jetzt mal immer mit der Ruhe.»

«Ich meine, sollte ich mir nicht vielleicht lieber drei neue Hunde zulegen und mein eigenes, wunderbares Haus für immer behalten, so, wie es jetzt ist? Sprich: unter meiner Kontrolle? Sollte ich nicht lieber eine Hunde-Nonne werden?», fragte ich. «Ist das nicht ein viel besserer Plan?»

«Hunde-Nonne hört sich super an», sagte meine beste Freundin Cora. Wir telefonierten mit Video. Dann hielt sie ihr perfektes, flaumköpfiges Baby in die Kamera.

«Verteufelt noch eins», sagte ich.

Ihr Sohn kam neugierig angedackelt. Er ist drei.

«Eli», sagte ich. «Eli, wie wird dein Haus aussehen, wenn du mal groß bist?»

Abgesehen von der Tatsache, dass er auf einem Apfel schlafen würde, hatte Eli nicht viel zu diesem Thema beizutragen.

Etwa zu dieser Zeit begann ich, alle Kinder um mich herum zu Häusern zu befragen. Immer wieder fragte ich mich, ob sie die gleichen utopischen Vorstellungen von Freiheit und Schöpfung und Tieren und Spielen hatten, die ich damals hatte.

«Erzähl mir von deinem Traumhaus», bat ich alle Kinder.

Als könnten sie mir sagen, wie man am besten leben solle.

Ich fragte auch Erwachsene nach ihren Kindheitsvorstellungen. Ihr wärt erstaunt, wie viele Antworten wie aus der Pistole geschossen kamen. Diese ersten Träume von Orten, die wir zu unseren machen wollten, vergessen wir nicht.

Nora, sieben Jahre alt

Nora hat mit braunem Filzstift ein Haus gemalt. Neben dem Haus beugt sich eine große Palme voller gleichmäßig aufgereihter orangener Früchte schützend über das Haus. Nora hat eine unglaublich große Sonne gemalt. Sie ist viel größer als alles andere auf dem Bild, sodass man sich Noras Haus unweigerlich zu jeder Zeit voller Sonnenschein, Licht und Wärme vorstellt, würde man darin wohnen.

Lasst mich euch von dem ersten Mal erzählen, als ich mit einem Mann zusammenlebte. Es ging nicht gut aus. Es fing noch nicht einmal gut an, wenn ich ehrlich bin.

Ich habe keine Ahnung, warum ich mit 24 mit Bob zusammenzog, außer, dass sich meine biologische Familie damals nicht stabil anfühlte und mir sehr daran gelegen war, mir meine eigene Familie zu basteln, sodass es sich nicht ganz so katastrophal anfühlen würde, sollte meine biologische Familie implodieren.

Zu dieser Zeit war ich noch nicht kreativ genug, andere Möglichkeiten in Betracht zu ziehen, als mit jemandem zusammenzukommen und später zu heiraten.

Die Wohnung in Brooklyn, die wir mieteten, war zu teuer für uns, aber Bob überzeugte mich, dass wir die Miete schon irgendwie zusammenkratzen würden. Am Abend unseres Einzugs fühlte es sich dort, im zweiten Stock über der Seventh Avenue in Park Slope, wahnsinnig offen und leer an, unsere Wohnung erschien mir unglaublich erwachsen.

An diesem Abend bat mich Bob, Nacktfotos von mir machen zu

dürfen. So etwas hatte ich nie zuvor gemacht und auch nie wieder danach. Aber es war dunkel in der Wohnung, wir hatten noch keine Lampen, und an den Fenstern hingen diese alten blauen Vorhänge der Vormieter, die gerade genug Sichtschutz boten, und ich dachte mir, dass es okay wäre. Und so stand ich nackt vor dem Fenster, im Rücken die Lichter der geschäftigen Avenue unter uns, und ließ ihn mit seiner Kamera Fotos von mir im Schein des Key-Food-Supermarkts und der Kirche machen, nur eine Silhouette vor diesen leuchtenden Vorhängen. Und dann gingen wir ins Bett. Als ich auf unserer Matratze auf dem Boden lag, hatte ich das Gefühl, nie wieder schlafen zu können.

Ich weiß nicht, was für ein Gefühl innerer Klarheit oder Feierlichkeit ich von unserer ersten Nacht in unserer neuen Wohnung erwartet hatte, aber es stellte sich nicht ein. Stattdessen hallte es ängstlich in meinem Herzen wider, dass das hier falsch, falsch, falsch sei.

Und tatsächlich war es das auch. Tatsächlich hatte ich neben meinem Studium vier Jobs, nur um für meine Hälfte der Miete aufzukommen, die in der Tat zu hoch für uns war. Tatsächlich war ich entsetzt, als ich erfuhr, dass Bobs Eltern für seine Hälfte aufkamen, allerdings nicht so entsetzt, wie ich es vielleicht hätte sein sollen.

Wegen meiner vier Jobs war ich fast nie zu Hause. Bald hörte ich auf zu essen. Man könnte das Magersucht nennen, allerdings hatte es weniger mit meinem Körper und Kontrolle zu tun als vielmehr damit, dass ich dauernd von Job zu Job hetzte und nie Zeit hatte, etwas zu essen, und wenn ich nach Hause kam, war ich so unglücklich, dort zu sein, dass ich dachte: *Warum jetzt noch essen?* Vielleicht versuchte ich, mich aus diesem Leben in dieser Wohnung verschwinden zu lassen, einem Leben, das ich mir selbst ausgesucht hatte und in dem ich mich nun für immer gefangen fühlte.

Es gab viele Gründe für meinen Entschluss, diese Wohnung zu verlassen. Bob war einer, aber vor allem war es die Art, wie ich mich in seiner Gegenwart fühlte. Ich fühlte mich so, als machte ich immer alles falsch. Als wäre ich jung und dumm und würde nichts von der Welt verstehen. Als wäre ich ihm peinlich, mir selbst peinlich. Am Ende beschloss ich, dass ich lieber alleine für mich peinlich sein wollte, ohne Zuschauer, also nahm ich mein Haustier, einen Chinchilla, und packte einen Rucksack mit meinen wichtigsten Sachen, darunter drei Büchern.

Als ich ging, war es fast Mitternacht, und ich saß schluchzend mit meinem Chinchilla-Käfig auf dem Schoß in der U-Bahn. Mit mir saßen nur wenige Menschen in der Linie 2, und wie gute New Yorker ignorierten sie meine Tränen.

Nur ein Mann guckte zweimal hin, als er an mir vorbeiging.

Inzwischen war es nach Mitternacht, und ich nahm an, er würde mein Geheule kommentieren. Stattdessen sagte er, «Yo, ist das ein Chinchilla? Alter, mega!»

Ich hörte kurz auf zu weinen und nickte. Dann lachte ich. Ich hatte in letzter Zeit nur selten gelacht, fiel mir auf. Ich hatte überhaupt nur selten etwas gemacht, das mich glücklich machte, aus Angst, jung und dumm und peinlich zu wirken. Aber manche Menschen fanden es noch nicht einmal peinlich, mitten in der Nacht mit einem Chinchilla auf dem Schoß in der U-Bahn zu sitzen und zu weinen. Manche fanden das einfach nur mega. Ich wollte für immer mit meinem Chinchilla in diesem Mitternachtswaggon leben. Ich wollte nie wieder an einem anderen Ort gefangen sein, der mich zwang, anders zu sein, als ich war. Wollte nie von irgendeinem Mann oder irgendeinem Haus umgestaltet werden.

Der Mann in der Linie 2 lächelte und ging weiter den Gang hinunter, er öffnete die schwere Tür am Ende des Waggons und betrat den zugigen Zwischenraum, um von einem Wagen in den nächsten zu gelangen. Das hatte ich noch nie gesehen. Ich war nie auf die Idee gekommen, dass jemand diese Türen öffnen und in einem rasenden Zug den Ort wechseln könnte.

Beata, elf Jahre alt

Voraussetzungen für ein Haus [gekürzt]

> *Ein Raum, den man in ein Ballettstudio umwandelt*
>
> *Ein Klavier*
>
> *Türen, die fest schließen*
>
> *Ich will in keiner Gegend leben, die anfällig ist für Naturkatastrophen wie Hurricanes, Erdbeben, Taifune, Zyklone, Überschwemmungen, Erdrutsche oder Lawinen*
>
> *Ich möchte gerne einige Dinge erwähnen, wenn es um das Thema Menschen geht:*
>
> *Ich möchte nicht heiraten. Ich brauche keine Menschen, die meine Lebensweise verändern wollen. Ich glaube, wäre ich verheiratet, würden sie zu sehr «normal» sein wollen. Das möchte ich nicht.*
>
> *Kinder sind okay, aber es gäbe Regeln. Ich würde lieber adoptieren als eigene Kinder kriegen. Ich weiß nicht, ob die Kinder mich als Elternteil gernhätten, weil ich viele Regeln aufstellen würde.*
>
> *Ich möchte in einer Gegend voller netter Menschen leben. Ich möchte mich mit meinen Nachbarn gut verstehen und jeden einzelnen kennen.*

Das erste Zuhause, das ich wirklich mein Eigen nannte, war ein kleiner weißer Bungalow in Tallahassee. Ich bezog ihn in dem Jahr, in dem ich dreißig wurde, ohne ihn vorher besichtigt zu haben. Meine Freundin Kilby hatte mir gesagt, dass er wunderbar war, und ich hatte nach dem Preis gefragt, und man hatte mir ein paar Handybilder geschickt, die aufgenommen wurden, als die Noch-Mieterin gerade dabei war, auf dem Grill im Vorgarten die

Kleidung ihres Bald-Ex-Mannes in Brand zu setzen. Diese Frau würde neben Kilby meine erste richtige Freundin in Tallahassee werden.

Ich sagte zu.

Ich zog im August um, einer Zeit, in der Florida es einem nicht leicht macht, es zu lieben. Und dennoch.

Als ich am späten Morgen ankam, waren die Fenster des Hauses leicht beschlagen, und Kondenswasser rann wie dicke Tränen die Scheiben hinab. Ich steuerte als Erstes das Arbeitszimmer an. Ein ganzer Raum nur fürs Schreiben, mit einer Tür, die man schließen konnte. Er war frisch gestrichen worden, aber die neue Farbschicht konnte den Geruch der tausend Zigaretten, die die Vormieter hier geraucht hatten, nicht ganz übertünchen. Ich hatte mir wieder einmal vorgenommen, mit dem Rauchen aufzuhören, jetzt, da ich umgezogen war, und das hier würde nicht helfen.

Es gab ein Schlafzimmer und ein Bad und einen Anbau mit einer Waschküche, der genauso gut ein Gewächshaus hätte sein können angesichts der vielen Farne, die sich ans Glas drückten, und der Echsen, die in ihnen lebten, grüne Anolis-Arten mit aufgeblähten orangefarbenen Kehlfahnen, die blitzschnell ins Haus liefen, sobald man die Tür öffnete. Es gab einen Kamin, den man genau einen Monat im Jahr würde nutzen können, ansonsten war es zu warm. An fast allen Wänden prangte eine außerordentlich scheußliche Blümchentapete.

Der Garten war voller Feuerameisen und in ihm stand eine riesige Eiche, aus deren Ästen Louisianamoos voll mit stechendem Ungeziefer hinabhing, bis zum Rasen, der so steil abfiel, dass man beim Mähen aufpassen musste, nicht auf die befahrene Straße abzurutschen. Gegenüber befand sich eine verwilderte, vermüllte Freifläche, wo sich Drogendealer trafen. Um die Ecke lag ein Friedhof mit alten, schiefen Grabsteinen. Auf der anderen Straßenseite lebte eine Familie, und mindestens einmal im Monat kam die Polizei und brüllte in der Einfahrt herum, und ich wusste nie genau wieso. Der Mann, der dort lebte, trug nie ein T-Shirt, und eine Narbe zog sich quer über seinen Bauch, und mit seinem Rad drehte er unendliche Runden um den Block, noch an den heißesten Tagen. Er sagte immer *Hallo* oder *Guten Morgen* oder *Guten Abend* oder *Wird Sturm geben.*

Alles an diesem Haus in Tallahassee war perfekt.

Die Vermieter waren ein bisschen rätselhaft. Meredith war die, mit der ich telefonierte, und Bill war der, den ich zu Gesicht bekam, obwohl Meredith die Besitzerin war.

Am Tag, an dem ich den auf ein Jahr befristeten Mietvertrag unterschrieb, sagte Bill: «Nächstes Jahr wollen wir das Haus verkaufen.»

«Oh, okay», sagte ich, und obwohl ich noch gar nicht im Haus gelebt hatte, bereitete mir der Gedanke an seinen drohenden Verlust bereits jetzt Bauchschmerzen.

Der Bungalow hatte Meredith gehört, bevor sie Bill geheiratet hatte und sie in den Nachbarstaat Georgia gezogen waren und zwei Kinder bekommen hatten. Das weiß ich, weil ich Meredith am Telefon gefragt hatte, ob ich neue Tapeten anbringen könne, und sie hatte geantwortet: «Oh, aber diese Blumen. Ich erinnere mich noch daran, wie ich sie ausgesucht habe …» Sie schwelgte eine Weile in Erinnerungen. Sie war so jung in diesem Haus gewesen, sagte sie. Single, und zum ersten Mal hatte sie ihr eigenes Leben gelebt und Platz für sich gehabt.

Die hässlichen Blumen transportierten sie in diese Zeit zurück. Das verstand ich.

«Okay», sagte ich. «Machen Sie sich keine Sorgen. Ich lasse sie, wo sie sind.»

Drei Jahre lang lebte ich in dem Bungalow. Und jedes Jahr verkündete Bill, dass sie das Haus verkaufen würden, und jedes Jahr taten sie es nicht.

Jedes Mal rief ich Meredith an, um zu fragen, ob ich einen neuen Mietvertrag unterschreiben sollte oder nicht, und sie sagte: «Schätzchen, mach dir keinen Kopf. Ich habe dein Buch gekauft! Ich bin begeistert, dass du dort wohnst.»

«Ich liebe dieses Haus», sagte ich.

«Ich liebte es auch», sagte sie. «Für mich ist es mein Single-Haus. Ich war dort so glücklich.»

Ich zweifelte nicht daran, dass Meredith auch jetzt glücklich war. Sie sprach mit solcher Liebe über ihre Jungs. Sie versuchte, so zu tun, als ärgere sie sich über Bill, tat es aber eigentlich nicht. Sie beschwerte sich auf eine gesunde Art, die der eigenen Erholung diente. Da wir uns immer noch nicht getroffen hatten, versuchte ich, mir vorzustellen, wie sie aussah. Wie sie ausgesehen hatte, als sie im Bungalow wohnte. Als wir zum zweiten Mal stillschweigend meinen Mietvertrag verlängerten, sagte Bill, «Meredith wird das Haus nie verkaufen», und seufzte. «Wir könnten echt was rausholen.»

Das stimmte. Die Universität war nicht weit weg und Studentenwohnheime rar gesät. Investoren schnüffelten überall herum.

«Warum will sie nicht?», fragte ich.

«Sie braucht einen Ort, an den sie gehen kann, sollte der Plan mit mir nicht aufgehen», sagte er und lachte.

Die Kinder, sechs und acht, warteten im Auto.

Simon, acht Jahre alt [Videotranskription]

[Simon hat sich aus Pappkartons und Bastelmaterial sein Haus auf dem Balkon seiner Wohnung gebaut]

Simon: Das hier ist die Haustür, und das ist der Türgriff.

Simons Vater: Was ist der Griff für ein Tier?

Simon: Ein REH. [Er drückt es liebevoll, dann macht er die Tür auf]

Und wenn ich reingehe [Krabbelt durch die Tür], sind da Bilder [Simon hat Regenbogen und Blumen gemalt, und die Kunstwerke hängen an Wäscheklammern an der Wand] und Wände, und hier ist ein Loch, durch das ich Leute sehen kann, wenn sie hier entlangkommen. [Späht durch das Papprollen-Guckloch in die Außenwelt] Und das hier ist ein Steuer. [Bedient ein kleines Gummirad, das an der Wand klebt] Und das ist das Aquarium. Ich habe einen Stachelrochen da reingetan. [Das Aquarium ist grandios, kann ich nur sagen] Und das hier ist das Kissen, da kann man sich hinlegen und lesen. [Simon lässt sich auf das Kissen fallen und prüft, wie gemütlich es ist] Und das hier ist ein Wasserding, und wenn da Wasser reinkommt, fließt es runter. [Er hat eine Konstruktion aus Klebeband und Pappe aufgestellt, die Regenwasser sammelt und einen Wasserfall in das Haus fließen lässt]

Als ich einen Job als Dozentin in New York bekam, war es Zeit, den Bungalow zu verlassen. Mein Freund Nick machte mir einen Antrag, und wir fuhren nach New York, um gemeinsam ein Haus zu kaufen, ein Unterfangen, das zugleich unglaublich stressig und unglaublich aufregend war. Wenn wir uns die Häuser anschauten, zählten wir Schlafzimmer, um sicherzugehen, dass es genügend für die Kinder gab, die wir glaubten, haben zu wollen.

Ich würde also wieder mit jemandem zusammenziehen.

Ich schrieb den Vermietern.

«Optimaler Zeitpunkt, das Haus zu verkaufen», sagte Bill.

Meredith fragte mich, ob ich Studenten kannte, die Interesse hätten, das Haus zu mieten.

Ein oder zwei Wochen vor meinem Umzug bog ich in meine Einfahrt ein und sah Bills Truck, aber es war nicht Bill. Eine wunderschöne Frau hatte eine Leiter gegen die Wand gelehnt. Sie bearbeitete die Hausverkleidung mit einem Hochdruckreiniger. Die Kunststofffassade war mit den Jahren ein wenig grün geworden – der gesamte Panhandle ist geradezu überwuchert von Pflanzen; er ist der *lebendigste* Ort, an dem ich je gelebt habe. Tatsächlich kam die Region den Traumhaus-Vorstellungen meiner Kindheit, wo die Außenwelt *drinnen* sein sollte, relativ nah.

Die Frau, die den Bungalow reinigte, sah stark aus. Sie trug einen blauen Badeanzug und kurze schwarze Sporthosen. Ihr dichtes braunes Haar war in einem Pferdeschwanz zurückgebunden. Sie war sehr braun. Die Windrichtung änderte sich, und einen Moment lang hing eine Sprühnebelwolke in der Luft, dann wehte sie ihr ins Gesicht. Sie schüttelte den Kopf, und ihre Silberkreolen blitzten in der Sonne. «Verdammt noch mal», sagte sie, als sich das Gerät verkeilte. Sie zerrte am Griff.

«Meredith?», fragte ich.

«Oh!», sagte sie, «Entschuldigung. Es ist nur …» Sie rüttelte wieder am Griff. «Wie schön, dass wir uns endlich kennenlernen!», sagte sie. «Und wie seltsam, dass wir uns jetzt wohl auf Wiedersehen sagen, oder?»

«Ich weiß», sagte ich.

Sie war vielleicht zehn oder nicht ganz zehn Jahre älter als ich. Genug, dass es sich so anfühlen konnte, als sei sie eine Lebensphase weiter. Als sei sie aus meiner Zukunft gekommen oder zurück, um ihre Vergangenheit aufzuräumen. Sie zeigte auf die saubere weiße Fassade, die sie bearbeitet hatte.

«Ich will nur, dass es hübsch aussieht, wenn das nächste Mädchen kommt», sagte sie.

Wir wussten noch nicht, wer nach mir dort einziehen würde, aber mir gefiel es, dass sie bereits wusste, dass es ein Mädchen sein würde. Dieses Haus war in vielerlei Hinsicht ein Haus für eine Singlefrau.

«Ich dachte irgendwie, dass ihr es verkauft», sagte ich. «Bill sagt immer, dass ihr das vorhabt.»

«Ja», sagte sie. «Sollten wir wohl. Wir könnten ordentlich Geld machen.»

Sie kletterte von der Leiter. Sie war voller Sprühnebel.

«Ich war einfach so glücklich hier. Und ich bin auch jetzt glücklich. Aber ich glaube, einer der Gründe, warum ich jetzt glücklich sein kann, ist, weil ich weiß, dass dieses Haus existiert. Ich weiß, dass es diesen Ort gibt und dass er auf meinen Namen läuft und ich ihn besitze, und wenn ich zu Hause bin und die Kinder mich wieder aus irgendwelchen Gründen wahnsinnig machen oder ich mich mit Bill streite, habe ich dieses Haus, und es ist einfach meins, und ich könnte jederzeit hierherziehen. Und dann fühle ich mich besser, weil ich weiß, dass ich das *könnte*, und die Kinder sind dann doch nicht mehr ganz so schlimm, und ich sehe Bill mit anderen Augen.» Sie schüttelte den Kopf, und das Wasser spritzte. «Ist das verrückt?», fragte sie, und dann blickte sie mich an, als hätte sie vergessen, mit wem sie gerade sprach.

Ich lachte. «Nein, ich weiß, was du meinst», sagte ich.

Wir gingen rein, und sie nahm zwei Gläser aus meinem Küchenschrank und füllte sie mit Leitungswasser. Wir tranken das Wasser.

«Es macht mich traurig, dieses Haus zu verlassen», sagte ich. «Ich meine, ich freue mich darauf, mit meinem Verlobten zusammenzuziehen, aber diese Zeit war ganz besonders für mich.»

Sie nickte. «Wie viele Schlafzimmer gibt's im neuen Haus?»

«Drei», sagte ich. «Upstate ist billig.»

«Gut», sagte sie. «Mach eines der Zimmer zu deinem.»

Andy, sechs Jahre alt

Sein Haus malt Andy als Raumstation, in der es ein Zimmer voller Golden Retriever gibt. Es sind 100 Golden Retriever. [ER HAT NICHT ALLE GEZEICHNET, SAGT ER, ABER GENUG,

UM SEINE SACHE DEUTLICH ZU MACHEN] *Und natürlich gibt es keine Schwerkraft. Also schweben sie, ihr goldenes Fell wiegt nichts, und man treibt zwischen ihnen an diesem perfekten Ort herum.*

Am ersten Abend meines zweiten Versuchs, mit einem Mann zusammenzuleben, auf Johnnycake Hill, in Upstate New York, wusste ich auch sofort, dass etwas nicht stimmte.

Nick und ich schliefen auf einer Matratze auf dem Boden, und als wir an diesem Abend dort lagen, war ich euphorisch und unglaublich überwältigt von der Tatsache dieses *ganzen* Hauses, das jetzt *unser* Haus war, das *wir gekauft* hatten.

«Es fühlt sich so großzügig an», sagte ich in der Dunkelheit unseres neuen Zimmers. «Ich hoffe, dass es sich immer so gut anfühlen wird. Ich hoffe, wir gewöhnen uns nie daran, wie fantastisch es ist.»

Nick sagte nichts. Dann erinnerte er mich daran, dass wir uns den Abfluss in der Garage angucken müssten. Und dann schlief er ein.

Als er und ich uns weniger als ein Jahr später trennten, zog er zurück nach Ohio, und ich übernahm seinen Teil unserer Hypothek.

Nachdem ich meine Emotionen wieder so weit im Griff hatte, dass ich einfachste Grundgedanken fassen konnte, dachte ich: Ich sollte dieses Haus verkaufen.

Es war absurd für eine Frau und ihren sehr großen Hund, alleine in einem Haus mit drei Schlafzimmern zu leben, sagte ich mir. Was sich für uns, die wir eine Familie darin hatten gründen wollen, bereits nach *viel* angefühlt hatte, war ganz sicher zu viel nur für mich. Alles an diesem Haus schrie danach, von einer Familie bewohnt zu werden. Aus einer vernünftigen Perspektive heraus war es einfach viel zu viel nur für einen selbst.

Aber in meiner winzigen Stadt gab es nur wenige Mietshäuser, und die meisten waren kaum billiger als meine Hypothek, und da ich meinen Ex ausgekauft hatte, hatte ich jetzt Schulden.

Und ich war müde. Ich hatte gerade erst ein Haus gekauft, war von einem Ende der Ostküste ans andere gezogen, war bereits mitten in den Hochzeitsplanungen mit Nick gewesen. Die Vorstellung, ein Haus zu verkaufen und ein neues zu kaufen und schon wieder umzuziehen, war unerträglich. Ich bleibe den Rest des akademischen Jahres hier, sagte ich mir. Und dann verkaufe ich es.

Das Gefühl, das falsche Leben für ein Haus wie meines zu leben, hielt an, und ich war nicht die Einzige, die so dachte.

Wenn ich Leute einlud, sagten sie oft, *Oh, du lebst hier ganz allein?*

Oh, wohnst du zur Miete, oder hast du das Haus gekauft?

Und wenn es dann rauskam, dass ich, ja, das Haus besaß, und, ja, alleine hier wohnte, waren sie überrascht, sogar beunruhigt.

Aber wofür wirst du diesen ganzen Platz nutzen?, fragten sie.

Zunächst nutzte ich diesen ganzen Platz, um darin zu weinen. Ich weinte in jedem verfluchten Zimmer dieses Hauses.

Der Hälfte seiner Möblierung beraubt, fühlte sich das Haus sehr leer an. Als wollte ich ihre Existenz damit rechtfertigen, verteilte ich in allen Räumen meine Secondhand-Möbel aus dem Bungalow. Aber jeder Ort im Haus erinnerte mich an das Leben, das ich hätte leben sollen, die Familie, die ich in diesem Haus hätte gründen sollen, und daran, dass ich zu kurz gekommen war.

Manchmal, wenn Menschen, die ich nicht sehr gut kannte, fragten, *Du willst hier doch nicht alleine wohnen?*, platzte die ganze Geschichte aus mir heraus, als wollte ich mich dafür rechtfertigen oder es erklären, dass ich so viel Raum besaß. Mich dafür entschuldigen. Und es stellte sich heraus, dass die Geschichte einer mehr oder weniger fremden Person über ihre abgeblasene Hochzeit die meisten Menschen weniger abschreckte als die Vorstellung, dass diese Person *absichtlich* alleine in diesem Haus lebte.

Joe, 38 Jahre alt

[Joe, der Vater von Andy, sechs Jahre alt, hat in alten Familienunterlagen Kinderzeichnungen von sich gefunden, die sein Traumhaus zeigen.]

Ich habe so wie Andy immer ziemlich ausgefeilte Raumschiffe gezeichnet, zum Beispiel diese Dreidecker-Raumfähre. Dieser Teil hier, der wie ein Dickdarm aussieht, ist der Warp-Antrieb. In mehrfacher Ausfertigung, auf jedem Deck des Shuttles, gibt es Steuerelemente. Vielleicht deswegen, weil ich dann zwar die Fähre steuern konnte, aber meine beiden Brüder auch. Denn wahrscheinlich hätten sie mich nie drankommen lassen, wenn es nicht drei Steuer gegeben hätte.

Ich benötigte dringend wenigstens ein Zimmer in meinem Haus, in dem ich mich wohlfühlen konnte, und das gemeinsame Schlafzimmer ertrug ich nicht, also zog ich in ein kleines, kaninchenbauähnliches Zimmer im ersten Stock. Dort stellte ich das alte, schmiedeeiserne Bett auf, in dem ich in meinen Single-Bungalow-Tagen geschlafen hatte. Ich schleifte das Hundekörbchen die Treppe hinauf und hängte alte Kalenderblätter an die Wand, auf denen sich Bleistiftzeichnungen von Kaninchen mit Songtexten mischten. Einem kauernden Zwergwidder mit neugierigem Blick war Smog zur Seite gestellt worden: YOU ARE A FIGHTER, YOU ARE A FIGHTER. Ein elegantes Wildkaninchenpaar hatte Seger bekommen: ALL I KNOW IS THAT I'M YOUNG AND YOUR RULES THEY ARE OLD.

Einige Wochen, nachdem mein Ex seine Sachen abgeholt hatte, kamen meine Freundinnen Emily und Olivia hoch nach Upstate New York, um mich zu besuchen. «Wir kommen», sagten sie, eine

Feststellung. Das war das Netteste, was jemand für mich hätte tun können. Wir gingen auf den Winter-Bauernmarkt und probierten Naturdeos aus, die fantastisch dufteten, aber nicht wirkten. Wir guckten uns unsere Lieblingsshow über Dragqueens auf dem kleinen Zweiersofa im Wohnzimmer an, auch wenn es zu eng für drei Personen war und eine von uns auf dem Boden sitzen und sich an den Beinen der beiden anderen anlehnen musste. Ich machte uns ein Feuer und wir tranken zu viel und saßen vor dem Kamin und lästerten.

Das Haus fühlte sich besser an, wenn ich Menschen dort hatte, die ich liebte.

Also schmiss ich ziemlich viele Partys.

Nachdem Trump gewählt worden war, gab es eine Dinnerparty für Trauernde, die wir Maestranza-Gelage nannten. Mit «Maestranza» meinten wir die Menschen, an deren Seite man sich für das Gute einsetzte, und wir dekorierten mit Ästen und Baumstümpfen und Blättern, die wir ins Haus schleppten, um unseren Freunden zu zeigen, wie wild wir waren und wie sehr wir sie liebten. Die Festtafel war so lang, dass sie sich über drei Zimmer erstreckte. Es gab eine Halloweenparty, die so gut war, dass sich Erwachsene betranken und verkleidete Fremde küssten, während sie in meiner Küche tanzten. Ich war Gastgeberin einer Party für ein befreundetes Wissenschaftlerpaar, das ein Baby erwartete, bei der nicht weniger als zwei Bierfässer geleert wurden. Für meine jährliche White-Elephant-Wichtelparty bewirtete ich 35 Menschen mit Granatapfelkuchen und gewürztem Apfelpunsch, und am Ende des Abends hatte sich fast jeder meiner Gäste mindestens einmal in einen Einhorn-Einteiler geworfen, der herumgereicht wurde.

Da sich das Haus also besser anfühlte, wenn ich es mit Menschen füllte, die ich liebte, beschloss ich, dass ich es wieder einmal mit der Liebe versuchen könnte. Ich ließ es zu, dass ich mich in einen lustigen, gut aussehenden Mann verguckte, den ich schon seit Jahren gut gefunden hatte, eigentlich, seit ich ihm zum ersten Mal begegnet war, auch wenn ich wusste, dass er im Ausland lebte. Ich fand ihn in Paris, und wir stiegen alle Treppenstufen des Montmartre hoch, um in marokkanischen Bars abzuhängen und dem Gesang im Lapin Agile zu lauschen und mit unseren Bieren neben der Metrostation zu sitzen und den rein- und rausströmenden Menschen zuzusehen. Als er mich in meinem Haus besuchte, war es tiefster Winter und es schneite so stark, dass man nichts unternehmen konnte, und ich machte mir Sorgen, dass mein Haus nicht so gut wie Paris sein würde. Aber der Schnee fiel in Massen, und wir spielten Gitarre und hatten den ganzen Tag Sex, und es war perfekt. Mein Haus wurde zu einem Haus, in dem ich wieder etwas empfand, in dem ich wieder Sex hatte. Und nachdem er abgereist war, weinte ich, aber ein Haus, in dem man mehrfachen Herzschmerz beweint, ist unendlich viel besser als ein Haus, in dem man nur ein einziges, prägendes schlechtes Ereignis beweint hat.

Einmal war ich verreist, und währenddessen erholte sich eine Freundin in meinem Haus von einer Operation, und als ich zurückkam, fand ich in der Gefriertruhe lauter selbst gemachte Brötchen, die sie mit Pesto und getrockneten Tomaten gefüllt hatte. Einmal kam ich nach Hause, und Freunde, mit denen ich mich später treffen wollte, hatten es sich bereits mit Snacks in der Küche gemütlich gemacht. «Die Bar hatte zu», sagte einer. «Du schließt ja nie ab», sagte eine andere. Einmal tat sich eine Studentin, die ich mochte und die oft auf meinen Hund aufpasste, mit ihrer Zwischenprüfung sehr schwer und schrieb mir um neun Uhr abends eine tränenreiche Nachricht, dass sie glaube, sie würde sich besser fühlen, könne sie nur kurz meinen riesigen Hund umarmen. Ich schrieb zurück, dass ich erst in einer Stunde zu

Hause sei, die Tür aber nicht abgeschlossen hätte. Als ich nach Hause kam, fand ich sie und meinen Hund auf dem Boden vor, seine Riesenpfoten lagen in ihrem Schoß, während er ihr glücklich heiß ins Gesicht atmete. «Fühlst du dich ein bisschen besser?», fragte ich. «Ja», sagte sie.

Ich ging wieder auf Dates. Mein neuer Freund, Maxim, hatte eine bezaubernde Tochter, und wir veranstalteten legendäre Nerf-Dartblaster-Kämpfe in meinem Haus, das sich mit seinen breiten Fluren und vielen Versteckmöglichkeiten optimal eignete. Das Lachen des kleinen Mädchens, als sie unter dem Treppenhaus hervorgeschossen kam, um ihren Vater und mich mit Schaumstoff-Darts zu attackieren, war grandios. Selbst als sie aus meinem Leben verschwunden waren, fand ich hin und wieder noch einen einzelnen Nerf-Dart zwischen den Sofakissen oder hinter dem Bücherregal. Ich sammelte sie in einem Haufen, und manchmal überlegte ich, sie in einen Umschlag zu stecken und postwendend zurückzuschicken ... noch einmal zurückzuschießen.

All diese Menschen – die per se nicht mit mir lebten – wurden Teil des Lebens in meinem Haus. Und das machte es für mich wohnlich. Kurt Vonnegut schrieb einmal, dass Paare, die streiten und einander anbrüllen, sich eigentlich immer implizit vorwerfen: «Du bist nicht genug Leute!» Denn wir haben uns mit der Vorstellung, dass ein Mensch glücklich sein kann, wenn er die Welt nur mit ein, zwei anderen Personen teilt, selbst in die Irre geführt.

Wir brauchen so viel mehr als das.

Andy, 43 Jahre alt

Andy erinnert sich, dass er und ein Freund in der Mittelstufe sehr viele Labyrinthe zeichneten. Einmal zeichneten sie ein Labyrinth mit einem Haus im Zentrum. Sie begannen, das Haus näher zu zeichnen, und Andy teilte es in zwei Hälften.

> Du lebst auf dieser Seite, und ich lebe auf der anderen Seite, sagte er.
> Du weißt schon, dass wir nicht zusammenwohnen werden, wenn wir groß sind?, fragte sein Freund.
> Ja, sagte Andy. Weiß ich.
> Andy erinnert sich noch heute daran, wie er diese Information verarbeitete. Dass er nicht mit seinem besten Freund zusammenleben würde, wenn er erwachsen wäre. Er merkte sich in diesem Augenblick, dass er so etwas niemals hätte vorschlagen sollen, erzählt er. Es sich noch nicht einmal hätte vorstellen sollen. Diese Geschichte bricht mir das Herz.

Nachdem ich meine Hochzeit abgesagt hatte, gab es eine Zeit, in der ich mich dabei erwischte, «wir» zu sagen, obwohl es gar kein «wir» mehr gab, von dem man hätte sprechen können (*wir zahlen viel zu viel fürs Schneeschippen; wir waren noch nie im Planetarium*). Diese Momente waren peinlich und schmerzhaft. Als hätte ich die Aufmerksamkeit auf einen Mangel gelenkt, von dem ich eigentlich hoffte, die anderen würden ihn nicht bemerken. «Ich zahle viel zu viel fürs Schneeschippen», verbesserte ich mich dann.

Ich versuchte zu üben, nur für mich zu sprechen.

Aber im Laufe der Zeit, als das Leben und das Wohnen Menschen in mein Haus brachten, merkte ich, dass tatsächlich meistens irgendeine Ansammlung von Freundinnen oder Familie oder Kolleginnen oder Studenten beteiligt war. Es war ein «wir», von dem ich sprechen konnte, auch wenn ein Außenstehender Schwierigkeiten haben könnte, herauszufinden, auf was für ein Kollektiv ich mich bezog.

Ein Außenstehender konnte mein «wir» als ein romantisches «wir» missverstehen. Aber es war besser als das.

Vielleicht mochte ich mein Haus deswegen so gerne, weil es den Häusern, die ich als Kind zeichnete, mit ihren unendlich vielen Zimmern und Tieren und Freunden, die, ohne zu klopfen, hereinkamen, und jeder blieb immer über Nacht, gar nicht so unähnlich war. Diese Häuser waren nie nur für zwei Personen gedacht.

Ein Leben, in dem die Liebe zu einem Menschen andere ausschließt, ist für mich unvorstellbar. Für körperliche Monogamie bin ich gemacht, für häusliche aber nicht.

Hatte ich davon geträumt, *verliebt* zu sein, als ich jung war? Aber ja doch, ständig. Seit ich zwölf war, bezeichnete ich mich selbst peinlich berührt als «hoffnungslos romantisch». Ich habe die Liebe immer geliebt.

Aber es tut gut, nicht zu vergessen, dass ich als kleines Mädchen nicht von Hochzeiten, sondern von Häusern voller Menschen, die ich liebte, träumte.

Natürlich werdet ihr euch an den Grund meines Essays erinnern. Daran, dass ich kurz davorstand, alles zu verbocken.

Nina, zwei Jahre alt, befragt von ihrer Mutter

Also, Nina, wenn du in irgendeinem Haus leben könntest, in was für einem Haus würdest du leben wollen?

Mama, ich steh auf einem Lappen.

Ja, das stimmt. Wie würde dein Haus riechen?

Es würde wie eine Mama riechen.

Wie riecht eine Mama denn?

Nach Ameisen.

Hey, was machst du mit dem Lappen?

Ich kam mit einem Mann namens Peter zusammen, und nach unserem ersten Date sprach er bereits darüber, zusammenzuziehen. Ich war begeistert und entsetzt. Vollkommen verrückt, das Ganze. Aber es fühlte sich richtig an.

Doch ich wich aus, sobald er das Thema wieder aufbrachte, sagte ihm, er solle die Handbremse anziehen. Ich versuchte, vernünftig zu sein. Ich sagte immer wieder, Lass uns ein Jahr warten, mindestens.

Das war auch ein Versuch, mich zu schützen. Denn es hatte mich fast umgebracht, nach Maxims und meiner Trennung seine Tochter nicht mehr sehen zu können. Und Peter hatte auch eine Tochter. Lydia war auch acht, und ich hatte Angst, dass mir wieder ein cooles kleines Mädchen das Herz brechen würde. Ich versuchte also, alles zu verzögern. Aber dann erzählte mir Peter von einem Gespräch über Häuser, das er mit Lydia geführt hatte.

Lydia hatte Peter erzählt, dass sie nicht glaubte, jemals heiraten zu wollen.

Das ist okay, sagte er, viele Leute sind nicht verheiratet.

Stattdessen wolle sie auf einer Farm leben, wenn sie groß sei, sagte sie, mit vielen Pferden und Wüstenfüchsen.

KENN ICH, schrieb ich Peter. DAS LEBEN WILL ICH AUCH HABEN.

Peter schrieb: VIELLEICHT KÖNNTEN WIR AUF EINER FARM LEBEN UND DU KÖNNTEST PFERDE UND WÜSTENFÜCHSE HABEN, ABER ICH DÜRFTE DORT AUCH WOHNEN?

KEINE CHANCE, schrieb ich.

Denn bei dieser Fantasie ging es gerade darum – Lydia verstand das und ich auch –, dass man allein mit seinen Tieren und Freunden lebte, denn dann würde man von Freude und Leichtigkeit umgeben sein. Auch von Sicherheit. Und zu dieser Art zu leben, hatte ich auf Johnnycake Hill zurückgefunden.

Aber als ich Lydia das nächste Mal traf, zeigte sie mir das Haus, das sie gerade bei Minecraft baute. Es war unser Haus. Das Haus, von dem wir gesagt hatten, dass wir eines Tages vielleicht alle dort wohnen würden. Ihr Kopf kam hinter einem riesigen Computerbildschirm hervor, sie trug Kopfhörer mit pinken Kätzchen und fragte, «Ich züchte gerade Füchse in unserem Haus. Willst du mal sehen?»

Ich weiß nicht, wie ich mir Lydias Spiel vorgestellt hatte, aber als ich ihr über die Schulter schaute, musste ich lachen.

Unser Haus war voller Füchse.

Sie rannte durch die Gänge, schneller und schneller, obwohl ihr Hunderte dicker, quadratischer Füchse den Weg versperrten.

«Wenn ich sie zu sehr störe, bringen sie mich um», sagte Lydia, «aber ich will einfach noch so viele mehr.»

Bald darauf hatte ich mein Haus auf Johnnycake Hill verkauft und uns ein neues gekauft.

Sabine, zweidreiviertel Jahre alt

Welche Farbe hat dein Haus?

Braun!

Welche Farbe haben die Bäume?

Braun!

Wo würdest du schlafen?

In einer Schaukel!

Du schaukelst ja richtig gerne – du würdest den ganzen Tag schaukeln.

Ja!

Hast du ein Töpfchen?

Ich hab ein großes Töpfchen – ich nehme die Leiter und dann gehe ich da rein und dann trete ich und sage Hahahahahaha!

Ist das der einzige Ort, wo du treten darfst?

Ja.

Sabine, vielen Dank, dass du uns von deinem Haus erzählt hast – es hört sich toll an.

Ich … ich überlege jetzt ein neues Haus … es ist orange!

Ich hatte Peter während der Corona-Krise, als meine Autorenfreundin Ndinda bei mir lebte, kennengelernt. Sie hatte an unserer Universität unterrichtet, als die Pandemie zuschlug, und als sie beschloss, zurück nach Nairobi zu fliegen, waren bereits alle Flüge gestrichen worden. «Zieh bei mir ein, bis es sicher genug ist, wieder zu reisen», schlug ich vor. Die Pandemie hatte auch das Prinzip der offenen Tür im Johnnycake-Haus ausgehebelt, und ich war dankbar für die Gesellschaft einer Frau, die ich großartig fand.

Wir verbrachten einen langen Pandemiesommer miteinander, isoliert von fast jedem, nur wir beide, Peter und Lydia. Wir vier lernten batiken und Frühlingsrollen machen. Ndinda fing an, wie wild zu puzzeln, und brachte es Lydia bei. Lydia brachte Ndinda bei, wie man wie eine gute amerikanische Kapitalistin Monopoly spielte, und Ndinda führte neue Regeln ein und ernannte Lydia zu ihrer Maklerin, was sich bei Immobilienverhandlungen mit Peter als sehr vorteilhaft erwies. Ndinda und ich entwickelten eine vollkommen neue Sprache, die von Tyra Banks und alten *America's Next Top Model*-Folgen inspiriert war.

Einige Wochen, bevor Peter, Lydia und ich in unser neues Haus ziehen sollten, ließ Kenia wieder amerikanische Flüge ins Land, und Ndinda buchte ihre Heimreise. Wir planten ein Abschiedsessen für uns vier. Aber als wir Lydia davon erzählten, war sie traurig und verwirrt.

Als wir davon gesprochen hatten, zusammenzuziehen, war sie davon ausgegangen, dass das auch Ndinda beinhaltete.

Und warum auch nicht? Wir waren eine Familie gewesen.

«Weißt du was, Ndinda *kann* kommen und bei uns wohnen, jederzeit», sagte Peter.

Und Ndinda hatte ihr eigenes Leben zu leben, aber ich fand es toll, dass er das gesagt hatte.

Denn als ich meine Kisten packte und detaillierte Gartenstauden-Karten für die neuen Besitzer zeichnete, fühlte ich mich wie Meredith, als sie liebevoll ihren Bungalow reinigte und an das nächste Mädchen dachte und sich vorzustellen versuchte, wie das, was jetzt kommen würde, jemals so gut sein könnte wie das, was davor war. Aber als Peter sagte, dass Ndinda auch bei uns leben könne, wenn sie wolle, hatte ich nicht mehr so viel Angst. Ich hatte das Gefühl, dass es vielleicht möglich wäre, sein Traumhaus mit all den Zimmern und Tieren und Freunden fertig zu zeichnen und dann, wenn alles voll war, ein zweites Blatt Papier zu nehmen Einen Tunnel zu zeichnen, der das alte mit dem neuen Leben verband. Vielleicht könnte dieses neue Leben das Leben, das ich schon aufgebaut hatte, das mit meinen Freunden und Familien, erweitern, statt es zu ersetzen. Vielleicht lassen gute Liebesgeschichten Platz für weitere Narrative.

Entkopplung

Als ich in der fünften Klasse Titten bekam, hatte ich ekstatische Tagträume, in denen sie plötzlich verschwunden waren. In diesen Träumen rannte ich durch das hohe Gras meines grünen Gartens, wo Wildtruthühner lärmend aus der Deckung schossen, und ich trug mein Lieblings-T-Shirt mit den burgunderroten Sonnen aus Bleicheflecken, und es lag vollkommen flach auf meiner Brust, und ich trug keinen BH und war barfuß und konnte mich unglaublich schnell bewegen. Ich wusste, dass dies das Alter war, in dem man begann, eine Version seines zukünftigen erwachsenen Ichs zu werden, und *das* war die Version, die ich sein wollte. Aber die Zukunft hatte mich schon eingeholt. Die Zukunft bestand aus einem Paar Doppel-D-Titten, die ich seit dem Tag ihrer Ankunft gehasst habe.

Das Wort *Brüste* funktionierte für mich nie. Und in etwa so, wie ich begann, den Spitznamen, den meine Mutter mir gegeben hatte, «CJ», überall einzuführen, als ich nicht mehr Christie genannt werden wollte, verstand ich irgendwann, dass die Demütigung, ein von mir verhasstes Wort für einen meiner Körperteile benutzen zu müssen, ein Problem war, das ich lösen konnte. Und weil ich das Wort Titten mag, waren meine Titten für mich also seitdem meine *Titten*. Ich finde, das Wort ist voller Tatkraft.

Hier sind einige Bezeichnungen, die andere mir oder meinen Titten gaben und die mir nicht gefielen. Manche wurden von Menschen verwendet, die ich liebe, und andere von Menschen, die ich nicht liebe, aber ich bin nicht nachtragend. Bazongas. Pornotitten. Knetkissen. Boobies. Hupen. Hooter. Melonen. Sahnetüten. Möpse. Riesentitten-Magillicutty oder RTM. Hohepriesterin der sich der Schwerkraft entziehenden Brüste oder HPSEB.

In diesem Essay wird jeder *Titten* sagen, auch wenn in Wirklichkeit andere Begriffe verwendet wurden. Weil dieser Essay verflucht noch mal meiner ist. Und ich sag's euch jetzt gleich, wenn es euch unangenehm ist, dass ich *Titten* sage, kommen wir aus diesem Essay nicht lebend raus.

***

Ich weiß schon gar nicht mehr, wie oft ich an meinem Computer saß und mich über Brustverkleinerungen informierte. Ich habe Vorher/Nachher-Bilder bewundert oder mich von ihnen beunruhigen lassen. Ich habe mich gefragt, wie ich denn bitte die nötige Zeit aufbringen solle, mich von der OP zu erholen. Ich habe mich auf den unwahrscheinlichen Fall versteift, nach einer OP noch stillen zu können. Ich habe darüber nachgedacht, wie ich die winzigen Narben fände, und andere haben mir ihre Narben gezeigt, kleine Bäume, kleine Lollis um die Nippel. Ich habe den Strich gesehen, der sich wie eine Naht über die blasse Unterseite der jetzt herrlich kleinen Brüste von Freundinnen zieht, und ich habe ihre Brüste bewundert. Ich habe gesehen, wie Trans-Freunde, die sich weniger in ihrem Körper zu Hause fühlten als ich, die Brüste entfernen ließen, und ich habe ihre Instagram-Bilder bejubelt und Freude und Eifersucht verspürt, als sie am Strand nur noch Badehosen trugen und ihre neuen Körper ihnen ganz neue Arten der Sichtbarkeit und ganz andere Möglichkeiten boten. Ich habe mit einer Freundin gescherzt, dass wir uns beide operieren lassen und einen Frauenkult der tittenlosen Damen gründen würden, die nur Overalls tragen, deren Träger fein säuberlich auf der Brust aufliegen, während wir uns in genau die Arbeit stürzen würden, in die wir uns mit unseren jetzt unbelasteten Körpern stürzen wollten. Ich habe mir Ärzte empfehlen lassen und Überweisungen verschrieben bekommen. Aber ich habe es nie auch nur geschafft, den Hörer in die Hand zu nehmen. Wann immer es konkreter wird, zögere ich und beschließe, meine Titten noch ein klein bisschen zu verschonen.

Denn es stellt sich heraus, dass es anscheinend ziemlich viele imaginäre Menschen in meinem Kopf gibt, die sie noch brauchen könnten.

***

Ich bin zwölf Jahre alt, und wir, ich und vier andere Mädchen, sitzen auf der Bordsteinkante des Parkplatzes gegenüber unserem Grundschul-Pausenhof. Wir sehen ein paar älteren Jungen beim Skateboardfahren zu. Wir tun so, als wären wir eigentlich wegen etwas anderem hier. Die Jungs kommen rüber, und ich unterhalte mich mit einem, der Marcus heißt, frage ihn, ob er einen bestimmten Trick machen kann. Er kann ihn noch nicht, aber bald schon, sagt er.

Wir gehen nach Hause, zu einem der Mädchen, wo wir alle übernachten werden. Irgendwann an diesem Nachmittag bekomme ich zum ersten Mal meine Periode. Ich finde Binden unter dem Waschbecken der Mutter meiner Freundin und nehme mir, was ich brauche. Im Laufe des kommenden Jahres werde ich den Berg meiner Doppel-D-Titten erklommen haben, und ich werde sie hassen, aber jetzt ist alles erst einmal neu und aufregend.

Später, als wir gemütlich Wahrheit oder Pflicht spielen – wir haben uns auf einem mädchenhaften Bett voller Kissen breitgemacht, in einem mädchenhaften Zimmer, die Wände ein verwaschenes Helllila, es riecht nach Erdbeer-Bodylotion und auch ein bisschen nach dem kleinen Schälchen Zimt-Potpourri, das eine von uns einmal für Fritos-Chips hielt und aß – will ich diesen Mädchen erzählen, dass ich meine Periode bekommen habe, aber auf dem Ghettoblaster läuft Whitney Houston in Dauerschleife, und es ist sehr laut und wir singen mit, und so muss ich irgendwann Whitney leiser stellen und eine Wahrheit-Frage hervorkitzeln, um ihnen davon erzählen zu können.

Oh mein Gott! Wir sind alle ganz aus dem Häuschen über meine Periode. *Du bist eine Frau*, sagt eine. *Oh mein Gott, du warst eine Frau* mit MARCUS, sagt eine andere. *Die ganze Zeit, als ihr euch unterhalten habt, warst du eine Frau, und er wusste noch nicht einmal, dass er der Erste war, mit dem du als Frau* ZUSAMMEN *warst.*

Und wir lachen, und ich liebe diese Mädchen.

Ich weiß nicht, warum mir nicht auffiel, dass ich zuerst eine Frau *mit ihnen* war, bevor ich eine Frau *mit ihm* war. Warum das nicht zählt. Warum man «eine Frau» in einem körperlichen Sinne immer, schon jetzt, sogar in diesem Moment, *für jemanden* ist, und dieser jemand bin nicht ich. Sind nicht wir. Wir verstehen das alle fünf intuitiv, schon mit zwölf, sogar, während wir Whitney wieder aufdrehen, sie laut werden lassen und spielen und singen.

***

Als Kind hasste ich Puppen und spielte stattdessen Jane Goodall und kümmerte mich in einer imaginären Wildnis um eine Menagerie von Tieren. Trotzdem wusste ich schon immer, dass ich Kinder haben wollte. Ich wollte schon immer sowohl eine Mutter sein als auch meinen Körper benutzen, um eine Mutter zu werden. Das sind zwei verschiedene Dinge, und als solche habe ich sie auch stets verstanden. Ich würde gerne ein Elternteil sein, Punkt. Aber schwanger zu sein ist eine Erfahrung, die mein Körper schon immer machen wollte.

In meinen Zwanzigern erklärte ich, ich wolle ein wildes Jungen-Wolfsrudel haben, das ich am Abend mit einer Glocke zum Essen rufen würde. In meinen frühen Dreißigern sagte ich, ich wolle sehr gerne zwei Kinder haben, und bitte lass sie Mädchen sein. Jetzt, da ich mich der Vierzig nähere, denke ich: ein Kind, und möge es das Glück haben, in einem Körper geboren zu werden, der es zufriedenstellt.

An manchen Tagen frage ich mich, ob mein Körper überhaupt ein Kind bekommen kann, und wenn ja, wie das passieren soll. An diesem Punkt in meinem Leben ist es schwer vorstellbar, dass ich einfach einen Partner finden und mit ihm ein Kind zeugen werde. An manchen Tagen denke ich, sollte ich kein Kind mit meinem eigenen Körper kriegen oder kriegen können, würde ich gerne auf eine andere Art ein Kind großziehen. Und wenn ich dann wiederum daran denke, ein Kind ohne ein Gegenüber großzuziehen, für das es ebenfalls das eigene wäre, ist auch das schwer vorstellbar. Nicht, weil es in meiner Umgebung an Alleinerziehenden mangelt, die diese Aufgabe, ob freiwillig oder nicht, fantastisch meistern. Sondern weil das Paarsein immer Teil der Geschichte war, die ich mir früher über meine zukünftige Elternschaft erzählte.

Und an *manchen Tagen*? An manchen Tagen ist es Sommer, und ich fahre auf dem großen See in der Nähe meines Hauses Kajak und schaue ganz in Ruhe den gesprenkelten Fischen zu, wie sie sich zwischen den Unterwasserpflanzen hindurchschlängeln. Manchmal nehme ich mir ein Bier und einen Gedichtband mit und lasse mich einfach treiben. Manchmal gehe ich mit meinem Hund Eis mit bunten Streuseln essen. Manchmal buche ich einen

Last-Minute-Flug nach Costa Rica, um dort mit meiner Freundin Marie einen Surfkurs zu besuchen, und in köstlicher Vorfreude senden wir uns schon Wochen vorher Surf-Rock-Lieder zu. An manchen Tagen kann ich mich mit Haut und Haaren meinen Freunden und Studenten widmen, und das befriedigt mich. An manchen Tagen frage ich mich, was es bedeuten würde, diese Freiheit und Mobilität gegen ein strukturiertes Mutterdasein einzutauschen.

***

Viele Frauen sind sich ihrer biologischen Uhr bewusst, und meine Uhr ist eine Art Schrödingers Uhr. Es könnte zum Beispiel sein, dass sie bereits abgelaufen und es zu spät ist, meinen Körper für ein Kind zu verwenden. Vielleicht tickt meine Uhr aber auch noch. Früher machte mir dieses Nichtwissen Angst und stresste mich und ließ mich verzweifeln. An manchen Tagen ist das immer noch so. Aber meistens bin ich aufgrund dieser Schrödinger'schen Eigenschaft eine glückliche Nihilistin, die nach dem Motto que será será lebt. Denn ich habe bereits genug überstürzte Entscheidungen in meinem Leben getroffen, um zu wissen, dass nichts Gutes dabei herauskäme, würde ich mich dieser Uhr unterwerfen und mich an irgendwen binden, dessen Rolle in meinem Leben mich unglücklich machen würde.

Was ich damit sagen will: Mir ist klar geworden, dass ich herausfinden muss, welche Aspekte des Kinderkriegens ich immer haben zu wollen glaubte.

Denn es stellt sich heraus, dass sehr viel mehr als nur eine Wahl, mehr als nur ein Konzept hinter dem Begriff des Kinderkriegens steckt.

Soweit ich weiß, müssen die meisten Menschen den Begriff nie auseinandernehmen. Aber für diejenigen unter uns, die alleinstehend sind und gegen Schrödingers Uhren oder noch ganz andere Umstände antreten, kann es recht aufschlussreich sein, seine Vielfalt zu verstehen. Und während ich die Aspekte des Kinderkriegens, die mit einer Paarbeziehung zu tun haben oder damit, die eigenen Gene mit denen eines geliebten Menschen vermischen zu wollen, von denen trenne, die damit zusammenhängen, ein Elternteil zu sein, jemand zu sein, dessen Körper ein Leben herstellt, merke ich, dass es noch viel mehr und viel verschiedenere Bestandteile gibt, als man mich bisher glauben machen wollte.

Wäre ich in meiner Therapie nicht zusammengebrochen, hätte ich wahrscheinlich weitergemacht wie zuvor und alles als eine unmögliche Einheit begriffen.

Herbeigeführt wurde dieser Zusammenbruch und damit mein Entkopplungsprozess – natürlich – durch meine Titten.

***

Ich weine viel in meiner Therapie. Ich liebe es, so richtig zu heulen. Aber normalerweise läuft es so ab, dass die Tränen kommen und ich so tue, als bräuchte ich kein Taschentuch, und dann weist meine Therapeutin auf die Taschentücher hin, und diese Geste ist auf vielerlei Ebenen hilfreich.

Als ich wegen meiner Titten zusammenbrach, konnte mir auch keine Taschentuchbox mehr helfen.

Meine Beziehung mit Peter, von dem ich angenommen hatte, er würde der Vater meines Kindes werden, war zerbrochen. Ich hatte Schluss gemacht. Hatte festgestellt, dass etwas nicht stimmte. Dass wir gut miteinander waren, aber nicht gut genug. Was noch einmal eine ganz eigene Tragik hat. Denn hier gab es diesen wunderbaren Mann, der ganz nebenbei ein Kind mit mir haben wollte, aber das reichte mir nicht, um zu bleiben. Zum zweiten Mal in fünf Jahren war ich mit einem Vater zusammengekommen und hatte ein Kind mit diesem Vater haben wollen, und dann war diese Möglichkeit wieder verschwunden.

Und jetzt heulte und monologisierte ich bei meiner Therapeutin: *Ich habe irgendwo gelesen, dass 35 der Punkt ist, an dem eine Frau komplett durchdrehen sollte, wenn sie noch Kinder haben will, und ich hab mich immer hilflos an dieser Zahl festgehalten, und jetzt bin ich 37 und denke, Oh Scheiße, ich hab vergessen, Kinder zu kriegen!*

Ich versuchte, mich aufzuheitern, und sagte: *Na ja, wenigstens kann ich jetzt meine Titten loswerden.*

Und bevor mich meine Therapeutin fragen konnte, was um Himmels willen, ich damit meinte, fuhr ich schon fort: *Aber wofür habe ich denn meine Titten überhaupt? Was haben sie denn für einen Sinn? Warum habe ich sie jahrelang mit mir rumgeschleppt, obwohl ich sie hasse, und jetzt werde ich sie noch nicht einmal benutzen?*

Was meinst du damit?, fragte meine Therapeutin. *Sie «benutzen».*

Das war eine gute Frage.

Meine Worte hatten mich selbst überrascht. Ich versuchte zu erklären, was mein Mund gestanden hatte, ohne dass mein Hirn wusste, warum.

Und es stellte sich heraus, dass ich meine Titten, die ich hasste, nur deswegen behalten hatte, damit ich sie *jemandem anbieten* konnte.

Hypothetischen Titten liebenden und möglicherweise Narben hassenden Liebhabern.

Meinem hypothetischen Kind.

In dem hypothetischen Leben, das ich mit diesem Liebhaber und diesem Kind haben würde.

Inzwischen weiß ich, dass nicht jeder so über seine Titten denkt.

Aber ich denke so. Schon immer. Doch bemerkt habe ich das erst, als dieses hypothetische Leben, für das ich meine Titten aufhob, Störsignale bekam. Wegen der Trennung und wegen meines Alters. Und mit diesen Störsignalen schwand die Plausibilität, dass ich mit meinem Körper eine Mutter werden würde, dass ein Liebhaber zunächst meinen noch nicht schwangeren Körper kennenlernen würde, dass ich dann mit einem Partner eine Schwangerschaft erleben und ein Kind großziehen würde ... all das fühlte sich plötzlich nicht mehr *wahrscheinlich* an. Und wenn die Existenz dieser imaginären Menschen bedroht war? Wenn die Störung sie für einen tränenreichen therapeutischen Augenblick lang kurz verschwinden ließ und nur ich übrig blieb?

Mein erster Gedanke war: Für wen habe ich denn dann noch diese Scheißtitten?

Es fühlte sich so an, als wäre ich dazu gebracht worden (von wem? Von mir selbst!), sie Jahre um Jahre um Jahre zu ertragen – für nichts.

«Du könntest dich jetzt operieren lassen, wenn das etwas ist, was du machen möchtest», sagte meine Therapeutin. «Und immer noch ein Kind gebären, auch ohne Stillen.»

«Aber was ist mit den Narben? Was, wenn sie jemand hässlich findet?»

«Jemand?»

«Ein Partner.»

«Stört dich die Vorstellung, Narben zu haben?»

«Nein, sie sehen aus wie kleine Bäume.»

«Würden dich Narben bei jemandem, den du liebst, abstoßen?»

«Natürlich nicht», sagte ich.

«Narben einer OP, die diesen jemand glücklich gemacht hat?»

«Erst recht nicht», sagte ich.

«Warum sollte jemand nicht genau das Gleiche für deinen

Körper empfinden? Warum kannst du dir nicht vorstellen, dass jemand dich in Gänze annimmt, so, wie du jemanden auch in Gänze annehmen würdest?»

Weil ich einen Körper voller Möglichkeiten haben wollte.

Ich wollte nicht das Risiko eingehen, meinen Körper zu sehr darauf festzulegen, was er war oder nicht war, weil das vielleicht nicht das war, was irgendwer, irgendwann, wollte oder von mir brauchte.

Diese imaginären Liebhaber. Diese imaginären Kinder.

Es fiel mir schwer zu verstehen, dass mein Körper für mich ist, mir gehört, dass mein Körper anderen nicht gefallen muss. Ich arbeite schon sehr lange daran. Meine Piercings und Tätowierungen haben geholfen. Sie sind kleine Flaggen, die ich benutze, um meinen Körper abzustecken. Ihn für mich zu beanspruchen. Meiner, sage ich. Ich mache mit dir, was immer ich will. *Meiner*, und es ist mir egal, was jemand anderes über ihn denkt. Jemand, der mich morgen sieht. Ein imaginärer Irgendwer, der mich irgendwann sieht. Mit ihm hat das hier nichts zu tun. Ich hisse eine Flagge. Noch eine. Das hier ist mein Territorium.

An diesem Tag entwirrte ich folgende drei Stränge:

Meinen Körper, wie er für mich existiert.

Meinen Wunsch, mit diesem Körper eine Liebhaberin zu sein, Sex zu haben, mich sogar zu verlieben.

Meinen Wunsch, Kinder zu haben, wenn möglich, mit diesem Körper.

Was würde passieren, wenn ich diese drei Stränge als drei völlig unterschiedliche Dinge betrachten würde?

***

Mein Ex-Verlobter Nick war derjenige, der den Knoten in meiner Brust entdeckte. Es war kein Krebs. Mir geht es gut. Das möchte ich als Allerserstes klarstellen. Ich kann mich sehr glücklich schätzen, und dies ist keine dieser Geschichten, und ihr solltet euch auch nicht die ganze Zeit fragen müssen, ob es so eine Geschichte ist.

Wir machten rum, ich war gerade dreißig geworden, und er knetete – nicht unangenehm – meine Titten, als er aufblickte und sagte, *Du hast einen Knoten in dieser Titte – wusstest du das?* Ich wusste es nicht. Ich schätzte seine direkte Art. Und er begleitete mich zum Arzt, um den Knoten untersuchen zu lassen, und das war sehr aufmerksam und nett von ihm. Es gibt auf dieser Welt Menschen, die verstehen, dass es unglaublich beängstigend ist, einen Knoten in der Titte zu haben, und andere, die das nicht verstehen. Nick gehörte zu Ersteren, und das war ein Segen.

Nach ewig vielen Mammografien, bei denen, solltet ihr das nicht wissen, deine Titten nicht gerade sanft zwischen zwei Glasplatten gequetscht werden, sodass aus einer prallen Grapefruit ein vertikaler Fleischfladen unter einer Glastheke wird, sagten die Schwestern zu mir: *Wir haben keine Ahnung, was da drinnen los ist.*

Und ich fragte, *Heißt das, dass Sie nicht wissen, was es ist?*

Nein, sagten die Schwestern, *es heißt, dass das Gewebe extrem dicht und voller mysteriöser Gegenstände ist, aber wir können da drinnen ums Verrecken nichts erkennen, also müssen wir einen Ultraschall machen.*

So wie für Babys?, fragte ich.

Ja, aber für deine Titten, sagten sie.

Verstehe.

Seitdem bin ich gezwungenermaßen zu jemandem geworden, der sich alle sechs Monate mit Krankenhäusern und Versicherungen herumschlagen und irgendein Orakel ausfindig machen muss, das in das Herz der Dunkelheit starrt. Entweder ich gewinne und kriege einen Ultraschall, oder ich verliere und muss eine sinnlose

Mammografie über mich ergehen lassen, bei der sie wieder einmal feststellen, dass sie da drinnen ums Verrecken nichts erkennen können, und dann kriege ich die Überweisung für den Ultraschall, den ich sowieso immer brauche. Anders gesagt: Alle sechs Monate habe ich eine Vorsorgeuntersuchung, wo man mir, wieder einmal, sagt, dass meine Titten voller Rätsel sind, die wahrscheinlich alle gutartig sind, mich aber vielleicht auch eines Tages umbringen, also lassen Sie uns bei diesem halbjährlichen Turnus bleiben, um wieder zu gucken und zu staunen, nur um sicherzugehen.

Schrödingers Titten.

Ein paar Wochen nach meinem titten-induzierten Zusammenbruch bei der Therapeutin, als ich flennte und fragte, wozu sie eigentlich gut waren, entdeckte ich einen neuen Knoten. Ich war vor Kurzem umgezogen und wurde deswegen diesmal an ein neues Krankenhaus mit einem Brustzentrum überwiesen, in dem das Wartezimmer von pinken Schleifen und pinken Blumen und pinken affirmativen Mutmach-Sprüchen überflutet war, und als ich in dieser pinken Vorhölle saß, hatte ich einen kranken Gedanken: *Sollte es Krebs sein, zahlt die Versicherung möglicherweise dafür, dass ich meine Titten loswerde.* Und dann wurde mir klar, wie verstörend und respektlos ein solcher Gedanke war. Und ich dachte an meine Freunde, die Brustkrebs oder andere Krebsformen gehabt hatten, und innerlich sagte ich zu jedem Einzelnen, *es tut mir leid es tut mir leid es tut mir leid es tut mir leid*, diesen Gedanken überhaupt nur gedacht zu haben.

Endlich rettete man mich aus diesem Wartebereich und führte mich in das Ultraschallzimmer, und ich zog mein T-Shirt und meinen Hundert-Dollar-Übergrößen-Sonderanfertigungs-BH aus, weil ich in dem Jahr zugelegt hatte und normale BHs aus dem Laden mir nicht mehr passten. In meinem kleinen blauen Papierkittel wartete ich auf das Orakel.

Die Frau, die hereinkam, um den Ultraschall durchzuführen, war sehr ruhig und sehr direkt, und ich war ihr sehr dankbar dafür. Sie verteilte sanft das Gel auf der Rundung meiner Titte und bewegte die Sonde mit gleichmäßigem Druck. Auf dem kleinen Bildschirm tauchte der Bericht über mein Inneres auf, schwarzweiß und körnig und flackernd, und ich fing an zu weinen.

Ich bin mir sicher, dass die Schwester dachte, ich weinte vor Angst. Aber in Wirklichkeit fing ich an zu weinen, weil sich das alles wie eine Filmszene anfühlte, die ich nur allzu gut kannte. Wir alle kennen sie. Es ist die Szene, in der die Frau und ihr Partner zum Ultraschall gehen, und dann ist da der Glibber und die Sonde und der Bildschirm, und auf dem Bildschirm sehen sie *ihr Baby*. Früher stellte ich mir mich selbst in dieser Szene vor. Ich stellte mir vor, wie ich mich fühlen würde.

Aber *das hier* war etwas anderes.

Diese einer Heiligen gleichende Schwester, die freundlich meine Titten eingeschmiert hatte, merkte, dass ich weinte, und teilte mir mit, gleich fertig zu sein, und dann machte sie mir ein Kompliment für die Tätowierung auf meinem Arm. Als sie fertig war, sagte sie, dass sie eigentlich noch nichts sagen dürfe, aber sie selbst habe nichts Schlimmes in meinen Titten entdecken können. Meine Ärztin würde mich anrufen, sobald sie die Bilder hätte, aber wenn sie selbst in dieser Situation wäre, sagte mein wunderbares Tittenorakel, würde sie wissen wollen, dass wahrscheinlich alles in Ordnung war.

Ich dankte ihr für diese vielleicht leicht unethische, aber von mir extrem geschätzte Geste der Barmherzigkeit. Als sie weg war, ließ ich meinen Tränen freien Lauf. Weinte aus Erleichterung. Weinte, weil sie mich wie einen Menschen behandelt hatte. Weinte, weil ich in einer verzerrten Version einer Szene meines Lebens steckte, die ich mir immer erhofft hatte, aber statt einer Krankenschwester, die mit ihrer Sonde ein Baby für mich und einen von mir geliebten Menschen hervorzaubert, sagte mir diese Schwester, dass die unkenntlichen Dinge in mir drinnen wahrscheinlich gutartig waren. Dass sie zwar rätselhaft waren, aber mich nicht umbringen würden, nur weil man das Rätsel nicht lösen könnte.

***

Seit einer Weile begleite ich meine Freundin Brynn in die Kinderwunschklinik. Sie will Mutter werden. Alleinerziehende Mutter. Sie datet Männer. Sie hat Beziehungen. Aber von ihrem Kinderwunsch hat sie all das getrennt. Wegen des Zufalls und des Lebens und des Lernens. Ich begleite sie, weil ich mich für sie freue und hoffe, dass sie bald einen Braten in der Röhre haben wird, und wenn ich eines Tages mit diesem Menschen, den Brynn in die Welt gesetzt hat, zusammensitze, werde ich ihn anschauen und mich an die Zeit erinnern, als Brynn und ich zusammen in die Klinik gingen, und daran, was für eine krasse wissenschaftliche Zauberei das alles ist.

Aber vor allem ist Brynn sehr großzügig. Sie zeigt mir den ganzen Prozess, weil sie versteht, dass ich wissen möchte, welche Möglichkeiten er bietet. Ich will ihn erleben und verstehen und mir meine Gedanken darüber machen.

Ich hatte mir immer ausgemalt, ein Kind mit einem Partner zu kriegen. Wenn ich mir vorstelle, eine Mutter ohne jemanden zu sein, der mitmacht, habe ich weniger Angst vor der vielen Arbeit als vielmehr davor, die Freude über das Kind nicht teilen zu können. Wer wird ebenso begeistert sein wie ich, wenn es irgendetwas ganz Banales tut? Was würde es bedeuten, niemanden direkt neben sich stehen zu haben, dem man sich zuwenden, mit dem man so etwas teilen kann?

Und dann denke ich mir, du Dummerchen! Was ist denn mit dieser tollen Freundin, die dich in die Klinik mitnimmt? Die bereits so etwas Intimes mit dir teilt? Was ist mit deiner Familie und deiner Wahlfamilie und anderen Menschen in deinem Leben, die auch im Leben dieses Kindes wären? Und dann sagt ein ängstlicher Teil meines Mäusehirns: Aber diese Leute gehen vielleicht weg. Sie würden nicht ewig da sein. Sie müssen ja nicht bleiben.

Aber warum denke ich, dass eine Ehe so viel sicherer wäre?

Warum verströmt diese Zeremonie viel mehr Stabilität als die anderen Beziehungen in meinem Leben, die anderen Liebesgeschichten, die so beständig waren, auftauchten und verschwanden und wieder auftauchten, die sich so stark entwickelten, diese Beziehungen, die ich pflegte und die mir so viel Liebe und Geborgenheit gaben? Warum sollte ich diesem *Kollektiv real existierender Menschen* weniger vertrauen als einem imaginären zweiten Elternteil, der möglicherweise irgendwann einmal auftaucht?

Brynn fährt jedes Mal fast eine Stunde zu mir, denn ich wohne in der Nähe der Klinik. Und wir trinken Kaffee und quatschen und essen Honigmelone, und die offenen Fenster lassen die Morgengeräusche hinein, und mein Hund versucht, uns zu überreden, mitkommen zu dürfen. Und dann teilen wir meinem Hund mit, dass er in der Kinderwunschklinik nicht erlaubt ist, und machen uns auf den Weg, Brynn fährt.

Ich sollte noch erwähnen, dass die Klinik sehr, sehr gut ist und einen exzellenten Ruf hat. Die Menschen, die dort arbeiten, wissen, was sie tun, und sind sehr freundlich. Aber ihr solltet auch wissen, dass Brynn, als sie die Eingangstür öffnet, mit gedämpfter Stimme zu mir sagt: «Du bist noch nicht bereit hierfür.»

«Wofür?», frage ich.

«Die Atmosphäre da drinnen ist sehr speziell.»

Im Eingangsbereich steht eine Pappfigur des Klinik-Chefarztes, mit einem Lächeln heißt er uns willkommen. V-Ausschnitt, Halsketten, silbernes Haar.

Auf dem Beistelltisch im Wartezimmer, der so aussieht, als wäre er dafür gemacht, dass sich dort jemand in einem Film über die wilden Achtziger zukokst, liegt ein Buch mit Affirmationen von ihm. Daneben stehen riesige schwarze Ledersofas und Ledersessel. Ein überkandidelter Kronleuchter hängt an der Decke. Der Gaskamin hat einen so hohen Sims, dass ich nicht in den darüber hängenden Spiegel gucken kann. Dazu gibt es Rauchglaskugeln und Schalen mit blühenden Pfingstrosen und riesige Fotos pinker Pfingstrosen auf schwarzem Hintergrund an den Wänden. Überall blüht visuelle Fruchtbarkeit.

«Das erinnert mich an Vegas», sage ich leise.

Und Brynn entgegnet, dass dieser Ort ja auch wirklich eine Art Glücksspieltempel sei, aber sie fühle sich hier immer eher wie in der Filiale einer hochwertigen Steakhaus-Kette.

Wir folgen einer Krankenschwester ins Hinterzimmer, und wie alle Schwestern hier trägt sie ein T-Shirt, auf dem BELIEVE steht.

Ich blicke Brynn an. Sie blickt mich an. Als die Schwester weg ist, sage ich: «Wenn's nicht gerade auf einem T-Shirt stünde, wäre es ja nett, oder?»

Die Krankenschwester kommt zurück und stellt den Bildschirm des Ultraschallgeräts an.

Ich schaue zu, wie sie Brynns Eierstöcke vaginal beschallt. Die körnige Landschaft auf dem Bildschirm ist wild und hügelig, und die Schwester zeichnet mit neongrünen Strichen, die klackende Geräusche machen, wenn sie sie fixiert, kleine Landkarten. Es ist hypnotisierend schön, sich das anzuschauen.

«Du siehst aus wie die Mondoberfläche, Brynn», sage ich.

Brynn lacht, und die Schwester klickt und misst weiter. Sie zeichnet eine Karte der unterschiedlichen Follikel, die gerade in

Brynn heranreifen, Follikel, die in diesem Monat vielleicht oder vielleicht auch nicht zu Brynns Baby werden. Wir warten darauf, dass einer die Führung übernimmt. Und wenn das bei einem oder mehreren der Fall ist, «wird es wild», erklärt mir Brynn. Zu Hause wird sie sich dann ein Youtube-Video ansehen, in dem jemand erklärt, wie man sich einen sehr ernst klingenden Medizincocktail zusammenmischt, und dann wird sie sich eine Spritze in den Po rammen, um den Eisprung auszulösen.

Die Schwester notiert die Follikelmaße. Sie schaltet den Bildschirm, die Karte der Möglichkeiten, aus und bittet Brynn, Ende der Woche wiederzukommen. Brynn setzt mich zu Hause ab.

«Ich drück deinen Follikeln die Daumen», rufe ich, als ich meine Einfahrt hochrenne.

***

In wen würde ich mich verlieben, mit wem *hätte ich Sex*, wenn ich einen potenziellen Partner nicht als Vater meines zukünftigen Kindes begreifen würde? Wenn das kein Thema wäre? Wäre ich mit den Menschen zusammen gewesen, mit denen ich zusammen war, hätte ich sie mir nicht als Teil meines zukünftigen Lebens vorgestellt, in dem ich mich als Mutter sah?

Gut möglich, dass die Antwort Nein wäre.

Ich kann mich nicht recht entscheiden, ob dieser Gedankengang sonnenklar oder extrem beunruhigend ist.

Solltet ihr es seltsam finden, dass ich die Männer, mit denen ich zusammen war, als potenzielle Väter begriff, so vergesst bitte nicht, dass zwei dieser Männer aus den letzten fünf Jahren, Maxim und Peter, tatsächlich Väter waren. Das war Teil ihrer Identität, und ihr Elterndasein spielte in unserem Leben eine sehr große Rolle. Diese Männer waren gute Väter. Und das war etwas, das ich an ihnen liebte. Wenn ich diese Männer mit ihren Töchtern sah, dachte ich, Oh *mein Gott, was für ein guter Mann.*

Ich war noch nie schwanger, noch nie primäre Bezugsperson irgendeines Kindes, und ich bin keine Mutter. Aber in den letzten mehr oder weniger fünf Jahren habe ich mich in meinem Leben zwei Mal in ein kleines Mädchen verliebt, und dann war sie wieder weg. Dazu kam es, weil ich die Freundin ihrer Väter war. Und die Freundin ihrer Väter war ich zu großen Teilen deswegen, weil ich mich in diese Männer *als Eltern* verliebt hatte.

Ich erzähle euch das, weil ich zwar glaube, dass ich gerade wirklich dabei bin, etwas sehr Wichtiges über diese unterschiedlichen Aspekte des Kinderkriegens zu verstehen, und auch glaube, dass es sehr wichtig für mich ist, das Elterndasein von Liebes- und Sexfragen zu trennen, aber es könnte auch sehr gut sein, dass das alles kompletter Scheiß ist. Dass ich mich nur zu schützen versuche. Denn mich noch einmal in ein Kind zu verlieben, das dann wieder aus meinem Leben verschwindet, könnte ich nicht ertragen.

Ich sage verlieben, und das meine ich auch so. Denn auch das waren Liebesgeschichten.

Inzwischen bin ich eine Art Trennungsexpertin. Der Schmerz ist zwar jedes Mal wieder neu, aber ich kenne ihn schon. Ich weiß, welche Richtung er einschlägt. Ich weiß, was ich mit ihm machen muss. Ich wusste hingegen nicht, wie ich – erst einmal, dann noch einmal – akzeptieren sollte, dass ein lustiges und kreatives kleines Mädchen, das ich sehr liebte, aus meinem Leben und aus meinem Zuhause verschwand. Über solche Trennungen gibt es keine Filme. Ich habe keine Bücher darüber gelesen. Es fällt mir schwer, zu verstehen, was ich mit dem Schmerz machen soll, wenn man in eine kleine, aber echte Rolle im Leben eines Kindes hineingewachsen ist und dieser Teil von einem nach der Trennung dann keine Verwendung mehr hat.

Für wen ist diese Liebe jetzt? Diese Nie-ganz-eine-Stiefmutter-Liebe? Sie ist immer noch da. Und diese Trennungen sind nicht ohne mein Zutun geschehen. Es ist meine Schuld, dass diese kleinen Mädchen nicht mehr in meinem Leben sind. Trotzdem, als mein Herz von einem kleinen Mädchen gebrochen wurde, war das der irritierendste Schmerz, den ich je empfunden habe. Der Schmerz, den ich am wenigsten verstehen kann.

Ich nannte mich selbst Bonus-Erwachsene, wenngleich das eine Art Rüstung ist, die ich mir anlegte. Es hört sich an, als wäre meine Rolle frei und einfach und selbst gewählt, und das war sie nie. Aber was auch immer ich war und wofür es kein passendes Wort gibt, ich bin es nicht mehr.

Wie sprechen wir über den Verlust von etwas, das keinen Namen hat? Die fehlende Bezeichnung impliziert, dass nie etwas war. Nichts echt war. Aber hier stehe ich in meiner Küche, und am Türrahmen ist die Größe eines Kindes markiert. Ich stehe in meinem Wohnzimmer und finde immer noch Nerf-Darts hinter dem Sofa. Da sind sie, die Beweise meiner Liebe. Meines Schmerzes. Ich finde sie. Ich sehe sie. Da ist etwas, das einmal hier war. Und jetzt ist es weg.

***

Als Brynn das nächste Mal kommt, frage ich sie, ob sie mir, bevor wir losfahren, helfen könne, eine Matratze zwei Stockwerke hoch in mein neues Gästezimmer zu tragen.

«Ich habe es versucht», sage ich. «Das Bett habe ich selbst geschafft, aber als ich die Matratze hochhieven wollte, hat sie mich unter sich begraben, und ich kam mir lächerlich vor, weil ich dachte, ich könnte das alleine schaffen.»

Ich hatte eine Weile einfach nur dagelegen, als ich es nicht geschafft hatte, die Eins-sechziger-Pillowtop-Matratze alleine zu tragen und sie am Fuß meiner Kellertreppe auf mich gefallen war. Ich lag in meinem Keller unter der Matratze und dachte darüber nach, wie ich es hasste, zu der Einsicht gezwungen zu werden, dass es auf der Welt etwas gab, wofür ich eine zweite Person brauchte.

«Wird das deinen Follikeln schaden, wenn du vor dem Termin eine Matratze schleppst?», fragte ich.

«Alter, nein», sagte Brynn.

Ganz oben in meinem Haus ist das Zimmer, das ich honigmelonenorange strich, nachdem Peter ausgezogen war. Es war das Erste, was ich tat. Denn es war das Zimmer des coolen kleinen Mädchens gewesen, Lydias Zimmer, und dieses Zimmer machte mich vollkommen fertig. Es brach mein Herz. Also verwandelte ich es in ein Gästezimmer. Ich sagte mir, dass es wieder Menschen, die ich liebte, aufnehmen würde.

Man darf in meinem Gästezimmer nur dann übernachten, wenn man es bei seinem vollen Namen nennt, der wegen der leuchtenden sonnenuntergangsorangenen Wände und der Florida-Rattanmöbel und der vielen Wüstenpflanzen O'Keeffe'sche Uterus-Stube heißt. Das ist die Regel.

Als wir diese schwere, unhandliche Matratze aufs Bettgestell befördert haben, schnaufen Brynn und ich ein wenig, wir schwitzen. Und ich danke ihr für die Hilfe, und dann sage ich, «Ich hasse es, dass manches zu zweit einfach so viel leichter geht», und dann halte ich mir erschrocken den Mund zu, weil ich merke, wie blöd es ist, so etwas kurz vor dem Kliniktermin zu sagen.

Aber Brynn erzählt mir, dass sie am Vortag mit einer Freundin telefonierte und wegen der Vorstellung, alles alleine durchziehen zu müssen, ziemlich fertig war. Und dann schaute sie aus dem Fenster und sah unsere Freundin E., die ihr im Garten half. Sie sah die wunderbare E., wie sie gerade den Boden beackerte. Etwas auf den Kompost schaufelte. Und dann leuchtete ihr Handy auf, und ich war es und wollte wissen, ob ich zum nächsten Termin wieder mitkommen könne. Und sie erzählte mir, wie sie in Lachen ausbrach. Denn da saß sie nun und behauptete, sie habe keine Hilfe, aber hier waren doch diese Frauen.

Warum fühlt es sich so an, als zählten wir noch nicht einmal untereinander?

Warum war ich zuerst mit Marcus eine Frau und nicht mit diesen Mädchen, die Whitney-Houston-Lieder sangen? Wie kann es sein, dass wir von Freunden ganz unterschiedlicher Geschlechter umgeben sind und die Leute uns, wenn wir keinen Partner haben, immer noch ansehen und denken, wir wären alleine?

Manchmal vergessen sogar wir das.

Wie ein kleiner Sprayer, der seinen Tag hinterlässt, schreibe ich in der O'Keeffe'schen Uterus-Stube mit Edding auf meine eigene Wand: WIR WAREN HIER. Inzwischen befinden sich einige Namen unter dem Tag. Denn wenn jemand hier übernachtet, unterschreibt er dort. Und vielleicht kann ich mich auf diese Weise erinnern. Vielleicht vergessen wir auf diese Weise nicht, uns mitzuzählen.

***

An diesem Tag trägt Brynn zum Termin einen alten blauen Adidas-Pullover, und die Krankenschwester macht ihr dafür ein Kompliment, und ich sage, dass er mich an alte Bilder meines Vaters aus den Siebzigern erinnert, und Brynn sagt, dass sie im Grunde jedermanns Vater aus den Siebzigern ist, und dieses Klinikzimmer scheint mir der perfekte Ort zu sein, um diese Macht für sich in Anspruch zu nehmen.

Wieder vermessen sie Brynns Follikel. Sie sind gewachsen, aber noch nicht groß genug. Sie muss noch einmal die zwei Stunden Fahrt auf sich nehmen, bevor sie reif für die triggernde Spritze sind. Ein oder zwei Tage danach wird sie erneut wiederkommen, für die Insemination. Die Krankenschwester in ihrem BELIEVE-T-Shirt und einem Turban-Haarband lässt die pinken Spitzen ihrer Nägel auf der Ablage tanzen und blickt von Brynn in ihren Steigbügeln zu mir. Sie überlegt, überlegt nochmals. Dann wendet sie sich mir zu und fragt, «Haben wir schon eine Idee, wo das Sperma herkommt?»

Mit großen Augen drehe ich mich zu Brynn um, und ich weiß, dass Brynn mit aller Macht versucht, nicht zu lachen, denn sie sagt sehr ruhig: «Ihr lagert Sperma für mich in der Kryobank.» Die Schwester nickt und geht raus.

«Eine Idee für das Sperma», sage ich und versuche, leise zu lachen. «Tut mir leid, ich habe keine Idee?» Brynn zieht ihre Jeans an und lacht.

«Eine Idee», sagt sie und schüttelt den Kopf.

***

Egal, ob Selbstschutz oder nicht, als ich meine Vorstellungen von Elternschaft und die von Liebe und Sex trennte, veränderte sich alles. Als ich aufhörte, Menschen, die ich küsste, gleich als Teil eines Weges zur gemeinsamen Elternschaft zu betrachten, merkte ich, dass ich auf ganz unterschiedliche Typen stand. Ich war offen für Menschen, die polyamorös lebten. Ich datete häufiger Frauen. Und die monogamen Cis-Männer, für die ich mich interessierte, waren auch anders.

In einem Akt performativer sexueller Hingabe, der eigentlich befreiend sein sollte, es für mich aber selten ist, da ich am Ende mit der Person zusammenbleibe, anstatt einfach wieder zu gehen, versuchte ich mich in einem schicken Hotel an Sex mit einem Fremden, den ich im Internet kennengelernt hatte und danach nie wiedersehen würde.

Der erste Teil dieses Vorhabens gelang Adam und mir gut. Ich hatte mich in einem schicken Hotel eingebucht, und wir trafen uns in der reizenden Bar in der Lobby. Wir tranken Cocktails und redeten über Bücher und unsere Familien und das Meer. Er legte seine Hand in meinen Nacken, und als er merkte, dass mir das gefiel, zog er mich an sich und wir knutschten auf dem Samtsofa der Lobby. Kurz danach hatte ich ihn in mein Zimmer eingeladen.

Wir hatten Sex, wie ich ihn mehr liebte als alles andere. Rau und kinetisch, mit sehr viel Zustimmung. Er biss mir in die Schulter, und ich verkrallte mich in seiner Brust, und wir wälzten uns hin und her. Und es war nicht das erste Mal, dass ich diese Art Sex hatte, aber dass ich *einfach nur ich* im Bett war, nicht jemand, der vielleicht eines Tages mit dem anderen zusammenkommen oder ihn heiraten oder mit ihm Kinder haben wollte, sondern einfach nur ich, genau jetzt, machte alles besonders frei und gut.

All die anderen Teile und Versionen von mir, die ich in meinem Kopf eines Tages würde sein müssen? Ich schmiss sie aus dem Bett. Ich bin mir wirklich nicht sicher, ob ich gewusst hatte, wie viele andere Versionen meiner selbst – mit ihren Fragen und Urteilen und Simulationen einer hypothetischen Zukunft – Trittbrettfahrer in meinem Leben gewesen waren.

Adam quetschte meine Titten und fragte, ob das okay war, hörte Ja und machte weiter, härter, und fragte, ob *das* okay war, hörte wieder Ja und drückte wieder zu, und ich genoss es.

Am Morgen hatten sich kleine lila- und moosfarbene Blüten oben auf meinen Titten ausgebreitet. Er betrachtete mich im Spiegel des Hotelzimmers. «War ich das?», fragte Adam.

Und ich sagte Ja.

«War das okay? Ich werde sanfter sein», sagte er.

«Nein», antwortete ich. «Bitte nicht.»

Am Tag darauf betrachtete ich diese hübschen Flecken im Spiegel und dachte tatsächlich: *Wenn ich vielleicht nur ich bin und nicht immer/auch die zukünftige Mutter der Kinder, die ich mit diesem Menschen vielleicht einmal haben werde, könnte diese Sache, die ich genossen habe, Teil unserer Dynamik werden. Vielleicht darf ich so etwas sogar mögen.*

Es gab keinen, wirklich gar keinen Grund dafür, das, was mein Körper tun oder sein wollte, einzuschränken, weil es nicht vereinbar war mit irgendeiner Rolle, die ich meiner Meinung nach eines Tages annehmen müsste.

Weil ich schrecklich schlecht in einmaligem, hemmungslosem Sex bin, sah ich Adam schon bald wieder. Er lud mich zu sich nach New York ein, und wir fuhren mit dem Roller zum Met. Wir trugen alberne Helme und fuhren durch den Park und es war Frühling, und obwohl wir schnell unterwegs waren, konnten wir den Flieder riechen.

Als wir vor dem Museum warteten, sahen wir dem Brunnen zu, wie er mit seinen Fontänen Muster kreierte, die so kompliziert waren, dass wir nicht mithalten konnten.

Drinnen, im Flügel mit der alten ägyptischen Kunst, betrachteten wir eine kleine Statue, die hinter Glas ein Paar zeigte. Eine Frau, die ihren Arm und die Taille eines viel größeren Mannes gelegt hatte, sein langer Arm lag auf ihrer Schulter, die Hand ruhte passgenau auf ihrer Titte. Sie sahen beide stolz und zufrieden aus.

«Das gefällt mir», sagte Adam.

«Mir auch», sagte ich.

Und er lehnte sich an mich, und ich legte meinen Arm um seine Taille, wie die beiden hinter Glas. Er legte den Arm um meine Schulter und die Hand sanft auf meine Titte und zog mich an sich.

Er las, was auf dem kleinen Schild stand.

«Das nennt sich ‹gegenseitige Umarmung›», sagte er.

«Ja», sagte ich.

***

Am Tag von Brynns Insemination sind die Krankenschwestern besonders nett. Eine wünscht Brynn viel Glück. Eine andere drückt beim Rausgehen die Daumen. Die Schwester, die die Insemination vornehmen wird, ist bereits unsere Lieblingsschwester, weil sie nicht hinterm Berg hält. Sie hat leuchtende Gummi-Spermien an ihren Dienstausweis geheftet und entschuldigt sich für das Spekulum. Sie erzählt uns, dass ihr Sohn ein Händchen für Technik hat und wahrscheinlich eine viel bessere Lösung entwickeln könnte und sie ihn sofort dransetzen würde, wäre er nicht erst sieben Jahre alt. Erzählt Brynn, dass in dem Fläschchen, mit dem sie sie gleich besamen wird, 13 Millionen Spermien herumschwimmen, und Brynn bestätigt, dass es sich hierbei um die richtige Ampulle handelt, mit der sie besamt werden möchte.

Nach der Insemination bittet die Schwester Brynn, noch zehn Minuten still zu liegen. Dann fragt sie sie, ob sie die Ampulle behalten möchte.

«Ja?», sagt Brynn.

«Bei meinen Kindern habe ich alles weggeworfen», sagt die Schwester, «und jetzt fragen sie danach.» Sie geht raus.

«Die letzten Male hat mich das niemand gefragt», sagt Brynn, als sie auf der Liege liegt. «Ob ich die Ampulle haben will.»

«Du könntest sie als Weihnachtsschmuck benutzen», schlage ich vor. «Dann kannst du sie jedes Jahr an den Baum hängen und in Erinnerungen schwelgen.»

Brynn lacht. «Oder ich lege sie in eine Schreibtischschublade und nehme sie raus, wenn das Kind irgendetwas machen will, und sage: ‹Warum fragst du nicht deinen Vater?›»

Vor Lachen kriege ich keine Luft mehr.

***

Wenn ihr darauf wartet, dass ich die Geschichte von der Kinderwunschklinik mit der Geschichte des Mannes, der mich durch den nach Flieder duftenden Park fuhr, mit der Geschichte, ob ich meine Titten behalten will oder nicht, verbinde, habt ihr nicht verstanden, worum es geht.

Ich werde diese losen Enden nicht für euch verknüpfen.

Ich werde sie nicht für mich verknüpfen.

Ich habe so *hart daran gearbeitet*, sie zu entwirren. Und ich werde sie nicht wieder zusammenführen, nur um eine erzähltechnisch ordentliche Arbeit abzugeben. Denn indem ich die Fäden der Erzählungen über Liebe und Liebhaber und Leben und Elternschaft und mich selbst entwirre, kann ich jeder einzelnen den Raum geben, den sie braucht.

Wenn ihr es unbefriedigend findet, dass ich die Fäden nicht für euch verknüpfe, weil ich darauf bestehe, jedes Thema einzeln zu behandeln, weil ich Dinge nicht auflöse, dann fragt euch: Wer hat euch gesagt, dass diese Dinge zusammengehören? Welche Geschichten hat man euch erzählt über die Gestalt von Liebe, die Gestalt eurer selbst, die Gestalt eines glücklichen Lebens, und welche Geschichten hat man euch nicht erzählt?

Ich werde euch noch nicht einmal verraten, ob Brynn an diesem Tag schwanger wurde oder nicht.

Was hat man euch über das Ende einer Geschichte beigebracht, wann fühlt sie sich abgeschlossen an?

Ich werde es euch nicht erzählen, weil ich nicht will, dass eure

Aufmerksamkeit darauf liegt. Ich will, dass ihr euch auf Folgendes konzentriert: Als wir an diesem Tag nach der Insemination wieder auf dem Parkplatz waren, schlug ich Brynn vor: «Soll ich nicht vielleicht ein Foto von dir machen?» Brynn lachte. Sie holte die leere Sperma-Ampulle aus meiner Handtasche, und ich machte ein Bild von ihr, wie sie vor einem blühenden Busch auf dem Parkplatz steht und in die Sonne blinzelt und halb lacht, halb lächelt, vor sich die Ampulle.

Als ich ihr später das Bild schickte, schrieb ich: ZWISCHENSTATIONS-BEWEISFOTO!

Und Brynn antwortete: DA IST ETWAS PASSIERT!

Etwas zu versuchen, zu fragen, sich für etwas zu entscheiden, ist *etwas*.

Ich möchte euch damit sagen: Schaut euch dieses Foto von Brynn an, das ich euch hinhalte. Denkt nicht darüber nach, was es vielleicht später einmal bedeuten könnte. Denkt darüber nach, was es für sich stehend heißt.

***

Ich bin dabei, mit meinen Titten Frieden zu schließen. Ich habe Wege gefunden, wie Liebhaber sie so berühren und drücken können, dass ich froh bin, sie noch zu haben. Ich markiere meinen Körper mit Tätowierungen und kleinen Goldringen in Nase und Ohren, weil sie mir gefallen, und ich kümmere mich nicht darum, was irgendein potenzieller Jemand einmal davon halten könnte. Und vielleicht werde ich einmal schwanger sein, mit diesem Körper, oder eine Mutter, mit diesem Körper oder auch nicht. Und vielleicht werde ich eines Tages unter dem Messer liegen, und mein Körper wird wieder anders aussehen, mit Narben, und diese Narben werden Beweis meiner Arbeit sein, in diesem Körper mein eigenes Glück zu gestalten, einem Körper, der mir gehört. Indem ich dieses Leben gestalte. Das mir gehört. Und falls und wenn ich weitere neue und gute Menschen kennenlerne, die die Gestalt meines Körpers, die Gestalt meines Lebens, akzeptieren und merken, dass mir beides guttut, und sich für mich freuen, dann will ich diese Menschen in einer Art gegenseitiger Umarmung willkommen, willkommen, willkommen heißen.

Sweet Siberian

Eine Erinnerung meines Vaters:

Es sind die 1960er. Er hat Geometrie in der Highschool. Sein Lehrer geht zur Tafel und zeichnet einen Kreis. Er hat schon Hunderte von Kreisen gezeichnet und gibt sich keine große Mühe. Aber danach tritt er einen Schritt zurück und starrt den Kreis an. Die Klasse, mein Vater, sie sehen es auch.

«Das ist ein *perfekter* Kreis», sagt jemand.

Die Klasse applaudiert.

Und als die Stunde zu Ende ist, wischen sie den Kreis nicht weg. Sie lassen ihn bis zum Ende des Schuljahres auf der Tafel stehen. Um ihn herum hat sich ein staubiger Ring ungeputzten Schiefers gebildet.

Das ist alles. Die ganze Erinnerung, so, wie mein Vater sie erzählt.

Eine Romanautorin wie ich würde die Erzählung vielleicht folgendermaßen verunstalten: Am Tag, an dem unserem Protagonisten etwas Schreckliches passiert, sagen wir mal, sein Little-League-Team hat ein großes Spiel verloren und damit ist eine Erfolgsserie zu Ende gegangen, schleicht er sich ins Klassenzimmer und wischt den Kreis weg.

Oder wie wäre es mit: Der Lehrer, der den Kreis gemalt hat, stirbt tragisch, vielleicht bei einem Autounfall, oder er bringt sich um. Als dann eine Vertretung kommt, will sie den perfekten Kreis wegwischen. Die Schüler versuchen, den Kreis, das Vermächtnis, zu retten. Oder auch nicht. Vielleicht sehen sie der Lehrerin auch einfach dabei zu, wie sie ihn wegwischt und er spurlos verschwindet.

Mein Vater würde diese Geschichten hassen. Ich wette, wäre etwas in dieser Art tatsächlich passiert, er hätte es mir verschwiegen.

Die eigentliche Kreis-Geschichte ist ja, für sich genommen, noch nicht einmal eine Geschichte; sie ist nur eine Detailaufnahme, ein Augenblick. Und deswegen erzählt mein Vater sie. Denn während ich immer nach dem Drama suche, nach einer formschönen Erzählung, bevorzugt er diesen perfekten, kleinen, für sich stehenden Kreis einer Nicht-Geschichte. Und das ist so, so typisch für ihn.

Ich liebe Charles Baxters Essay «In Bezug auf das Glück». Baxter, wie ich ein Creative-Writing-Dozent, schreibt: «Diese Studenten beschweren sich, dass die Texte, die sie zu lesen aufbekommen, ‹deprimierend› seien. Die Geschichten seien ‹morbide›. Sie endeten ‹traurig›. Manchmal werden die Studenten in ihrem Verlangen nach einer fröhlichen Lektüre fordernder. ‹Warum›, fragen sie, ‹können wir keine Romane und Erzählungen über das Glück lesen?›»

Ich kann das gut nachvollziehen. Ich nehme mit meinen Studierenden sehr unterschiedliche Autorinnen, Autoren und Schreibstile durch. Ich war immer der Ansicht, dass ich eine diverse Lektüre anbot. Aber dann teilte eine Studentin eines Tages ein Handout für ein Referat aus, und oben hatte sie eine Version des Memes der weinenden Selena Gomez mit den Worten abgedruckt:

> WENN PROF. HAUSER UNS SCHON WIEDER EINE GESCHICHTE ÜBER DEN TOD LESEN LÄSST.

Sie hatte nicht unrecht.

Baxter beschließt, den Forderungen nachzukommen. Er gibt seinen Studenten Hemingways «Großer doppelherziger Strom» zu lesen auf, in dem, wie Baxter schreibt, «Nick Adams zu einem Fluss trampt, wo er nach Forellen angelt und elf Seiten lang zunächst verhalten glücklich und dann selig ist». Baxters Studenten sind enttäuscht. Sie sagen, «Wo ist denn da die Geschichte.» Oder: «Es gibt keinen Plot.» Oder: «Nichts passiert.»

Seine Antwort: «Wolltet ihr nicht eine Geschichte über das Glück lesen? Na ja, hier habt ihr sie.»

Ich bin mir ziemlich sicher, dass die Kreis-Geschichte meines Vaters eine Geschichte über das Glück ist.

Und den Großteil meines Lebens hätte ich wie Baxters Studenten reagiert und die Geschichte langweilig gefunden, eine Handlung vermisst. Aber inzwischen denke ich: Wenn ich jemand werden könnte, der die Kreis-Geschichte mag, dem Nick Adams' Angeltrip gefällt, wenn ich sogar mein Leben diesen Geschichten ein wenig angleichen könnte, wäre ich vielleicht glücklicher. Ich bin inzwischen der Meinung, dass sich ein dramatisches, romanreifes Leben und das Glück im schlechtesten Falle ganz ausschließen und im besten Falle einen harten Wettkampf liefern.

Als ich zum ersten Mal Emerson las, war ich noch Teenager und musste viele seiner Wörter nachschlagen, aber am meisten beeindruckte mich der Begriff *Naturlangsamkeit*:

> Achte die *Naturlangsamkeit*, die den Rubin in einer Million Jahren härtet und mit Zeiträumen arbeitet, in denen Alpen und Anden kommen und gehen wie Regenbogen. Der gute Geist unseres Lebens kennt keinen Himmel, der der Lohn für Übereiltheit wäre. Die Liebe, das eigentliche Wesen Gottes, wird nicht der Leichtfertigkeit zuteil,

> sondern der gesamten Würde des Menschen. Wir wollen unsere Blicke nicht auf diesen kindischen Luxus richten, sondern auf die strengsten Werte; wir wollen unserem Freund entgegentreten mit kühnem Vertrauen in die Wahrhaftigkeit seines Herzens und die unumstößliche Breite seiner Grundlagen.

Als ich den Begriff nachschlug, wurde mir «die Langsamkeit natürlicher Entwicklung» als Definition angeboten. Und sofort dachte ich: *Dad*.

Mein Vater ist Gärtner. Nicht hauptberuflich, aber von seinem ganzen Wesen her. Ich schreibe das nicht, um zu erzählen, dass er einen Garten hat oder Pflanzen und Obst und Gemüse anbaut – ich meine damit, dass das Gärtnern seine Identität ausmacht. Er ist Gärtner. Mein Lieblingsfoto meines Vaters: Er kommt in dreckigen Jeans aus dem Garten und hält zwei riesige Bund frisch geernteter Möhren hoch. Elegante Wurzeln, verziert mit luxuriösem, rüschigem Gefieder.

Ich kann beim besten Willen nicht mehr sagen, wie oft ich in den letzten Jahren schon eine Tour durch den Garten meines Vaters machte. Er wird einem immer einen Rundgang anbieten, ganz egal, zu welcher Jahreszeit. Ihm würde es nie in den Sinn kommen, dass es, sagen wir, in einem leeren Beet voll schwarzer Erde nichts zu sehen gäbe. Weil dort gesät wurde. Das ist die Stätte zukünftiger grüner Bohnen, zukünftiger Tomatillos, zukünftiger Roter Bete und vor allem zukünftiger Tomaten mit so fantastischen Namen wie Mr Stripey, Schwarze von der Krim oder Mortgage Lifter.

Mein Vater plant seine Gärten ganz genau. Es gibt keinen Raum für Improvisation. Er zeichnet sie mit Bleistift auf Millimeterpapier. Ausschließlich Millimeterpapier, ausschließlich mit Druckbleistift. (Ganz nebenbei: Solange ich mich erinnern kann, fragen meine Schwester und ich unseren Vater, was er sich zu seinem Geburtstag oder zu Weihnachten wünschte, und jedes Mal antwortet er garantiert, halb im Spaß, halb im Ernst, dass er «noch ein paar Druckbleistifte» gebrauchen könne.)

Ich habe auch einen Garten. Allerdings sind Begabung und Geduld durch den Generationenwechsel ein wenig verwässert. Aber Gärtnern hat für mich nicht nur etwas mit der eigentlichen Gartenarbeit zu tun, sondern auch damit, dass ich es genieße, meinem Vater nah zu sein, dass ich aus der Ferne an ihn denke, dass ich versuche, etwas mehr *wie er* zu denken.

Jetzt, mit Ende dreißig, möchte ich von ihm lernen, wie Naturlangsamkeit geht. Für mich ist das etwas ganz Neues. Es ist das Gegenteil der Dramen, die mich früher immer beruhigend lebendig fühlen ließen. Aber ich glaube, langsam kapiere ich etwas. Diese Art zu leben heißt nicht, dass es keine Geschichte oder kein Leben gibt. Die Geschichte entwickelt sich einfach so langsam, dass man sie gar nicht richtig stattfinden sieht. Sie ist etwas, das in einem so niedrigen Tempo vor sich hin dümpelt, sich verändert und wächst, dass die meisten Menschen irgendwann das Interesse verlieren. Aber ich glaube, da ist etwas. Und es ist machbar. Und sollte solch ein Glück existieren, wächst es sehr langsam. Ich glaube, dass anhaltendes, gelebtes Glück auf das bloße Auge wie Stillstand wirken kann.

Als ich die Kreis-Geschichte zum ersten Mal hörte, fasste ich sie für mich so zusammen:

Eines Tages zeichnete jemand zufällig einen wirklich guten Kreis.

Aber jetzt fasse ich sie lieber so zusammen:

Du kannst dein ganzes Leben damit verbringen, Kreise auf Tafeln zu zeichnen, und dann, eines Tages, nach all diesen Stunden, gibt es einen Moment der Perfektion, auf den du die ganze Zeit langsam hingearbeitet hast. Und jeder bemerkt ihn. Und jeder sagt: *Das ist gut.* Und es ist okay, dass es sich nur um diesen einen Augenblick handelt, denn auch alle vorherigen Kreise sind in ihm zusammengefasst. Dieser Augenblick fand schon die ganze Zeit statt, auch wenn es sich damals nicht so anfühlte.

Nicht nur unsere Studierenden finden uns Schriftstellerinnen und Schriftsteller deprimierend.

Auch unsere Eltern verstehen nicht, warum wir so morbide sind.

Mehr als einmal hat mein Vater zu mir gesagt, dass er sich wünschte, ich würde einmal etwas Schönes und Lustiges schreiben. «Du bist im echten Leben doch auch sehr schön und lustig», sagt er, «aber schreiben tust du immer ganz anders!»

In «In Bezug auf das Glück» bringt Baxters Mutter die Frage vom Glück in der Erzählkunst auf:

«‹Ich habe nur eine Frage›, sagte sie und versuchte, aus einer fast leeren Packung eine Zigarette zu fischen ... ‹Meine Frage lautet, wann wirst du jemals ein fröhliches Gedicht schreiben?›

37 Jahre später weiß ich nicht mehr, was ich antwortete, aber ich hoffe, dass ich nicht das sagte, was mir wahrscheinlich in den Kopf kam: ‹Na ja, gut, sollte ich jemals glücklich sein, werde ich ein fröhliches Gedicht schreiben.›»

Ich hoffe, dass ich meinem Vater nicht antwortete: *Sollte ich jemals genug Abstand haben, um über die Welt, in der wir zu leben scheinen, lachen zu können, werde ich etwas Schönes und Lustiges schreiben.* Ich hoffe, dass ich ihm nicht sagte: *Aber ich schreibe über die Liebe. Und eine Liebesgeschichte ist selten schön und lustig.*

Ich weiß nicht, hätte er vielleicht geantwortet und sich bereits wieder halb seinem *Sunday Times*-Kreuzworträtsel zugewendet, das er natürlich mit Druckbleistift löste. *Du könntest es doch zumindest mal versuchen.*

Was also tun mit diesen elterlichen Wünschen? Ich glaube, das Ganze hat weniger mit der Kunst zu tun als vielmehr damit, dass sie fürchten, es sage etwas über uns aus. Das, was wir von einer Geschichte, von einem Leben erwarten, lässt uns seltsam oder traurig erscheinen, oder sehr weit weg von den Kindern, die wir einmal waren. Oder vielleicht sehr weit weg von der Generation, die uns großgezogen hat.

Diesen Sommer pflanzte ich eine Wassermelone an, die sich Sweet Siberian nennt. Ich lebe so weit im Norden, dass normale Wassermelonen ohne Gewächshaus keine Chance haben, und so bestellte ich Samen für diese runden kleinen Melonen mit einem orangegelblichen Innenleben. Eine Frucht, die für kurze Sommer gemacht ist und wahrscheinlich gezüchtet wurde, um Wassermelonen auch in Sibirien anbauen zu können, sei es tatsächlich oder metaphorisch. Um ehrlich zu sein, bestellte ich die Samen auch wegen ihres Namens. Ich finde ihn irgendwie *grandios*. Unmögliche, frivole Süße im gleichen Atemzug mit der schwierigen Wetter- und Weltenlage.

Das war im Sommer 2020, meinem Wassermelonen-Sommer, dem Pandemiesommer, und ich hatte meinen Vater schon monatelang nicht gesehen. Da ich so viel Zeit zu Hause verbrachte, beschloss ich, dass dies das Jahr des richtigen Gärtnerns für mich werden würde. Ich begann so, wie er es gemacht hätte, mit Millimeterpapier. Einer Zeichnung. Ich stand inmitten der Ruinen des Vorjahres-Gartens, die alten Tomaten-Rankhilfen standen noch, verkrümmte tote Pflanzen bezeugten meine fehlende Fürsorge, etwas, was meinem Vater niemals passieren würde. Aber egal, egal.

Ich zeichnete die Beete, die bereits da waren. Dann zeichnete ich die neuen Beete, die ich bauen wollte. Dann erinnerte ich mich, dass eines der Beete aus dem Vorjahr nicht funktioniert hatte, weil es zu nah am Haus stand, also plante ich, es zu migrieren. Dann erinnerte ich mich, dass sich die Tomaten in Beeten, die doppelt so hoch waren, wohler gefühlt hatten. Ich zeichnete eine ganz neue Beet-Anordnung. Rechnete aus, wie viel Holz ich für die neuen Beete benötigen würde. Wie viel Erde, um die alten aufzufüllen und die neuen ganz zu füllen. Ich versuchte, von allen Fehlern aus den Vorjahren zu lernen, auch wenn ich wusste, dass ich gerade neue machte.

Meine Millimeter-Bleistiftzeichnung sah den ordentlichen Skizzen von Staudenbeeten und Gemüsepflanztrögen meines Vaters nicht unähnlich. Aber dann begehrten die Gene meiner Mutter auf, und ich klebte überall kleine neonfarbene Zettel hin, die anzeigten, welche Pflanzen in welche Beete kämen, nach Farbe sortiert, schön bunt. Ich schickte meinem Vater ein Bild davon.

Er antwortete: MEIN VERMÄCHTNIS!

***

Warum fühle ich mich von der Bitte meines Vaters, etwas Schönes und Lustiges zu schreiben, in meinem Schreibstil so bedroht? Warum kann Glück nicht ein paar Seiten wert sein, auch wenn es nicht sonderlich fesselnd ist? Manchmal sage ich mir, dass Geschichtenerzählen so eben einfach nicht funktioniert. Die Liebe so nicht funktioniert. Aber dann erinnere ich mich an den Sutherland-Dunthorne-Glücksindex.

Ross Sutherland ist Dichter und Dramatiker und alles in allem wunderbar verrückt. Er hat einen Podcast mit dem Titel *Imaginary Advice*, und meine Lieblingsfolge heißt «Sutherland-Dunthorne-

Glücksindex». Es gibt einen Running Gag in seinem Freundeskreis: Wann immer seinem Freund und Mit-Schriftsteller Joe Dunthorne etwas Gutes passiert, hat Ross Pech. Und so planen sie einen Test, um herauszufinden, ob das stimmt. Sie besuchen gemeinsam ein Casino. Und tatsächlich gewinnt Joe etwas Geld, und Ross verliert alles. Die Theorie stimmt also! Aber dann unterhalten sie sich darüber, was genau im Casino passierte. Ross fragt Joe, warum er sich früh auszahlen ließ, und Joe antwortet, weil er gewonnen hatte. Er ließ sich nicht auszahlen, weil er besonders vernünftig mit Geld umgeht, sondern weil das Narrativ für ihn abgeschlossen war: Ein Mann geht in ein Casino, spielt Karten, gewinnt Geld, Ende. Ross hingegen war den ganzen Abend mal im Plus, mal im Minus gewesen, aber er machte weiter. Nicht, weil er so gerne spielte, sondern weil für ihn, wie er im Gespräch merkt, das Narrativ dieses Abends erst dann *abgeschlossen* war, wenn er all sein Geld verloren hatte.

Das alles hatte nichts mit Glück zu tun. Es hatte damit zu tun, welche Erwartungen an das Narrativ sie gehabt hatten. Für Joe fühlte sich die Geschichte, in der er steckte, erst vollständig an, als ihm etwas Gutes passierte. Für Ross war das Ende erst dann gekommen, als er alles verloren hatte.

Das Haus bestimmt die Erzählregeln.

Und das Haus gewinnt immer.

Für mich ist eine Liebesgeschichte erst dann eine Liebesgeschichte, wenn sie voller Gefühl und Drama steckt. Es braucht eine Art Erzählfaden über Glück und Pech, der sich durch alles hindurchzieht. Undramatische Liebe ist längst nicht so grell wie die großen Romanzen und wie alles, was tragisch ist und unter einem schlechten Stern steht, und ich habe mein ganzes Leben lang diese dramatische, romanreife Liebe gewählt. Ich habe mich um sie bemüht und mich immer viel zu lange mit ihr aufgehalten, auch wenn sie mich unglücklich macht. Und das, glaube ich, ist meine Variante des Sutherland-Dunthorne-Glücksindexes. Es geht weniger um Liebe als vielmehr darum, dass ich denke, Liebe verhält sich so.

Und das ist wirklich dämlich, denn die Liebe meines Vaters hat mich buchstäblich mein ganzes Leben lang umgeben. Und diese Liebe hat nichts mit den dramatischen Auswüchsen zu tun, von denen ich mir immer einredete, sie gehörten dazu. Hat nichts mit den Dingen zu tun, über die ich normalerweise schreibe.

Ich hätte schon viel früher von der Liebe meines Vaters lernen können, dieser guten, freimütigen Liebe, tat es aber nicht. Vielleicht, weil wir über diese Art der Liebe keine Geschichten schreiben. Wir schreiben überhaupt kaum Geschichten über gute Väter. Kein Drama, kein Bedarf. Gibt ja nichts zu berichten.

Doch, gibt es: Mein Vater hat mich immer so geliebt, dass ich es spürte und wusste und mich darauf verlassen konnte, und wenn sich das in euren Ohren nicht *tiefgreifend* anhört, nicht aufschreibenswert, seid ihr falsch gewickelt.

Jemanden, irgendjemanden im Leben zu haben, der einem diese Art von Liebe anbietet, grenzt an ein verfluchtes Wunder. Es ist mehr, als die meisten von uns je bekommen werden.

Ich habe beschlossen, dass das auch eine Art Liebesgeschichte ist. Vielleicht sogar die beste, auf die man hoffen kann.

***

Mein Trockner hat vor Kurzem beschlossen, allmählich den Geist aufzugeben. Oder sagen wir so, mein Trockner hat beschlossen, sich auf einen unaufhaltsamen Weg Richtung vorzeitigen Niedergangs zu machen, und ich habe nichts getan, um ihn aufzuhalten. Da die Flossen in seiner Trommel alle abgewetzt sind, ist er inzwischen weniger eine Maschine, die Kleidung trocknet, als vielmehr eine Art heißer Schoß, in dem feuchte Kleidungsstücke eine Zeit lang hin und her geschaukelt werden. Entscheidend ist, dass mein flossenloser Trockner irgendwann die Fähigkeit entwickelte, *perfekte Fusselballen* zu produzieren. Ich öffnete die Tür, und da sprang mir eine optimal gerundete, gleichmäßig geformte graue Kugel in der Größe eines Tischtennisballs entgegen, filzig, aber weich.

Ich fand diesen Fusselball grandios.

Ich fand ihn so grandios, dass ich jemandem davon erzählen wollte, aber dann ging mir auf, dass mein perfekter Fusselball wahrscheinlich niemanden interessierte. *Jemandem von deinem Fusselball erzählen*, klingt wie ein Euphemismus für *jemandem unerträglich langweilige Details aus dem Leben erzählen*. Aber die Kugel war einfach so *perfekt*. Es war so *befriedigend*, sie in der Hand zu halten. Und dann fiel mir jemand ein, der diese grandiose Kugel zu schätzen wissen würde. Ich machte ein Bild und schickte es meinem Vater.

WAS FÜR EIN PERFEKTER FUSSELBALL!, schrieb er.

NICHT WAHR???

WAS WIRST DU MIT IHM MACHEN?

IHN FÜR IMMER BEHALTEN, schrieb ich.

Ich säte die Sweet-Siberian-Samen in der letzten Maiwoche aus. Recht optimistisch, wenn man bedenkt, dass ich in einem unerbittlichen Narnia-Klima lebe.

Ich schickte meinem Vater ein Bild der bloßen Erde.

DAS WERDEN WASSERMELONEN, schrieb ich.

Als sich die erste Ranke aus dem Boden kringelte, jubelte ich und schickte meinem Vater ein Bild. Als sich die ersten Knospen zeigten, schickte ich ihm das nächste. Als die Blüten sich öffneten, ein weiteres. Als ein kleiner Stummel von etwas, das einmal eine

Melone werden würde, im Zentrum der Knospe auftauchte, noch eins. Schließlich drückte eine Wassermelone von der Größe einer Murmel die blättrigen Reben zu Boden.

Ich muss meinem Vater während dieses Pandemiesommers Dutzende von Bildern dieser kleinen Wassermelone geschickt haben. Wahrscheinlich sahen sie alle gleich aus, waren es aber nicht. Irgendetwas passierte immer, zu naturlangsam für eine Erzählung, aber trotzdem wert, wahrgenommen und gefeiert zu werden. Und mein Vater verstand das. Zu jedem Wassermelonenbild schrieb er etwas Liebes wie GUTE ARBEIT, KUMPEL zurück.

Jetzt, da ich diese Worte schreibe, ist es wieder Winter, und vielleicht ist das ein guter Augenblick, um Narrative willkommen zu heißen, die langsamer vorankommen, als uns lieb wäre. Das Langsame und Beständige, das kleine, allgegenwärtige Gute, die Art von Liebe, die nicht einfach von einem Windstoß umgehauen wird, ja sogar das *Langweilige* – das alles weiß ich inzwischen zu schätzen. Geschichten und Lebensformen dieser Art helfen mir durchs Leben. Diese Unterhaltungen mit meinem Vater. Diese Sweet Siberians. Eine kleine, süße Sache zu betrachten, die, für das Auge kaum wahrnehmbar, zu einem perfekten Kreis heranwächst, zu einer Frucht, von der wir alle essen könnten.

Anmerkungen der Autorin

Dieses Buch ist ein nichtfiktionales Werk aus einer persönlichen Perspektive. In diesen Essays geht es um mein Leben, wie ich es erinnere, und die Geschichten, die ich aus diesem Leben gemacht habe, um zu verstehen, wie ich weiter darin leben soll. Im Interesse der Lesbarkeit habe ich mir einige essayistische Freiheiten herausgenommen: Zeitfolgen stimmen nicht immer, Gespräche wurden zusammengeführt, Äußerungen von beispielsweise freundlichen Krankenschwestern, die niemals *Titten* gesagt haben, wurden verändert, andere habe ich mir ausgedacht, etwa die meines Urgroßvaters, dessen Missgeschicke ich nicht selbst miterleben konnte, weil ich damals noch nicht auf der Welt war.

Ich habe die Namen einiger Menschen in diesem Buch geändert, vor allem derjenigen, die nicht mehr Teil meines Lebens sind. Alle Beziehungen, über die ich hier schreibe, gehören zu größeren Geschichten, die ich erzählen wollte – in denen es viel mehr um meine eigenen Schwierigkeiten, in dieser Welt zu leben geht als um konkrete Beziehungen. Ich habe diese Beziehungen nicht von Anfang bis Ende durcherzählt. Das war auch nicht Sinn der Sache. Viel Gutes und noch viel mehr Schlechtes habe ich ausgelassen, aber ich habe nichts erfunden.

Dies ist vor allem ein Buch darüber, wie wir alle unser Leben und das Verständnis unseres Lebens durch Geschichten formen.

Ich respektiere, dass es mit ziemlicher Sicherheit viele quantenverschränkte, alternative, komplementäre und abweichende Versionen der Geschichten, die ich erzähle, gibt. Wahrscheinlich so viele verschiedene Versionen, wie es Menschen in diesem Buch gibt. Und diese Geschichten sind genauso echt wie meine. Und wahrscheinlich gibt es in ihnen auch weniger Vögel und Roboter.

Nachweis

S. 35 | William Carlos Williams, *Die Efeukrone*. Übersetzt von Heinz Czechowski. Aus: William Carlos Williams: *Der harte Kern der Schönheit. Ausgewählte Gedichte*. Hg. v. Joachim Sartorius, Hanser 1991.

S. 101 | Andy Weir, *Der Marsianer*. Übersetzt von Jürgen Langowski. Heyne 2014.

S. 110 | Margery Williams, *Der kleine Schmusehase*. Übersetzt von Kim Landgraf. Anaconda 2019.

S. 211 | Daphne du Maurier, *Rebecca*. Übersetzt von Brigitte Heinrich und Christel Dormagen. Insel 2016.

S. 260, 261, 265 | Shirley Jackson, *Spuk in Hill House*. Übersetzt von Eva Brunner. Festa 2019.

S. 263 | Shirley Jackson, *Wir haben schon immer im Schloss gelebt*. Übersetzt von Eva Brunner. Festa 2019.

S. 269 | Virginia Woolf, *Ein Zimmer für sich allein*. Übersetzt (mit Anmerkungen und Nachwort) von Axel Monte. Reclam 2012.

S. 324, 325 | Ralph Waldo Emerson, *Freundschaft*. Übersetzt von Gottfried Krieger. Aus: Ralph Waldo Emerson, *Die Natur. Ausgewählte Essays*. Hg. v. Manfred Pütz, Reclam 1990.